U0044743

等你，在燈火闌珊處

林淑貞 著

推薦序——淑心善美彣彰賁，貞德圓神道業豐

自一九四五年臺灣光復後，臺灣中文學界宛如大家族，開枝散葉，繽紛崢嶸。

筆者從一九八八年起至一九九四年在臺灣師大國文學系擔任所教務與系圖書行政工作，並同時進修深造碩、博士，而林淑貞教授於一九九八年畢業於師大國文系博士班，期間因所學專業不同，交流甚少，彼此並不熟識。學成後，筆者續執教於師大國文系，林教授則專任於中興大學中國文學系，同為第三代中期中堅，因師友互有交集，志同道合，且學術活動頻繁，因此而漸趨熟稔，時常交流心得、交換意見，看似淡淡之交中，實已醞釀著濃濃而惺惺相惜之情。

二〇一七年三月，筆者移地研究於比利時魯汶大學漢學系一年，七月下旬，中央研究院中國文哲研究所蔣秋華、蔡長林兩位研究員號召臺灣、香港學友盛大組團參加在德國特里爾大學（Universität Trier，Germany）舉辦之「經學，文體與體裁國際研討會」（International Conference on “Confucian Canon Studies, Literary Genre and Literary Style”），會期兩天中，「以文會友，以友輔仁」，游藝觀光，和樂融融；會後，又拜訪參觀德國、比利時、盧森堡、荷蘭等國著名大學漢學系與名勝古蹟，近十天密集的交流互動中，才真正領略到林教授彷彿「小精靈天使」一般，充滿著無限活力熱情的生命風景與人文丰采。

林教授除了豐實卓越的學術專著之外，又撰有《流眄》、《我非我：卻顧所來徑》等真善美兼具的現代散文專集，拜讀之下，深深佩服於林教授有情、有義、有感、有愛的文風，以及折

服於真摯而坦誠、溫暖而熱情、冷靜而睿智的文采，而今又有新作《等你，在燈火闌珊處》問世，炳蔚璀璨，真不愧為當代才女、學林知音與杏壇良師。

「等你」的「你」，可以是至親、至愛的人生伴侶與父母子女，也可以是三世凡塵中邂逅結識的任何一位有緣人，更應該是庠序黌宮中的諄諄師友、愷愷同仁與莘莘學子，這是林教授的真情流露，更是關懷世道、士林的「賦比興」——鋪陳其事、比況他物、興物託辭。「在燈火闌珊處」，語出南宋辛棄疾（稼軒，一一四一至一二〇七）《青玉案・元夕》：「眾裡尋他千百度，驀然回首，那人卻在燈火闌珊處。」晚清碩學鴻儒王國維（觀堂，一八七七至一九二七）《人間詞話》喻之為「古今之成大事業、大學問者，必經過三種之境界」的人生第三境界，旨哉斯言，此與北宋蘇軾（東坡，一〇三六至一一〇一）〈定風波〉詞：「回首向來蕭瑟處，歸去，也無風雨也無晴。」可謂有異曲同工之妙，箇中深蘊，尤堪翫味。

《人間詞話》第一則又說：「有境界，則自成高格，自有名句。」觀覽再讀林教授此書煌煌五輯：輯一「流光殘夢」論「學」，輯二「複調迴旋」論「事」，輯三「波心留影」論「教」，輯四「塵緣遇合」論「生」，輯五「江山風月」論「遊」，充分體現出林教授慧心巧思的經營布局，以及錦心繡口的辭藻才華。蒙其不棄，先邀拜讀，特以「淑貞」敬嵌名聯，並以《易經》〈賁〉（音必）、〈豐〉二卦，涵蘊大作中，「文明以止」、「觀乎天文，以察時變，觀乎人文，以化成天下」（〈賁・彖傳〉）人文化成的苦心孤詣，以及「雷電皆至」、「明以動」盈虛消息的大德敦化。

最後，謹以其五輯關鍵字與標題，賦一藏頭長律，以識林教授其人、其學、其文、其書、其道——「郁郁乎文哉」的古典風華與現代襟懷。

學海無涯勤為岸，流芳述作體真淳；光風霽月渾忘我，殘帙書香道文珍。
夢憶蒼蒼來徑顧，事為蹇蹇昔時鞶；複重山水迂迴路，調密律聲薈萃春。
迴盪旁通甘苦樂，旋溫應對變常辛；教思無盡悼師友，波導有窮尋鳳麟。
心篤意誠欣化育，留長情摯譜成均；影單形獨堅行志，生寂學深亹惕神。
塵世洞觀穌萬物，緣身閑淨暢幽心；遇逢棠棣怡傳習，合集典墳歎賞吟。
遊覽大塊文章假，江隨玄黃宇宙斟；山秀野莊蒙靉靆，風清骨傲履陽陰。
月明四海鄉愁寄，淑艾諸賢德業臨；貞下起元終始理，書聲琅琅郁郁欽。

國立臺灣師範大學國文系教授兼系主任　賴貴三

二〇二〇年九月一日星期二晨　於屯仁學易咫進齋

推薦序

美是主觀的感受，不是客觀的評斷。它會因個人的閱歷、教育、環境等因素，而產生不同的體悟，對美不同的看法。也會隨著光陰的流轉，產生不同的變化，誠如赫拉克利圖斯（Herakleitos, 544-484 B.C.）所說：「濯足流水，水非前水。」它是吾人的嚮往，一生的追求；也是爭議的起點，和諧的終點。美涵蓋天地萬物，無所不在，萬物本體，藉其形式，展演姿態，讓人欣賞。故美只有美，沒有醜的成分，只有不懂得欣賞的人。美需要知音，才能淋漓盡致的詮釋，否則它也只是個美。

美雖有很多種，唯文學之美最讓人揪心，各式各樣的感受都有，它能讓讀者融入其中，隨之起舞，時而熱血賁張、時而銷魂黯然，說到辛酸處，一把鼻涕，一把淚，看到絕妙時，仰天大笑，拍案叫絕，喜怒哀樂盡在表情中。何以如此？因人生有太多的遺憾，世間有太多的不平，文人便藉文學作品的抒發，以獲得心靈的慰藉。它們都是來自作者一次次的自我追尋，是靈魂的吶喊，也是人生的省思，它讓讀者轉化為個人的內省，在千迴百轉的人生旅程中，尋得一片心靈的寧靜與自在。

淑貞老師就是有這樣的魅力，她善用直抒胸臆的手法，直接將心裡的感受表達出來，不矯揉、不虛偽。在優雅的字裏行間，我讀到她的率性、她的正義，還有她的孤寂、她的哀愁，尤其是她那一生難於割捨的情緣，不斷的傾訴，如潺潺流水，不斷的吶喊，是埋怨？抑是心底最深處的呻吟，真讓人心有戚戚！她用細膩而柔美的心，相應那些千錘百鍊的作品，讓我們走入她的世界，與我們分享生命中的悸動、無奈與美感。

這本書即是這樣的揪心，值得你我細細品味。走！我們赴約去！在燈火闌珊處。最後！賦詩一首，以表達我的共鳴。

〈文學之美〉

文學之美美率性，縱遊之樂樂無邪；
辛酸之處處滴淚，歡愉之時時叫嗟。

國立雲林科技大學漢學研究所教授兼典藏中心主任
蔡輝振　謹識於雲林聽風軒
二〇二〇年八月三日

自序

生命如流塵飛沙，漶漫在天宇地宙之中，輕悄無聲，烘托映襯成山形水影的背景，肆意揮灑。站在黃埃散漫的此時此刻，僅能以回眸之眼，凝視來時路，望著滾滾流逝的華年成哀成嘆地遠離，縱有不捨、不甘也僅能真實面對。如是，如何銘刻心緒流轉？如何鐫印臆念激越？在回風蕭索的當下，等待著旭日東昇，等待著弦月初上，等待著花開燦艷，等待著晴陽熏風，讓生命因為有了流風麗景的期盼而能稍有喜樂歡愉。

輯一，流光殘夢，書寫學界種種感思，每一場遇合，宛如流光熒熒相映，猶似夢境翻然留影，僅能以尺寸之筆，記錄這些流逝的熒光、依稀的殘夢。

輯二，複調迴旋，書寫生活中目遇、耳聽、身歷的事件，不斷如迴旋曲播送著人世以及社會現況中既沈又重的旋律，反覆吟唱。

輯三，波心留影，記錄人事遇合的浮沈心境，以及交接往來的師友們，曾經音聲相聞、溫馨可喜，竟然一逝成千古的詠嘆。

輯四，塵緣遇合，知遇各種年齡層的學生，感其所感，思其所思，也記錄教學現場各種突梯滑稽的怪現象。

輯五，江山風月，取自東坡：「江山風月，本無常主，唯有閒者，才是主人」之說，旅遊令人心釋意愜，烙印眼目心底的美景與流蕩的心思，相涉成歡、成趣、成頌、成歌。

如是，記錄生活點滴，書寫生命片面，成為夜深酩酊的濁酒，且澆塊壘。

如是，等待著，如風、如雨；如陰、如陽；如樹、如花；如日、如夜澆灌的生命關口，期待著不期而遇的知音，悄然四目相照。

目次
Contents

■輯四：生：塵緣遇合

輯五：遊：江山風月

輯一：學：流光殘夢

生命的花季

坐在會場中，討論細細縷縷的議案，一如蛛絲千纏萬繞的複雜牽錯。俟會議結束，直奔淡水，讓即將榨盡腦汁的頭腦得到些微的喘息。

當蜿蜒的淡水線進入紅樹林時，山形水影頓時乍現眼前，彷彿之間，是任意門從最繁華的古亭站駛進淡水了。

貪婪地抬望著窗外的景緻，曾經是火車道的淡水線，一九八七年停駛，改建捷運。便利的捷運線帶動人潮往淡水麕集，每到假日，到淡水老街或漁人碼頭的人潮絡繹不絕。

然而，我觀看淡水的眼光和一般的遊客有異，品賞街景的情懷也總是和率意遊玩的遊人們殊異的。遊客遊賞風光的心情應是欣悅的，而我是懷舊多於遊賞，傷逝的情懷總是不免落寞，也不免感傷地、輕輕地泛起心底的漣漪。

望著夕彩紫曛，想著日升月落。青春傷逝，令人驚詫歲月如流、人事如煙，而舊遊零散的心情，與誰共緬懷呢？

這兒曾是青春築夢的地方，也是風雨求學之處。攀爬克難坡，細數每一個石板階梯都有一番心情。而今，高樓林立的淡水街道，似乎不復當年的綠意盎然了。換搭公車上山，看著宮燈大道、看著牧羊草坪，此景依稀如舊，而逝去的華年似乎再也無法回駛了，傷逝的情懷就更深更濃郁地冉冉上升了。

每一位重回淡江的校友、師長們應有不同的感懷吧！因為每個人在這兒生發的故事不盡相同，所興發的依戀情懷也各自迥異。重遊故地，召喚著青澀年紀的種種。想著這座美麗校園曾是許多學者蘊育的地方，也是莘莘學子求學的場域，共同負載著殊異的理想願景，在這兒編織著不同的人生紀事。那麼，悲歡離合也不過是點綴校園的情事之一而已。

曾經是物質性的校景，成為淡江人永遠難忘的築夢幻影，一段情懷就這樣被激盪活化了。就是這樣，看見宮燈大道，似乎是唯一可以延續舊日夢想的景致，也是唯一不被歲月淪逝的校景之一。當所有的建物拆遷改建之後，很難有共同的記憶了。剩下的是宮燈、是瀛苑、是牧羊草坪，還能綰結舊時記憶。在沈深的夢境裡，梔子花的濃郁香味，似乎還沈澱在竹籬間，彷彿是眼前之景，倏忽已是二、三十年前的事了。當所有的記憶都變成要以二、三十年來計算時，我們被流光催老的感喟已是覆水難收的日益向耄耋之年邁進了。如何重回青春年少？如何逆回求學場景？似乎，已是無路可迴的單向道了。

想念，當年的綜合教室琅琅讀書聲，而今早已闢為書卷廣場了。想念，舊日的教職員宿舍綠籬泛著花香，早已淪失在高大的建物中了。芒花翻飛的景況不復，一路逶迤到後山的相思樹林也被斬截闢建成光輝大道了；攀爬的紫色牽牛花不見，流麗的鳳凰樹，究竟那一株是當年歌唱婉轉綻放嫣紅的樹呢？那一棵櫻花曾是我們駐足流連的樹影？那一叢玫瑰曾在宮燈道畔照影而過？那一片草地曾是我們拍照留影的地方？花影爛漫的開謝起落如同春春不再，而淪漾在記憶深處的花海，仍然泛香，仍然在心版上鐫刻著難以或忘的年少情事。

隨著年歲更迭，改建的高樓大廈一幢幢地矗立在迎著海風的五虎崗上，是淒風苦雨；是晴陽艷燦；是弦月高懸；是旭日初透；是花顏燦開；是綠意滿眼。這些漚存如釀酒醇厚的積澱在心底深處，時時教人開啟品賞，時時教人氤氳而醉。年少的情懷，似一盅不飲先醉、不思量自難忘的物換、事遷、人散高倍數的濃酒，總教人迷離怳惝、教人惘惘難甘、教人悲哭愉泣在當下，在每個不經意遊漾的記憶裡泛著舊情、故物、往事的漣漪不斷地向外擴散，直至無影無跡之後，又不間歇地再次重新泛起新的記憶漣漪。又再次往無明時間的另一端，繼續擴散、淪失在無涯無盡頭的記憶深處裡迴旋著。

當我在講台上演繹著海天沈沈楚天闊時，總是牽憶著顏崑陽老師講課時的風流儒雅；當我意興遄飛在講述詩歌時，總是記得龔鵬程老師吟著：「也曾寂寥金燼暗，斷無消息石榴紅。斑騅只繫垂楊柳，何處西南待好風？」的婉轉情景；也記得張子良老師「歸去，也無風雨也無晴」的蘇辛詞，記得傅錫壬老師的「滿堂兮美人，忽獨與余兮目成」的《楚辭》新故之情；記得康來新老師《紅樓夢》的溫婉；記得何金蘭老師在水一方的《詩經》；每一則往事，每一個片段，皆鑲嵌成記憶的明珠，冠在不經意的憶想皇冠之中。

於是，在這樣的情懷醞釀之下，讓我學會珍惜當下，喜歡拍照留下美好的印記，似乎在印證青春的痕跡，也在印證曾經擁有過的種種，唯有影像可以為這些美好的印記留下刻痕。其實，傷逝的情懷是最深沈的積澱。因為，人們永遠向老而衰、向死而生，則應如何留住曾經擁有的美好，成為此時此刻我最想要挽留的。由是，參加任何的會議一定拍照；看到任何的好朋友一定留影；遇到資深學者、名作家，也一定不會錯過拍照。不是為了刷存在感，而是為了老去之後的我增添一點記憶，增添一點可資憑藉的物質記憶，當我衰老到無以記憶任何事件時，唯有影像才能讓我有追想的根據，就像浮舟遊盪在大海之中，載浮載沈於曾經有過的記憶，才能泛起千絲萬縷的漣漪，才能陣陣憶想起這些陳年往事的溫存印記。讓這些印記編織曾經擁有過的人生花季；讓這些盛開的生命園圃裡的人事物，蔚成豐盛人生的點點滴滴；讓這些燦開的笑容如同盛開的花季，綻開在生命的花園中，任人採擷、任人飛想，也任人自在適意的回味。

每一位留駐心頭的人影、每一件晃過心底的情事，皆是一朵朵盛開的花兒，曾經豐富了我們的生命，且讓這些奇彩繽紛的花顏豐富難以久存的生命花園，讓生命的花季，隨著憶想、意念永遠盛開在心海裡，永不凋零。

學術同心圓

中文學界具有學術魅力的學者非常多，有些學者仰之彌高、鑽之彌堅，讓人心生敬畏之情；有些學者親和力十足，讓人歡喜親近。

顏崑陽老師是一位非常有學術魅力的人，跨足文學創作與學術研究。無論是大型或小型專題演講，會場常常爆滿各種年齡層聽眾前來聆聽。老師是位研究能量非常強大的學者，研究領域跨越思想與文學。思想研究，早年有《莊子》的自然主義與藝術精神之學位論文發表，近年還講授《老子》課程。文學則從《文心雕龍》、古典詩詞跨到李義山箋釋學、陶淵明詩學等，尤其老師所關懷的議題是中國文論中的比興系統、詩用學、言意位差等較專精的研究。近年出版的《反思批判與轉向：中國古典文學研究之路》、《詮釋的多向視域：中國古典美學與文學批評系論》、《詩比興系統》三書，是彙編多年研究成果，用以收攝中國古典文學與美學等問題，氣勢宏闊可以縱觀中國文學流變史。研究之餘，還擅長散文及小說創作，早年散文有《秋風之外》、《手拿奶瓶的男人》等書，小說有《龍欣之死》，自成格局與典範。近年出版的《窺夢人》輯有綿散文、鐵散文、綿裡鐵散文三輯，書寫手法與類型雖迥異，卻同樣展現老師對生活、生命的關懷與人文批判。其中〈窺夢人〉奇詭恢宏、〈山鬼戀〉綺想纏綿，皆是可以一再玩味的雋永佳篇。無論展讀散文、小說或學術論文，總可以感受老師以文學創作針貶時局、以論文肩負學術之重，同是對家國與文化的殷切關懷，只是化為不同的表述方式而已。

龔鵬程老師才大、氣大，經、史、子、集各種領域無不涉獵，佛、道、儒、墨各種思想亦難不倒他，兼及藝術、書、畫、戲劇等皆能侃侃而談。連飲食、刀劍、器具、禮制、樂理等文化演變或脈絡亦能擘分體系，振葉尋源開導後學。近十餘年寓居北京，跨足文化事業，更有輝煌成果。初履大陸時，撰有《北溟行記》、《孤獨的眼睛》、《自由的翅膀》三書，將人生孤獨行旅的滋味剖析深到，然又不僅是看山看水抒發個人感懷，尚且旁徵博引、鉤棘歷史、稽考典故等，讀之滋味無窮。從早年閱讀老師的《文學散步》、《文學批評的視野》，到《道教新論》、《唐代思潮》、《中國文學史》、《六經皆文》，以迄《飲饌叢談》、《武藝：俠的武術功法叢談》、《紅樓叢談》、《龔鵬程述學》等書，皆能看到老師為學谿徑異於一般學者，涉獵既廣且博，然而啟導新思維卻無遠弗屆，成為我們為學汲取知識的源泉活水。

王國良老師是位和藹可親的學者，不傲不驕，努力耙梳小說及文獻義理，成就研究的高峰。早年，個人擔任中興大學人社中心研究員時，處理六朝志怪小說曾大量參酌老師的著作。老師在六朝小說、文獻學的成果無人可及，且成為後學必定援引的經典之作，對學術貢獻良多。老師的魅力是一種儒雅典範，周邊不乏學生輩常年追隨老師聽課講學。目前雖已退休，對學術熱情仍未稍減，只要一談起學問，便如數家珍，侃侃而談，不減青壯。最感佩老師對中國唐代學會的貢獻，多次協助我籌辦國際研討會、主題演講等，無論是擔任主持人，或是主題演講皆讓人如沐春風般，感受溫柔敦厚的學者風範。「退而不休」是老師另一具體實踐生命學問的方式，仍獨力孜孜矻矻勤校《太平廣記》，冀能完成皇皇巨著。

葉國良老師曾為台大文學院院長及人社召集人，有很好的人脈與研究能量。學問博大精深，不論是經學思想、宋明理學、文獻學、金石文字等皆有精深研究，又跨到文學研究，包括詩、詞、曲、小說、戲曲、俗文學等亦有涉獵。曾組織「唐人選唐詩」讀書會二年，個人有幸參與其間，能與一時俊彥共同論學，頗感榮幸，且深有所獲。葉老師也助我良多。擔任行政職時，曾邀請蒞校擔任評鑒委員、主題演講、主持國際會議及推荐擔任各項跨校委員等，皆欣然答應，協助我完成各項行政業務，迄今猶銘感於衷。

李瑞騰老師又是一位有文學創作暨學術魅力的學者，更有擘畫出版及規畫專輯能力的專才。曾任《文訊》主編、台灣文學館館長、中央大學文學院院長、十二年國教國語文課綱召集人等職。庶務雖多，仍能有效力、有組織、有規畫的進行各種學術團隊研發。任職台灣文學館籌畫專書、專輯出版，很能展現老師專輯策畫能力。個人曾參與老師籌組撰寫《南投文學史》的團隊，雖經費短絀，仍要戮力完成上下二卷的文學史鉅著，這是老師回饋家鄉哺育之恩的具體實踐。復次，也榮幸參與國教院一〇八國語課綱研修撰寫，三四年之間，大家齊心齊力討論、協商，研修課綱，雖是一項艱辛的任務，卻不懼各方意見潮湧，仍然做好溝通、協調、修改、研議等流程，終能完成新課綱撰寫與審查。老師為公共事務勞心勞力，積極推動各項業務，是位很有行動力與實踐力的學者，最讓人佩服的是具有強大的行政擘畫能力與長才。

林慶彰老師是學界另一種典範，既有研究高度，又能親和地讓群弟子們如眾星拱月般的形成群聚效應的學者，這與老師擔任中央研究院研究員職位有關，不僅有經費能組織龐大的研究團隊，又能舉辦大型研討會，更能邀請各國重要學者蒞臨演講。除了經費奧援之外，最重要的是老師有系統、有規畫的進行各時期、各朝代、各地域的經學研究，從民國經學、晚清、明代一直上溯各代經學的發展脈絡。再者，又有台灣經學、域外經學（例如日本、韓國、大陸）等經學彙整編寫，並且開發香港學者研究經學的面向，真有枝繁葉茂、結實纍纍的榮景。大家歡喜親近慶彰老師，因為他是一位會鼓勵學生或後進的學者，凡是新書發表會、學術考察、研討會、讀書會、編輯文獻、蒐集研究成果皆能影響學界經學的走向，也多能將全台研究經學的菁英拉攏在一起，形成共伴效應。

只要是慶彰老師的活動我皆樂於參加。最早親近老師的團隊是民國九十年，一同前往張家界參加國際《詩經》會議。後來屢屢參加老師組成的學術考察團，到昆明、四川，同遊同歡，大夥最愛晚上集結在一起品茗並且聊些學術議題，老師總是用很特殊的台灣國語講一些學界趣事，讓我們笑得東倒西歪。後來，老師罹患帕金森症，行動不再自如，但還是偶爾會組團隊到大陸、日本、香港等地參會。老師榮退時，大家還組隊一同到京都參加老師的榮退學術研討會，光是台灣的學者多達四十多位，還有大陸、香港、澳門、日本、歐美等學者近百餘人一起舉辦這個殊勝難得的研討會。除了嚴謹的論學之外，也參訪京都大學，遍遊京都各大景點，甚至到奈良的東大寺一遊。同樣論學，能同遊同歡的感覺真得很令人回味，繼以京都美景，真是相得益彰，嵌成記憶中最美麗的印記。

每年老師生日大家會自主性的舉辦餐宴，讓師友們能夠歡聚一堂。有時，大家也會相偕到老師家中小敘，或是和來自各地學者一起拜訪老師，論學品茗其樂融融。有一年元旦，大家到士林的法式餐廳聚餐，既和師友同好們齊聚一堂，也和大陸來的學者同餐共聚，那種歡樂景象，著實難忘。難忘的不是杯盤間的菜餚可口美味，而是師友那種言談晏晏、自在歡欣的氣氛。

二〇一八年七月份，陳美雪師母榮退，舉辦餐會增添共歡同樂的溫馨。師母一直是陪伴老師的最好伴侶，在老師罹患帕金森症之後，常需要師母協助料理生活起居，師母皆不離不棄，甚至參與老師所有的學術活動，溫婉可人的陪侍在側，是最佳的典範。同年，八月二十七日又舉辦丁亞傑《經典詮釋與生命會通》新書發表會，一下子又糾集了三十八位學者、好友到文哲所參會，大家一一照著議程發表感言或研究成果，場面溫馨感人。想見老師的親和力才能融匯這麼多人齊聚一堂，也讓各種會議皆能圓滿成功，這完全是大家有很好的向心力才能完成的。海內外服膺老師者眾多，不僅是老師的學術成就能讓大家向同心圓靠攏，更因為老師的氣質能磁吸質性相同的學者一同為學術奉獻心力，既能宏觀完成龐大的經學研究項目，也能微觀的完成個人的計畫案及切身的升等等重要的人生規畫。親近老師，就有一群好朋友可以共學，可以提撕做學問的高度，擴展研究面向。

早年，吳宏一先生曾說林慶彰老師是為天下人做學問。是的，糾集群力編輯各種版本目錄及研究成果的目的，是讓學界更好的運用各種資源，繼續往前開拓學術的寬度與廣度，這種為天下人做學問的氣度，令人欽佩，也是我們學習的榜樣。

遊走海峽兩岸，台灣治學格局與大陸大不相同。大陸以師承為主，學者周邊群聚許多學生輩、子弟輩，做學問、做人、寫計畫、工作皆與博導息息相關。在台灣則不然，支援不足、經費短缺，除了政府資助之外，較難形成強大研究團隊合力共同為學術研究擘畫榮景，大都僅能單打獨鬥、各自為陣。但是，在師長們的身上，看到了大家共同為學術努力貢獻一己之力，孜孜矻矻戮力完成各種研究與研討會，會議論文與專論也一本一本的出版，這種榮景可以傳承學術慧命。

每位師長就像同心圓的中心點一樣，讓學生們不斷地以他們為核心，向外擴散，形成大大小小學術研究的同心圓影響後學。

每位師長皆有其獨特的為學面向與關懷重點，也各有不同的成就與貢獻。向師長們學習，使我們可以逐漸茁壯成長，也期許自己，不僅可以是傳道、授業、解惑的經師，更可以是人師。

二〇一九年八月九日

淡江月圓：《龔鵬程述學》有感

一、意氣流蕩

鵬程師傳來訊息，說離開台灣前，托寄一本書在金山路某商旅，要我有空前往取拿。這是跟隨老師三十餘年，第一次老師親贈題字的著述，喜出望外，希望早日展讀老師六十述學的大作。

在閱讀紙本之前，先收到電子檔，由於眼力不佳，不耐電腦久讀，期待紙本書籍早日出版購買，不意老師親贈，歡喜自不在話下。

家中有一櫃書籍是老師著述專櫃，從散文到學術著作、從文學到文化、從意氣飛揚的少年，到論述宏闊的壯年，再到含蓄蘊藉的著作，一本本皆珍愛如寶。老師凡有新發明、新論述，悉皆捧讀，頗有韋編三絕之況，期能從中汲引新知，開發新學。

展讀〈緒言〉開章明義，看到「百歲再來寫《寄言》，那時恩怨未了，敵友俱亡，或許會寫得更酣暢些。……」老師向來如此幽默，不禁會心一笑。只是台灣的學術生態不變，不再是當年意氣噴薄的笑傲江湖了。老師私下也笑稱，想寫一本「與笨為伍」的書。是的，愚蠢若我，也應有自知之明吧！

《述學》一書，其實是向讀者介紹為學進路與生命關懷重點，走過千山萬水，重新覽讀，才知道自己一生規矩方圓，俱在尺寸之間流蕩而已。

二、獨上高樓

品讀六十述學一書，遙遙迢迢的記憶將我拉回到五虎崗的淡江。

年少時讀了幾首唐詩和一些現代文學，自是喜歡上文字的魅力。中國時報的副刊是我的夢田，搶讀副刊所有的專欄及文章是年少時唯一的嗜好。曾就讀高商的我，一心想跨越升學的藩籬就讀中文系。棄商從文，考上淡江是逐夢的開始。

當高中同學們紛紛投入就業市場各有展獲時，我還在中文系匍匐學步。外在大環境股市高漲與我是絕緣體，一心幽獨，在選擇獨上高樓時，已有望盡天涯路的蒼茫境遇。

原本就讀中文系是想完成文學之夢，期待在中文系吸吮乳汁成為豐沛的創作源泉。詎料，在學術的殿堂中，看到的是古典多於現代文學，尤其是傳統的小學讓我們喘不過氣。

然而，五虎崗的師長們俱為一時雄俊豪傑，噴發出來的知識能量，讓我們驚奇眩目，帶領我們朝向更幽秘深邃的古典世界裡探尋，一路行來，竟也覺甘美芬郁，忘記現代文學的追攀，將創作的形構技巧約化為對文化慧命的追尋，一條源遠流長的路程等待我們捫探尋源。

三、追蹤躡跡

淡江的歲月裡，受學於龔師是一生的福緣。老師教我們《文學概論》，翻轉前人許多說法，讓我們很震撼。老師授課很受學生歡迎，但是，也是我們挫折的來源。總覺得每一週上課像在應戰，無論我們事先讀多少書，總是在課堂上被老師摧毀我們的淺見。每一回，每一回，總是不斷地、努力地耙梳資料、閱讀典籍，但是自以為建築的高牆很容易就被打掉重建，是老師刻意在樹建我們的閱讀廣度與深度。

老師上課時意氣風發，神態自若，講解詩文、典籍皆精辟入裡。那時，我們似乎將老師當成神祇一般頂禮膜拜，在學術殿堂前我們只似嬰兒牙牙學語而已。

碩班新生入學時，和老師餐敘，老師拈出志在學康有為，似是向我們指出一條為學之路。研究所上老師的治學方法，老師講課非常精采，來不及抄寫筆記，大家紛紛用卡式錄音機記錄老師上課的內容，最瘋狂的時期是老師面前的錄音機有八台之多，當時卡帶有六十分鐘、九十分鐘之別，只見時間一到，所有的錄音機一一跳上來，此起彼落，蔚為壯觀奇景。

歲月流轉，鐫刻在心版上的記憶卻永不抹滅。

再讀老師的述學，婉轉鉤勒了老師一生治學的淵源及方向，全書分作詩、書、禮、樂、易、春秋六卷。格局博洽，氣度恢宏，讓人感佩。老師的學問是我們望塵莫及，果是仰之彌高，鑽之彌堅。

學術界知名學者非常多，人多專治一書、一門學問。通常懂義理者，不懂文學；懂文學者不懂義理、小學，而老師聰慧天成，所有的學問皆可包括在胸府之中。就像李白、杜甫只懂詩，不及多元成就的蘇軾涉獵文學、義理及藝術。而老師卻能將古今中外的學問融冶於一爐之中，噴發出氣象萬千的宏闊知識能量，讓我們拚命苦追苦學，老師仍如一江春水浩浩蕩蕩奔放恣肆，而我們也僅能汲得一瓢而飲，僅能在有限的才性裡尋找適性的方向前進。

一生受學於老師，感受老師像燈塔，不時照亮為學的方向；也似指南針，指引我們在學術大海之中不致迷途失津；更似滔滔江河，將文化支流匯歸成浩瀚大海。

四、孤獨行旅

踽踽涼涼，人世萍蹤，《北溟行記》展演冥冥漠漠的遊蹤。

老師旅居北京多年，從旅居到定居，心緒應是百般流轉。而我也常常期待老師似候鳥雁歸，每次寒暑假歸來之際，約了同儕們和老師聚首敘舊，總希望多聽聞老師述奇誌怪，無論是文化界或是鄉野傳奇；更希望多吸收老師為學新發現、新見解，開闊自己視野。老師從來不吝嗇用知識餵養我們的胃口，而我們的生命也因此而潤澤豐盈。

老師從詩歌開展為學路向，往下不斷地開拓新的視野，從文學到美學，再開出義理宗教的儒、佛、道的解析，其中也不乏援借西學對治中學。西學是藥引，要逼出更宏大的中國文化論述，美學、符號學、詮釋學莫不皆然。皇皇粲粲的鉅著皆引發我們貪婪饗食文化盛宴。欣讀老師的論述，似乎能窺見生命的臆氣如此意滿氣足，如此飽滿豐厚。

雖則如此，不解者，以為飛揚跋扈、以為叫囂喧嚷，殊不知開疆拓土原就是需要不被理解的勇氣才能奮力作為，一路搖曳行來，解與不解、知與不知皆無動於衷，仍然踽踽獨行，仍然勇策征轡。

五、試上高峰

可愛者不可信，可信者不可愛，什麼才是人生的追求呢？老師一生似游行旅，雖涼涼漠漠，知音獨少，但是，看到字裡行間透露的知識能量，似乎又在告訴我們，尚友古人，心與神通，無遠弗屆。

曾聽老師講述書法藝術，和老師一起欣賞王仁鈞老師的書法展覽，游於藝是老師所善，而我們不才，竟然一點師承也無。

早年李猷老師曾對我說：龔鵬程是「夙慧」。什麼是夙慧？唯有接觸老師才能深刻體會。但是老師仍然謙稱自己不是天才，天才是有開發性的，有創發性的，李賀、康有為皆然。登上高峰，視野開闊，能見人未見，觀人未觀，如此塊壘，何妨吟嘯徐行於游人未游之境呢！

六、緣起不滅

摩挲述學新著，一路追蹤躡跡三十餘年，看見豐沛能量不斷地散發知識的魅力，看見著述不輟的堅持與執著堆疊成學問堡壘。若問此生此世，尚有何作為，仍然是著述為業，在立功立德之餘，姑且立言，以博人笑談。

二〇一八年十一月二十六日

煙花易散，冰心自存：記傳統詩人的聚會

馬來西亞傳統詩人、霹靂洞主張英傑擬於十一月中旬來台，邀大家餐敘。每回來台，他總是邀約台灣民間詩社的詩人們餐敘，既暢敘情誼又以詩會友。我和廖一瑾教授也受邀出席餐會。

宴會設在民權西路站的吉祥樓，這是瀛社聚會的場所，每次踏進這個餐廳，特別感受傳統文學在這兒紮根，總希望有新血加入。

第一次踏進這個餐廳時，是我博班剛畢業，刻任教於靜宜大學，因為講授〈詩選及習作〉的課程，很想了解台灣民間詩社運作的情形，透過林正三老師的推荐，參觀了當年瀛社詩學會每季例行舉辦的擊缽吟活動。

當年的我，很好奇的詢問相關活動，並且和耆舊詩人們合影存念。歲月荏苒，忽忽已過了二十年多了。當時，已感受民間詩人有老成凋零的景況，而今，勢微的感覺仍然巍巍矗立眼前，隨時有即將崩塌情形。而且每次捧讀瀛社的社慶詩稿時，特別有種濃郁沈重與難以言喻的滄桑感襲上心臆，似覺浸潤在渺然的時空裡，與現實既不相掛搭，又覺眼前龍蛇飛舞的詩句歷歷分明，這種既現實又超現實的感受，漶漫如雪，飄飛零散而冰心自存。

很多詩人彼此雖是舊識，然而無因緣聚會，這回，因為張英傑先生邀請，讓許多久別重逢的詩人們可以共坐一桌舉杯敘舊。大家很興奮的彼此互相交流新作，也紛紛和張英傑先生合照。我拿著手機，不斷地捕捉美好難得聚會的畫面，深恐時日轉移，即將成為永遠的追憶了。故而特別珍惜當下，懂得惜緣，因為在座的耆舊詩人大多是七、八十歲的老先生了，有的甚至向九十大

關邁進了。還有一些老詩人因體力無法負荷一趟來去的周折，僅能以詩文向大家寄問安好。

歸來，檢點行囊，特別感動這群老詩人傳播傳統詩歌的能力與毅力。

其中，有二片CD，一份是台北市詩詞學會轉錄發行的「周植夫古詩吟唱紀念集」，一份是「客家詩人古詩吟唱集」，藉由科技將這些錄音檔留存，也成為文化資產的一部分了。

當日的賓客中有來自基隆的蔣孟樑伉儷。蔣先生是名書法家，曾任基隆詩學會會長、基隆書道會理事、台灣瀛社詩學會的理事、澹廬書會諮詢顧問、中國書法學會顧問、中華藝遊學會常務理事等職。看到他的頭銜與經歷，曾努力在古典詩學與書法世界經營出一片天地。

李宗波先生是吉祥樓餐廳董事長，對古典詩詞非常熱衷，故而瀛社的活動大都設在吉祥樓舉辦。有了李先生的資助，才能讓古典詩的活動有定點可以傳承下去。

與會的賓客中不乏來頭不小的詩人，有楊君潛先生，是春人詩社社長，也是中華民國古典詩研究社名譽理事長；有陳維德先生，是明道大學國學書法研究所講座教授；有李宏健先生，曾任中國國際詩書畫院名譽院士、台北市詩詞學會名譽理事長，也曾到大陸暨南大學、武漢大學、西安交大擔任客座教授；有甯佑民先生，是中華詩學研究會常務理事、古典詩研究社常務理事、中華湖湘文化協會理事；有柏蔚鵬先生，曾任中華大漢書藝協會理事、中國澹寧書法學會理事、中國古典詩研究社秘書長等職；亦有未克參加以賦致謝的鄧璧先生；還有古自立代表新竹的中華古典詩社到來；有台灣創價學會執行秘書黃玉玲等人，更多的是我不認識的耆舊，但是，大家的心頭是熱的，整個餐宴非常的歡樂，敘舊之情特別濃郁。

古典詩學之傳承，除了有中國文學系在支撐著，更多民間的力量，似潛流一樣在民間汩汩然流著。例如三千講堂也是某貿易商因熱愛中國傳統文化，特別在公司的高樓成立講堂，由顏崑陽老師、陳文華老師等人講授傳統詩學暨創作。這些民間自主性活動，常常讓一群喜歡中國文化的社會人士重新學習與認識傳統文學與文化。而他們往往來自社會各階層，有護理長，有會計師，也有販夫走卒，大家不約而同的坐在講堂上，吸吮中華文化的精華。這些人士，有些已從職場退休，有些是下班後趕過來學習的，基於對文化的孺慕，大家齊聚一堂聽課的感覺，特別有興味與向心力。

霹靂洞主張英傑，來自馬來西亞，他更是位異人。弟弟是書畫家，而他自己雖然擁有名勝霹靂洞，卻非常熱愛中華文化，在霹靂洞入口的右方高台置有一張書桌，平日，就在書桌前創作古典詩歌，並與文人雅士在此品茗論詩。每有新作，必定用航空郵寄到中興大學給我品賞，數年不間斷。想來，知音難尋，千載其一乎？我雖非擅長古典詩歌創作，亦不敢忝為知音，卻也因此而知海外有許多華裔對中華文化一直存有孺慕之情，一直未能忘情於中國博大精深的內蘊。

多年前，馬來西亞曾有位文人徐持慶，我認識他時已七十餘歲了，他一直希望有人能夠從事馬來西亞古典詩社的蒐集與研究。自己也擬撰了計畫書希望能用十年的時間完成這個計畫。但是，沒有經費，沒有人手、奧援，一直擱著而未果。數年前，他也曾到台灣來找我，我們相談甚歡，也送我數本書，希望我能協助完成這個計畫案。但是，對於這個計畫，我雖然非常贊成早點完成，然而礙於工作及經費，未能協助他。近日，聽聞他已身體老朽，有點中風，到美國去了。深覺可惜。今年十一月份因緣參加第四屆的竹塹學研討會，巧遇從馬來西亞來的學者黃琦旺，與她聊起徐持慶，她也說，要趁著耆舊尚未凋零之際必須早點做訪談工作，否則耆舊凋零之後，這個工作就更難完成了。

有心於古典詩歌創作者大有其人，可惜，耆舊逐漸老邁而年輕人進不來，讓我看不到新血輪替的希望。同時，詩社的維繫亦不容易，但是，日益老成凋零的流景，讓人憂心民間詩人的流失。每回參加傳統詩社聚會時，皆會讓我興發慨嘆與惋惜。

幾回與新竹詩社社長武麗芳女士會面，皆未能深情暢敘，今年因為參加竹塹學而有更多的時間對話，她發表的論文是談新竹詩社吟唱的腔調，有異於其他縣市，我很感興趣，在大會中提問，她也一一回應，並且當場吟唱，讓我們辨識其間的異同。她真的很認真、用心在經營傳統詩歌的吟唱與創作，因女兒學音樂，一同用現代的樂譜將這些即將失傳的吟唱曲調記載下來，同時，也免費到新竹各地教學，並且自費經營詩社刊物的發行。這些事情，若非有心，豈願意將時間、精力與資費投資在無法回報的事情上面呢？她的用心與認真，真令人感佩。

面對傳統詩社後繼無人，而老成日益凋零之際，心中的熱腸亦無法對抗外在冷凝的霜雪環境。

世界各地皆有零散的民間詩人與詩社，必須有心有力的人士和時間追逐，才能將這些珍貴的詩社、耆舊詩人記載下來，否則煙花易散，人世兩渺之後，尋覓無蹤，徒留憾恨了。

二〇一九年十一月十一日

復旦第十九屆唐代會議側記

似乎，曾經擔任中國唐代學會理事長的我，應該參加對岸的唐代文學會議。這樣告訴自己，參加會議是促進學術交流，也增進兩岸唐代密邇相連的關係，更讓自己可以認識更多研究唐代的學者。

自從二〇一四年到蘇州參加唐代會議，二〇一六年到四川參會，今年二〇一八年由會長陳尚長在復旦大學主辦，為了回報二〇一六年陳尚君親自到台灣參加我主辦的台灣第十二屆唐代會議，我也回覆要參加這次的唐代會議。

會場中，看到了許多心儀已久的學者，在研究方面認真勤奮孜孜矻矻，有吳相州新編樂府詩集，目前已完成宋金元諸編，明清仍在持續中；有陳伯海的唐代詩學、周裕楷的唐代研究、有盧盛江的《文鏡秘府論》，得過多項國家獎項；有蔣寅的清代詩學、張健的清代詩話，胡可先的石碑墓誌、盧燕新的唐代選集研究、戴偉華的唐騷研究、羅寧的小說研究、李浩的碑刻研究、羅時進的地域詩學、王輝彬唐代宏觀研究等等。還有，每二年一次的會議，陳尚君總是有許多新作饋贈大家，今年是《唐詩求是》皇皇二巨冊。似乎陳尚君成為上海人文資產之一，到上海書展也可以看到主打這二本書，很令人感動。在會場中，也遇到了一些老朋友，王永波父子檔，以及李浩師生團隊，還有咸曉婷、盧燕新、李定廣、查屏球、李相東、孟國棟、下定雅弘、陳珀如等人，來自海內外的學者齊聚一堂，那種熙熙融融，歡欣喜悅，令人難忘。更要向會長陳尚君握手致意，也合照留念。

唐代文學會議，除了資深學者的勤奮之外，還有青壯派的新秀也逐漸融入這個大家庭之中，既有新血灌注，也有持續研究唐代的學者努力參會，看到大陸唐代會議有一百九十三人參會，一百八十餘篇論文提交，真令人感慨台灣的唐代研究，既無法凝聚向心力，又有斷層之虞，青黃不接，一直是我最憂心的。

本屆會議，第一天報到暨歡迎晚宴，第二天早上開幕式，諸位長官及主辦單位致詞，大會合照之後，才開始進行重要學者的論文宣讀。第二天下午、第三天全天進行會議宣讀與討論，第四天早上進行閉幕式及離會。由於參會人數眾多，向來都是將重要學者的論文設於開幕或閉幕宣讀，其餘，依人數、主題分作若干組。本屆分作五組，每組二三十人，每天有上下午時段，每時段分作二個場次，每場設有主持人及點評人，各自分組進行。本屆會議，分場甚為細膩，共進行六場各五組討論，我提交詩選研究，被置於第五組，間亦擔任點評及主持工作。看到學者們對話交流，與台灣一對一的研討會方式有所不同，因為人數眾多，無法一對一，只能採用群體討論對話，這樣才能讓所有與會的學者宣讀論文。台灣二天的會議，至多只能塞進四十位宣讀論文，而且分AB場次。在大陸參會，可以分到五個場次，真的很多，也不能細細討論，只能遊走在自己喜歡的組別進行討論。

會議第四天早上進行閉幕式，也會安排宣讀幾篇論文以及進行各組會報。最後由主辦大會單位的陳尚君致詞，感謝各方遠道而來，讓人會圓滿。

由於復旦大學是全國重點學校，經費充裕，第一天的晚宴，賓主盡歡；其後，每天的午宴、晚宴皆換不同的餐廳讓我們暢快交談。杯酒飲饌之間，堆疊的菜餚碟盤豐盛與富饒，感受主辦單位實在太熱情款待我們了。記得曾在廣西參加某會議，僅能以學生便餐的方式招待，真的，主辦單位不同，規格也會有所不同。

本屆特設優秀論文獎項，以一九六八年以後、五十歲以下，皆可成為被遴選者，由各組各位參會者評選，再由大會遴選委員會推舉獲得一等、二等、三等獎項的學者在閉幕時公開頒獎，這樣很能鼓舞青年學者努力向學。看到大陸年輕學者積極參會，而資深學者也用心提攜後進，蓬勃而有活力的情形令人感動。

這次我偕學妹惠馨及鈴棋一同參會，惠馨宣讀王昌齡的詩境說，鈴棋宣讀四傑的寓言詩，二篇論文皆有所見，也看到了她們的認真與努力，帶她們參加這種大型會議，讓她們學會更宏觀體察學術規模，也能微觀細膩感受研究的縝密細微之處，而非僅是會議大拜拜式的蜻蜓點水一無所獲。

每屆舉辦單位的規格不同，就有不同的回憶與記錄。最難忘蘇州的平江之旅，沿著河岸，欣賞古鎮，興發思古悠情；再者是漫遊寒山寺，在亭閣前喝著咖啡，領受沿岸風情，也登上寒山寺，體會叩鐘的暢達快意。又有陽澄湖畔的風清月白，吃著大匣蟹的愜意，真有天上人間之別。四川參會，偕朋友暢遊樂山古佛，臨江看著三江會流的澎湃水流，到三蘇祠參拜蘇家三父子，又到都江堰、國學會所遊玩，這些圖像皆嵌入心底形成潮湧的記憶。

本屆上海參會，既遊外灘，又欣逢上海國際書展得以參覽勝會；再遊張愛玲故居常德公寓的咖啡廳。復次，又到大隱書店、貓的天空之城、鹿鳴書店、復旦舊書店、復旦大學出版社買書選書。似乎踏進書店就出不來了。大約文人的宿命如此，嗜書如命，一進書店就無法自持。會後再偕遊蘇州拙政園、山塘古鎮、武康大樓等地，見證歷史的滄桑及百年大樓的規模。

本屆參會，會議場內，學者們交鋒論學，互通有無；會議場外，熙熙和暢，交談融洽，既能向心儀的學者致敬、致意、論學、討教，也能拍照留念，讓這場智慧火花互放的光影輝照人寰。

有人說，書中的作者乍現眼前的驚喜連連，讓人難忘。有人說，離別是為了期待下次的重逢。

是的，在會議結束、齊魯一號的午宴也餞別之後，各自奔向來的方向，也預期下屆在內蒙古重逢，讓美麗的研究火花再現。

期待再相見，成為滾動日子往前邁進的動力。

二〇一八年八月二十七日

「以文會友」與「他石攻錯」：上海大學第二屆「詩詞學與《詩》禮文化研究國際論壇」側記

上海，我又來了。

似乎，近幾年一直前進上海。二〇一七年三月參加邵炳軍教授舉辦的第一屆「《詩》禮研討會」，同年五月參加孫紹誼教授舉辦的上海戲劇學院「胡金銓國際研討會」；二〇一八年參加復旦大學舉辦的「唐代文學國際會議」；二〇一九年八月又來參加上海大學舉辦的第二屆「詩詞學與《詩》禮文化研究國際論壇」。

六月，當學年課程還在進行中，整個人似乎呈現非常疲累的狀態，一直沒有動力規畫到上海蒐集資料執行科技部計畫案。也很早就接到第二屆《詩》禮研討會的邀請函，但是，心情還是很疏懶，直到莊雅州老師來電說，他很想參會，然而庶務纏身，無法前往，當年答應邵炳軍教授第二屆《詩》禮會議一定前往參會，所以這回請女兒小喬代為宣讀論文，想問我，是否可以一同前往。有伴，當然好呀！正好可以去蒐集資料並且參會，一舉兩得。

小喬是位行動力非常強的年輕人，我和她通電話之後，馬上查看班機，幫忙訂機票、訂宿，行動非常敏捷，六月下旬即訂好便宜的機票及住宿。

第二屆《詩》禮研討會，這回不單是《詩》禮研究還搭上詩詞研討會，這樣更好，我不必寫《詩經》學的論文，可以用專長本色來發表論文了，真好。

到大陸參會，累積的經驗就是行前往往看不到議程，不知道自己可能被安排什麼工作或任務，包括開幕致詞、閉幕會報、主持、點評及分場的發表順序等等。習慣這種模式了，所以也不在意。通常，會議手冊及會議論文往往是在報到時才能拿到。然後，大家會很有經驗的入住賓館，順便檢視、查看自己被分派的任務是什麼，以及分組的情形如何。

記得早年，曾到上海參加黎活仁教授和復旦大學舉辦的國際會議，直到入住邯鄲校區賓館的夜裡，才看到整個的議程，也才知道自己被分配多場要講評的文章。如果是自己的專業尚可應付，然而，又是被分配到許多非自己專長領域的講評，能奈何，只能順隨並接受大會安排，立刻啟動超人模式，一一進行閱讀點評，裨益講評時能剴切精準。經過多次這樣的訓練，才司空見慣。事後，和當年一起參會的學界朋友們閒聊，才知道這是大家都有的共同經驗，也倍覺是一項珍貴的磨鍊與挑戰。

真的，在領到會議資料之前，常常不知道這回參會的人數有多少人？會議規模有多大？與會學者有哪些人？議程如何排定？這種參會模式與台灣不同。台灣會議議程一定在前幾週即排定妥當，進行紙本或電子海報宣傳，以招攬大家參會。且讓各位與會者早早知道自己的角色扮演，包括主持、講評，發表順序也排定好，一定是一對一，或一對二的特約討論，可以很細緻的進行學術交流，大家遵守時間進行宣讀論文及點評論文，因為議程排定，必須照表操課，不能不守議事規則。

大陸，因為參會的人太多了，往往是一長串人一同發表，有時一場有八位或十位發表人，卻又不像台灣有會務專人計時按鈴，常會有宣讀者講太長，雖有主持人，而主持人若沒有經驗時，往往無法有效控制議場時間，常會超時甚久，或匆匆作結。

這回，我們報到時，居然還領不到會議手冊及論文。工作人員說晚上再送到各位學者房間。結果，晚餐結束仍然沒有看到，問工作人員，說，明天早上開幕前可領到。這是那個環節出問題了呢？報到之時仍無法領到會議資料，我們也不好多問，因為籌辦會議的辛苦我深深了解的。每一個環節皆要盯很緊，印刷打印、議事組、接待組、活動組、餐食組、住宿組等，每一組各有任務，而每個環節的發條皆須上緊，才不會鬆脫了。

雖然報到時拿不到會議資料，但是晚上八九點從正門的瑞香閣晚餐歸來，在報到處看到了一本會議手冊放在桌上，因為只有一份，我們紛紛拍照，看看明天的開幕式是幾點，我們被分派的任務是什麼？早上是開幕式暨大會宣讀論文，下午分作二個場地分別發表，一場是「《詩》禮文化」專題，一場是「詩詞」專題。小喬代父出征，排在大會宣讀論文，林素英學姐則是第一場的講評。我隨意瞄了一下議程，被安排在下午最後一個宣讀論文，而我的論文題目居然被截了一半不完整的呈現在議程表中。

第二天早上開幕式及大合照結束之後，回到會場進行大會的論文宣讀，有《詩》禮及詩詞各一場主題演講與發表。心忖，下午的議程場次，我被排在最後一個，正好，有一個完整時間可以回房間校訂即將出版的書稿並修改十月份發表刻在趕稿的文章。我正準備離開，向小喬說：下午我再進會場來。小喬提醒我，不要忘記了，早上被安排擔任大會〈詩詞專題〉的會議主持人喔！是呀！我差點搞烏龍。幸好，有小喬的細心，否則便疏忽了。

由於大會用電郵知會我擔任主持人，然而行旅在外，無暇收發電郵，事先完全不知道被賦予這個任務，差點錯過了。在楊賽主持《詩》禮第一場的宣讀會場中，立即查看我主持四篇宣讀論文的議程順序及內容。看著楊賽主持的風格，也盤算著我當如何主持才能出色，讓枯燥的會議有點火花。只要手持麥克風，就要翻轉整個會場，讓議場活潑生動有趣，也讓與會者有深刻的印象。

為了讓人認識我，先簡單自我介紹，並說明第一屆參加《詩》禮研究時必須向《詩經》靠攏，寫攸關《詩》禮的論文；直到本次，第二屆會議和有詩詞專題共會，才可以本色出演了，這才是我的專長所在，大家聽了哄堂大笑。

因為宣讀人有位來自馬來西亞來的林良娥教授，我特別說起中國文化花果飄零之後，在馬來西亞的霹靂洞主張英傑，是名勝古蹟的洞主，很喜歡古典詩詞創作，在霹靂洞入口右旁平台上，每天很享受創作詩詞的快樂，也樂於和人分享他創作的快樂。既是洞主，又是庶民詩人。再介紹徐持慶先生，一位七八十歲的馬來西亞華僑，他發願要用十年時間完成馬來西亞古典詩社的訪查書寫。這些特別的事蹟大家聽得津津有味。

第一回合的第一位發表人鍾振振先生，是中國韻文學會會長，也是南京師範大學教授，談〈對仗可分解到單字〉的議題，其實他談的問題不是問題，是具在的事實，但是，他是前輩，我可以略作補充，說明對仗的觀念。在研討會上儘量不要用高姿態來糾正別人之錯誤，而可以略作補充，這就是可以端正觀念，又不會得罪發表人而可廣結人脈的方式。

第二位是林良娥宣讀〈中國舊體詩在馬來西亞的傳承：以詩鐘為例〉，分從歷史淵源、風格內容及詩藝談起，我特別補充詩鐘即是擊缽吟，並介紹了何以稱作擊缽吟？它是文人社群的群體遊戲文字，如果是現在的手遊或電動遊戲，只要一個人就可玩得很快樂，但是擊缽吟必須是一群人才能玩得起來，是限題、限韻、限時的群體遊戲，也是一種衒才的行為表現。因為是社群活動，才會帶動詩社結社的情形。再說明，馬來西亞古典詩歌創作的文化鄉愁，也逐漸融入在地化、在地性，而且馬華文學中的新詩也是如此，尤其最有名的詩人是溫瑞平，《天狼星》詩社的創辦人，也充滿了文化鄉愁，對中國文化的追想。

與林良娥認識也是機緣。當年她寫博論時需要有推荐人才能申請到國家圖書館找資料。與她素未謀面，她從馬來西亞一封電郵寄給我，我慷慨答應。後來，因緣際會，我到拉曼大學參加國際研討會時，她刻在拉曼任教，特地跑來找我暢敘，從此建立良好的情誼。這回，我們又在上海的《詩》禮研討會碰面了，她已是擔任行政職的主任了，真是歲月荏苒。

二位宣讀完畢，由曹辛華講評，他談了一些目前正在進行民國詩詞編纂的工作項目，我也趁機歸納並說明，大家可以群策群力撰寫中國詩鐘史、籌辦詩詞創作大會等，並請韻文學的會長鍾振振教授幫忙募款呢！引起在場與會學者哄然大笑。

第二回合是復旦大學黃仁生宣讀〈論「詩變而為詞」的進程與意義〉，分從起源、曲子詞範式之演變及其在文學史上的意義，歸結有語言功能、主觀情感、強烈情懷、想像與虛構等項。我則再補充「詩、樂、舞」的演進過程，先是向「詩」靠攏，然後向「樂」靠攏才有音樂性的「詞」，最後是向「舞」靠攏，才能有元曲以後的戲劇展演，而曲文皆是以詩詞的方式表述，演唱的方式則是音樂的載體。這樣的補充深獲與會學者贊賞與肯定。

再則是吳蔚宣讀〈從神韻到格調：論帝王與詩壇的關係〉，她是北京聯合大學教授，說康熙喜神韻，乾隆喜格調的說法，是臣子投帝王所好而興發的理論，我盛讚她的切入點甚好，談格調者甚多，大多從前後七子談到沈德潛，但是她從帝王與詩壇的視角切入，是很好看問題的方式。接著點評人朱德慈不想佔用時間只歸納一句，前篇是順著歷史進程說，後篇是格調反駁著神韻為說，雖是簡短，言簡意賅，完全點出論者的論點所在。

擔任會議主持人，其實可以很簡單的進行議程程序播報而已。報一報誰宣讀、誰講評，但是這樣太平鋪直敘了。我擔任主持人時，不僅會歸納論文的重點，也會提醒發表人，講評人提點的重要問題是什麼？甚至會進行補充，表述自己對此一問題的涉獵及論見，這樣才能充分揮主持人的功效，不能僅是議程時間管理而已，還要進行議題的總評或總結。這就是我主持時的策略，只要麥克風拿到手，就要充分發揮功效。

果真，大家對我的主持風格很稱讚，說很有獨特的魅力，會後，紛紛有學者來找我加微信，我也完全配合的說，來，我們一起拍照留念。其實是我臉盲，拍照傳微信給他們，才能讓容貌永遠定格，不會忘記。

下午分《詩》禮、詩詞二個會場進行發表討論。我這回提交的論文是〈譜系與圖像的建構：民國詩話對《四庫全書提要．詩文評類一》詩論範式的發衍與宣闡〉一文，理當被安排在詩詞的會場進行宣讀，能與許多研究詩詞同好一起論學，甚有意義。同一場發表者，有談「以聲為主」的形成與義涵；有談舊體詩表達生活情志的記載；有談「三楊」與台閣體；有談民國正聲吟社；有談民國時期清詩選本考錄；有談近代藝社文人群體社集的意義；有談晚清民國詩詞社團海門吟社；鄭孝胥上海租界遺老時期的詩作……等，這些大多與我近年關懷的民國詩話相涉，收穫良多。另一場是《詩》禮會場，雖無緣參與，從議程觀察，也有一些我甚感興趣的議題，例如：〈論近代報刊中的「新《詩經》」現象〉、〈《詩經》中采集品的祭祀、醫葯功用探析〉等。後來，晚宴時，巧遇郝建杰，才知道他也來參加會議了。當年在廣西大學參加《詩經》國際研討會時，初識山西大學知名學者劉毓慶以及他的學生郝建杰。曾經讀過劉毓慶的書，對他並不陌生，居然可在《詩經》會議中進行學術交流，並且同桌共餐，真是幸矣。

此次參會，出席者年輕輩出，老一輩的學者較少，培養後進一直是學術可以延續慧命所在，而且在大陸，因為地大、物博、人多、資源豐富，所以中壯輩出來擔任重要職位者甚多。

反觀台灣，少子化及就業市場不利，學術有斷層之虞，也非我們大聲疾呼可以挽回的。這回，與會的年輕學者中有畢業於台灣師範大學的博士，刻在玉林學院擔任教職。據她所說，目前約有數十位台灣博士在玉林任教，她的丈夫也和她一樣一起在玉林任職。這難道是另一種花果飄零嗎？

再者，台灣各種資源有限，通常要熬成婆必須很久很長的時間，其實，這是不利發展的。因為中壯年最有活動力，若能在中壯年接掌行政，很多工做事項可以有規畫地推動與完成，也才能培養新進，薪傳有人。在大陸中壯接掌行政是常例，很多事情可以風風火火推動起來。

復次，在台灣，如果某校有某研究中心，往往只是個空殼子而已，因為無人、無錢、無資源，不然，需要有一群人願意無償義務的付出，才能略有成果。但是大陸就不一樣了，研究中心是具體落實的，有人、有錢、有資源，可以形成很好的研究團隊。這回，《詩》禮研究中心就是上海大學準備開展的特色研究，有國家研究資金挹注。

另外，大陸學者熱衷參加各種會議，能被大會接受，就是一種學術肯定。還記得早年曾經參加陝西師大的會議。每一位發表人依照身分位階而有不同的發表時間，看到很多尚在就學的博生，很精準的把握發表的五分鐘，將自己的研究議題如何開展論述，研究成果如何，皆一一審慎表述清楚，真的不容易。由於參會可以吸收最新學術資訊，並且親炙大師，吸引很多學者參與，所以才會分場、分組宣讀論文。在台灣的會議場次，往往成為小眾會議，與會學者匆匆來去，只是拉豆油式的參與自己出場的那一個場次而已。記得，某年參與某校的某國際會議，該會邀請了韓、日、美、陸等知名學者參會並進行主題演講，花了那麼多心力籌辦的會議，居然看到整個會場冷冷清清，少人聆聽參與，殊為可惜。這種冷寂的台灣會議與大陸的熱烈參與形成反差，同時也反應出年輕人對會議的冷漠感，薪傳不易，如此學術，深有斷層之虞。

縱觀海峽兩岸舉辦的國際會議，若能互相取鏡，相信，可以促進更多良性的學術交流，而非衍成學術競技場，互相較量高下；或是學術大拜拜，成為可有可無的學術聚會而已。

期待新血加入，無斷層之虞；期待資源挹注，推動更多學術活動與研究。

二〇一九年八月二十八日

重回嶽麓書院：第八屆中國經學國際研討會隅記

「惟楚有材，於斯為盛」。

嶽麓書院古樸而有韻味的風姿又映現眼前了。

歲月的風沙幾度淘洗之後，我又重新悄然駐立在這兒了。彷彿是前世今生的記憶漶漫湧上心臆。記不得是多久之前曾經來過了。被光陰的流沙掩埋之後，悄悄流逝的時光就這樣一點一滴的消磨殆盡了。只剩下那塊匾額、那幅對聯還在記憶的邊隙流竄著不成形的印象了。是的，年年歲歲，流逝的不僅是歲月，是記憶，還有我們的青春也一併流入無可追挽的光陰之河了。來年來月來日，如何記取我們曾經臨現此地？如何映照此情此景呢？於是，無論如何，也要一絲絲一縷縷的記錄曾經走過的痕跡，為將來的我留下一點蛛絲馬跡，可供品味流賞。

至少，記得在二〇〇八年龔鵬程老師舉辦的國學營曾經全家造訪此處，走到半學齋，那股幽然的綠竹真的喚醒了我的記憶了。而在國學營之前，仍然記得也曾到過此處。那麼，究竟來過多少次呢？真的不復記憶了。記得，又如何？不記得又如何呢？我彷彿不斷地在追趕記憶之龍，想將所有的往事一一追回逆溯，然而，人的記憶真的有限，不僅被時光淘洗流逝，也被自己的老朽徹底打敗而遺忘了。

南宋時，朱熹和張栻在此論學，誠為學術佳話。而今人，只能望著重造的古蹟一一臆想當年的場景，用圖畫、用示意圖、用塑像重造當年的圖景，甚至連湘江、舟船皆不遺漏的展現眼前，就是要告訴我們，當年朱熹渡江而來的故事。論學一事，被無限放大成學術史的盛事，代代相傳。而我們駐立此中，只能依稀彷彿地重構千年學府的「朱張會講」盛況。日後，是否也會有人追想我們的追想呢？彷彿之間，有東坡「黃樓夜景，為余浩嘆」的興味。

大陸第八屆中國經學國際研討會二〇一九年九月在嶽麓書院舉辦，由於時近開學日，很多師長朋友們皆未能參與，只有我和幾位朋友、師長連袂出席，顯然與之前動輒十餘二十人的陣仗真是不同。人多，有趣好玩；人少，也有人少的安排。這回台灣來參會者，有葉國良、徐富昌、劉德明、程克雅分別從大陸不同地方過來，而我和蔣秋華老師、車行健夫婦、林素英學姐等人則從台灣直飛長沙。

九月五日，吳仰湘安排嶽麓書院的師生和台灣來的學者舉行「當代台灣經學的研究與教學座談會」。蔣秋華老師講述台灣尚書學的師承脈流及研究概況；林素英講述台灣地區禮學研究概況；車行健講述二〇〇三年隨林慶彰來湖湘實地考察的經過；我則講述台灣地區《詩》禮之研究概況，黃冠雲講述西方對考古的實際反省。每位學者針對自己的專長發言，也和嶽麓書院的師生對話，是一場既嚴謹又溫馨的座談會。

下午導覽嶽麓書院，尺尺寸寸之間，仍是當年的規模，只是風沙一一流逝在歷史的迴廊之中，看見的雖是古蹟，卻是再造的新古蹟，縱是如此，也足夠我們憑弔當年遺跡逸事了。

十多年前，嶽麓書院仍是獨立的單位，經過整併之後，現在歸屬湖南大學，與湖南師大毗鄰而居。不知道合併是好或不好，書院規模變大了，不僅成立本科三系，包括歷史、哲學、文物，還有碩生博生共有五十多位學生，教師也有七十多人之多。一個小小的嶽麓書院有七十多位教師群，在台灣可算是一個文學院的規模。每年，還定期和國外不同知名大學互辦研討會，我們抵達的同時，已在舉辦「中國思想的物質性」，期程是二〇一九年九月三日至六日，共同主辦的單位有嶽麓書院和「牛津大學皇后學院手稿與文獻中心」。看到白膚金髮的外國學者穿梭在仿古的廊道間，分外有趣，是一種古與今、中與外的穿插和反差。

大陸人多，資源豐富，一個大學動輒二三萬名學生的規模，真的不容小覷。因為學生來源不虞匱乏，往往一個系所可以提昇到院級化，每位教師也可以有很好的安排，而且不必像台灣一樣制式授課：教授八小時，副教授九小時等規定。據吳仰湘說，他一學期只要授三小時的課程，而且是僅僅三小時，不是每週上課，類於我們的演講課程吧。真是令人羨慕。制度有彈性，教師可以到各國訪學，還有補助！

九月六日上午，嶽麓書院師生帶領我們參觀湖南省立博物館，其中，聞名海內外的是馬王堆，這是每位到來的遊客必定觀看的重點。早年曾經一遊，而今，聽說經過六七年的整修，已經有更新的規模了。

參觀省博，體會楚文化的在地性。曾經是雲夢大澤，曾經是屈原書寫離騷的故地，而今觀看地圖以及展場的各種文物：食器、酒器、衣飾、禮儀銘器等，彷彿讓我們回歸到二三千年前的歲月了，讓我們著著實實的體會山水之間的生活。隨著朝代的推進，從上古到中古到近代，各種器物展演不同世代的生活需求。最令人震撼的是長沙馬王堆所發現的墓葬品，辛追夫人的遺體仍然栩栩展示，而棺槨、殉葬品，包括食物、食器、服飾、木俑、陶俑等，一一羅列眼前，讓人驚訝如此文明的器物，不僅是曠世珍寶，也是推動文化進程的一個里程碑，讓世人知道漢代貴族生活如此華麗與豪奢，這些文物真的有助理解楚地文化與漢朝文明。

雖然，此時看到馬王堆與當年所見陳設略有異同，但是，震撼的心仍然未能稍減。尤其是豬的酒樽、器皿等名物，顯示楚人對豬的吉祥圖騰象徵。新文創品就以仿製這些器物展售，顯示漢代的工藝進步，非可等閒觀之。

站在展售中心，看到各朝各代湘地各種器物被現代文創重新演繹出新的風貌販售，雖有創意仿製，然而，有部分是殉葬、墓葬之品，雖然可愛可觀，卻是不可擁有。想起當年第一次到大陸西安，幾乎大家皆會買兵馬俑回台，殊不知，是殉葬品，屬陰物也。這回的湘地文創品雖然精製，也大多是殉葬的新文創製品，買來送人不宜，自己留存也不宜，乾脆觀而不買。

下午，到橘子洲小逛，熾熱的太陽下，看著湘江，看著柳岸，看著柚樹結實纍纍，似乎遊興不高，走一段，搭一段遊園車，真的，溽暑之中，無法有遊逛的閒情。

九月七日，第八屆中國《經學》國際研討會開展議程。先是開幕式由蕭永明院長主持，主辦單位分別由代表湖南大學的副校長謝赤、清華大學中國經學研究院長兼中國經學會長彭林致詞。致詞結束，全體與會學者大合照，這是參加大陸會議必有的開幕儀式，大合照以見證學者齊聚一堂的歷史存有。

大會安排資深或學有專精的學者宣讀論文，是表達對他們參會的尊崇與禮遇，藉以提昇知識能量，促進學術交流。第一場由蔣秋華老師主持，台灣學者有葉國良教授宣讀〈先秦古禮中的靜默表述〉，議題新穎，原來，「靜默」也是一種禮儀。第二場台灣代表是徐富昌教授，宣讀〈清華簡六《子產》與《左傳》子產形象析論〉進行子產形象的分析。主場的大會論文宣讀結束，下午則是分組、分場學術研討會。共安排四個場地：明倫堂、文昌閣、崇聖祠、明倫堂第五教室，各有二場，每場五至六人宣讀論文，因為時間有限，每人僅有十分鐘宣讀論文，再進行點評。

我被安排在第三組崇聖堂，也擔任主持人。由於是第一分場的主持人，必須很有策略的安排時間，先規定每人十分鐘宣讀論文，五分鐘講評，交錯進行，且要計時的學生舉牌，避免有人逾時耽誤了後面學者的宣讀。行禮如儀，無論是宣讀論文或是點評者咸能遵守時間規定，讓議程非常順暢，也幫大家歸納、提點重點。最後，還動用一點小小建議，因為與會學者彼此不認識，讓大家拿著自己的名牌放在合照座位的桌上，一起拍個合照，這樣就能彼此認識，也成為第三組合照的見證。會後，有人對我表述，主持的非常好，既嚴肅又有親和力，尤其是大合照，可以看出團隊組織能力，這些溢美之詞，不敢承受。

這次，我參會發表的論文是〈自然平淡與懲戒教化：朱子論詩要義及其對《詩經》的承接與轉化〉，旨在闡發朱子論詩要義及其與《詩經》之關涉。朱子曾評註各種典籍，且賡續心性之學，功勞厥偉。論者多將其列入經學家或理學家之林，對於朱子身處中國詩歌高峰期之一的宋代，雖論其詩義，鮮少與《詩經》合鉤而論，然而，朱子曾有《詩集傳》一書，對《詩經》頗有新解與發明，究竟其論詩要義與《詩經》之關涉如何？其論詩立場如何？關懷重點為何？能否超越時代的局限抑或被時代所籠罩？是否能指引新的創作方向抑是以政教傳統論詩？以上諸問皆為我嘗試探賾者，冀能管窺朱子論詩要義，以抉發其與《詩經》互相發明的旨趣。全文先鉤稽朱子論詩要義，再論其詩論與《詩經》之關，進而論其存在處境與局限。論述理序：先從形式結構論其形構類型，再從內容義蘊釐析詩歌本質之論見，進而揭示其詮評視域及文學觀念，昭揭審美觀點及其所推導的功能效用，是對《詩經》學的承接與轉化、契會與詮解所開展出來的論見，進而說明其處江西後學流衍之當下，有其存在的關懷及局限。與會學者也紛紛提供意見交流，裨益我進一步思考論述的焦點與面向。

翌日，九月八日上午，先是分組分場宣讀論文，五至六人展演結束之後，十點三十分，大家依照議程規定，再移步到中國書院博物館參加閉幕式。踏進博物館會場時，我特別注意到一旁牆壁上掛著星雲法師的肖像，偉岸矗立，原來這座書院博物館是星雲法師捐贈的，看到了星雲法師的題字，倍感親切。

大會仍然安排四位學有專精的學者宣讀論文，台灣學者代表有蔣秋華教授，宣讀〈從家學論劉逢祿的《書序述聞》〉，是一篇關注劉逢祿「家學」的論文。大會論文宣讀結束，再由各組會報宣讀內容與記要。最後，才由中國經學會長彭林做閉幕總結。

二天的議程在緊湊與規劃中圓滿謝幕。

這是我第一次參加大陸的經學會議，認識了幾位新朋友。香港也來了幾位嶺南大學的舊識，包括陳亦伶、潘銘基、李雄溪及主任盧鳴東等人。虞萬里教授也在會後致贈新出版的大作：《高郵二王著作疑案考實》，令人欽佩又有新著付梓推出。曾經邀請虞教授蒞臨中興大學演講，整個演講廳，座無虛席，其魅力可見。

此回能夠參加大陸舉辦的經學會議，了解學術專業真的各有專精，尤其是經學，非我本色出演，逡巡在各經義理之間，僅能努力表現，也努力吸收知識，在每一個報告者的展演中，勤奮吸取知識，期待自己可以更多學習，達到積學儲寶、酌理富才、研閱窮照、馴致繹辭之效。

重回嶽麓書院，最令人銘感於衷的是吳仰湘伉儷的熱情招待，二人皆是淳樸質實之人。臨行的前夜，吳仰湘又親自從學校輾轉走到僻遠的梅苑來送行，看著他滿身大汗，氣喘噓噓的，大家份外感動。中秋將屆，特地從湖南鄉下的老家寄來月餅讓我們嚐新，夫人簡序梅又親自切了一盤當令的水果讓來自台灣的我們品嘗。當夜，弦月高掛天際，伉儷二人陪著我們在闇然成形的山區隨意的漫步，欣賞夜色沁涼、好風如水的恬靜，這份深情厚誼真的令人到貼心與窩心。和吳仰湘相識十餘年了，看著他在嶽麓書院努力研究著述、籌辦各種學術會議，終成為重要的台柱，卻仍然一本初心，質樸無染，像個無機心的小弟弟般，陪著我們這群台灣朋友談學論文、品茗談心，一點官樣也沒有。

在嶽麓書院的梅苑小住幾天，見證幽僻的山居適合讀書，適合沈思與做學問。梅苑背倚天馬山，前臨湘江，有山水之美而無喧囂；離校區雖有段距離，然而步行可當散步，驅車亦不相遠，靜謐如幽谷，馨香自持。這種和滾滾紅塵不即不離的距離，住在其間頗有雲間仙子飄然之感，他年他月他日，是否還有機會可以重遊，未可得知。然而，珍惜當下，總期許自己，每走過一個地方、每一寸土地，用最美最好的心情去知遇每一片風景，去珍藏每一份感動，去溫存每朵燦笑的容顏，去感受每一份真心的情誼。

來自海內外的學者，也因二天會期相逢、相識、相會、相知。日後，可延續這份學有專精的知識能量，繼續散發學術魅力在每一個光影互映的時刻。

千年學府嶽麓書院，就在期待與依戀不捨中告別，而這些和學者們情誼交流的日常生活，也將淪逝在歲月的邊隙，不著痕跡；也將被流光的風沙，掩埋堆積。

二〇一九年九月十一日

東華大學人文化成研討會

四月接到主辦單位電話邀請，說蜀蕙強力向系主任推荐我發表論文。經過邀請，繳交摘要、論文，便將PPT備妥。

到花蓮東華大學發表論文是第一回，遠在東部，鮮少往哪一頭走，主要是因為交便不便，更具體一點講是火車票難買。

在火車票開祟前二天主辦單位即通知我，要開始搶票了，這是一個難得的經驗，搶票。早、午、晚，皆搶不到票。

人文化成的研討會是在十月二十、二十一日。因為二十日下午還有一個教科書審查會議，先到國教院開完會，才能前往花蓮，因太魯閣、普悠瑪皆搶不到票，只好搶自強號，有一天終於搶到了是晚上六點五十五前往花蓮，抵達時晚上九點十九分，有點晚，尤其是在異地異鄉，感覺有點可怕。

事先也考慮過，是否第二天一大早才前往花蓮？有一班竹北到花蓮的火車，早上六點零七分的自強號，一天唯此一班對號快車。抵達花蓮時是十點多，我的場次是下午，時間絕對來得及，只是，二天的研討會，只是蜻蜓點水，有點過意不去，有負花蓮好山好水，有負主辦單的邀請，決定二十日晚上提早抵達，可以入住東華會館參與第二早上的議程。

回程車票一直未搶到，主辦單位說，還有一張剩票，是晚上八點四十分前往台北的票。太好了，請他們幫我留住票，強力說：我需要，我需要。

二十日下午開完教科書審查會議，順利搭上六點五十五分的班車前往花蓮，迷迷糊糊在車上小睡片刻。下車時，睡眼惺忪前往後站，學生通知我在後站接我，迎向前，只見程克雅在後站迎接我，讓我覺得不好意思，因為她籌備會議，應很忙，居然晚上九點多親自來接。

她真的很忙，還在張羅買甜點蛋糕，先送我到東華會館放下行李，再前往和蜀蕙打招呼，蜀蕙還在忙著弄第二天發表的PPT，我待在蜀蕙研究室，她忙她的，我隨意翻書，近年她書寫宋代交通，頗有成就，集中火力書寫，與我蜻蜓點水更有不同，翻看她研究室的書，心裡也在盤算，應該聚焦研究吧。我是個隨興的人，一直東玩西玩，寫喜歡寫的，寫有感的，所以對別人而言，似乎不務正業，可是，我卻玩得很自在，也很隨意。

晚上十一點多，回蜀蕙家，100號的學人宿舍，聽說很旺。人氣很旺。克雅已先候在門口等我們到來。

進屋，隨意參觀獨棟的三層樓，以前曾到過車行健和吳儀鳳的家，而今重來，已是事過境遷了。行健離開東華十餘年了，儀鳳也搬出學人宿舍了。東華的規定，以前六年一搬，可續一次，等於十二年。再來規定四年一搬，不得原屋續住，迫使許多老師不願一直搬遷，只好到校外賃屋或購屋。如此規定，頗不便利，因為讀書人最多的不是金錢而是書籍，書籍最重，是搬家的甜蜜負荷。

三人對聊，喝茶水，吃水果，甜點，十二點多才告別離去，重回東華會館，沐浴，入睡。

換個地方，當然是無法好好入睡。第二天又早早起床，騎著腳踏車到處閒晃，真的，好山好水，看不到人，真有點寂寥。不過，也正因如此，才能沈潛研究讀書。尤其交通不便，東部人鮮少往西部走，所有的活動鮮少參加，如此才能體會後山日先出的的地理景觀，留住了許多學者。

研討會的外場，簽到處備有書法供學者簽到題名。看到了日本的東英壽，韓國的、馬來西亞的，以及黃啟方、齊益壽等學者的題名。我和學弟欣錫、蜀蕙佇立簽到處一直謙讓對方先題名，因為我們的字醜，最後，大家還是決定題名吧。欣錫和蜀蕙說，小小的題字拋出石頭吧！自嘲看到這麼醜的字，大家更敢題吧。我呢，俟大家走離之後，才慢慢地寫，沒有壓力，因為題在最後一個，沒有人看到，真好。一撇一捺，慢慢寫，三個字最後悠雅的呈現。

這回國際研討會，只申請到十二萬元，國際研討會只有十二萬元，辦起來有點捉襟見肘，但是主辦單位的用心，還是可以看到了的。除了國內專家遠從台北過來支援，國際學者則遠從日本、韓國、馬來西亞等地，要湊三國才能號稱國際，而大陸學者和我們交往最頻繁，卻不能稱一國，香港、澳門亦非一國，奇哉。有位大陸學者臨時因有急事，未能到來，只好代為宣讀。

看到許多研究宋代學者，大抵是因為蜀蕙研究宋代，所以邀請很多研究宋代之學者到來，看到學者陣容，一直覺得很可惜，遠從各國來到台灣，這麼好的學者，卻因為遠在東部辦會，無人前來取經，殊覺人力、資源、經費沒有達到充分的推廣與紹介，有點可惜。

由於東華交通不便，故而大家皆留在會場參會，沒有人溜會，儘量對話，交流，克雅精心準備的點心也可口宜人，讓學者們可以更自在吃點心交流學術意見。

人文化成已是第五屆，本屆主題是〈經典的詮釋與衍化〉，二十日下午開幕式之後，由齊益壽主題演講《讀陶志疑》，下午的場次有日本淺見洋二談蘇軾文集的編纂與尺牘，謝佩芬談周心大誌文，南京大學鞏本棟談宋敏求文獻貢獻，日本東英壽談歐陽修文集編纂與傳入日本經過。第二天二十一日早上的主題演講由山東大學鄭杰文談域外漢學的全球漢籍合璧工程，頗有收益。早上場次有四篇，下午二場各有四篇，在最短的時間內，讓學者發表、討論，因為主題很寬，故而發表的論題，除了集中宋代之外，尚有欣錫論錢謙益詩學、我談唐小說織女形象的衍異、其餘尚有先秦園林論述、儒道天人合一觀，嵇康管蔡論，青銅器構形辨析、山土文獻看王氏畋子校讀古書得失、宋人貶謫南行的交通以及孝經、孟告之辨等等，內容包括思想義理，文學，小說，文化等領域，豐富而多元。

最後一場是研究論壇，東英壽談日本漢籍與唐宋文化交涉、鄭杰文談國際漢學再生性回歸、王保國談思想文學和語言的多元詮釋與新變，張兵談出土文獻考釋。內容各騁所長，達到最好的交流溝通。我也因此而知道山東大學的域外漢學龐大工程，花人民幣三億元，最是偉人的工程，遠赴外國各地尋訪中國典籍。

與會學者率為邀請來發表的知名學者或是擔任論文發表特約討論者、或擔任主持人，聽眾人數不多，殊覺很好的國際學者到來，沒有被充分推介，殊覺可惜。

現在，各校皆有特色的研討會，南來北往，忙碌的圖像，自在其中，而蜻蜓點水，已成為大家心照不宣的祕密了，大家皆是出場自己的場次，立即閃人，因為太多事情要忙了。

細數近日的研討會，十月二十日東華的「人文化成」，十月二七、二十八台灣中文學會在政大的「文與道」，十一月中旬敝校中興大學的「通俗與雅正」，十二月的國教院「十二年國教研討會」，我一直馬不停蹄在趕場。也一直在寫一些淺碟似的文章，應付之餘，就是再應付。

除了研討會，其實教學，服務仍然沒有少。

總覺得一天二十四小時，仍然忙不完。是的，事情太多了。一直感受，這回東華大學邀請很多國際學者，然而，交通不便沒有很多人來參會，覺得非常可惜的事。

會議結束，到市區用餐，一桌不足，再開一桌。然後，我們一群台北來的四人，由謝明陽送到火車站，因為時間有點急，速速送我們抵達火車站，尚有一點時間，大家採買伴手禮，象徵一下，然後迅速進站，有點像行軍，因站體仍在改建，入站口有點遠，大家互相幫忙提行李，前往候車月台，搭上八點四十分的自強號返回台北，第一次在台灣參會和學人們同進同出，在火車上，同一車廂，雖沒有鄰位，卻能互相照應，也覺得主辦單位很費心張羅我們進出花蓮的火車票，才能在同時間返回。

抵台北預計是十點四十九分，返新竹最後一班高鐵是十一點，還有十一分鐘，我細算車廂位置，第十車廂下樓出口，是距離Ｂ３高鐵站最近的位置，所以提早五分鐘，我便前往最頂端的第八車廂等候下車，一下車，順利再走二個車廂，下樓，右轉，進到高鐵站，購票，進站，只花五分鐘，便可以好整以暇站在月台候車，趕上最後一班高鐵南下，可以回家輕鬆休息，真好。

東華大學國際研討會初體驗，雖在台灣卻彷彿是參與域外的研討會，交通、住宿皆作詳密規畫，新鮮新奇。

二〇一七年十月二十九日

雲科中哲會議的反思

多年前聽雲科蔡所長說，他們有個中哲會議，有機會再請我參加。我當然應允。事隔多年，今年五六月份他們的助教寫電郵寄會議資料給我，要我報名參加，原本不想參加，後來想一想計畫案有篇論文剛好可以趁機發表，於是將摘要及個人資料寄出去，九月繳交論文。親赴會場參加研討會，上午擔任發表人，下午擔任主持人，二件事，心想那就留下來用晚宴吧，順便認識一些學者專家。

由於到雲科高鐵班次一小時一班，必須搭上八點四十七分，抵達時九點四十一分，再請他們到高鐵接我，預計在十點三十分發表論文，結果敏修和學生接我時，走平面道路沒有走高速路，雖然沒有很多紅綠燈，但是車速明顯慢很多，故而十點二十分時，會場的人頻頻打電話來催問我們到了哪裡呢？其實，預估的時間是可以很順利的，不過走平面道路慢到了，幸好也沒有遲到，一切皆在掌控之中，到會場立即安裝ＰＰＴ，用ＰＰＴ才能順利演講，在高鐵上我也才將內容溫習一遍，重新記憶自己書寫的內容。

會場的學者專家來自山東大學及韓國嶺南大學，這是他們三地二年互相輪流發表論文的會議，所以他們彼此是舊識吧！我像是化外之民，不認識，真的一個也不認識，只認識雲科的林葉連等人。

中午和李哲賢用餐時順便聊聊，他是龔老師的同學，我們互相聊了近況，也知道他留學亞歷桑那州，眼識很高，我目前在中研院訪學，他說在國內，有什麼好訪學的呢？

在會場中展演自己的ＰＰＴ，講民國詩話的媒體發表情形，也聽別人的發表，自己也努力主持一場會議，讓大家提問，拍照，一切行禮如儀。

由於雲科和中哲合辦會議，依主題論述，所以分了三個場地發表，每一個場地人數皆無法很多，渡也用ＢＦ私訊我，說會場的人很少，現在辦會真的很可憐。我也回應了無人無錢辦事很辛苦。但是，最大的原因是，每個學校皆有自己特色的研討會，所以稀釋了很多人，再加上會議太多，大家也忙於奔命。想到有一年，到台北的某大學，談反思教育，會場僅有二十多人，會議廳不太大，但是，整個會場看起來，還是很空茫，將照片發到家族群組中，老妹用LINE回說，人好少喔！是呀！真的很少。

去年到東華，也是如此，辛苦辦會，努力邀請大陸及日本學者，但是，與會的人匆匆來去，似乎忙碌是每一個活在現代的學術人的寫照。

今年五月份舉辦的唐代會議，也是分ＡＢ場，因為會場太大，反而覺得人數太少，又到東吳講評一篇文章，早上的第一場，居然連系主任皆未到，由同仁代為開場，人數當然少得很可憐。為何要辦會？辦會的目的何在？是在互相進行學術交流，但是，淪於拜拜，一年一度，將事情做完就好，那麼，還不如不辦，可以省錢省人力呢。

今年的中哲會議，我在的文學場次雖然會場不太，但是，內外圈二三十座位全滿，而且感覺並不少，何以如此呢，可能是大家皆很認真的討論吧。

參加中哲會議，知道現在辦會單位籌錢不易，而學者們拚命趕場量化論文，似乎也不是良好的現象。但是，各校展現的特色似乎是必然的，學者們應自我估量如何才能開展研究，而非一直趕場，淪為學術拜拜的產物。

我也反省自己，幾年來，一直忙著外面的公共事務，包括擔任行政職、唐代學會理事長、課綱副召集人、教科書審查委員，還有一些零零星星，既忙碌又無法推辭的公務，令研究一直處在半荒蕪狀態，僅能參加各種研討會，來來去去，似乎無所著力，也無所用心，隨風搖擺，讓自己沒有能量展現，退到只剩下過去的研究成果而已。期許自己，少接點外務，多點力氣做研究。加油吧！

二〇一八年十月二十八日

聆聽與回望：《經典詮釋與生命會通》座談會側記

二〇一八年八月二十七日在中研院文哲所舉辦《經典詮釋與生命會通》座談會。會中，學術界的師長、好友、親人們齊聚一堂，聆聽師友們講述與亞傑的關連。有的從為人處事談他的豁達大度；有的從生活瑣事談他的不拘小節；有的從創辦讀書會談他的組織領導能力；有的從學術論著鉤勒他的為學進路；有的從師學淵源談他關心的議題。林林總總，橫切學術，縱剖生命，讓他的種種形貌重現眼前。但是，我的感受是什麼呢？

當他們以貼身近距離的談論與他的交往種種時，我卻忍不住思考，我所在的位置究竟是什麼呢？與他的距離是多遠或多近呢？隔世隔代，重逢無日，這麼遙遠的距離，是奈何橋也走不過，輪轉臺也無法逆回的陰陽睽隔，這是多麼糾心的距離呀！但是，彷彿之間，他的笑貌又乍現眼前。宛然之間，看見他的顰笑，看見他的風度翩翩。流轉的歲月不斷地奔逝，而青春年少的結緣，似乎還停在一起論學、一起遊玩、一起品茗月旦人物的當下。燈下的笑語，山水間的欣悅遊賞，攜子共遊的歡樂，這些是夢幻泡影，是鏡花水月，是塵風雲散，是無法忘懷卻也無法重回的片片段段，像跑馬燈一樣不斷地流逝，也不斷地駛回。不可逆回的人生，似乎就被定格在某年某月的某日。青春遠揚，華年如流，所有的情與愛皆銷蝕在風中、影中、塵中，留不住的思念，也只能任風飛揚，任光陰流過心海。如果，記憶是永不銷蝕的礦脈，則人們如何去堆疊如山如海般的記憶事件？如果，記憶會隨時光銷蝕，則人們又將如何去銘刻曾經擁有的過去？如何書寫曾經真實經歷過的事件呢？

座談會第一場由楊晉龍老師主持。晉龍老師不喜歡悲傷，但是，回憶就是一種沈淪的悲感，痛徹心肺。深知，頑童似的楊老師和他有著相同的氣質，不喜歡悲哀，不喜歡看悲劇，不喜歡苦情，寧可忍心忍淚，也不要讓悲傷的因子趺進眼中心裡，絕對的感受與楊公的氣性是相同的。楊公訴說著，看著病人的病痛死亡，與親友的故去是截然不同的哀感，不喜歡這種追悼式的場面，所以改換成論學，讓生命的力量更強勁，讓生命的厚度更豐盈，這是此時此刻我們可以做的事了。

猶記得告別式時，慶彰師三度代表萬卷樓、經學會、文哲所致意，悲哭失聲，掩淚擦拭的畫面永遠令人難忘。那時，老師已罹帕金森症，猶且親自出席三度致意，那種疼愛與悲痛，讓我非常的糾心。今天，他也遠道而來，坐在會場裡，佝僂著身軀談著他，有痛失臂膀的感受，又再度敲醒塵封已久的記憶，拉回到共遊張家界、九寨溝、北京的情景，聽老師講述每件往事，真真仿若隔世隔代，隔著千年億年的歲月銀河，雖是再也無法橫渡的記憶之流，而我們卻不斷地透過言說與表述要橫跨過去。

聆聽，莊雅州老師細說結識及論學過程，縷縷細數他的學問取向及格局，似乎不受限於師長的濡染，而能自闢一徑。而兩家的因緣從我而始，此後也因張家界之旅而開啟密邇難分的緣份。雅州師屢次擔任他的口試委員，也一起參與璧畫經學的會議，若即若離、不離不即的同在新竹香山，一在元培一在玄奘，似乎距離更近，更有就近請益的機會了。因緣於此，更能理解與體會他的為學面向。

李瑞騰老師談起往生的後事處理，由海基會朋友幫忙，俾能將大體運回，也由於萬金川老師的協助，能夠讓佛光系統協助助念、安厝等事宜，此皆是福緣福報。又談起轉任中央大學，二人在校既是師生又是同事之誼，這些往事，如真似幻的一一鋪陳而出，讓人驚詫歲月如駛，而我們也在見證逐漸老去的青春年華再也無法回尋了。對於佛光銘感於衷，二〇一二年的元旦，我也將他研究室五十二箱的書籍悉數捐給佛光大學，回饋恩義之情。

沒有出席的師長當然更多了，這些對他為學影響甚深者很多。大學時代受龔鵬程老師的啟迪，成為最傾心鍾愛的師長之一，家中有一櫃書籍全是龔師的著作，每有疑義，當即翻閱龔師文章以解疑釋惑，其影響之深，可見一斑。也曾二度全家隨龔師參家國學營，點點滴滴皆銘鐫心海。還有蔡英俊老師的西方理論、顏崑陽師的理論建構、王邦雄師的道家風範，這些或深或淺、或多或少皆有影響，無論是為學、為人、處世，無不吸納師長們的長處，形成自己的方圓矩度。

第二場由蔣秋華老師主持，溫柔敦厚的蔣老師不突出個人的言說，直接進行對談者的致詞。聆聽，張曉生先生談論初識及讀書會的過程，十年光陰，成就了這個散沙似的團體卻又堅固無比，無論願不願，無論是否強邀，大夥一起研讀《朱子語類》、《四庫全書總目題要》、《詮釋學》、《文史通義》，似乎藉由閱讀凝聚大家的心力，讓散沙似的友朋關係因為學術的聯繫而能更堅固。也因為任教元培，共辦研討會，共編飲食、旅遊教材，讓生活、教學與學術相綰合，也提昇了彼此的研究能量。

聆聽，陳逢源先生以「文心與道心」闡發他的學術是以同心圓的方式往外擴建，一點點一滴滴的積存堆疊學術成果，事實是以文心與道心做為會通之處。

聆聽，車行健先生述說同學共讀的過往，掘發他的師承深受龔師、岑師、慶彰師影響，並且從篇章的字裡行間細數受影響的證據，嘗試從章黃脈絡找到他的學術定位與歸屬。相濡以沫、互相論學二十餘年的情誼，豈是隻言片語可以道盡、言說的呢？

聆聽，金培懿先生從生活瑣事鉤勒他的性情相貌，再進到學術的論述，也引述孫致文的整衣梳髮及我的後記，特別有感。滴滴點點的鉤稽相逢相識的種種片段，似乎情在人間，人間有情。猶且訴說當年以不速之客的方式造訪她的新居，這似乎就是他真性情的表現，原來，相親相敬的人，可以不拘禮節的。培懿也特別向日本學者介紹他早年即已經營《文史通義》的讀書會了。這樣的宣闡，是讓更多人知道他的存在，凡是有知有見的學者，是可以越跨世代形成對話的。

聆聽，馮曉庭先生談說買可樂的情事，亞傑的天真及頑皮的模樣跌宕眼前，看似道貌岸然的他，其實是位童心未泯的大孩童，常常背著我抽煙、吃不健康的食物，暢快的喝可樂，吃肥滋滋的蹄膀、肥肉，甚至替同事買便當一定有花生及豆腐，他喜歡吃的食物，斷定別人也喜歡吃，他的性情如此童心未泯，如此頑皮不馴。

第三場由蔡長林先生主持，他也講述一段在大陸走一小時買可樂的往事及參會點點滴滴。

聆聽，賴貴三學長講述易經來為我們撫平感傷，人世有命限，我們不必為命限而拘束，能夠從困蹇中脫困才能天行健、自強不息，這種正向的力量，一直是學長想要教會我們的事。

聆聽，楊自平先生重述山東一事，似乎塵封的往事被開啟，最不想回憶的事件又被喚醒，悠悠歲月長廊的彼端漫漶的行來眼前。然後再述同學同事的種種情誼，再鉤勒他的為學取向，似乎生命的會通，在會通古今、會通人我。

聆聽，劉德明先生講述他的生活情性，似乎，同在私立科大有共同的命運，也能同體感受那種卑微的處境，彼此相摩相盪，走進了慶彰師的團隊，而能有更高的視野開啟作學問的格局。

做為後學的劉芝慶先生，先讀六朝的書認識我，才認識亞傑，從經學研究建構談六經皆文的概念，始自龔師，而六經皆文章則是清人發明，對於六經皆文、皆史，都是一種詮釋，也是一種解讀的面向，啟沃我們觀看的視野。

許育龍先生因感冒，仍然抱病出席，發言不多，卻讓人看見他的誠懇，無論要言是否中的，皆不重要了，能夠出席，這份心意也足夠讓人覺得窩心了。

魏綵瑩先生則講述向他借書，到中央大學扛書的一段陳年往事，從生活面切入，再細細盤數他為學的路徑，將他的學問一一點評，並且高屋建瓴的指出為學的路徑，是從晚清逆溯到晚明到先秦的詩經，也是會通文史過程的一種辨證，而最終的關懷是生命，究竟如何感通會通？經典的詮釋應如何文史相析？細細娓娓道出自己觀察他的為學路徑，讓人感佩她的認真與用功，居然步履他的閱讀，行走他的路徑，剴切指陳。

正當，所有的人演述過一遍與他交往的往事或為學的面向、格局或成就時，坐在場邊的我，似乎也在細細思想著，今世何世，今夕何夕，我們坐在這兒談論與新書作者的種種因緣，到底所為何事？有何意義？我們存在的言談還能迸出什麼樣的學術火花或精靈呢？我們還能如何去追緬一位已經遠離七年之久的老友呢？如何去重啟這段陳封的往事呢？他活在每一個人心中的相貌言談似乎因人而異的各自編繹不同的內容與感受，而與他認識結縭二十多年的我，到底看到的是他的那個面向？那一個才是最真實的他？大家所建構出來的、言談出來的他的形貌果真是我認識的那個人嗎？果真是日常生活中的他嗎？

人生代代無窮已，江月年年只相似。我們活在此時此刻，也不斷地創發此時此刻的生活碎片與意義。日後，他人將用什麼方式重新來建構我們？為我們留下雪泥鴻爪呢？是不是也會有人用新書座談會的方式緬懷我們？呼喚我們？為我們的存在重新定義與言說呢？

不喜歡悲情的亞傑，讓我們用新書座談會的方式來紀念與緬懷他，用學術的方式來談論他治學範疇與成就，相信他樂見此事。

座談會到會者共有三十八位，圓滿成就這場盛會。未及與會的師友們也紛紛向我致意因故未能到來的原因。凡能到會者，皆讓我感受情意綿長；未能到會者，也能領受他們的關切與祝福。

雖然新書的篇幅與厚度有限，然而，研究的能量無限；生命的長度有限，然而煥發的光與熱則是輝耀人寰。願此時此刻的我們能夠繼續未竟之程，完成未竟之名山事業，日後，也因為有名山著作而能等同於立言之不朽。

第一回合「經學講會」隅記

經學界的朋友們為凝聚共同論學力量，匯聚教學與研究的能量，在金培懿、車行健等人推動策畫，且沒有任何經費奧援之下，大家自主性舉辦「經學講會」。

第一回講會，以《尚書》為主，由蔣秋華老師主講，陳恆嵩、許華峰導讀。

蔣老師先談台大講授《尚書》用書、師承世系，指導碩博生的趨勢，鉤勒台大以屈萬里為主的師承表，繼以第二代弟子輩有朱廷獻、程元敏、李偉泰、周鳳五、劉兆祐、林慶彰等人，第三輩有洪國樑、蔣秋華、張曉生、黃世豪、陳恆嵩、何銘鴻等人，第四代有洪博昇、陳志峰、許育龍、黃澤鈞、盧啟聰、簡承禾等人。

蔣師不諱言自己不擅長講義理，主要以考據為主。搭配一些故事可以吸引學生修課，磁吸經濟系學生來修《尚書》。

陳恆嵩則講述與林慶彰老師的淵源，以及與劉兆祐老師的師生指導關係，實以林慶彰為指導，而劉兆祐是掛名的。林老師上《中國思想史》時，以韋政通書上下二冊為主，但是，不夠精彩，僅能統整韋氏說法，照本宣科。然在下課前，會將下週相關的書目抄在黑板上讓學生預習，陳師說他最喜歡與期待的就是每節課的書單，引發研究的興趣，後又和三個同門的同學一起編《經學論著目錄》，四個人用了三年的時間完成，其間雖艱辛，卻也奠立版本目錄學的基礎。再續講述如何講授治學方法，讓每位修課學生完成一個作家的著作目錄彙編，學生根器不同，各有斬獲。

許華峰說《尚書》學自淡江的莊雅州，然後是岑溢成對他的影響，以及師大吳璵等人，也講自己如何思考、如何講授《尚書》的課程，如何將《尚書》的教學反思到研究面向，基本上與他發表在《文哲通訊》所寫的內容相關。

三位主講人滔滔如江河侃侃發言，金培懿問了一個問題，從林慶彰講述《中國思想史》不精采，僅能照本宣科，引發中文學界的發話權、話語權在何處？為何落在思想義理的學者手中？

車行健、蔣秋華、許華峰各有答覆。其實，我聽來，並不覺得中文學門講述《尚書》就一定要用義理的方式講授，考據、訓詁各有擅場，何必覺得中文學門傳統的講授課程就一定沒有話語權？陳恆嵩也講了一個蘇州大學何旭輝來到東吳客座，居然覺得東吳最好的傳統版本、目錄、文獻學皆旁落了，大家搞現代文學、電影文學，似乎有點淪喪了，這種情形，在各大學皆然。點出了現代人學術研究的好逸務勞、趨易避難。

看到台大《尚書》師承表，讓我疑惑發問，以師大為主軸的魯門到底可否鉤稽師承表呢？而且除了台大之外，台灣的尚書學是否還有別的譜系？而大陸的尚書學又是什麼樣的走向呢？今後如何開發尚書學的研究？我一連拋出三個問題希望有人解惑。

蔣秋華老師回應我，師大有許錟輝、吳璵、張建葆、季旭昇、賴貴三等人；許老師的傳人有蔡根祥；政大以高明為主，傳李威熊，再傳黃忠慎，另有李振興等人。輔大的羅光是以哲學視域談《尚書》，而以語法學談《尚書》的有許世瑛、戴璉璋、梅廣、丁邦新等人。

統整所述，原來台大仍以考據為主，而哲學系則以義理講授為主，能兼考據及義理者，以車行健所言，只有岑溢成一人。而考據之外，尚能有語法學之研究，也別開生面。

大陸的學者，依蔣師所言，以錢宗武為主，仍是考據之學，儼然是大陸最重要的學者。

從講會裡學會了幾件事情：

一，成就一位學者真真不易，陳恆嵩早年受學編經學目錄，而許華峰也到處聽課，吸收不同的知識養分。

二，尚書學可以形成系譜，我的師承？我的淵源？我的專長是什麼呢？似乎還在江湖流轉的我，並無專長與專業可讓人名家，是可以自我警惕者。也似乎無擲地有聲的著作可以傲世，只能繼續流轉在江湖之中了。

三，所有台上的風光，皆來自痛苦的學習與過程。蔣老師說寫碩論、博論超痛苦的，一條條條例的鉤稽，一條條的比對。是的，很無趣，卻也在這樣的過程才能看到積漸日久的真工夫。

聽到蔣老師說起自己寫論文的過程，以及不諱言自己僅懂考據的尚書學，真的，更佩服他的誠實以及真誠的面對學術。這些話語，感受他也是我們日常人一般，為學過程總是有許多不足道的艱辛，回望前塵，幸好堅持下去才能有開花結果的時候。

透過這次的講會，讓我更清楚《尚書》學的系譜及研究的路向有考據、義理、語法學之異，也反省自己在學術界，究竟要以什麼名家？

暑假期間，學生們放假，老師們有忙不完的事情。讀書會，研討會，趕寫論文，備課，找資料，幸好，今年沒有閱卷，不必南北奔波。

會後，聽到林素英學姐在趕寫論文，特別抽空來參與講會。其實我也是，三篇十月的論文，有點壓力，但是，還是如實的進行各種聚會、讀書會、餐會。很久，沒有這種壓力了。今年，太多雜事了，五月世新的韻文學、靜宜的明清文學、六月的崔成宗老師的追思會、七月到德國、八月到上海發表論文、九月嶽麓書院、十月有三場研討會包括到東華參加中文學會、中興的通俗雅正、文化大學的中國經學會。期許自己經由會議提昇論述品質，期待自己好好改寫論文投稿，不要再空忙了。明年，目前僅有唐代學會的會議，也不要再接太多的會議，回歸書寫，才能有質的品管。

二〇一九年八月七日

生命的光度與熱度

一本學術書籍的完成，是學者孜孜矻矻，耗費心力，嘔心瀝血的創作。但是，書籍的厚度與篇幅是有限的，唯有研究的動能是無限的。

雖然每個人的生命風光是不一樣的，不管是遍歷人世滄桑，或是享盡榮貴，一生也僅能是單向道，單程出發，無法逆迴。

雖然每個人的生命長度不一樣，沿途所見的風景也不盡相同，但是，唯有生命的光度與熱度，可以輝耀人世，而不必在乎它的長短與快慢。

每一本學術書籍的出版，皆是學者努力勤奮為學術貢獻小小的研究能量，也是光度與熱度的散發，生命的價值與長短無關，只要能夠放發光與熱，就足夠了。

希望人生的盛會，我們不曾缺席；學術的盛會，我們會持續研究的動能，繼續發光發熱。

讓我們共同努力為學術薪傳，為學術煥發光熱。

二〇一八年八月二十七日

有情人間：跋《經典詮釋與生命會通》

人生有情淚沾臆，

江水江花豈終極？

花開花落是大自然的季候變化；死生無常是人間的定律。然而人，不會只有生與死，還有情與愛、事與業、功與名、道與德。情之所鍾，正在我輩。人之有情，不同於草木江水，雖然身形銷亡，姿影永存，而留下來的事、業、功、名、道、德，則典範可型，這就是人間有情，情在人間。

亞傑早年受學於龔鵬程先生，開發作學問的視野，又從學顏崑陽、李正治、王邦雄、曾昭旭、康來新、李威熊等師，奠定為學基礎，其後知遇林慶彰先生，確立治學方向。個性質樸，喜歡就某一課題深入鑽研，且以性情所近為學，不作天外飛想，亦不躐等前進，循規蹈矩，孜孜矻矻，勤勉力學。

本書輯錄亞傑二十二篇文稿，可管窺其一生治學方向，以經學為基石，開發《春秋學》，而尤喜研究晚清、近代經學，並逆溯明代解經之視域，統而言之，《春秋學》是延續康有為之研究。何以研究康有為呢？蓋亂世之中以維新救國，可見初心。而專攻晚清以迄民國經學，擬站在歷史後設點往前溯源，意在重新梳理經學之脈絡。而治學之過程，往往以存在感受去體契經學家及學者之用心與意圖，以對治當下世局紛紜之情狀。

亞傑治學格局與教學歷程相摩相蕩，曾任教元培醫事技術學院，在學院轉型成科技大學的過程，陪伴國文組同仁一同走過風雨飄搖的歲月。任教期間，擔任召集人暨中文閱讀與寫作計畫案分項主持人，曾舉辦多屆研討會：包括主題論文、自然書寫、旅遊文學等，提供教師同仁發表場域，以符合學校研究量化規定；也和同仁編輯專屬國文之教科書，包括醫事文學、旅遊文學、飲食文學等等。亞傑勇於任事，接辦事務，必定親力親為，勇往直前；治學嚴謹，令人敬佩，一旦確定研究方向，即深入課題鑽研，是一位有想法、有做法的學者，而且皆能在既定期程內完成階段性的教學工作與研究。

後來轉任中央大學，與元培同事及學界朋友仍然持續舉辦讀書會，帶領同好走出研究框限。任教期間，負責認真，急公好義，凡事戮力親為，並積極指導碩士生，假日總要犧牲時間和學生會談論文。與此同時，積極參與發展國際一流大學及頂尖研究計畫〈明代朱子學與陽明學〉，也努力參與楊祖漢先生儒學研究中心之讀書會及研討會等學術活動，推動兩岸四地研討會，深獲贊賞。

曾主持讀書會十年，前有《朱子語類》三年、後有《四庫全書》四年，繼以《文史通義》、符號學、詮釋學共十年，帶領一群志同道合的學者們論學，形成學術對話，積蘊研究潛力，激發研究實力，成果頗豐。

亞傑積極參與林慶彰先生主持之研究計畫案，包括晚清經學研究計畫案，有常州、湖湘、四川、廣東經學學者等研究；又參與「近代中國知識份子在台灣」、「近代中國知識份子在日本」、「民國以來之經學研究：遷台時期之經學研究」、「民國以來之經學研究：新中國時期之經學研究」等研究，成果豐碩。從晚清經學、近代經學、民國經學，以迄台灣經學研究，無一不積極參與，認真嚴謹，頗獲師長及同儕敬重與好評。

亞傑治學大抵有二個面向，其一，專家研究有：方苞、姚瑩、李兆洛、康有為、梁啟超、廖平、皮錫瑞、姚永僕、姚永概、吳汝綸、吳闓生、顧頡剛、張爾田等人。以清代、晚清、近代、民國為範圍，旨在以「存在的感受」體契經學家們孜孜矻矻治學的意態及對治時局的社會關懷，兼及傳記情境之表述。其二，研究範疇主要有《春秋》學、《詩經》學、《左傳》、《公羊學》、桐城派、晚清經學、民國經學等項。基本上，環繞著生命做學問，探求經學家對治時代所關懷的事項，去契會他們的理想與目的。

本書共輯錄亞傑生平未刊印成書之單篇論文凡二十二篇，大抵可以區分為四大領域：①經史辯證、六篇；②儒學經典與研究方法、五篇；③六經皆文、六篇④生命形態與存在感受、五篇。

第一部分《春秋》學，凡三篇。主要環繞《春秋》學去理解《四庫全書》、朱子、張爾田等不同解經面向，思索整體的《春秋》學之研究。〈春秋寓於史：四庫全書總目的春秋學觀〉一文是《四庫全書》讀書會之成果，揭示四庫館臣以「春秋寓於史」為《春秋》學的核心，提出必須了解史事才能理解褒貶所在，然而《春秋》有事、有文，欲探作者之志則在禮中，從「事」與「文」求禮，才能探求大義。然而「春秋寓於史」卻輕忽「其文則史」的意義，缺乏對文與史之關係探討。〈方法論下的春秋觀：朱子的春秋學〉一文呈示朱子以事件作為解讀春秋的方法，質疑以義例解春秋之效果，由此可延伸「事件」與「意義」將因讀者不同而有迥異的解讀之義；至若義例與意義之關涉，則提出義例是讀者解讀作者發展出來的解經方法，均有個人的價值判斷存乎其中。〈先王之史與孔子之經：張爾田《遯堪文集》的公羊思想〉一文則提出張爾田公羊思想回歸傳統孔子與六經的解經方式，樹立儒家宗教化、孔子為教主之新思維，以對應於時代問題，據此而可以讓儒者據經發明大義，使經義萬古常新。

此三文跨越三個世代，從南宋朱子到清初再到民國，意在闡明不同世代如何解讀《春秋》，形成個別、特殊的詮解《春秋》學之時代意義。

第二部分近代經學家之研究成果，凡八篇，又可以區分為二個段落。其一，近代經學家部分，旨在闡發姚瑩、康有為對時代的關懷及晚清經學史的研究方法論。姚瑩一文，揭示姚氏在台事業，長於平亂，拙於分析亂事根源，教化台人以漢統蕃，是長於理民與治兵。康有為二篇研究，〈天遊〉一文揭示生命的本質是困境，然非不可以超越，若以遊戲人間或歷劫俗世，則可解救眾生，此所以康有為並不以悲苦視其生命之故。〈物質與文化的救國論〉一文揭示文化救國，須以普及教育、尊孔讀經為主；物質救國，則須發展實業、設立銀行、採金本位制為主；此乃康有為關注生活方式而非僅倡議政治制度之改變。其二，顧頡剛研究，凡四篇，論顧頡剛《易》學思想、《春秋》學、《古史辨》、疑古思想等內容。揭示顧氏易學乃否定周易之義理結構而認定為卜筮之書，亦以故事解易，否定聖人創作，取消易經的神聖性，目的在回歸原典，重新理解中國文化。〈春秋學初探〉一文，則揭示顧氏以《春秋》為魯史官所傳，只有史法無微言大義，以消解傳統解經的價值與地位。釐析顧頡剛〈自序〉一文則用來揭示顧氏重解孔子、質疑經典、批判漢儒，意圖重新解釋中國傳統文化，開發新的文化方向。〈疑古思想〉一文意在闡明顧氏否定經學思想之發展、形成、轉變的動態過程，堅持回復經典「本義」，其缺失處，乃在使經內蘊的價值消失，將經典轉化成客觀研究對象，忽視了經典在不同時代的具體應用，及其所生發的的精神價值與意義。

第三部分六經皆文，凡五篇，旨在從文學視域討論《詩經》、《孟子》，並將桐城後學的文法論導出。又可以分作二個段落，其一，以文學解讀《詩經》之研究，〈美刺與正變：詩經比興的應用〉旨在揭示〈詩序〉解經有文化建構與歷史想像之意義內蘊其中，而顧頡剛視經典為史料，則截斷傳統與局限經典研究。〈詩經的自然意象與女性詮釋〉旨在揭示〈詩序〉詮釋后妃之德有身分地位、道德實踐、教化等層面之秩序性。其二，以文解《孟子》之研究，〈晚明文學《孟子》學〉一文以託名蘇洵《評孟子》、李贄《孟子評》、金聖嘆《釋孟子》三書，進行文法論《孟子》之學，開顯以文解孟，始自南宋，大盛於晚明，而影響晚清《孟子》學之發展。復次，〈文：姚永樸經史之學的意涵〉揭示姚氏建立一套文論，重視文章寫作技巧，與經典日遠，可名為「以辭章為核心的經史學」。再次，〈清末民初桐城派孟子文法論〉一文揭示姚永概、吳闓生以文法解孟，開發《孟子》既有義理之精，亦有文采之美，可為心性治國之源，亦可為文學創作之本，提高《孟子》地位兼具思想及文學二面向。

至於附錄〈近五十年（一九四九～一九九九）台灣地區春秋經傳研究概況〉一文，則從經典作者、性質、流傳、意義、歷代發展等研究將近五十年《春秋》三傳之研究成果作一覽顧，以見台灣研究成果。

本書收錄二十二篇論文，圍繞《春秋》學、晚明迄近代經學諸文，佈示從經學到文學轉變脈絡之探究。從這些篇目可管窺其治學方向與視野，更想見其人對治世局、關心生命所開發出來之課題。

高山流水，斯人往矣。書影留香，萬古芳馨。

投稿與審查

這是兩種不同的心情。

投稿，是抱著戒慎恐懼的心情去等待結果。就像灰樸樸的樹木，經冬歷春，終有綻放花顏的時節，期待華麗璀璨現身，吸引眾人注目的焦點，花開希望有人欣賞，就算是無人欣賞也有「澗戶寂無人，紛紛開且落」的蕭灑自在。但是，投稿不同於花開，既不能無聞於世，亦不能讓孤燈冷寂、芸窗書寫的辛苦無所著落，更多的評鑑、升等、研究成果、獎勵完全靠著投稿而能完成。投稿，這種既期待又怕受傷害的心境是每一個投稿者必經的心路歷程。折磨的過程分成三個階段。書寫時，「上窮碧落下黃泉，兩處茫茫皆不見」的苦辛蒐集資料，加上構思的艱辛，書寫修改的艱維，以及投稿的漫長等待心境，像是無盡的長夜漫漫。

審查結果出來了，若是不通過，像刻骨剜肉一般的激刺著脆弱的心靈，讓人像墮落千丈懸崖一般，心情當到谷底，無可救挽的結果，令人扼腕。若是修改後刊登，可以愉悅的偷笑了，因為只要修改後，即可刊登了；若是修改後冉審，並無欣悅的心情可娛，因為等於凌遲兩次，前次的等候已不是什麼艱辛了，結構完整的書寫，卻被批得一文不值，什麼邏輯不對，什麼資料引用失當，什麼未用外國文學理論，什麼論述無創見，什麼論述無結構，什麼文字不夠清暢……讓人必須有很好的心境重新調整篇章結構、論述書寫的理序，以及種種審查者認為不符合學術或論述的意見，你都得全盤接受。而且修改後再審，是否可以通過，仍在未定之天，這種比不通過更讓人難過。因為你既要忖度審查者的意見，又要在原有的論述架構下調整成對方要的論述方式，讓你抱持戰戰兢兢、誠惶誠恐的態度一一修改意見。

單向式的審查，沒有對話的可能，這種學術景況，已是見怪不怪，而且還要習慣這種學術的生存模式。

審查，又是一種什麼樣的心境呢？接到刊物來函先徵詢是否願意審查，審查者往往依據自己的學術專長、時間長度決定是否接受審查。若是接受了，必須好好面對投稿者孜孜矻矻勤奮書寫的過程與成果，鉤勒全文架構，了解創見所在，再給予中肯的意見，深怕受審者受傷害，扼殺了學術心靈。「忍剪凌雲一寸心」是我給自己的定義，審查過程，一定要給足意見，而且忠告而善導之，避免對方受傷害，往往採「先褒後改」的策略，避免殺傷力太強，對方無法接受。

投稿與審查，原是學術的機制，但是，什麼時侯開始，核心期刊、一級期刊，成為兵家必爭之地，投稿者眾，造成投稿從審查到通過、修改，刊登，長者要一年，短者也要半年之久，升等，研究，評鑑，只能拿著通過審查證明進行下一個流程的進行。或者是未能通過，平白浪費了半年至一年之久，急著升等的學術人，只能徒呼負負，來不及療傷，又要藉著審查意見，繼續修改，轉投他刊，期待奮力書寫的論文能夠被接受，被刊登，這種幽微的心境，豈是非學術人可體會的。

再者，為了迎合一級期刊、核心期刊，形成一種書寫模式，忖度審查者的脾性、口味，再投稿，俾能符合該刊物的屬性與質性。

這種追求投搞一級期刊的歪風，造成二級、三級刊物，乏人問津，或者是要爭取名家投稿更是不易，品質堪虞，而且這些想升等「頭等艙」的刊物，也不遺餘力。形成弱者益弱、強者益強的態勢。除非主編有很好的人脈，可以向學界知名大師邀稿，或是製作強有力的主題專欄，形成一種不可忽視的重量，引發觀注目光。

審稿，也似乎是一種殺戮戰場，越審越嚴，越審越不易過關，互相殘殺，目的何在？像沙漏一樣，越符合某種寫作品味的論文越容易過關，越不遵循大家口味的論文越不容易過關，形成圖定的套招、套路。如此一來，有何可觀？人生如果浪費在這種無謂的審查機制之中，又有何意義呢？但是，對年輕人而言，升等、評鑑、獎勵似乎是不可逃避的緊身咒，一直如影隨形地在你的生命中逡巡，而已脫逃升等很久的教授們，是不是就從此可以擺脫這個緊身咒呢？事實不然，一日為學術人，終身就是學術人。書寫、研究，成為生命不可承受之輕與重，學生、學界看重的是你的研究，不是你的職級，也不是你的行政位階，唯有不斷研究才能迎來學界的矚目，也唯有不斷地出版，才能有關注的目光。

同情撰稿者的辛勤，審查時總以戰戰兢兢之心情經營每一篇文章，期待可以好好面對研究者所表述的論見，也可以好好的閱讀最新的研發成果，這種收穫是投稿者無法想像的。同時，自己在面對退稿時，以前常會很沮喪，現在釋懷許多了。不過，仍然書寫、仍然研究，甲刊不採用，轉投乙刊，只要好好修改，仍是一篇首尾完足，前後結構完整的文章，不必在意別人的審查的眼光，而是努力保持自己一貫努力態度即可了。

二〇一八年四月十日

生存保衛戰

週二到某大學漢學所召開課程會議。未知從何時開始，各系所的課程會議必須有校外委員及業界代表，中興中文系也如此，我在任行政職時的業界代表是里仁書局徐秀榮先生，後來是業界的陳春稻女士。

近幾年我擔任某大學的課程代表委員，同時也擔任院教評、校教評委員。十日到某大學召開課程會議，討論的案由是通過新開設的學分課程以及學分數的更改。

何以要通過新開設的學分過程？來龍去脈竟是如此讓人覺得不可思議。

教育部推深耕計畫，要求與區域結合，並要強化產學合作。各校無所不用其極的爭取深耕的補助。爭取計畫補助費用就是比賽寫計畫、想點子。不知道某大學上位者在思考什麼，成立未來學院，將通識中心歸併到該學院之中，並將原有由各系所主導的通識課程全部回收，這樣的作法就是變相的將原有歸各系所的課程拿走，各系所為了生存，不得不祭出生存保衛戰。一來，必須告知所有的兼課者，下學年度沒有課程了；二來，沒有通識課程，獨立所因為沒有大學部，只有研究所的課程很難符合每位教師的基本鐘點，所以一定要向學校申請新課程或者是將原有的專業課程強力保住。目前漢學所的作法是保有應用文的課程，至少有四至五班，還有邏輯課程，也是屬於專業，不過，聽說這個課程也即將被收回了。吳主任再盤算該如何爭取足夠的課程，還有補救教學之後的均質教育，全校原有二十四班大一國文，均質施測之後，可能有十二班學生尚需授課，十二班之中，有四班可以歸屬漢學所來支援，這是目前可以保住的課程。以上是「節流」的作法，也就是保住原有的課程。再就是「開源」的方式，林老師識認北大體育系的某位太極養生教師，也和彰化太極國手認識，引進他們來授課，開了六種太極養生的學分課程，有理論，是可以學術研究的；有實踐的，是可以實地施作的，這些學分班的作用有二，其一是保住部分老師們有基本鐘點；其二，也是最重要的，開池養魚，俟魚夠多了，就可以回歸正常教育了，這怎麼說呢？向社會大眾廣開因應大家需求的課程學分，再引領他們就讀漢學所，這樣，不虞學生匱乏，學生也因為先修學分而能抵免，承認所修的學分，讓學生有動力可以來修課，一舉兩得，這種開池養魚的手法已行之有年了。

由於某大學上位者為爭取深耕高額補助的粗暴作法，由通識直接聘用六十到八十位專案教師，因為我未參與，實在很難知道一下子聘用那麼多專案究竟能成就什麼？達到什麼樣的成效？專業性如何？不予置評。但是間接的，很暴力的裁撤所有的兼課老師，對於流浪博士是不是一種霸凌呢？某位學生在某大學兼課，靠著某大學兼課才能具備教師身分投稿學術期刊，但是，這會兒被裁撤了，不具備教師資格，只好又開始海灑履歷自傳的動作了。

雲科上位者為何作此凌駕各系所的政策，收回課程完全不用協商，甚至一點也不和各系所討論的粗劣手段，實令人不解，而且太暴力了，如果在中興大學，早就被翻桌拍板吵翻天了。

獨立所，要經營生存實在很難，首先，無人學部支應，只能靠著到處招生、打電話招攬，廣開學分班吸引各界人士來就讀，而且就讀是學生數能達到開班開課的條件。廣招來的學生由於不具備專業的素養，授課、指導學生又是一種難處。但是，大家先求生存再求好，實在無法挑選優質學生入學了。再者，少子化衝擊，讓許多私校及後段公校皆有深刻的危機感。獨立所的存活，完全看招生的情況，必須有口碑，也要祭出利多，譬如可以修教育學程，或是先修學分，再正式入學，授課時，也不能太強太硬，學生會被嚇跑的，不僅要好好與學生共處，還要將這份口碑傳出去，才能永續經營。中興中文系的碩專班也因為可以修教育學分而吸引許多想從事教學者的青睞，而願意前來就讀。

深耕教育，到底在執行什麼？有位老師很直接的點出，綠黨經營，不能太明顯台獨，只能用社會責任及區域化、在地化來執行他們要的去中國化。事實是否如此，未參與，不便置喙，但是，社會責任一直是我們在經營的，何勞寫什麼計畫來支應呢？我參加國教課綱編寫、教科書審查、國考命題、閱卷、大考閱卷以及各種文學獎評審、演講、碩博口試等，皆是社會責任的實踐，現在，祭出深耕計畫要「分配支援」比賽誰會寫計畫案、誰的點子發想更優而已，對於整體的國民素質是否實質提高了？說穿了，就是搶錢大作戰嘛！

有人以為推動深耕很辛苦，甚至「自肥」在院務會議提出參與深耕計畫者，可以評鑑加五到十分。這是什麼呢？肥水自肥，而且不讓他人參與，還要對著大家喊辛苦，看到這一群人在自我高築壘土，自我吹捧，而另一群人被排擠在外、被邊緣化也無可奈何了。深耕到底深了什麼？

耕了什麼呢？又是比賽作文的計畫了。教育無救，就是從這兒開始，教育就是好好教學，努力教育，跳出這個本質，做一些繡花及插花的工作、放煙火的動作雖然乍明乍亮，沒有實質成效，徒然浪費民脂民膏而已。哎！站在教學現場，我們需要的是什麼呢？就是好的教學環境與設備罷了，離開這教育本質，還能成就什麼？經營什麼呢？

看到某大學上位的凌駕做法，以及漢學所經營不易的艱辛，實令人感慨，而且這種情況只怕會越演越烈，每況愈下。教育淪喪到這種地步，真是夫復何言呢！

二〇一九年四月十八日

文白比的交鋒

文白比的討論，在社會掀起軒然大波。

這是我們研修小組預料得到的，只是反應比想像更激烈。

贊成維持領綱研修小組原案比率四十五至五十五%者，迄九月十日開戰前二小時，已連署破五萬多人了，號稱正方。代表了普遍的民意及高知識份子的認同，包括了中研院士、學者專家、教師轉體、學生代表或家長們。

反對者，提議下降至「三十%以下」者有一百三十五位「作家」連署，並有部分人士在電視媒體表述立場。號稱反方。

二方人馬連署、發言，或在臉書社群隔空表述意見，似乎有點像二個派系各自叫陣。

我很注意媒體的展演。發現，無論是電視媒體或平面媒體皆偏向報導降低文白比的意見，也就是偏向反方。

正方，沒有辦法掌握媒體者，只好在網路社群發言。偶有接受訪問者，意見一經媒體發佈，立即被反方的網民圍剿。

我們研修小組儘量蒐集資料，也準備攻防戰。

每一次課審大戰之前，我們一定進行沙盤推演，試想對方的意見與走向，我們如何回應？這次，引起軒然大波，主要是因為反方提出二個意見，一是下降文白比至「三十％以下」，二是刪減古文二十篇至十篇，並且十篇有六篇是頗有爭議的嫖妓、日本人的作品等。其實說穿了，他們一直堅持的立場是：去中國化。我們心知肚明，但是，我們不能說破，否則就是扣帽子。而且他們會硬拗成要強化在地化、本土化或者要走向現代，要與世界接軌等等說詞。

學文言文不能在地化嗎？〈台灣通史序〉也是在地的、本土的文言文。學文言文不能與世界接軌嗎？美國總統川普的外孫女會朗誦中國的唐詩，這是怎麼回事呢？當全世界皆在華文熱的時候，我們豈可將珍貴的財產拱手讓人？或棄置不顧呢？

八月二十日，審畢「基本理念、課程目標」二項，耗費二個會議時段進行。心知，照這種討論進度，速度不會太快，而且普高國語文是第一個進課審大會討論的科目，往下的進度可能會更慢。

原先教育部預計在十二月底審畢四十一個科別，但是，照這樣的速度，一定會拖宕。因為更有爭議的社會科公聽會要跑三十五個縣市，目前還在進行中。跑畢公聽會，蒐集意見，後續還有更多的流程要進行呢！包括網路意見、課發、課審分組會等等。每一步皆是舉步維艱啊。這就是原定一〇七實施的課綱已自動延至一〇八年了，到底能不能在一〇八啟動，是預訂目標卻未能確定是否可以達成。

八月二十七日，審畢：時間分配、核心素養、學習重點、實施要點之「課程發展」及教材編選的前四階段，往下要進行的就是引發對立與爭執的第五階段。五階即是高中階段。

其中，最可憐的是閩南語組，三次皆是等候審議，但是普高未完成，無法進行他們的審議，空跑空候三次。而技術高中、綜合高中的審議也在我們普高之後，皆須等候我們完成，才能進行他們的議案。不過，技、綜高之國語文，與我們有連動關係，常常被提出來討論。可憐的閩南語組，三次召集人皆坐在議場外等待，看我們和課審大會的委員們對決。中午休息用膳時間，還會私下為我們打氣、打油呢。

九月十日的議程，即將從第五階段的「必修課程」進行審議。

蓄積二週的能量，二方人馬各自在媒體、社群表述，即將開展正面對決了。

我們研修小組，先於九月八日進行會前會，沙盤推演如何攻防，分配任務如何回應；其中，還有小插曲，我們研修小組五位正副召集人當中，居然出現內奸。立場不同，我們可以同意，但是私下寫信給各位課審大會委員支持「文言文下降至三十％以下」的做法，似乎有違誠信，也讓委員們狐疑我們自己的立場到底是什麼呢？這事，也是私下被某些委員們透露，我們才知道，故而第三回合課審大會之前的「會前會」即要避開他，這種諜對諜的攻防，才是令人揪心的。

九月八日早上，先接到某系主任殷殷提醒，反方堅持的立場及態度如何，意見如何，希望有助於我們回應。和他談了一個多小時的電話，感受中文學界的溫暖，大家皆關心未來的十二年國教。冒著午後的台北暴雨前進國教院進行，全身打濕，在寒冷中細細研擬如何應答，分配任務。甚至討論我們的底線，是退讓多少可以被接受？五％？十％？最後，曉楓說明教育部的立場，希望這件事早一點底定，有可能退五％或十％。我們共議，不退讓，堅守自己的陣線，如果動用表決，頂多五％可以接受，但是，還是要嚴肅表述我們的立場。

核心小組會議之後，再召開語文組的普、技、綜高三高的聯席會議，共同討論前次課審大會意見修改「基本理念」、「課程目標」之文稿。確定之後，再進行普技綜三高第二次會議，展開「學習重點」類目架構處理原則，大家討論出共識，再進行共擬修改文字，逐字推敲，部分架構再由我們普高先修改出範本，供大家參酌。一直進行到七點多才結束會議，一場強硬的對決戰爭即將於九月十日開展，我們身負重任，心情很沈重，但也心安理得。

九月十日，將鬧鐘定在六點，六點十五分出門，搭接駁車前往高鐵站，再搭第一班高鐵北上，八點鐘先和核心小組成員約在國教院對面的摩斯會面，一邊吃早餐一邊再模擬會議的內容及攻防戰。甚至，還討論要不要以高中副召集人「憤而離席」作為抗議不被尊重的態勢。細細推演，分配任務，互相告誡，不接受新聞媒體採訪，不和媒體接觸。大家心情有點緊張，也有點沈重，更多的是對整體社會的責任感。

八點五十分，前進國教院，看到媒體記者守在門口，知道今天的課審大會結果將是全國所關注的，我們也希望能維持原定的四十五至五十五％的文言文比率。這個比率比現行的課綱略作調降了，而且也是全國高中教師們的期待。

未到九點，我們已進入等候的九〇一會議室，再進行一次更細膩的全盤模擬與演練，九點二十分，大家帶著赴戰場的心情進入十一樓的課審大會議場。

我們的席次被安排在右邊最後一排，刻意將高中二位副召集人安排聯座，可就近商議事情。

九點三十分。先確認出席人數符合法定三分之二人數，已有三十六人出席，可開議了。議程先確認前次議程內容才進行今天的討論。

第一議題，其一，討論「實施要點」中的「教材編選」及「附錄三」的閱讀教學，均以短文為主，建議選擇單一或多本書籍作為正式教材。我們回應，同意加入相關描述。

其二，討論第四五階段白話文選以「台灣新文學作家」為主，委員建議刪除「新」字，採用「台灣文學作家」即可。這個「新」字引燃了「台灣文學」與「台灣新文學」的爭辯。台灣新文學是相較於台灣古典文學而言，我們想強調以語體文為主，包括賴和、楊逵等人，是加法。對方以維科百基為說，想採用減法。瑞騰老師、聖峰皆一一回應。最後投票表決，四十四人出席，贊成「台灣文學」十七票，不贊成二十一票，維持原來領綱議定的「台灣新文學」。

其三，討論小學階段可以文本表述或主題編排課本，由於理念與我們研修理念相同，同意加入部分文字之修改。

第二議題，其一，討論自學篇章，建議五階刪除三課自學教材之編寫。某些委員們環繞著「自主學習」、「自主閱讀」、「自學」幾個名詞打轉。又有人轉出議題說，為何不讓教師自主編教材？不知道他們是策略運用故意裝不懂，還是真不懂，糾葛在名詞上及教師編教材。連我都看不下去，舉手發言表述，我們的用意是規範教科書編寫者將自學篇章納入，這樣才能經由審查達到一定的品質，至於教師自編教材等項，我們在後面的「教學資源」已有說明，可按照各校及學生、地域特色編定自學教材。有腦筋清楚的委員，還善意替我們提醒那些搞不清狀況的委員們說，你們要想清楚喔，國小、國中皆有自定三課的自學教材喔。結果，動用投票表決，出席四十四人，二十九票過半同意，四票不同意，刪除自學篇章三課。

這事，我有點納悶，也不平，但能奈何，自此以後，國中、小，還有綜高、普高皆有三課自學教材，是經審定的，而普高的高中卻無自學教材，還要動用教師去編纂，唉！中午，休息用餐時，談起此事還忿忿呢！

其二，討論每冊應選一課「文化經典」。建議刪除，或刪除選材範圍的舉例《詩經》、《老子》……等例子。動用表決，四十七票，全刪不選文化經典十七票，不刪文化經典二十三票，維持原案。

再表決刪除示例，贊成反對皆二十二票，原持原議。

其三，討論「中華文化基本教材」是否刪除選材示例：論語、孟子、大學……等舉例。由於中華文化基本教材是部定總綱明定，動用表決，同意刪除示例二十七票，一票不同意刪除。

這是一個很糾葛的討論，什麼是「文化經典」？什麼是「中華文化基本教材」的定義？我們的設定是以不重複選文照應到五大文本的學習。動用表決，雖非我們樂見，卻是民主時代的一種決議，只能尊重了。

一個早上討論至此，已到十二點半了。下午二點繼續第二場議程。也就是今天最精采議題文白比率之戰，要到下午才能開戰。

經過一個中午用餐，休息，下午再進入交鋒狀態。

整個下午只討論一個議題就是文白比率，大家紛紛進行攻防戰。討論內容不外扣著中華基本文化教材是否內含在文言文比率之中？加深加廣課程是否內含在文言文比率嗎？如何精算出四十五至五十五%？這些比率能否達成教學日標、學習內容等有效的學習？照應核心素養？總綱無百分比，何以領綱要有百分比呢？

我們試著以換算課數比率的方式，說明現行課綱與新課綱之間的課數比例。當ＰＰＴ秀在螢幕上時，大家焦點轉移成課題的計算，比率的換算，是否應包進中華文化基本教材？或加深加廣課程？分明寫得很清楚是國文教材的文言文四十五至五十五％，對方卻硬要與中華文化基本教材、加深加廣課程合算，又要我們說明這些比率與教學目標、核心素養的關連性何在？文言文真的能提高識讀能力嗎？一一回應，他們還是不斷地質疑提問，剛開始，我們的情緒有點被波動，後來發現，他們不斷地拋問題出來，而且內容一再重複，或是繞圈圈打轉，或是岔出議題，我們的情緒也慢慢平和了，而我還告訴夥伴，回應問題時，平和，不要被激怒，一條條慢慢表述。部長，也很心平氣和的讓想表述的委員舉手發言表述。有一位高中校長，是站在我方，正向表述學文言文的立場及學生的反應，我們真的非常高興，私下很稱許。

這回，他們的策略避開一些網路上討論的議題，只是繞著我們的換算課數的ＰＰＴ作攻擊，以及內含外加等項一一迂迴提問。

五點多時，部長表述：希望今天可以延長時間，讓討論表決出結果。大家也覺得應該在這個討論上做出結果，無異議之後，繼續討論，繼續聽各位委只紛紛舉手錶述個人的看法。

我們還想回應時，似乎，有人暗示，不必再回應了。就聽他們表述吧！這時侯的氣氛有點凝重，我們也在靜候討論之後的表決。

最後，有四個提案，一是廢除文白比率。二是降為四十至五十，三是降為三十至四十，四是同意普高分組的三十％。

動用投票表決。全數四十五票。

第一案，刪除文白比率。十三票同意刪除，二十一票不同意刪除。結果，不刪除文白比。

如此，才能進行比率升降的投票。

第二案，四十—五十%，同意二十一票，不同意十四票，皆未過半數。

第三案，三十—四十%，同意十五票，不同意二票。皆未過半數。

第四案，三十%以下。同意十六票，不同意十三票。

結果四案皆未過半數，不能成案，回到研修小組的原議四十五至五十五%。

聽到這樣的消息時，已是晚上七點多了，相信，有討論議決之後的結果可以餵養外面守候一整天消息的媒體記者了。

大獲全勝，爽在心中，卻不能絲毫露出歡喜的樣子，而且互相告誡，不接受採訪，前後離開，不要一起走。

收拾文件，悄悄離開議場，從早上開戰到晚上七點半，一整天的戰爭，雖累，卻很高興。立即傳LINE給群組，讓守侯消息的夥伴們知道訊息。

媒體立即發佈消息，苦戰十小時的課審大會，維持四十五至五十五%的比率。然而九月二十三日的課審大會居然悉數翻盤成三十至三十五%，真真不知道已被宣布文白比又被翻案之後的世界是如何形成，但是通過律師嚴正嚴疑之後，我們真的無言以對。

然而，我們深知去中國化是某些人士的議決目標，我們果能奈何呢？

參與國語文領綱的研修是義務的工作，花費大量的精神、體力、時間出入台北新竹之間，從一○二年九月啟動，迄今，系主任三年任期屆滿，中研院訪學一年也結束了，研修的結果也進入最後的課審大會討論了，預計下一回合可以結束。後續就是修改意見的撰寫與調整了。我們希望撰寫出一份符合全國人民期待的國語文領綱，卻又在課審會議的分組及大會中備受討論、挑戰與質疑。

整個研修、審查的過程，存在體制的不平等，課審大會是上位，我們是下位，永遠是被動回應問題的，只能說明、備詢，不能有所反駁。當他們以非專業投票表決出來的結果，我們皆得無異議接受。這時，非專業引導專業的過程是無法抗爭的，但能奈何？體制如此，無法改變，只期待下一回合雖不能全勝，至少能守住底線。

二〇一七年九月十一日

十二年國教

擔任十二年國教國語文研修領綱已近四年了，目前已歷六次課審大會的討論，其中引起較大爭議者包括：文化經典、文白比、推荐選文等項。

親自參與課審大會，深切感受部分委員居心叵測，以去中國化包裹著義正嚴詞，說什麼不要框限文化經典的選文，可讓編者自主；文白比由四十五至五十五％下降到三十五至四十五％可讓學生更多元學習各種選文；至於推荐選文由原見二十篇下降至十五篇，其中因應台灣在地性與女性作者考量，選一些質與量皆不足以代表優良範文的選文。面對這種情形，徒呼奈何。況且媒體報導顯然是跟著政黨風向球行進，我們僅是備詢，沒有主動發話權，乾著急、乾生氣亦無可奈何。議事有規則，亦有流程，跟著議事規則進行，不可能將場面弄僵，只能面對這幾位年輕在學學生操弄著委員利器，恣肆發言，將我們研修的課綱刪改得體無完膚，如此一來，我們還得修補新修的課綱，進行第二輪的修改後課綱再提交課審大會提請討論，才能確實通過實施。

雖然十二國教課綱還在審議進行中，但是，各級學校團隊，包括央團、中小學種子教師、心測中心、教科書商大家皆在蠢蠢欲動，也在進行推動素養教學的觀念、宣導新課綱理念、進行新課程內容策略的推進等項。

十二月八日，就是邁向十二年國教新課綱的課程實踐及專業發展的學術研討會，受邀擔任特約討論人，與有榮焉，也因為親自參與研修過程屆四年，看到合作夥伴們，或發表論文暢談新課綱理念，或製作課程海報對應新宣導的課綱精神。佇立在十一樓會場，看到各科琳瑯滿目的海報，讓人覺得非常感動，一群參與研修課綱的教師們孜孜矻矻製作海報供人垂詢，更多的是來自北中南東的教師們遠到台北國教院取經，希望及早了解新課綱的精神、理念、教材教法，冀能早一點進入情況，為十二年國教預作暖身動作，也適切反應教學現場的問題。

看到課審大會的鏖戰塵囂飛揚，在摩埃尚未落定之際，下一步的宣導活動早已下鄉如火如荼的開展了。

這回的新課綱端出幾個項次，一是自學能力的培養，一是核心素養的培育，期能適性揚才，達到自學、互動、共好的目標。素養能力，就是九八課綱所說的：「帶著走的能力」，一〇八課綱則強調素養導向，教育部推出三面九項，藉由自主行動、溝通互動、社會參與三面進行九個項次的落實與實踐。也就是經由策略性學習，期能培養適應社會團體乃至於和世界接軌的能力。素養是內化於己，遇事則能靈巧應變。

看到在研討會現場關心十二年國教的教師、校長、主任等人，自發性來參與這二天的活動，深感教育就是需要不計較個人利害得失、不迎風叫囂，而是惘惘勉勉、諄諄自勵學習的教育者來關心並參與。

在會場中，我也很感慨的提及學習文言文如同一把開啟古典文學的鑰匙，如果沒有這把有利的鑰匙，如何打開古典的寶藏。縱有千萬良好的寶庫資產，我們焉能將之深鎖而不見天日。當全世界皆在華文熱的時候，我們焉能自外於中文世界呢？又，規定一定比率的文白比是為了落實受教權，否則弱勢的孩子更弱勢與更被邊緣化。至於推荐選文，區域性的〈鹿港乘桴記〉是區域性的文章，焉能比得上〈台灣通史序〉的格局開闊？一篇張李德和的〈畫菊自序〉從質與量皆未能與〈岳陽樓記〉的經典性呢？因為是本土在地、因為是女作家，所以被選入推荐選文，再好的古典範文皆因此而割捨了。面對這種情形，除了痛心，尚能奈何？與我們一同研修的夥伴們，大家皆只能面對被割凌得體無完膚的課綱而無法發言。在這種情形之下，我們還是努力的提倡、宣導素養導向，不管新課綱如何被課審委員們凌割，我們還是很樂意將新課綱的精神推向台灣的各種角落，希望新課綱引領新的教學思維，也翻轉教學的主動與能動性，讓學生成為學習的主體與主動者。

這一波被課審大會刪改的國語文新課綱縱使不盡如人意，卻還是有新的精神、理念、內容值得被廣為推行。期待教育現場的教師們本著自發、互動、共好的精神、理念推行教育，而不要執著於枝微末節的背誦之學。

二〇一七年十二月十日

三方會談

身為新課綱研修委員，又是本屆教科書審查委員，接到國教院的三方會談通知，心知這是一項艱鉅的任務，必須好好交流溝通。

三方指哪三方呢？指課綱、教科書審查、出版教科書書局三端。為何要進行三方會談呢？新課綱原訂一〇七學年度啟用，因審查過程冗長緩慢，以致於可能於一〇八學年度啟用。但是，國語文課綱是第一個審查通過的科目，雖公告版尚未佈告世人，但是書商已急在熱鍋上了，因為在今年六月一日之前必須將教科書編定完成，送教科書審查委員審查，才能趕赴一〇八年度使用，而且中間未知是否必須修訂、刪改，仍在未定之天，故而時間急迫已是可想而知。三方會談即是出版商希望透過與課綱研修委員、教科書審查委員進行溝通並釋疑，才能迅速選編新教材。

出席的委員政府長官代表有技職司、教育署、課綱研修委員、教科書審定委員、大學入學考試中心、心測中心、教科書出版公司，以及教科書研究中心的主任楊國揚，林林總總共三十多人參加三方會談。我今天出席的身分是用課綱研修委員而非教科書審查委員的身分出席。

擔任課綱研修委員三四年，開過無數大大小小的會議，又出席教育部長潘文忠親自主持的課審大會十次有餘，才能敲板定案。對於現在要進行三方會談，不敢小覷，直到開會前一天晚上我才看到議程，主要問題有二軸線，一是書商對課綱的疑義，二是書商對教科書審查的疑義。三方會談，就是將彼此的理念溝通完善，才能讓書商編出符合新課綱理念的教科書。我們真的期待新的課綱可以引領更好的教科書來教導學生走出新的視野與格局。

事先教科書助理靜惠姐告知我，只要以代表研修課綱委員身分出席即可，所以雖然有二大軸線的提問，我只要專注課綱的問題回應即可。看到書商提問，有些問題真的無解，我打電話問高中組的淮芬，沒有回應。問曉楓，找不到人。最後和聖峰通了電話，因為他和我一同代表課綱委員出席，所以有些疑義互相討論，談了十七分鐘，分頭再找基本句子與基礎句型結構的定義、文言文定義等項。

開會當日早上，我還在研讀課綱資料，希望能全部掌握清楚，書商代表提問才能清晰回應，十點多，瑞騰師也來電致意，囑我若能充分表述，一定要做說明。老師很少主動打電話給我，知道這個任務很艱鉅，立即再鉤勒書商提問，一一註記說明，再打電話給靜儀，她是我們國中組的好夥伴，和她對談了近十多分鐘，然後才急著趕高鐵北上。

我雖然提早進會場，可是，三方會談似乎陣仗很大，大多皆已入座，主席瑞騰師也在座，我也立即簽到入座。

俟二點一到，會議開始，瑞騰師先表述大家對國語文的重視，期待有很好的溝通，也期待能編、審出符合大家期望的教科書。

先是書商代表依序發言，因為事先將疑義傳給我們準備，故而可以很從容回應，不似教育部長主持的課審大會，各種委員要出什麼新招皆無法預知，也不能招架，因為我們研修委員的身分只是備詢而已。

第一問，我先回應「認讀」與「習寫」的字數問題，「認識常用國字」是指「認讀」，「使用七百字」，是指「習寫字」。至於辭典之使用與電子辭書之使用，分布在二、三階。

再回應基礎句型結構與基本句型之異同。二階的基本句是指陳述句、疑問句、祈使句、感嘆句；三階的基礎句型結構是指敘述句、判斷句、有無句、表態句等。

自學篇章，國中明訂每冊三篇，高中已於課審大會刪除了，原先我們的理念是希望自學篇章編寫進入教科書，這樣有審查機制，才有品質保障，可是高中部分被刪，也無不可，亦不可迴逆了。

教材是否指課文？教材是廣義，課文是指教材裡的文本內容。

「自第五冊起得編選八百字至兩千字的長篇課文」，其中「得」字是必須抑是彈性？

「得」是彈性，只是建議而已，若是「應」則是必須。

再問，每冊課數不硬性規定，該如何規範？我回應，香港國語文教材是四單元，每單元三、四篇共有二十篇，大陸每冊有三十三至三十六篇，台灣相形少了許多，教師面對少的教材，只好進行瑣碎、枝微末節教學，希望能夠打破以前的規範，多選一些課文，讓學生可以多習學。開放彈性才是課綱的精神所在。

中華文化基本教材，與國語文教材之關係，究竟是融入或分開，楊國揚主任表述，可以融入。不過，我個人比較傾向分開，因為文白比是三十五至四十五%，不計算中華文化基本教材，若能獨立編輯教材，一來較易計算文白比，二來二者的質性不同，可以就此區別與一般範文有所不同。

至於文化經典究竟是指什麼？原先，我們課綱明訂為中國文化經典，並將示例寫入，課審大會決議修改為文化經典，並刪除示例，原先的《詩經》、《楚辭》、《文心雕龍》等皆刪除，如此一來，我個人覺得更好，因為取消中國二字，則古今中外的經典名著皆可置入，視野可以更寬廣，只是對編選者而言，短時間之內要選輯適當的教材，的確有些難了。文化經典是否與推荐選文衝突，或是可含在內？文化經典選材選文是必須「時代、思想流派、文體」三者兼備嗎？文化經典當然可含在十五課之內，亦可超乎其外，只要符合文言文的比率即可。而推荐選文僅是「推荐」而已。至於「時代、思想流派、文體」三者須兼備嗎？我說明，因為有六冊，可分布選材，不要過度集中，讓時代、思想、文體的分布呈示多元性，多樣性，不集中在某一朝代、某一流派或某一文體。

課程手冊呢？課程手冊是用來輔助教師教學之用，仍以課綱為主。我也說明，課程手冊編寫是與課綱連動，課綱經課審大會刪修之後，手冊也應有所微調了。楊主任並且說明，課程手冊的目的，是輔助、提供教學，非主體，編審查教科書仍以課綱為主，是參考非依據。

何謂文言文？以前九七課綱曾規範文言文是指文言散文，章回小說屬白話文，例如《紅樓夢》及《儒林外史》等，而且也不將詩詞合算在其中；但是，這回在課審大會時，委員們討論結果，改為一九一一年以前的古典文章稱為文言，含小說；而詩詞等亦含括在內。這樣的定義，當然也可以，但是，文言文的散文顯然也相對減少許多了。

舊制的國中課本是前五冊十二課，第六冊十課，我們比較希望增加課文篇數，避免選文過少，考試重在枝微末節，若能擴充選文增進閱讀量，則課程之學習就不會太細瑣。

課綱提問結束，鬆了一口氣，不過身兼教科書審查委員，仍然對第二輪的問題很關切。

問：要求「抽換課文」的理由何在？答：只要是違反課綱精神者皆須抽換。

問：教師手冊是否一併送審？答：教師手冊皆不送審，但是，國中國小皆會將教師手冊附隨教材送交，以茲參考之用，而高中牽涉普高、技高及綜高，所以教師手冊不送。

問：審查意見儘量具體陳述，避免忖測意見，徒增困擾。答：因為教科書審查不能「以審代編」故而未能具體指示，只能導引方向而已。

問：「必要修改」與「建議修改」之區別？答：「必須修改」是明顯錯誤，一定要修改；至於「建議修改」是略覺不妥，請編輯之出版商自行衡酌。

問：插圖的編修為何也要審？答：插圖功能是具有美感性及解釋性，必須嚴整及統一呼應教材內容，不可任意為之。

問：「一字多音」是否仍依據八八年版，新版遲未推出。答：若有最新公佈就按照新版；若無，則按照舊版，目前仍宜用舊版。

問：《重訂標點符號手冊》之使用是限定甲式或乙式？答：全書體例統一即可，不必受限於規範甲或乙式。

問：有關「生卒年、籍貫」之寫法建議如何？有爭議應如何處理？答：因為大陸及台灣的行政區域常有變更，必須隨之更正。至於生卒年的寫法，以西曆或中華民國皆可，例如若以西曆標示可在後面括號註明民國幾年，日本昭和亦然。

問：學術譯名之統一。答：可依據學術譯名對照表使用。

問：檢核表的用法是編者使用，抑是審者使用？答：是編者自我檢核之用。

大抵三方會談順利溝通，圓滿完成。會議結束之後，有部分人還留下來互相溝通，我也和一些友朋們打招呼、寒暄，也互相再次鼓勵打氣，期待新課綱可引導新的編、審制度，有一番新氣象，讓莘莘學子們可以學習新智能，好好面對新世界。

二〇一八年一月二十五日

教科書審查

擔任教科書審查，任重道遠，卻有很多話，想說未能暢所欲言。某出版社出版一〇八課綱的國中課本用「謎走古城」方式來翻轉傳統教學，也嘗試用文本透視或是語文百寶箱來進行翻轉，讓我有耳目一新的感覺，但是，相較於其他審查委員，我的意見不太能表白，也不太想表白，主要是教學現場老師及主委皆是要審出一本無瑕疵的教科書，而不是新創意的教科書。我卻很期待我們的教科書讓學生有感，喜歡，有創意。不過，某出版社的編輯群可能能力未足，不能充分掌握語文的知能，再則是文筆常常不通順，語句不完整，致使大家對這個課本的觀感大表反對，要抽換、刪除「謎走古城」讓我有點不捨。有創意真的不容易呢。

但是國教院要做的是無瑕的教科書，不能有一丁點兒的錯誤，否則媒體便會沒完沒了的報導個不停，也會擴大檢視，這是國教院求安全、平安所不能接受的方式，所以付以我們審查委員也是相對的要求：無瑕，是指標；而創意，創新卻變成比較不重要了，於是在這樣的前提之下，也只能順著大家的潮流、流度向前行了。有時，大家互相發言，表述自己的意見，溝通之後，以表決方式議決。民主就是尊重大家的意見，尊重多數人的決定，雖然多數的決定未必正確，卻也必須接受最後的決定。

表決「文本透視」所呈示的內容，這個欄目設計得非常的好，可以帶領學生多學習一些語文常識，然而，因為編輯群的語文知識有些不足，致錯誤甚多，我們當然希望不要有錯誤。與其創新而錯誤百出，不如退守基本盤面：正確無誤。

午餐後，大家會出資買咖啡共享，我則較喜歡買橘子給大家吃。餐後既暢敘情誼，也讓腦力有些緩和並釋放壓力。花個小錢，讓大家吃、喝皆大歡喜，也是一件可樂之事呀！何況，團隊在一起共事就是緣份，也是情份，多留些美好的記憶，何樂而不為呢！讓自己因為有共同公共事務的滋養而能有更多能力向前進。人生很多時候，不能想像未可知的未來，只能讓自己的生命之舟順著生命的流度前進。珍惜所有的緣份、所有的情份，也溫潤生命的溫度。

審查過程的溝通，是磨合的開始，也是情份的交流。不預存是非，也無我執之心，只希望好好完成自己的任務，審出一本本叫好叫座的教科書。

二〇一九年一月十九日

繁華事散

昨天到國教院召開教科書審查，第一輪結束，第二輪啟動了，每一輪二年。其中，有些新委員加入，有一些舊委員被替換掉。我不便問靜惠姐為何舊成員被替換，新成員又如何甄選？只好默然不語，接受這個既定的事實。新成員有張清榮退休教授，雖是老幹，卻很熱誠，也很投入，比起之前的某位原住民委員好太多了。新枝有某國中老師加入團隊，年輕，卻是優秀的教師，任教屏東暫時借調到北部三年，借重他的經驗，也提供現場老師們一些想法。

不知為何？自己是個很念舊的人，捨不得舊委員的乍然離去，卻也要面對新委員的加入。念舊，真的是個很念舊的人啊！面對快速變換的社會速率，我的慢腳步、慢思維，真的還在遙遠的國度裡踱步呢！一起審查，一起品茗，一起輕啜咖啡，那種既有壓力，又有閒散的步調，真的很懷念呢！

審查教科書，是目前我擔任的校外服務性工作。很慶幸自己被網羅一起參與審查教科書的工作，能夠將自己的能力與才學貢獻出來。也因為這樣，讓自己的步調有了一些的紊亂、一些的壓力，這種壓力來自時間的緊迫，來自於審查內容的豐碩，總覺得自己在書面寫意見時，期望提供很多很好的意見。同時，很努力出席，參與討論，參與建言，為新舊教科書提出自己一些淺見。然而，參與二年多，一直覺得審查太保守，但是，又能奈何！寧可保守也不能太激進而有過多被社會群體、家長團體指責。所以，我們就是本本份份的進行審查，不求有功，但求平實平順，不能遭惹太多太多社會可能引發的負面效應。尤其不能以審代編，只能給意見，給建議或必要修改的建議而已。

最可惜的是新版的某國中教科書，原有一番新氣象，但是小編似乎沒有專業能力，致錯誤百出，與其如此求新而有錯，不如守舊而無錯，在這樣的情形，他們也從善如流的拿掉很多有趣、貼合年輕學子的古城謎走單元，真的覺得很可惜，但是，能奈何呢！面對大錯特錯，不如不變而無錯，才不會承受太多社會輿論的壓力。

自從加入教科書審查的團隊之後，工作的壓力似乎與日遽增。主要是因為眼力日益視茫茫，而工作量卻又不斷地增加，因為眼力的關係，越做越慢，事事越做越多，讓我不能不面對這種事實，能夠的話，儘量讓眼睛不要過度過它，儉省用度，怕太早病變，怕太早動手術。

寫論文也不再像早年一樣急起直追，勇往直前了，總是在眼睛不由自主的流淚時，就知道該休息了。

審查論文，也不能像往年一樣字字斟酌了，只能就大體意見提供參酌，不是不認真，而是眼力真的無法負荷太沈重的閱讀量了，動輒十幾二十萬字的審查，真的太沈重了。

享受共同在國教院會議室審查教科書的和暖溫馨氛圍。也許時間太匆促，無法談心，無法好好的面對面各自言志，但是，人生聚合離散，也不過如是，念舊，又奈何？還是得面對這種真實的人生。

繁華事散之後的幽寂，也只能潛藏在生命的底層了。

二〇一九年三月二十四日

沙鹿歲月

週二一大早揹著厚重的資料，搭乘海線前進沙鹿。山光水色、稻浪芳草，仍是如此可人、仍是如此吸引我的目光。貪婪吸翕著美景，似乎在日漸退後的光景中有著更深的情懷眷戀著。

曾經海線是我通勤的路線，每週三天飽覽海線風光，喜歡那種淳樸的鄉野感覺，喜歡在天光雲影中欣賞著旭日的晨景。早上七點二十二分從新竹往沙鹿的電聯車是我必搭乘的火車班次，後來也因此認識了同樣住在新竹前往靜宜任教的佳靜，後來我們各自離開靜宜，生命的軌道似乎再也兜不在一起了。

靜宜是我博班畢業之後任教的第一所大學，有一份特殊的感情。同儕之間的感情非常融洽，我也在其中開發許多專業科目的教學，奠立後來研究的方式與授課科目。

今天，從竹北到沙鹿靜宜大學進行中文系的自評。事先將厚厚二冊的資料閱畢，也繕打了一些意見。評鑑對大學而言是一件重要且必要的自我檢視的過程，尤其少子化日益嚴重，如何讓整體的教學品質改善，招攬更多學生進來就讀，成為私校必要的手段了。

看見老同事及友朋，真的非常高興。依稀之間，歲月流轉已是二十年了，重回靜宜，情深意切的感覺仍在，只是風塵吹老了歲月；只是流年不停地暗中偷換，而我們也在生命的軌道中不斷地流轉歲月的逝痕。

想著，念著，那一群活潑可愛的學生，未知如今是否平安健康、事業順利呢？人生不可逆回，青春的往事也隨波逐去再也無法回挽，傷逝的情懷似乎是越滾越多，越滾越大，而波潮仍然一樣流逝不回。

在評鑑的會場上，紛紛表述自己的意見，也可看見評鑑對同仁的壓力。每年要準備如此豐富的資料，其實擾民不已。教學現場不就是要好好教書、好好和學生互動嗎？填寫了這麼多資料，又能檢視什麼呢？總是希望圓滿他人，讓更好的靜宜中文系有更高的能見度可以被看見，因為大家努力做應用的部分，仍然缺乏強有力的行銷，地處偏僻的海隅要吸引學生真的不容易，師長們的努力似乎也不易被看見，而過度支使的人力、物力，學校又看到了什麼呢？

想著，念著，大環境不佳，一職難求之下，如何安身立命，真的不是很容易的事情了。看到靜宜的同仁們為了評鑑戰戰兢兢的備戰，真的很感慨整個教育環境已非單純的教學場域了。

信步在靜宜的校園中，享受著美好時光。蓋夏圖書館似乎是我每次到靜宜的中繼站，喜歡那種貼心的人文設計，讓師生有回家的感覺，環壁皆書，坐在其中，整個人的心情也愉悅起來。

走一趟海線沙鹿，走一趟靜宜，前塵往事也在不斷地如跑馬燈回顧著。今生今世、此時此刻究竟是何年何月何日？就是在當下享受所有的一切了。

二〇一八年十二月二十三日

系所評鑑

受邀擔任嘉義大學中文系評鑑委員，事先接到寄來的評鑑資料。似乎，每個中文系都要面臨幾個問題，其一，是少子化的衝擊，招生越來越困難，學士班如此，碩博研究生報考日益減少，缺少生員的情形更嚴重，有時是報考人數還不及錄取人數，就算報到就學，也不一定完成學位，一個個面臨經濟的考驗、大環境就業市場的嚴峻，往往不一定可以如期完成學位。花了三年寫完論文也不一定有就業保證，與其延期進入就業市場，不如早早進入市場。

其二，中文系到底要教什麼才能改變市場劣勢？是堅守本位，文字聲韻訓詁一定必選，還是隨著時代變遷，改變必、選修的學分數？是向職業技能靠攏，抑是堅持傳統中文系的授課內容？很多學校皆在思考就業問題或是學生如何與社會接軌的問題。所以，課程有逐漸調整向文創、數位、資訊及就業市場靠攏的可能性。

其三是教師，面對教學、研究、服務三項的考核，如何求生存？研究升等是最重要的事，但是，如何進行生涯規畫？如何不斷創作論述？在研究與公共服務之間如何取得平衡點，似乎也是一種智慧的考驗，完全外放去服務無益論述與研究，不妥；完全內縮進行研究似乎亦不妥，因為沒有學術活動與人際往來互動，關門做學問，似乎也不妥。如何有個平衡點，似乎是很多人要面臨的問題。

其四是資源問題，經費空間、設備、行政資源，皆會直接影響教學品質。經費不足，做不了什麼事情，舉辦研討會，捉襟見肘，短絀的經費讓許多活動無法推動，只能節省用度，向各單位申請補助，才能彌補缺口。

面對少子化的衝擊，似是中文系目前必須接受的考驗，轉型？維持傳統不變？如何因應，每個中文系應對的方式不同。國立大學、排名前面的學校，似乎對少子化的衝擊較無感，但是，若是後段學校，必須調整體制與課程來吸引學生，畢竟沒有生員，就會壓縮系、所存在的空間，裁員、遇缺不補，是目前因應少子化的做法，但是，沒有人可以預料未來的局勢會變成什麼，只能且戰且走，慢慢調整前進的步調。

教師，還要面對的是：新世代、藍光世代的學生如何授課，要上什麼內容，學生才會喜歡？要有什麼知識量，學生才不會一直滑手機？

外在大環境的考驗，加上小環境的變化調整，皆是不可忽視的重點。期盼評鑑是一個好的建議與開始，而非清算鬥爭的開始。

期待每個中文系皆可以走出困境，好好的面對大小環境的考驗。

二〇二〇年三月二十九日

私立大學評鑑隅記

一通電話，答應某私立大學應用中文系主任之邀請，擔任品質保證諮詢委員。在這個疫情新冠肺炎嚴竣的非常時期裡，必須跑一趟外縣市校區，對於不開車的我，雖然周折，也樂於協助。這是本學期第二個評鑑任務。第一次是三月份的嘉義大學，第三次是靜宜大學。

評鑑前二週接到寄來的評鑑資料，努力閱讀消化內容，希望自己良性建議達到很好的溝通與改善。

目前評鑑的重點有三項，一是教育目標及行政，二是教師與教學，三是學生與學習。如何看出該系的重點發展與不足之處，正是必須努力研讀的地方以期攻錯。以前我擔任行政職時，也歷經一次評鑑，那個年代是五個項次與效標，每天我皆和學生在主任辦公室努力修改評鑑的內容，不假手他人，也讓評鑑順利通過。

秉持著學術互助互動的原則，期能幫助該大學通過這個形式大於實質的評鑑。事先我先繕打好三個項次的評鑑資料，知道私校求生存，也知道朋友互相協助之義，故而多是歌功頌德的文字書寫三項次。也針對各項進行一個到二個建議，屆時再和其他的二位委員統整內容，給定最好的共識意見，讓該大學這回的評鑑順利通過。

我負責第二項次老師的訪談，A委員負責第三項學生訪談，B委員負責第一項次行政人員與教育目標訪談。在下午一點到三點之間，我們各自進行。我鉤選了四位教師，各種職階皆有，男女教師皆有分配。

在訪談的過程中，看到了私校老師的特質：順民主義。做個不會反抗的順民，為何如此？在這個時代裡一職難求，流浪博士太多了，安頓經濟是生命與生活的穩定，也是家庭穩定的來源，所以唯唯諾諾的承擔了很多事情，不敢反抗，不敢有聲音，做個噤音的順民。大三擔任畢業製作分組的指導老師，每位皆戰戰兢兢的指導修改學生的論文，看到豐碩的學生製作成果，背後隱藏許多老師的辛苦與辛酸。

在少子化嚴重的時代裡，私校，尤其是被邊緣化的文科，如何增加生源是最重要的課題，有力的招生，特色的情境與教學，是私校求生存的法則。沒有學生就沒有系所，沒有教師，南部幾個私校已逐漸關門了，北中南部一些中文系也關門了，如何還能在經濟市場裡有一席之地，成為私校保衛戰，而教師們為了保住飯碗，共體時艱，群策群力，成為私校教師們生存法則，也培養出革命情感。看到這種現象，讓我想起在南山高中教書的情景、真的，不知道何時有聘書，管老師比管學生還嚴，大家激發起革命情感。

在靜宜任教時，雖也是私校，卻是天主教會學校，以人的本質來運作，沒有飯碗不保的問題，只有努力教書的過程。所以，我們很快樂的教書發揮所長。

評鑑時，看到老師的負荷及辛苦，也看到了行政者的勞苦，十餘年的行政，真的不可想像的對上對下、對內對外的交迫，但是，系主任遊刃有餘。我想，這就是能力吧！人和也是最重要的，善於溝通，善於協調比什麼都重要。

二〇二〇年五月九日

輯二：事：複調迴旋

生命迴旋曲

有一種複調，不斷地在你的生命中播送，形成雙遣的迴旋曲，悠悠地、綿長的、蜿蜒地、盤桓地流轉在周邊，讓你無法漠視，又無力揮去。

辛稼軒的迴旋曲，是擺盪在仕與隱、廢退與進用之間。二十三歲奉表南歸，期待有所展現，卻在主戰與主和之間撕扯，第一次廢退十餘年，五十三歲重新出來時，習慣悠閒清賞的歲月了，不習慣官場的作為了。在廢退時期待進用，在進用之際，又渴望田園山林生活，這種兩極反差的鐘擺效應，形成生命難遣的迴旋曲。

現代的年輕人的迴旋曲又是什麼呢？

到底要工作或繼續升學讀研究所？在大環境不利之下，工作機會越來越少，究竟要先畢業出來卡位？抑是升學呢？升學是讀原來的科系抑是轉跨其他領域，讓自己有多元豐富的前途可瞻仰前行呢？這樣的複調也在年輕人的生命中迴旋著。

還有，究竟工作是留守台灣抑是跨向西岸呢？不確定有沒有比台灣更好的機會？不確定是否會像免洗筷一樣用畢即棄？向西跨進是否就回頭無路了呢？大陸縱使有比台灣更好的機會，但是，不同的政治體制是否適合過慣了言論自由的台灣人民呢？會不會有適應不良症？在大陸工作，薪水是「談」出來的，有人被高薪挖角，有人像勞工一樣低薪。曾有博士畢業的學生到對岸工作，月薪是六千元人民幣，縱使生活水平物價較低，仍有覺得低薪的感受。而且授課堂數太多，管老師比管學生更嚴，不得遲到早退，課程必須按照表定進度進行，不得遲緩。而天候也是一大考驗，習慣亞熱帶，一旦到冰天雪地之處，真令人受不了。後來，那位學生因為多方考量還是回台灣了。當然了，也有發展的不錯的，也因此才能向交往七年的女友求婚。究竟要不要西進，真的是沒有定準，也不知道該如何面對台灣流浪博士滿街跑的情形？該如何規畫未來，沒有穩定的工作就無法安頓生活乃至於生命，也遲遲不敢婚，這就是工作的迴旋曲。

再則是，思考是不是適合婚姻。到了適婚年紀，每回每次家人的催婚，如何面對呢？婚姻真的是唯一的選擇嗎？一定要結婚嗎？結婚是好抑或不好呢？徘徊在婚姻的關口中，到底如何是好呢？婚姻原本就是一種賭注，有往無迴的路，走下去了，就必須勇往直前。但是？是否能適應婚姻生活呢？人生，不可逆，逡巡在關口中，不斷地複誦著迴旋曲。

結婚後，究竟要不要生小孩，小孩是帶來歡樂還是忙碌呢？生小孩的意義何在呢？徘徊在生與不生之間，迴旋曲又複誦著？

現代的中老年人的迴旋曲又是什麼呢？

到底要不要轉換跑道呢？一個工作做久了，難免有倦怠感，到底要不要繼續這種食之無味、棄之可惜的工作呢？到底要不要離開舒適圈，重新投入一個未知的工作呢？到底有無能耐去面新的挑戰與生活呢？轉換跑道對很多中年人而言，是極其困難的抉擇，這個複調也不斷地播放旋律在生命的組曲之中，難以面對與選擇。

再則是，要不要提早退休？退休是好抑或不好？看到有人五十歲退休，很羨慕，而自己到底能不能適應提早退休的生活呢？退休之後，要做什麼？如何規畫人生？如何讓生活與生命仍然有意義呢？這也是一個複調不斷地迴旋在心中、腦海。

每個人，終其一生，總有大大小小的迴旋曲在心緒、在思維中不斷地左右拉扯著，選擇總是一種難題。選擇之後，難免仍有遺憾與悔恨，也難免有不適應的情形，複疊的迴旋曲就停駐成為生命中選擇的交響曲，等待你去面對，而反反覆覆的旋律，是你必然如鐘擺似的搖擺在反差的兩端，這也就是古代文人面對仕隱難以安頓與難遣的兩極。

二〇一八年五月三十一日

位置

幾米《地下鐵》有一個畫面，色彩繽紛，令人一見難忘。

那個版面畫了形形色色、色感鮮明的椅子，整齊排列著，盲女正襟危坐在其中的一個座位上。

這個畫面喻示什麼呢？

每個人終其一生皆在尋找自己的位置，是生活的位置，也是生命的位置。

在家中，哪一個位置是你專屬的位置？吃飯時，你坐在哪裡？看電視時又坐在哪？平時起臥，那一個位置是你時常流連的呢？在家庭的位階上，你的位置是什麼呢？打理財政？經營家務？是一家之長？抑是為人子、為人女、為人婦、為人夫呢？

在社會上，哪一個位階是你的呢？從事什麼行業？在職場上的品位如何呢？

你是像逐水草而居的游牧民族，到處遷徙流動不羈，不在乎有沒有一個恰當的位置？抑是重土重遷的安頓生活，不敢越出自己的尺寸之間？你是接受各種挑戰，勇於不斷更換位置的人，永遠面向新鮮新奇的位置？還是，你認為有沒有位置，其實，是天，是命，半點不由人呢？

看到許許多多大學兼課教師，一週二十多節課，顛沛流離在各個大學之間，舟車勞頓之餘，還要傳道、授業、解惑。為養家活口，淪為鐘點打工族，辛酸不足為外人道。

看到許許多多專案教師，一年一約，工作沒有保障，生活無法安頓，讓他們或不婚，或婚後不敢生育子女，對人生不敢做任何規畫，因為沒有經濟做後盾。而且也努力、積極、奮力求表現，南北奔波參加各種研習，希望有伯樂賞識，能擺脫一年一聘流浪奔波的景況。有人說，他們就像免洗筷一樣，用罷即棄。令人為之感傷。

還有一些博士，連第一張教師證皆未知從何申請？到何處申請？很多學校要求應徵者必須有教師證才能應徵。但是，沒有第一張，能如何呢？或委身在某個學校教個三五年，祈求辦出第一張證書；或任人宰割接下許多教學之外的行政業務；或是任教多年之後願意自付審查費，要求學校幫忙辨證。

流浪博士隨著教育部公佈報到率不足三成的學校輔導與退場機制之後，日益瀕危了。

在教學現場呢？看到學生憂心沒有未來，報考碩博日益減少。

在學術現場呢？憂心學術斷層、憂心學脈中輟，然而，謀食與謀道的兩難，徒呼奈何呢！

林林總總的教育現況，令人憂心，卻能奈何呢？

也許，人，終其一生都在尋找自己最恰當的位置，如實表現，真實演出。

有人汲汲營營地尋找適合理想的位置，在未找到之前，努力奮鬥，勇敢追求，終能圓滿完成。

有人一個位置換過一個位置，總覺得得不到的位置更好，更有權力，遂淪落在無盡的追尋漩渦之中。

有人找到位置了，卻不能盡本份的展演，尸位素餐，讓人恨的癢癢的，卻徒呼奈何。有人坐在位置上了，卻誠惶誠恐地深怕被別人奪走，整日棲棲惶惶的。

你心目中的位置是什麼呢？努力尋訪自己適當的位置，找到之後，好好把握，充分、真實的表現，盡情的展演，讓這個位置發揮極致的效用，才能彰顯這個位置的意義。

二〇一八年一月十二日

行路難：博士的迂迴坎坷

流浪博士已不是新鮮名詞了，每年量產四千位博士，約近二千人可以就業，剩餘的博士只好流浪在各大學之間兼課，狀似打零工，這種零工，美其名是兼課，其實和派遣人力並無多大區別。不僅仰人鼻息，且寒暑假無課無薪。只要是兼課無法聘任成正職，則生活頓生拮据，讓許多人感受沒有未來的年輕人不敢結婚，遑論生產報國呢？

鮑照〈擬行路難．第六首〉：「對案不能食，拔劍擊柱長歎息。丈夫生世會幾時，安能蹀躞垂羽翼？棄置罷官去，還家自休息。朝出與新辭，暮還在親側。弄兒床前戲，看婦機中織。自古聖賢盡貧賤，何況我輩孤且直！」寫盡個人懷才不遇的坎坷命運，這種遭遇也被李白襲用，李白的〈行路難〉共有三首，其一云：「……欲渡黃河冰塞川，將登太行雪滿山。閒來垂釣碧溪上，忽復乘舟夢日邊。行路難，行路難，多歧路，今安在？」寫出生命的偃蹇，不過，他不似鮑照陷入生命的困境，反而有提撕高揚的氣勢說出：「長風破浪會有時，直挂雲帆濟滄海」。

古今多少仁人志士懷才不遇成就困阨的生命印記，從孔子的轍環天下，卒老於行；屈原的憂讒畏譏；鮑照、李白的〈行路難〉這些林林總總所要訴說的，皆是千古一氣的「懷才不遇」。

某位學生，本學期也剛從博班畢業，狂灑履歷自傳，未獲回函，與她對話，可以感受她的不平。甚至也能體會「憤青」的心情了。戰士，沒有戰場可以執干戈一決勝負；教師，沒有講台可以作育英才，這些都是人生最無以言說的幽微。

機會在哪裡？是否必須跨到對岸才能有機會呢？西進是否更好呢？因人設條件的聘任方式，有時會誤踩地雷，有時可能是千載難逢的機會，這些皆必須有置之死地而後生的勇氣鼓舞著前進，否則，焉知是禍是福？年輕人，敢揮霍一灑這樣的機會？敢勇往直前的拚搏？所有的選擇皆在自己，別人只能給建議而已，最後要去面對的仍是自己，不悔不恨，不尤不傷，無論做了什麼選擇皆必須勇敢迎向前去，而不是悔傷讓自己陷入不可救奪的境域之中。

面對高學歷高失業率的情形，看在眼中，痛在心中，什麼時候才能學用合一？什麼時候才能供需平衡？無人可以解答，只能說，這就是人生，必須在困境時仍保有清明之心，在平順時也要思考未來的路應如何開展，因為無常的人生，常常一翻轉，焉知不是萬劫不復的困境了？

二〇一八年四月十三日

屠龍技：俟時而起

當代傳奇劇場蒞校演講，派出年輕子弟的二軍、三軍進大學講述京劇的學習過程及當代傳奇的理念，希望吸引更多年輕學子進劇院觀賞。

演講完畢，和演講者對話，感受困境的到來、產業的蕭條與不得不轉型的過程。

小五入劇校學戲，坐科八年學成，卻無適當的體制可以銜接，各自紛飛。或繼續進大學讀書，或入影視藝圈，或入當行劇團繼續未竟的路，這竟是一條漫長的路，前程茫茫，空有一身屠龍技。

吳興國當年糾眾成立《當代傳奇劇場》，搬演《欲望城國》，三年練習，不支薪，而今熱血與熱情仍在，生活仍是現實的，沒有了經濟作後盾如何是好？《水滸108：忠義堂》與異業結合，或許是一種方式，要吸引年輕人欣賞，似乎要帶進一點現代元素，於是《當代傳奇劇場》與搖滾合拍，請周華健譜曲《潯陽客夢》，由張大春寫詞，表演之中，也帶入現代的元素，京劇的劇團及搖滾音樂同列，希望古今對撕過程讓更多人可以接受。

想到李玉剛也嘗試用《國色天香》的節目來帶動傳統戲劇與現代曲目作結合，觀眾接受度非常高，主要是表演者有一定的水準，唱作俱佳，手眼身法步皆能絲絲入扣。再者，也邀請各界戲劇名伶擔任評審，講解細膩，成就了一個戲劇的高峰。

想到中文系是不是也面臨出路的問題，京劇的學生，至少還有一技之長，中文系的孩子，到底我們要型塑他們什麼樣的能力與技能呢？書寫？口說？文創？編戲？創意廣告？報導文學？廣播？編採能力？似乎，在傳統與現代之間要取得平衡並不是如許容易的，只能說，我們希望孩子們廣泛多元的學習，造就自己八面受敵的能力，這是不是很難呢？不是所有的學生皆能走學術成為學者，也不是皆可以找到教職，教職一位難求呀！讓許多學生阻斷天涯路。還有公職考試是萬中選一，能夠考上的，是前世燒了好香；哎，什麼才是未來可以前進的路呢？興趣與就業似乎是個兩難的選項，技能不是學習的目的，在中文系一直是如此，但是，親見畢業的學生在書店搬書，當小弟小妹，看到學生到飲品店打工，領不到三十K的薪水，或是到倉儲公司工作。我沒有工作歧視，只是覺得學無所用，似乎有點可惜了。

有個寓言故事很發人深省：屠龍技。這是一種難能的技能，耗費資財、精力學成，竟無所用，那麼當初在選擇學習時，是否也考慮到出入問題呢？就好像中文系的小學系統包括文字、聲韻、訓詁三科，這也是在中文系屬於較難的學科，很難學，學成之後，就業市場也明顯反應出需求，一個系只要一位小學或聲韻學的師資，那麼，豈有這麼多的職缺呢？可是難能的科目，要養成不易，學成還要考慮未來的出入。所以，多旁涉其他領域才能讓自己多元發展，也就是如此，讓我看到了多元學習與發展，是現代人必備的知能。

日前審查一位他校升等案，她也是從傳統的中文系走出來，進入文化產業的科系，善用自己的專長，轉化成與社會接軌的科目，讓自己悠遊自在。她的專長是老莊，是佛學，於是可以暢談宗教與人生，或是運用古典文學中小說的元素來告訴我們人類性格屬性，既有學理根據，又能有小說的詼諧性，甚至製作磨課師、線上教學，讓更多學生受惠。真的，我看到她的自信與從容，善於運用與轉化，真的讓人生的路更寬廣，也不再受限於中文系畢業必須進入中文系任教的窠臼，同時，影響的層面也將更多更廣。

沒有人能夠規範你的路應如何走，只能提供前人的經驗給你，至於如何走出自己的路，仍是自己應深度思索的問題。

看到劇校學生的出路，在市場導向的社會結構中，如何走出海闊天空的一片天地來，似乎是一個必須學習與開拓的難題與課題。與現代接軌，是所有傳統科系、產業必須共同面對的問題。如何另謀生路、出路，也是考驗著創意行銷的異業結合的新路。

二〇一八年五月十八日

抉擇

燈影流曳，飯菜溢香，對坐在溫暖的人文風尚，話語啟動。

曾是本校專任教老師，目前因事就教於我。二人對坐，談到專案與兼課的抉擇。專案只有一年，如果接下專案，必須辭去所有的兼課，當專案任滿，便無法重回兼課了，該如何選擇呢？目前尚在遴聘過程，未知是否被聘為專案，須俟確認之後，才能作此憂心與選擇。

日前也有一位碩生修畢教程，必須實習，問我，該留在目前任教的私校實習，抑是到其他學校實習？這個兩難就是：如果選擇到外校實習便是放棄私校原來的工作，可是如果不出去實習則不知道外面是不是還有更多更好的機會？

這個難題，我反向追問，如果出去外校實習，無路可迴的後果可以承擔嗎？還是要安穩的留在原校呢？她認為自己應該出去闖蕩一番，沒有試過，怎知道是不是有機會呢？

如何抉擇，其實和自己的性格相輔相成。自己能夠承擔什麼樣的後果？不能承擔什麼樣的後果？一定要自己細細思考，才能做最後的選擇。

通常我在面臨抉擇時，常常會列出正負表，檢視究竟是正向多抑是負向多？最壞的後果真能承擔嗎？這樣才能判斷是否要做怎樣的選擇。

每個人都會面臨歧路選擇。

我也在很多關卡中面臨選擇的難題。

碩班畢業之後，到底要不要繼續讀博班呢？那時有了小孩，剛出生，襁褓中，能否讓我專心研究呢？我告訴自己，一定要努力，一定可以的。考上博班，身兼數職的艱辛，不足為外人道。一邊專職在國中教書，晚上帶小孩，半夜寫論文。告訴自己，辛苦的日子不要拖太久，一定要早早畢業，以專職國中教師用四年時間博班畢業，真的做到了。

就讀博班時，很多師長告訴我，早一點弄到講師證，這樣博班畢業可以順利升等為副教授。當時的我，白天教書，一天公假讀書修課，常常自忖，不想錯過小孩的成長，尤其尚在襁褓中，不能為了自己的前途而沒有盡到母親的責任。那時另外一半在外地工作，假日才能回來，晚上必須獨力帶小孩，所以壓根沒有想出去兼課。告訴自己，一定要憑自己的努力從助理教授升等副教授，不要採用舊制升等。這就是選擇。

就讀博班時尚在國中任教，博士班畢業之後，決定放手一搏，放棄公教位置，到私大任教。而且還要賠款九萬有餘。對我來說，轉換跑道到底值不值得？放棄公教系統，對很多人來說是可惜的，但是，我願意放手一搏，自己承擔後果。後來到私大任教，讓我踏上研究與教學之路，是我喜歡的，不必和國中生周旋，更多的精力可已經營學術。而且博論還榮獲國科會甲等獎，十八萬元，比起賠款恰是兩倍。我還是告訴自己，一定要憑自己努力重新回到公教系統，不斷寫作發表，大學任教三年半，由助理教授升等副教授，再過一年半轉任公立大學。也就說，憑自己努力，五年之後，不僅升等轉換跑道重回公教系統。而且再過三年，升等教授。一切，只要自己努力，按照預定的目標前進，一定可以達成的。

我告訴他，選擇之後，只能往前，不能後悔，而且要更加堅定自己的選擇，努力往前走。

人生的關口就是一重重對自己能力的考驗，也是自己性格的檢測，能否承擔抉擇之後的事實，才是最重要的。

不要畏懼，勇敢的迎向前去吧。

二〇一八年一月三日

輕與重

每個人總在面對自己的生活處境，除了無可避免的生老病老之外，生命的情境與生活的事件有所不同，如何面對，如何處世，在在考驗著個人的處世能力與應世態度。無可遁逃的生存壓力，如雲罩頂，讓每個人的生活有了重擔，有了承負，也有了不可避免的重量。

A，是位對學術有熱誠的青年人，與我對談論文時充滿了生命的力量，同時也希望自己畢業之後仍能持續研究，常常對談應如何再繼續開展未竟的研究論題，那時的他，對未來充滿了鮮活能量。

今年四月份到雲科大召開課程會議時，他送我到火車站搭車時，我們在車上閒聊了一會，去年七月畢業後，他在某私立藝術高中任教，擔任組長，由於任教地點在雲林偏鄉，必須住校，私校管老師比管學生還嚴，他說，每天工作很多，來來去去查堂，一雙皮鞋磨破了，看到他為了生活經濟，忙於工作，約他，六月底七月初召開古今論學讀書會，希望他來帶領學弟妹們，他說，他會請假來參加。可是，七月五日的讀書會，他並未出席，知道生活重擔與工作壓力，正在傾壓著他，大抵無法再撰寫論文了，仍然衷心祝福他能夠順利找到合適的工作，轉任轉型的藝術高中及大學。

今天打開電子信箱，深耕專案教師徵聘案共有九人投遞應徵，預計於七月十六日召開會議，看到有哲學博士已是五十好幾的人了，仍然如雲飄蕩，未能有安頓生命的工作，似乎有點不捨。還有畢業六七年的年輕人，仍然在尋覓這個似免洗筷的專案工作。也有剛從名古屋畢業的留學生。似乎，工作不好找，人浮於事，一職、一位難求，在這個高端科技的時代究竟要學什麼才能立於不敗之地？才能有安身立命的工作呢？

說起高端科技，在電子所的B，也面臨碩士下晶片的難處，企業界在徵才，可是要先拿到畢業證書才能有找工作的機會，下晶片是要先規畫晶片的內容，因為一次要耗費半年到一年的時間，第一片找不到問題所在，就無法下第二片，這種難處顯現在他年輕微少的髮量及咬禿了指甲可以看到壓力，讓他從快樂寶寶變成心情沈重的人，無法釋壓，整天思索著如何解快晶片的問題。他研究室的學長學弟們也都是一樣的心情，做不出晶片，就無法畢業，這個難關是必須跨越的。他形容某位碩五的學長，心理素質很強，對未來已不抱任何希望了，捱到第五年，那種艱辛的心情大概是所有研究者皆能體會的。一般二年三年就能畢業的工科產業科系，一出校門便有賣肝的工作在等著，但是，卡在研究室裡做不出晶片，實在是很折騰人，五年光陰，從有志的年輕人到消沈，其間的轉變又是誰可以體會的呢？曾經，B也對我說，如果再找不出晶片解決方法，他想要轉移研究室，只求畢業即可，這個決定，只能任他了，因為未來在他手中，任何人皆不能為他的未來把關，只有自己才能深切體會與抉擇。還有位博班的學長，因為與老師處不好，不想拿學位了，直接到業界工作，幸好他的能力強，在業界也算吃香。電子所就是這樣，只要有能力畢業，到業界皆受歡迎的，但是，畢業的難關仍要個人硬闖才能度過。

C為了照顧出生的寶寶，決定辭去工作，為了生活，張羅起網拍事業，為了在這個物價高漲的時代裡還能有一點物質生活過活，光靠丈夫單薪要撐起一個家，還要付貸貸，真的不是很容易的事，她，也在為生活張羅著柴米油鹽呢！

每個人皆在面對自己的生活處境，如何更好的活下去，活的有意義，似乎是一件必須由自己定義的事。什麼才是生命中的輕？重？如何選擇，似乎古人說的沒有錯，先謀食才能謀道，先解決物質問題，才能面對精神生活。

看到年輕人一位難求的困境，與老年人退休無法好好生活的情境，一樣皆在煉獄中淬厲著身心筋骨。

二〇一八年七月十三日

求職

人生有三求，也是三難。求職，求偶，求房。求得，苦；求不得，更苦。

某甲，任職銀行，因為二大銀行整併，大部分員工請辭，擔任人事業務的她，必須在全省走離二百多位員工之下，調派各地工作人員，尤其面臨年關，提兌頻繁之中，從一個不熟地理方位的人，反轉成必須調派各地各處員工互相支援業務。看著地圖，熟稔各分行的業務及方位，分派各分行行員到某處支援，了解各分行街道位置，如何教導分派的行員前往分行支援，如何從某一街到某街支援業務。面對離職潮，疲於面試新員工，仍然無法解決迫切的需求，並且訓練新員工上手支援業務。

由於工作繁重，不堪負荷，已於一年前遞出辭呈，未獲首肯，仍然留守職場。二度提出辭呈，預計過完年假之後離職，但是上司仍未批准，這就是職場需求你的時候，不肯輕易放手。

某乙，去年因聘約到期，從任教的高中離職。經過半年的休養生息，預計再重新出發。然而，面對少子化，一位難求，到處寄履歷。面試，大台北地區、宜蘭、基隆、桃園，皆不放過，卻一再受挫。雖然她有雙專長，國文與輔導，但是，少子化造成遇缺不補的情形，使得很多年輕人很難順利進入職場卡位，何況她的年紀也過不惑之年，要與年輕人競爭，真的不容易。

某甲與某乙相差二歲，一個是屢遞辭呈未准，一個是屢投履歷不順。生命的境遇為何如此差距呢？

學商，應用面廣，屬於有一技之長，容易謀職，在職場上可以應付裕如。學文，內化積潛，讀到研究所，與高商畢業進入就業市場的年資自有一段差距，何況教職必須駕馭學生，營造教學情境，是不斷處於變動的處境，相對就需要更多的教學技巧與人事磨鍊。二人的學經歷背景有差，經營出來的職場知能也迥然有別。

曾經學商、學文的我，看到二個截然不同的面向。既能體會某甲工作勞累，時常加班到八九點，生活品質一點也無的情形，而且兒女必須學會獨立，自立自強；也能體會教學場域的競爭與一位難求的無情。

社會斷層，高學歷高失業率。流浪博士疲於流轉在各大專院校兼課，而少子化的衝擊，不僅是大專院校招不到學生，牽動的是幼教、小教、中等校級，失業，失職的年輕人日益增多，工作無著落，生活不穩定，不敢結婚，不敢生兒育女，人生，似乎就是一種漂浮，懸浮在社會邊緣，教人如何安身立命，如何生活呢？

有幸進入職場，也不是可以高興的事，過低的薪資，過勞的工作量與低薪不能成正比，造成新貧族，無遠大志向，只要小確幸就是幸福了。長久以往，年輕人如何面向世界、面向國際化呢？整個社會的氛圍如何提振呢？

看到年輕博士努力經營論文、學術，到頭來，仍得為找工作而忙碌煩心，沒有更多的職缺容納這群流浪博士，不能穩定工作，意味者人生的漂浮無根，懸浮的萍水，將流向何方，也是無可預料的。

某乙在教學職場摸爬打滾，其中的艱辛不足為人道，這也僅是冰山一角，更多沈浮在社會底層者，還有更多故事浮遊在淺層的角落。

憶想自己的求職經驗也充滿了挫折與艱辛。

高商畢業，到處找工作。到達應徵處所時，早到，說回去等通知，往往石沈大海；晚到，說已聘定了。充滿挫折的我，曾任職代書事務所、會計師事務所、紡織廠會計、修車廠會計；後來，中文系畢業，曾在出版社擔任編校工作，最後，有幸到偏鄉代課，才找到自己不悔的人生舞台。

就讀碩班時，到華視訓練中心教作文，後來也轉到私立南山高中教書，再轉考國中甄試，到南港的誠正國中擔任教職，一邊教書一邊修博士學位，博班畢業，希望到大學任教，海寄應徵履歷，跑遍北中南東，飛機來去台東，屏東，台南等地，最後落腳在靜宜大學，同事們皆把這個學校當成跳板，我一待五年六個月，也轉到公立大學任教，回首前塵如夢似幻，每走踏一步，皆是步步經營，步步維艱。

看到年輕學了準備考公職，一考數年而未果；看到流浪博士到處兼課疲於奔命；看到某乙求教職，來去金門、基隆、花蓮、埔里等地，心疼這些年輕人營生之不易。每個人都希望找到自己安身立命的工作，能夠稱心如意者凡幾？而在浮世不斷浮遊的年輕人凡幾？起起伏伏，偏轉流宕是生命中不可逆回的流向。

二〇一八年二月八日

出人頭地與社經地位

最近狄鶯兒子因為在美國以發言不當引發當局注意，並且搜出一千六百發子彈，夫妻雙雙飛美救兒。可能訴訟費昂貴，媒體估價律師一小時千元美金，至少要花個九千萬元，才能完成救兒任務，而訴訟費媒體初估是六百萬元。在台灣馬上有房仲業傳說孫先生釋出北投豪宅八千七百萬元出售，九十二坪七房。另又有一間在內湖以四千多萬元釋出。媒體聲稱合計一點三億元救兒舉動。

天下父母心，我們深能體會那種救子心切的急燥與焦慮。

然而，我的思索面向，不是小留學生的問題，不是管教孩子的問題，更不是房價的問題，而是，如何拚搏一輩子才能賺到八千萬元，賺到一間可以安身立命的住宅呢？

自忖一輩子努力，往上攀爬，從小學努力讀書，雖非聰慧過人，亦非天資聰穎，但是，從小學、國中、高中、學士、碩士、博士，一路讀上去。工作，從小小的會計、編輯，到私立高中、公立國中教師，再往上攀爬高峰，到私立大學、公立大學任教，從小小的助理教授到副教授以至於教授的位階，一步一腳印的爬到現在的職場位置，但是，在社會上雖然是有教授之名，卻仍未有餘力在台北買個可以安身立命的房子。況且一個改革年金，改變了許多人的退休夢，也改變了年輕人不願意投入高教系統的理想，造成學術斷層，何以故？何以故？一來是沒有未來的優遲退休金，二來是當前的就業市場不利年輕人高投資的進入博士就讀而無就業市場的保證，高失業率，流浪博士到處皆是，如果還要告訴學生，一定要好好讀書，一定有工作保證，那麼我就是一個駑鈍、冥頑不通的人了。

努力拚搏一輩子，無法安身立命的在台北買一間可以居住的房子，那麼還有什麼可以努力的呢？

教師的位階在社會上也算是清高了，但是，何補於經濟層面的匱乏？我們自甘努力貧寒，不伎不求，但是，是不是所有的人皆可以像我們一樣不伎不求呢？

一個演藝人員，出道幾年便能積累家產，如此豐厚，如此豪富，令人艷羨，但是，除了艷羨之外，尚有何用呢？無濟於我們當前的生活狀況，加上大陸施展三十一項政策吸引台灣人西進工作。業界、學術界皆然，而台灣仍只能採用鎖國政策，告訴我們，不准西進。希望在大陸，如何讓年輕人不西進呢？

信步走在京棧的地下商場，品牌服飾，上千起跳，這對於受薪階級的我們，如何下手呢？遊走在各櫃位之間，到處看到的是各種高價位的服飾、用品，甚至連一個乳酪蛋糕也可以要價上千元，這是什麼世代呢？貧富如此懸殊，連我都下不了手，何況是其他白、藍領階級呢？

閒步走在美華泰的OUTLET賣場，如此繁華的園區，張羅著各國的精品與名品，能下手的，必須狠下心才能購物。平時，只是抬目欣賞，純欣賞，知道目前流行的趨勢即可，並不會真正為了追求名牌而讓自己刷卡到爆，理性，至少還在當道之中。

遊走在暐順的PLAZA商場，雖然皆已打了對折或六、七折的OUTLET的休閒運動服飾及鞋款，然而，高物價的時代，讓人不敢冒然下手，只好阿Q地順著黃庭堅說一身能著幾兩屐？一身能穿多少衣服呢？讓自己擺脫高物價的吸引，才能平順心情。

為何這個社會如此貧富懸殊呢？

一輩子該如何努力才能讓自己安身立命呢？如何經營才能讓自己衣食無虞呢？常常告訴賢賢，不要羨慕別人，活自己最自在，富貴在天，不必追求名牌。但是，有些人不想好好努力，只想一步登天，只想迅捷累積財富，看到名車滿街跑，看到豪宅在竹北如天高起，看到賣場名牌高價張揚，如何不興起感慨呢？一輩子努力，到頭來，也不過如此而已，那麼，還要努力嗎？還要拚搏嗎？只能羨慕別人，尚能奈何呢？

美好的春暖花開，留在書桌前獨對一桌的冷僻古典書籍，究竟需要多少的毅力，才能斬絕外界的誘惑？需要多少的耐力才能枯坐十個小時，只為了完成一篇小小的論文，在國際研討會發表？沒有掌聲，沒有稱讚，只有冷冷寂寂的孤寂冷影，只有清清淡淡的字裡行間的文字溫婉，到底，書寫是何事？到底孤寂冷漠是何事？看到流浪博士的哀苦，看到了學術斷層，看到了年輕助理教授為了升等受盡挑戰與磨難。究竟，能否換回否極泰來？不可得知，盡在不可期望之中，只能盡人事聽天命。而所有的拚搏之後，仍無法想像是否可以安頓生命，只能讓自己更擺盪在無盡的前途中，匍匐前行了。

人生有夢最美，沒有夢的人生，當如何是好？

人生有歡樂、有未來最美，沒有了歡樂、沒有了未來當如可是好？值此春暖花開，想的是如何面對日益被扭曲的社會，被社會化的人生，當如何可以更平緩的追求未來的美景呢？

二〇一九年四月八日

計程車司機的想像

台中火車站新站，挑高設計，進出不方便；月台與車廂落差及間距太大，再加上新站與公車站牌相距甚遠，頗不便利，已為人詬病，尤其是站體未完成，迂迴進出，甚覺不便。

如是，以前習慣從前站出入，現在改由後站出入，並且搭乘計程車進出學校。

計程車司機問：當大學教授真好，一個月幾十萬元吧？

不想回應這個問題，因為很難表述清楚。只能簡單說：沒有那麼好啦。

他們怎能知悉到博士畢業已經三十好幾了，找工作並不是如此順遂，是一個投資報酬率很低的工作呢。講了他們也不理解。何況，當年初任助理教授的薪水只有六萬多元，哪有幾十萬元？就算是教授，頂多是十餘萬元，哪來的數十萬元呢？這是他們羨慕的想像呢！

司機又說：您們的退休金很可觀吧？

一幅很羨慕的模樣，教人更難言說了。不知道這要熬多久才能有二三十年的年資，而退休金也是自繳退撫基金，如今改革年金一改，打亂了很多人的生涯規畫。這些，無法細說，只能說：沒有啦。

有些事情，是庶民不理解的，卻無法講清楚、說明白。

現在，因為流浪博士太多了，造成少有意願報考博班者，學術斷層令人擔憂，這是眼下看不到的盲點。而改革年金，讓許多人看不到遠景，更不想投入這個投資報酬率低的職業，這些能如何描述呢？

真的是欲語還休，欲語還休。

二〇一七年十月二十五日

終極部落

老年化的世代來臨，衝擊著日益邁向年老的我們。社會是否已為我們安置好生活的福利？是否已為老年人制定適當的政策呢？

曾經在日本居住過一段時間，深深覺得日本老年化的生活非常的便利與舒適，值得我們借鏡。

斑馬線的秒數很長，方便行動不便的老人跨越馬路，這是一件非常重要的措施，可減少過馬路的危險性及緊迫性，也可減少交通事故。

在大賣場結帳處，設有整理平台，附有刀剪、塑膠袋、紙箱等，方便購物者打包、整理、裝袋等。

所有的參觀型的博物館美術館，皆設有座椅，方便腳力不好的老人隨時可以坐下來休息。

公車，設有平緩的低底盤，方便老人上下車，同時，也會在站牌標示幾點幾分有班車，讓搭車者不必枯候。在偏鄉地方的公車站，有時還會設有侯車亭，可避風雨、避霜雪，還可以坐下來等車。而且，公車一定是到站才讓人站起來下車，不似台灣，必先搶先站在下車門前準備好，有點像在打仗一樣必須分秒必爭。

日本的居家服務也很便利。面對老人社會，是不可逆的事實，如何更好的生活，如何有完善的措施，其實是為與不為而已。

看到報紙報導終極部落，讓人看了覺得很辛酸。有些村莊十年之間只有出生十四位小孩，有些學校少子化到必須廢校，而現在，沒有小孩的村落，只能廢村了，也就是所謂的終極部落了。耆老日益凋零，年輕人不回來，無法新傳，只能看著日益荒廢的村莊、田地。而政府也沒有任何措施可以呼喚年輕人回來，為何年輕人走出村莊再也不回來了，因為沒有就業機會，沒有適合的工作，沒有機能便利的市場，只有高勞動力的工作。受過高等教育的年輕人如何願意屈就勞力的工作，在這種沒有吸引年輕人留下來的條件，勢必讓更多的年輕人跨出家鄉，永不回歸了。

面對廢村的說法，已不是新鮮事了。年邁的老人，沒有良好的社交，只能端隻板凳坐在家門口看著月升日落，看著人來人去，這樣冷偏幽寂孤獨的歲月似乎在偏鄉是靜止的。深深體會這種向死而生的況味，令人不禁感到歔噓，而我們能為未來的我們做什麼呢？社會政策又能為我們做什麼呢？

獨居老人成為下流老人，無人聞問，生活品質堪虞，再加上生活料理，似乎需要更多年輕人來喚起生命的活力，但是，不肯回歸的年輕人，讓獨居老人生活的更幽獨與無力了。

站在面對日益老邁的當口，我們能如何？能做什麼呢？為未來預作準備，只能說，一定要讓自己先有經濟自主能力，才有能力安排生活，不至於生活困頓與匱乏，除了物質不虞困頓之外，還有，必須常保健康與快樂，運動，社交，學習新事物，就是讓自己走出孤寂的大門。終極部落不終極，每一人皆要好好生活。

二〇一八年四月十三日

新聞亂象

每天聽新聞成為日常事情，但是，翻轉各台，所播報內容差不多，不喜歡看政論節目，因為一件小事就會被放大談個沒完沒了，例如韓國瑜第一次質詢，例如馬王吳究竟會不會出來選總統……真的，重複的談，對台灣的整體經濟有益嗎？噴口水又能奈何呢？想要吸取一些外國消息，必須轉遍電視台才能攫獲一點的內容，英國梅伊的脫歐不過案，該如何是好？恐攻又進行如何了？或是科學新知，ＡＩ發展進程如何？5G又如何呢？這些似乎是我關心的，卻無法完整看到內容，縱使看到了，也是支離破碎的，最清楚的幾個聲音就是：某記者為您在某地為您採訪報導，結果是無頭無尾的，不徹查的報導。甚至現在的網路聲量太大，新聞報導乾脆直接從網路截取內容來演繹，不負責，不努力報導，用揀現成方式來完成內容，唉，能奈何呢？

電視節目養著一群人道是非，並沒有讓台灣更好，還變成亂源。再則，成本低，長佔時間，政論節目一談是一個小時，二個小時，只要通告費，不需什麼成本，對電視台而言，何樂而不為呢？但是，不製作節目，台灣的藝人無法生存只好前進大陸。再則沒有優質的節目，只能用低小成本拍一些長壽劇，我連看都不想看，只能鎖定新聞台想要每天攫取一些外國資訊，鎖定電影台看一些新創意、新點子的電影。可是，偏偏電影台一播再播就是一些老舊的電影，不然就是廣告太多，讓我不能竟看，或是完整看完一片，唉！台灣電視台再多也是千篇一律，而且這種亂象，冰凍三尺，真非一日之寒啊！

二〇一九年一月十九日

選舉之亂

整個台灣有二個瘋，一是宗教，一是政治，在教學的講台上，二者皆不可大放厥詞，必須三緘其口，因為這是二項最易引發衝突的內容與聯想。

紛紛擾擾的近二三個月以來，整個台灣的媒體、網路皆在大肆報導選戰，我也不能免俗的流連其中，看看電視，看看網路，韓流襲捲江山，如火如荼，從南到北，媒體盛稱韓國瑜是一人救全黨，而陳其邁是全黨救一人。

這次為何如此瘋狂呢？

先是高中同學會，從來不涉政治的同學，呼籲我們一定要站出來投票，因為公投的同志教育太離譜了。而且高門檻，必須是五百萬人反對。這是什麼世代了，我不反對同志修法，但是在小學教這些內容，似乎太急太早了，網路不斷的有正反聲量操作，一群只想安頓生活的潛水鴨這回被激發出來要投票，因為公投十案，牽涉太多太廣，而且表列的敘述方式太容易讓人上當誤選，這就是中選會的立場嗎？沒有統整的內容，正反同時皆列入其中，而且沒有腦筋的用了十張公投選票，為何不統合成一張，讓人民更清楚看這些內容呢？

選前已是各自為陣，紛紛有教戰守策出籠，為了反對粗暴的民進黨提案，大家紛紛站出來投票。結果呢？因為選票太多，排隊太長，很多人放棄選舉，是呀，二十一世紀了，還用最傳統的排隊領票蓋章方式投票，九合一縣市長選舉，再綁上十個公投案，真是沒腦筋，直到晚上七八點還未投畢，再加上有些投票所事先開票，可能影響選情，讓整個選擇事件，被罵翻天了。

選民用投票的方式來反對民進黨一黨獨大的作威作福。蔡英文二年的政績被全民打上不及格分數。

細細數來，真是其敗有因。先是搞改革年金，這是必須改革的，我也贊成，但是要從長計議，好好規畫溝通，結果是粗暴硬闖法案，造成八百壯士一直守在立法院前作長期抗戰，甚至有人因此而喪命，政府不思檢討，仍然一意孤行。

再者是一例一休，不僅勞方資方皆未蒙其利，而且整個社會經濟每況愈下，蕭條景況真不可言喻，從來也沒有修法是雙方皆未蒙利而皆蒙其害的，這就是笨的修法。

復次，是十二年國教，獨派意識操作之下，文白之爭也不敵獨派而敗陣，歷史公民更慘，以區域為史，歷史老師們真不知道如何教學。

有爭議的人迅速登上教育部長，而台大校長一懸缺可以達十個月而不聞不問，簡單的理由就是非獨派的人。

早在二二八時，有學生到蔣公陵寢撥漆，每年，二二八就是要再炒作一次，賣弄悲情牌，傷口年年揭開是為那般呢？台灣人真的那麼笨嗎？一再被操弄而不懂嗎？

賢賢說，他們同溫層是覺青。沒有是非的覺青，真的不配叫覺青。只知道跟著太陽花走而沒有分辨是非能力的叫做覺青嗎？

一句肥滋滋的豬就被操作成人身攻擊，而連勝文適時出面說，他多年來被喊神豬難道就不是人身攻擊？只准他們罵人，不准他人罵人？雙重標準，令人生怨。

撕裂族群最是不應該。很久，很久，沒有看到中華民國國旗旗海飄揚，韓流造勢晚會，讓我看到感動，終於有國家的感覺了。

國慶日沒有國旗，總統不唱國歌，這是中華民國的總統嗎？在民進黨的主導下，看不到國家的凝聚力，看不到未來，政治經濟一團糟，整個台灣不斷地走後退路，如何是好？尤其是東廠興起，更讓人厭惡。

說是民主，結果比戒嚴時期更肅殺的氣氛，在課審大會時，我甚至出席皆怕被起底算帳呢！老師要我刪去所有的ＦＢ內容。唉！真的比戒嚴更嚴的時代，草木皆兵。

這回，全島十五縣市重回國民黨，不是國民黨大勝，而是大家看破民進黨的伎倆了。韓流來了，勝利了，奮鬥才要開始，如何救經濟，才是最重的任務，如何達到貨出去，人進來，如何移居五百萬人，這都是考驗的開始。捲起袖子的韓國瑜，看起來真的就是很打拚的樣子。期待國民黨痛定思痛，在痛處學會更堅強走出出孫中山的格局。

選後餘波仍在蕩漾，討論中選會的違法，討論為何民進黨為何大敗，其實，對老百姓而言，只求溫飽渡日，不要再操作政治，不再操作悲情牌，人民已洞悉這些奧步了。只想要快樂，不要統獨。

選後，幾家歡樂幾家愁。人民的生活是否會改善？無論選戰結果如，不要意識型態分裂族群，，期待有為的政治人物來為民奮鬥，期待一個和平溫馨的家國。

二〇一八年十一月二十六日

生日商品化

人間四月天，春暖花開，似乎是個璀璨的季節，處處花顏燦開，粉妝玉琢讓人覺得非常美好的歲月到來。

但是，早在三月底就不斷地接到商品特惠的來函，似乎在提醒你，生日到了，必須要去消費，揀回便宜才是王道。

先是化妝品的廣告來函，資生堂，蘭寇，還有拉美爾，一一祭出了生日的優惠，打了折扣還不算，有來店禮，似乎要逼你臨現櫃位，只要為了領回來店禮，難保你不下手買不必要的保養品，這時，你似乎是被小小的來店禮捉弄了。

再來是食品的廣告，媽媽魚有免費的二百元來店禮，你是去或不去呢？在期限內去招領專屬你的生日禮品，不去，就領不回。去了，勢必在遊說之下，當會買下更多的商品，你是贏或輸呢？

廣告信函似乎還不夠力，最親民的是，阿瘦皮鞋店長親自打電話告訴你，生日到了喔，六五折，可以買一雙專屬生日的鞋款。你是上當不上當呢！六五折真的很便宜吔，可是算算自己的鞋款，似乎也沒有缺乏什麼搭衣的鞋子呢！你只好說，再考慮看看。

再來就是信用卡，結合餐飲業，告訴你，買一送一喔，王品、陶板屋、專屬王品集團的餐飲業，就是要你花錢消費啦。這是最實惠的方式，餐飲原本即是慶祝生日的好方式，結合信用卡，因為是刷卡，讓你似乎可以好好消費一番，而不覺心疼。

當所有的商品轉過一輪告知你，這是專屬於你生日的月份了，不要忘了喔，連學校的助教也拿了全家的禮券給我簽領，說，這是學校的生日禮券。

是的，當你想淡忘生日這件事時，所有的廣告商，所有你曾經消費過的商店皆要通知你，不要忘記這個月份喔。

親人家屬皆尚未表態要如何慶祝時，廣告商及商家無所不用其極的方式，千方百計要讓你知道這個月份你可以充分的消費，好好的享受專屬自己的生日月份，這種商機，是消費化的社會機制，商機無限，你也在商品化的商機下，日益淪陷在物質高漲的時代裡。

二〇一八年四月八日

親近普台國小

惟覺老和尚發願興學，創建普台國小，位於埔里中台禪寺附近，後，再建普台中學，成為小學、國中、高中十二年一貫的教育體系。

宗教興學，已是稀鬆平常之事，有佛教、天主教、基督教等，佛教系統等：華梵大學是虛雲；玄奘大學是善導寺；佛光、南華是佛光系統。除了大學，也有小學、國中、高中，福智系統在雲林有福智中小學；慈濟在台南及花蓮皆設校，宜蘭有慧燈，埔里有普台。佛光系統還有普門中學。

這回趁著A到普台寺，好奇宗教教育如何實行落實，遂隨他們一同前往。

由於在坡地興建學校，沒有高樓大廈，且為了讓校園整體感覺是連棟平整的，所以設舍建制也是各教學大樓與宿舍大樓相接，踏進校舍，樓層相通，棟棟相連，沒有感覺高高低低坡度的不平不便。

進校，先有警衛室，須領證入校。首先進入眼廉的是宿舍及餐廳，這種設建與一般學校有異，一般會將餐廳及宿舍置放在教學大樓之後，因為是私秘的場合，通常是學生穿著睡衣、拖鞋自由自在的走動，且比較髒亂，故須後置。不過，在普台因是共同起居、生活、上課，管教有一定的時段與規範，且管理嚴整，並不會看到髒亂。

因為抵達時已是十二點二十分了，先到護學處購餐券，換上餐牌，我們也進餐廳和學生們一同用餐。自助式，大約是四菜一湯，有水果，看到學生們群聚吃飯，聊天，我們家長及師長們則在另一旁用餐，才不打擾他們。餐盤全部是鐵製品，碗、盤、筷皆然。看到餐具架羅列整齊，甚便取餐。用畢亦好好回收、安置好在餐架上。看到外包工作人員用水噴餐架，整理清潔餐具，似乎有一貫的工作流程及ＳＯＰ。因是佛教學校，自然以素食為主。我在飲食時，考慮學生的營養是否均衡，尤其是蛋白質的攝取，再者，孩子們吃飯，有快有慢，有的是否能在四十分鐘用畢，也是學生必須學習的生活能力。

圖書館親近教室，就是在教學大樓之中，方便學生下課流動進出。共有四層，依類分別上架，採圓型建築，地板是和式，方便學生隨處坐臥閱讀，設有明亮的閱讀書桌，感覺親近學生的設置是非常好的，不必另出他棟大樓進出，阻斷學生想進圖書館的不便性。書架配合學生的高度，僅有四層架，不高，可以隨意取拿，也設有科學動手的小活動，可讓學生隨意動手玩玩，啟發他們的興趣。不過，參觀過程，有下課時間，學生僅在門口玩跳。球類，跑跳，並沒有人進圖書館看書。可能是剛下課，小朋友比較渴求的是動態的活動吧。

校園內有游泳池、韻律教室、國學情境教室、籃球場及大操場等，與一般學校規模相當，但是，少了小學應的遊戲設備等溜滑梯、轉輪、蹺蹺板等。

看到佈告欄張貼著讀經大會考的照片，想必是該校最重要的活動之一。讀經，設置闖關遊戲，讓學生一關關闖，最後選出狀元，以示鼓勵。

課程設計，在小學必須同時學五種語言，英、日、法、西班牙語及國語。一個小小的年紀必須學這麼多語文令人咋舌，不過，在最有記憶，記誦力最強的時侯多背些經典、學習語言是很好的設計。另外還有禪坐及讀佛經。可能一週一次讀經及禪坐。

看到體制外的學校，用自己的教育理念灌溉幼苗，未知成效如何？

全體學生必須住宿方便晚上課程及晚自習加課，甚至週六日皆有課程。因為要學的內容太多，只好在晚上及假日加課學習。不知成效如何？但是看到學生家長們在週六晚上接送的人潮，可以感受，一群家長很認同這樣的教學理念，透過群居群學，培養孩子的獨立生活能力，同時也學會社群活動，不再倚賴父母一一張羅大小事情。

看到B，在群體的表現及在家中的表現真有不同，在家賴床，吃東西很慢，凡事不經心，而且愛撒嬌；在學校裡，她必須遠離親人和一群同儕共同生活讀書，這種寄宿的教育方式，是否真的適合她，適合所有的人呢？

每一班採雙導師制度，看到年輕的老師，不知道他們的學經歷如何？再則，因為晚上及假日皆有課，實在不容易經營個人的家庭生活。再則學生如此長時間上課，是否會造成過度學習呢？

走一趟普台，看到望子成龍、望女成鳳的家長們，花巨資送孩子到埔里接受體制外的教育，不知道他們認同的是什麼？是否像A一樣，自己沒有心力管教小孩，只好送他們到校接受生活教養，才能讓自己在職場上遊刃有餘，改善身體狀況呢！

二〇一八年二月二十六日

校教評會的演繹

一學期最重要的校教評會在十二月二十五日召開。雖是行憲紀念日，卻無可放假；也是西洋的聖誕節，一樣，無假可放。仍然舟車搖蕩在竹北與台中之間。

今天的議案是審查大量的新聘、升等等項，還有國家講座、榮譽博士、逾期未升等之輔導案。捧著厚厚的二巨冊的會議資料，進入會場。

由於二十一位委員要有十六位出席，才算通過召開的門檻，大家努力出席。知道這是一個非常重要的會議。只要是會議，除非出國，一定到會，因為這關係到他人一生的權益。

有委員表述，要趕寫科技部計畫案，三點離開，問副校長預計開到何時？說要到四點，因為議案太多了，而且很多案皆要投票。有了這樣對話之後，大家心知肚明，要快快張羅議程。

其實每一案，皆很重要。是升等，每位教師必須努力奮鬥多時，才能完成的；新聘案，也是人生重要的里程碑，對申請者而言，皆是無比的沈重負荷與翻身的機會，然而，在我們審查的過程，如秋風掃落葉，快快過案，快快快的趕著時間，一生懸命研究，只在片刻的投票；幸好，沒有人杯葛，沒有人提異議，讓各種案子順利推過案，開票，唱票，監票，數票，封票，一一檢視，務必讓流程滴水無誤。通過，通過三分之二的投票數即可，看著如流水般的投票，雖覺草率，但形式審而已，無須重頭細看每一個轘節，因為各系、各院已做確認和把關了，我們不須疊床架屋了。

不過，最奇怪的是，某個教師居然有五百多篇發表的論文，很奇特的現象，大約是人文和理工不同吧。理工可以同掛，人文絕少，故而人文學科所寫的內容皆是自己一字一句敲出來的。

三點十餘分，將所有案子審查完畢，當主席宣布完成封票動作，大家才高興互道新年快樂的走離會場。成功完成一件成就別人美好事業的會議。恭喜所有的新聘過案，所有的升等也順利通過。皆大歡喜，而且，真的如願在三點多完成所有的法案程序，讓大家有一個好的心情再去面對更複雜的研究、教學與服務了。

二〇一八年一月五日

圖書館影印的變與不變

到台師大總圖找資料，影印，拿出日前的影印卡，結果，發現機器又換新的了，改成投幣式，立即找出僅有的硬幣，不敷使用，到櫃檯換，說沒得換，請自行到商店兌換。日正當中，溽暑中泅過陽光之海，好不容易找到綜合大樓一排商店中的全家，簡單購物，換出零錢，立馬前往影印。

沒有兌幣機，是現況，造成不便。最慘的是，機器故障，投下的零錢跑不出來了，到櫃檯求救，櫃員說，我們沒有現金給你，你告訴我是那一台？多少錢，請記錄下來，下週一才能拿回被吃掉的零錢。他又解釋說，雖然週六日皆有開館，但是沒有服務的工作人員，仍然領不到。我因為週五要去口試，只好等下週再來了。

研究，最痛苦的是找資料，上窮碧落下黃泉，到處蒐集資料及研究成果，到處奔波是一回事，而最特別的是，影印的問題。

每回到各大圖書館影印，總要買影印卡，而每次皆影印不完，身邊累積了許多的影印卡，總以為下回到圖書館就可以用了，殊不知，影印機是採租賃方式，有時是一年一期，有時簽個二三年，所以換約時，常常又要購買新的影印卡。常常出入各大圖書館，身旁還剩有竹師、清大、國圖、台大、中研院、中央、政大、台師等影印卡。這回，台師總圖改成硬幣固然可改善積存卡片的不便，但是，未設有兌幣機，且不能使用紙鈔也造成不便。事先要準備多一點零錢，唉，處在這個尖端科技的時代裡，便與不便，變與不變，皆可以輕而易舉的完成，居然還有走倒退路的做法，造成使用者的不便與困擾。

二〇一八年七月三十日

表格

每學期總有許多表格要填寫，研究成果、服務績效，或是評鑑項目。每次看到表格，心裡就產生焦慮，這些表格細如牛毛，偏我又是個粗枝大葉的，平時雖然已將各項表單、證明收羅在一起了，但是琳瑯滿目的各種審查的證明，真的，一時要填寫還真難為呢！

填寫表格，真的令人卻步啊！各年度的授課科目，各年度擔任的委員、各年度的服務項目，攸關學術的包括審查期刊、專書、升等、研討會論文及專書論文等等，再加上口試、各項入學或甄試入學命題、資格考等表單，真令人煩厭。

還有研究，包括研討會論文、期刊論文、專書論文，以及出席各項學術活動擔任特約討論人、主持人等，項目細到真不想看。

以前，顏師曾說，什麼特聘教授、研究貢獻獎等，要填寫一堆表格，實在是耗費心力，如果，學校覺得很有學術份量，直接頒發就好了，何以要凌虐老師填寫一堆表格呢。現在真的能夠體會老師所說的。

每天，每天，皆有填不完的表格，真難填寫的是自己的貢獻。服務，教學是良心事業，專心教書，還能有什麼憑證說你教的好，或教不好嗎？這種質的服務如何量化？但是，為了公平起見，一切皆在量化，連教學也要算貢獻度，多少修課學生？評量分數多少？呀！有了這些難道真的能證明教學優秀嗎？投票算嗎？證明算嗎？完全是自由心證的事情如何量化呢？

表格化、量化的制式化規定真的就能改善教學品質？提升研究產能嗎？不能潛心回歸教學與研究，只能做表面、表象的量化工夫，真的有益教育嗎？

二〇一九年三月十四日

閉關寫作

昨天寫FB私訊給A老師，希望他為我的《圖像敘事與多元文本》寫序言。今天他用私訊回我，他在閉關寫作，沒有開網路。

「閉關寫作」，似乎是學者、作家常有的現象，甚至是研究生也常會用這個術語來形容目前與世隔絕，戮力創作的情形。

我也在忙，十月中旬民國文學與文化研究集刊要交稿；十月二十日有一場東華人文化成的研討會；十一月份有一場中興近現代的研討會，三篇文章要交稿，再加上下週要開學，我完全還未備課。還有，手頭在忙著《圖像敘事與多元文本》一書的出版及亞傑《經典詮釋與生命會通》的整理。事情雖多，但是，我並沒有閉關寫作，該做的事，該吃的飯，該玩的運動，皆照樣作息。而且昨天還應邀前往考選部審題。原本不是我審的，因為颱風環流影響，住在桃園的某位資深教授不去，改由我擔任。不說，也知道是何許人也。這樣，臨在開學前，又拉一天前往台北審題。今天，一早又到健身房運動，到水果攤買水果，到義美買食品，到郵局寄信，該作的事情一件都不能少，也沒有少，因為，日子一定要流逝，拚命趕稿的過程，讓自己陷入慌亂之中，人至天命之年，還需要如此忙亂嗎？還需要如此不自在嗎？做自己、活自在，外務雖然沒有減少，但是，心情已學會逐漸調適、緩解。

閉關寫作，是現代人的作息之一，抑是不得不然的排拒社交的方式之一？

回歸自己，繼續寫《圖像敘事與多元文本》的導言，不管寫好寫不好，一定要寫，才有機會修改。繼續工作，持續如流。

二〇一七年九月十五日

贈書

環顧研究室的書櫃，瞄到一本很特別的書籍，拿下來翻看，上有某人贈書題字。當然想不起來在何時何地，這位作者贈送這本書，依據書寫的內容，細細一想，可能是唐代會議參會所贈。

書寫，是很多人銘刻生命的印記，嘔心瀝血，希望有知音可以讀懂，尤其是創發性的學術論述，更期盼有知音引用。

然而，作者不管如何用心，讀者未必能與之知音相契。每一本書，皆是作者的名山大作，卻未必能暢銷大賣，只能靜幽幽地躺在某個角落候人取觀。

努力書寫，希望博得喝采，回報的卻是冷寂與清寞。然而，縱使如此，書寫者仍有不得不寫的積憤與感思，仍然創作不輟，有無知音已非重要了，重要的是一定將自己的想法、思惟表述出來，才不辜負人生一遭。

我們重視的名山事業在別人也許是廢紙廢言一堆，但是，對自己的意義，卻是成全了書寫的快意與不吐不快的樂趣。縱使是嘔心瀝血，也是一件心甘情願的過程。

二〇一七年十月二十五日

研究之外

很久，很久，未能沈潛獨守在書桌前研究。

似乎每年的三月，天氣轉春，家中寒氣逼人，我就會前往摩斯避寒，帶著筆電及書籍前往，一坐一整天。今年也不例外，不過，剛好碰上校稿圖像敘事一書，帶著一校稿，枯坐在摩斯，有一次坐了十個小時，停車費用是二百元，更多的時候是六七小時之後，腦力不堪使用，必須休息了，先回家用餐，再踏著腳踏車前往摩斯工作。摩斯不僅是我避寒、避暑的勝地，也是冷寂孤獨的我，要尋求人聲的地方。

不想冷寂的研究，可以做什麼呢？

運動，成為一件生活必須要做的事，只要有空，便會前往運動，時間搭得上，不管是什麼課程，瑜伽，皮拉提斯，有氧，舞蹈，核心訓練等，我皆會努力投入。也因為運動，讓自己晚餐吃更多，而肚皮肥厚。

吃喝，也是重要之事，不管如何，自己烹煮，類火鍋的概念，想吃什麼就煮什麼，方便就好，不在乎是否每餐吃一樣的東西，也不意是否飲食均衡，只要溫飽就好了。

閒散的出遊也是選項之一，附近家樂福閒逛購物，到城埕廟閒步，張望著遊人如織。到巨城，到好市多，到十八尖山，到南寮，到車子可到之處或是腳可到之處，任意、隨興，甚至到台北，到京棧，到南港站，到南港展覽場，到竹北的暐順賣場，就是要消遣無聊的時光，不讓自己孤坐在書桌前，辜負了美好的春光。

出遊，享受，不再冷對書桌，也因此而荒廢了許多黃金歲月，不再拚搏書寫，不再努力衝刺，覺得多一篇少一篇論文又如何呢？沒有什麼意義的書寫，到底還能成就什麼呢？一篇篇堆疊出來的論文的價值與意義何在？一直覺得無意義。近日聽仁昱轉述丘彥遂之言，寫論文拚升等，未若關懷臨終之人，未若從事人與人的接觸還能有更多的實質收穫。書寫，論文，似乎是象牙塔之事，無益民生，寫了論文又能增益人生何事？荒廢美好的人生，冷寂孤對書籍，究竟意義何在？質疑人生的意義，也質疑書寫論文的意義。

想到自己寫作計畫，似乎無所動心了，多一篇少一篇又如何呢？還不如好好運動還能有實質的作用回饋自己的身體呢！

二〇一八年四月九日

碎片時間

書寫論文，必須用完整的時間與心情。

對的時間，不對的心情往往寫不下去，直覺是一種壓力罩頂，難以控制與脫困。如果是對的心情，卻是不對的時間，感覺或庶務纏身，東鱗西爪的；或舟車勞頓，東奔西走的；或困乏難言，無力招架，這時不能書寫正經八百的論文，只能遣蕩在時間的碎片中飄浮著，再飄浮著。

年輕時候的我，在不對的時間，或不對的情境時，往往會很抗拒書寫論文，直讓時光流逝，不知如何善加運用或利用，只能任時光悠悠流逝，一點點一滴滴的直視它的流轉，而不知如何抓住邊隙時間。

擔任行政職務時的我，碎片時間更多了，不能再如此荒唐的度日了，抓住時間就書寫，碎片時間書寫碎片文字，三年行政積稿碎片的感思有四十萬字，這個數量不包括趕寫學術論文。這麼驚人的字量，讓自己驚訝，同時，也要問自己，以前難道未曾寫過碎片文章嗎？

答案是有的，只是以日記的形式記錄，難以裁剪成一篇篇小感思或短文發表，而且積年累月的書寫，也不知道何年何月何日寫過什麼，直似一泓海水，飄飄蕩蕩的浮遊在歲月的海潮之中，無法一一裁剪利用，自從採用短文書寫碎片時間之後，感覺可以迅速積累出書。因為感思，一件件，一事事浮上心頭，一篇篇，一段段書寫，總比日記的內容更精采可期，日記是一個流水帳，不乏吉光片羽，卻總覺得不是一篇短文章，要花費更多的功夫整理，實在不是容易的事。於是，自從改成寫碎片短文之後，不再書寫日記，只記自己的感思，記錄自己可感可思之事，這樣便不須費大功夫大精力剪裁文章，只須潤稿即可，這樣可以快速再出成散文集了。

想來，龔師亦是如此吧，行旅三書即是一篇篇精采的短文，我沒有他的才氣，亦不博學，無法旁徵博引，故而只能就自己的心情流轉一一書寫記錄，書寫，只是記錄生存的過程，讓自己有些印記可資留念，他年他月他日，他人將用什麼來想念我，紀念我，也不重要了。我只要用自己的方式給自己留作紀念，給自己的生存過程留下一些雪泥鴻爪即可，他人用什麼樣的眼光注目，或用什麼樣的心情凝視，是他人的權利與自由，我也只能以這種方式，為自己碎片時間與心情留下一些印記而已。

雖是碎片，積少成多。雖是論文的邊隙，卻也形成張羅生命的片段。唯有透過這些碎片才能珍藏自己的心情。每每翻看舊作時，往往幽深難返，因為這是最消沈的心情，也是最難遣排的心緒流轉在人世間。無人可言，無人可語，無法排遣，無法橫渡的心情時，文字就是舟楫，度我以千秋萬世，度我以千年萬年之外的思憶，讓我徘徊在歲月的浪潮裡翻滾著無可言喻的生命低落幽谷。書寫就是浪潮，將拍岸驚濤化作思憶的浪花，將裂石呼嘯當成生命的淺響低吟，沈沈深深地迴蕩在人生的涯岸，海隅天角，潮潮相連相浮。

而今，不再因為無法用完整時間書寫論文而焦慮，反而更利用這種碎片時間書寫生命中的吉光片羽。沒有光燦的投影，只是反射生命的過程；沒有艷麗的驚影，只是投映波心的沈吟；沒有驚天動地的感懷，只是映現心緒的流轉。

人生，將以何為名？將以書寫而名？將以文字而留宕在時光的飛羽之中，讓天光流浪邊陲，讓銅柱永世沈銷在思憶的曠野之中，任文字遣渡，任書寫留影，我思故能寫，我寫故我在，何妨以文字渡過悠悠人世的風浪，渡過無歡無喜的人生，為自己留一些雪泥鴻爪呢！

二〇一八年四月二日

又見摩斯

過了元宵，台灣天候居然寒流來襲，每天在家中工作，感覺體溫下降，恐有失溫之虞，一直猛灌高熱量的熱飲，猛吃高熱量的堅果，仍未能消除寒意，睭著日益增厚的肚皮，憂心體態變型，頗思出走。從家到摩斯車程僅十分鐘，卻是曠世紀那麼遙遠，主要因為外出要帶筆電，書籍，雜物，尤其是書籍，太多了，再加上上網收發信件不甚方便，於是牽延許久，終於在週二，情人節的日子牽移到摩斯工作。外面燦亮的陽光，與家中的寒意完全不可同日而語。坐在摩斯，輕啜茶飲，感覺體內回溫，尤其，燦亮的暈黃燈光，更讓我有回溫的溫馨。安心自在地在摩斯享受午後的孤獨時光。

曾經，摩斯是我留連的地方，不為餐飲，只為了一個人在家太孤寂了，到了摩斯，看見人來來往，來來去去，感受人氣，感受人的體溫在空氣中摩蕩；不為熱拿鐵，只為了溫暖的空氣，可為我消除體內的寒意。一個人靜靜地在摩斯書寫，閱讀，打字，享受人群中的孤寂，享受文字流動的美感，享受溫暖和煦的暖意，讓我份外的自由自在。在這兒，可以看見另一個自己，一個喜歡熱鬧的自己，在鬧中取靜的自己。可以看見自己，一個與文字結盟的心靈。一個人，真的是一個人在情人節的午後，獨自過著一個人的情人節，不必因為孤寂而心酸，一個人也要活得好好的，一個人也要讓自己活得快樂，活在當下。

在摩斯，看見業務員談生意，看見學韓文的師生把摩斯當作家教場域；看見倩侶在卿卿我我的對話中享受美好的片刻，看見攜兒帶女的時髦辣媽或俊男餵食親愛寶貝，這種溫馨，皆讓我感動，也讓我彷彿從天上回歸人間，從不食人間煙火的生活中重新回到人間。

一個人在家中工作，甚是孤獨，也是寂寞，雖然有電話，有社群網站，可以隨時和社群保持若即若離的距離。但是，工作的進度，讓我不能一直耽溺在此中，而且沒有溫度的網路，總是缺乏什麼，與摩斯的人際流動甚有不同。於是，摩斯，冬天成為我避寒的勝地；夏天，又是避暑的勝地。沒有人可以趕走你，只要願意待在其中，天荒地老，日月昏沈，它永遠迎接你，讓你在孤寂的人生有一個可以依靠的避寒避暑的勝地。

在摩斯遇見另一個自己，一個喜歡熱鬧，卻因為工作而必須鬧中取靜的自己。

二〇一七年二月十五日

再見摩斯

又到摩斯。是暑假，家中太熱，加上樓上裝潢鑽牆太吵，讓人直想逃離。原本要開車到巨城，想想，不過是找個清靜地方校稿打字，無須遠遁到新竹，於是繞回興隆路轉上縣政九路南段，進到最熱鬧的縣政路，居然看到摩斯對面的車道有停車格，而且並無陽光曝曬下的大樓陰影中，我將車子停妥了，步進摩斯。打開電腦，原來，又看見了半年前的札記，因冷而避寒到摩斯，此時此刻因避暑到摩斯，小小的店面成為我書寫的場域，想到ＪＫ羅琳，寫出一系列的哈利波特，是在咖啡館中進行的。而今，我要完成的是二本札記式的散文，只是給自己紀念，無可觀也，紀念走過行政，走過悲歡歲月。讓自己有一點的回顧而已，不能再留在家中吃食物，看電視，無所謂於開學即將到來，到摩斯，似乎是一種祭禮，也是一種儀式，讓我從平凡中脫困。人生，無悲無歡，只是流動，只是流逝，學會面對，才能更好的往前走，不要只會呆滯處理生活雜事，卻一點也沒有進步，不要這樣的生活，生命是必須有意義的，不是純然只是生活而已。

二〇一七年八月二十九日

想見從前

一個人在光明六路的摩斯獨坐工作。高踞二樓的角落，有種紅塵不染的況味，卻又是紮紮實實的和紅塵濡染在一起的過程。

看到一對年輕夫妻帶著一位剛會坐的孩子，一起在炎夏躲進摩斯的冷氣中。夫妻對坐，吃漢堡，小孩坐在兒童高腳椅上，百無聊賴的看著父母對食，自己偶爾也吃吃手中的食物。看著，想著，自己年輕時候是個什麼樣的光景呢？在永和的麥當勞，帶著賢賢在遊戲區和其他小朋友一起遊樂。在公館的書店裡喝著咖啡，讓賢賢自在的遊走在桌旁，剛學會走路，走著走著，顛顛顛簸簸的。在永和國小的遊戲區，看著他學騎單車，看著他玩泥沙。在國父紀念館中，看著他跑在樹叢裡，看著他和表弟們坐在台階上快樂的拍照。想著在台大總圖附近的青草地上，跑著跳著，任路人和可愛的他一起玩耍。

往事歷歷，是無法抹滅的光影留駐在時光的邊隙。而今，青春不永，人生也只能往前驅動前航，不能走回頭路了。

看著另一對夫妻帶著一對兒子坐在桌前各自張開著書本對讀、對食與對話，彷彿之間，人生的往過不斷地浮湧。

在北大路的真鍋咖啡餐桌上，看書，下棋，對話，品食；在金山街的某餐館，對弈，對食，對話；在北大路的摩斯吃薯條漢堡，快樂的對聊。品味著過往的休閒時光。在早餐的時光，在假日的午後，在元培的國文辦公室裡，假日裡的讀書會，帶著賢賢一同出席，也看著他一路成長。

經過時光的磨洗之後，前塵往事仍然浮光掠影的浮過眼前，不容易忘卻的往事，一一留駐在記憶深處，流水流過的歲月，無路可迴，而記憶卻不斷地在眼前的景像中重新攫掠新的圖像與舊的記憶交疊成一串串葡萄串綴似的記憶囊袋，在歲月光影下無盡的閃閃發光。而我也僅能在別人的話語中撿拾記憶的殘囊，去索回曾經有過的青春，曾有過的浪濤汰洗之後的片段。

殘碎的餘暉，是向日而美；向暮的人生，因何而美呢？日益老殘的歲月，總是將人的感傷輕易的由記憶之門滑進易感易愁的心底，看別人，想自己，也思維著無盡的往事，像是掀開潘朵拉神祕之盒，打開之後引發的永遠懊悔。也許，不打開也是種惱恨。開與不開，皆是人生兩難，記憶與不記憶也是人生的兩難。站在橋的此端，想像著彼端，而在彼端的過往，也是追想著此端的未來。人生，不就是站在橋的兩端嗎？無論是哪一端，皆有悔傷，皆有感懷，過去成現在，現在成未來，而更多的過去成為更多的過去，只是在時間的彼端，究竟該努力的過著每一天，還是要懼怕歲月的傷逝呢？人生，就是在無盡的悔傷中存活，也在悔傷中度過每一天。

眼前來來去去的夫妻，友朋，坐著，走了。走了，又一批來了，新舊不斷地交替，而我似是偶開天眼的神仙，高踞一端，看著凡夫凡婦張演著人世情愛與人倫，看著匹夫匹婦交映著圖像在眼前流轉。而我呢？因何因緣得以在此演成神仙似的高眼睥睨著來來去去的人們，一波波一潮潮，如浪來浪去，如潮來潮滾。我仍然高踞如神，視見著所有的凡夫俗子張演著人世情愛，張羅著愛恨情仇。這種高踞一隅的清冷、澄澈，其實是一種孤絕的冷漠，一種敻遠的淒茫。人世無端，只能就著自己的思維流走在浮浮沈沈的人世海域之中，所有的深谷回音，只有自己才能深刻的領略，才能在無盡的歲月裡獨自品味。人生，如是而已矣。走過的往事，留駐心頭的，仍然如殘陽般地向陽而留下美好綺麗的影像。

二〇一八年七月二十日

場景

獨坐在摩斯中書寫與閱讀。看到、聽到一群年輕父母在假日的早上帶著小孩一同到摩斯用餐。這些對話溫馨場景嵌入眼簾，似乎是一種自然自在的場面，共同形成眼下的事實圖像。

人世流轉，我也曾帶著幼小的賢賢在各種場合出現，用餐，旅遊，玩樂，也曾嵌入他人的眼簾中。這種現實的交替，是不可重迴的事實。

浮生若夢，宛轉飄飄如飛的生命影像，不斷地嵌入他人的眼中，也不斷地嵌入我的眼中，互相交織成眼下耳中的話語與圖像，這些皆是互構互存的現實場景。

夢中的影像，也不斷地以似真似假，如幻如實的映現在潛意識中成為流水般的夢影流過睡眠中的意識，意象有時真有時假的若隱若現，浮現在夢境中的影像，究竟是實？抑是虛浮呢？交映出心中的思慮與焦灼心思。

歌詩中的文字也以影像似的嵌入思維中，文字圖構出來的影像，或哀感或頑艷，或索漠或消沈，皆鉤勒出既事實又虛幻的真實，曾經是文學家的真實經歷，幻化成我人閱讀時的虛象；而在閱讀幻象中，似乎又鉤連出我人的真實感受，這種交映的虛假與真實，不辨是真是假，是他人、是我人的生活存在情境，歷歷在目而流轉如塵。

流動的旋律與歌詞，帶動思維的流動，婉轉難忘的高音，似乎要導引我人進入一種不可迴轉的人生境域中。流思如風，哀感如泣，在不悔的唱調中活出了歌者的真情，也感受創詞創曲者的心情流動。不管是誰的心思，交映在互唱互聽的過程中，似乎，生命的迴旋曲也不斷地悠揚飄送著不悔的流動場域。人生，無路可迴時，還能成就什麼？還能面對什麼？不可定格的真實人生，不是歌曲中的人生，也不是戲劇中的人生，卻一樣夢想著可能是美好，卻虛構如幻的事實擺在眼前，流宕著不可想、不可思、不可救的人生境域。誰能記得誰是誰？誰能知道前世此生，我是誰？誰是我？悠悠如夢人生，也僅能在不盡的迴旋曲中，感知自己的孤寂，感知他人的孤孑，也感知創作者的幽深無以迴轉的心情。

眼下的場景，是他人構成我眼中的世界，我也構成他人端坐的影像留在某年某月某日的某一個空間的摩斯，共譜一個和諧的晨餐，一個溫馨的畫面，卻也是日後不斷回憶時的焦點，核心，形成同心圓的記憶，不斷地來來去去，浮浮沈沈在影像中交映出彼此的人生影象與場景。

今日之場景，是日後回憶的圖像；今日之圖像，也會形成他年他月他日的記憶追索的核心。但願飄飛成塵的浮世，能有更大的能量，密合著人生的各種因緣聚合，也成就人生的知遇與感知。

如是，有情人生，才能臨江灑然，才能迎風飛舞，才能有更大的能量去面對人生的困頓與無常。

如是，端坐在摩斯的場景，是一幅日常生活，也是一幅再也稀鬆不過的人生影像，堆疊成日子的重量與厚度，形成歲歲年年的基石，真真實實，虛虛幻幻就是眼下既是真又是幻的日子，成就了無以了悟的人生場景，流轉在生存的場域之中。

二〇一八年七月二十一日

快樂做每一件事

上週期末考，我的課程排在二三四，考畢，迅速閱卷，計算成績，批改學期小論文，將成績上傳，並且繕打下學期預定進度表，四科，並製作下學期的課程講義送印，這樣第一週上課就有講義可發揮了。接著上網填寫課程大綱，填寫導生會談記錄，參加系務、院導師會議等。還有，審查教科書的資料列印、要寫的論文資料也一起列印，申請阿部泰記蒞校講學的資料也一一存檔列印，修改文字。將必須做、可做之事一起做完。留在學校的時間特別忙碌，那是因為不會開車的我，不想將考卷、課本、教材、資料從台中抱回竹北，或是必須再返校處理庶務。三天裡，除了上述雜務之外，還舉行學期口頭報告，和學生談論文等等。

又想，週五到亞洲大學參加文學與生命教育研討會，還有二件期刊審查，沒有完成，貪睡好吃的我，常常，生理時鐘總是自然地被時間壓力叫醒，週五一大早就到研究室將其中一件審查完成，並打印，俟辦公室八點多開門再送交工讀生，有空幫忙送寄。

週五研討會，歸來已是午後了。繼續忙著處理阿部泰記的申請案，請他傳學經歷、著作給我。上傳檔案，才發現證明文件需要護照，再請他傳給我。再處理，結果，他的學歷必須機關認證，這下可慘了，要找誰認證呢？電郵請系主任週一幫忙問如何處理，結果主任回信說，他查了申請內容，只要單位有通過證明即可，立即請他週一到校傳系務會議通過的案由簡版給我。這下可以解決棘手的認證問題了。接著上傳阿部的著作，奇怪，就是無法上傳。週一打電話詢問，原來要先進科技部「學術著作資料」填寫C302表格。寫電郵請阿部填寫，他說，沒有帳密進不去，我只好再詢問資訊人員，告知此情形。二〇〇八年我擔任興大人社研究員時，曾邀他蒞校訪學三個月，所以當然曾填寫了資料，只是事隔多年，記不得帳密了，資訊人員告知，可進「忘記密碼」查詢，會跳出提示，結果，阿部還是試不成功，我再打電話問如何處理，告知寫電郵到客服部留言，重新更新，有了新的密碼，阿部才能進入他的帳戶填寫，怕他不會填寫著作，一個步驟一個步驟寫進電郵裡教他，終於，週一晚上完成新增近年的著作。

週二，一大早，繼續上傳著作，雖然著作目錄已有篇目了，我點選之後，仍然無法上傳，奇怪了，再打電話詢問，原來要用ＩＥ瀏覽器，我的電腦頁面沒有，怎麼辦呢？科技部辦事員陳小姐就著電腦，一步一步教我如何開啟ＩＥ瀏覽器，打開之後，仍然無法上傳。再打電話問辦事員，她說，可能檔名有中文或日文吧，遂無法上傳，最後，陳小姐很好心的說，她幫我上傳，要我先將檔案寄給她，果真，她上傳完成，我再一一檢視各項檔案是否有誤，全部檢視無誤之後，上傳，心中的一塊石頭落地了，趕在一月二十六截止前先上傳，早一點上傳。若有問題，還有時間可更正。

接著，忙著領綱的小論文。某出版社請託我撰寫高中因應的方策文章，因為課綱一改再改，目前可能定案了，送出完稿，也預讀了他們刊物的方向，不要重出敘寫，尚在構思如何進行修改撰寫。

又，週三要進行三方會談，包括課綱研修小組、教科書審查委員、出版社編輯人員三方，我既是研修小組，又是審查委員，但是，國教院的辦事員告訴我，以研修委員身分出席，不要說是教科書委員的身分，週二晚上收到議程及出版社研擬的問題提問，我細細讀了之後，尚有不能解決者，打電話詢問我們研修小組成員，花了一多分鐘釐清部分問題，未決者，是課審大會的決定，我們也無權修改。

雖然，學期結束了，但是，我很明白清楚地知道自己的忙碌才開始，答應參加的研討會共有七場，我必須在寒假寫畢，當然了，還包括下學期的備課。感覺得到時間壓力一直在追著我跑，似乎，整個人也不因為寒假開始而有欣喜之色，反而壓力更重了，整個人也沈寂許多了，很想跑一趟國外之旅，讓自己輕鬆，但是，仍無法付諸行動。雖然忙碌，但是，皆是自己心甘情願做的事，所以我的心情就是要快樂的完成每一件事。

相反的，鈺婷也很忙碌，可是，她說不快樂。在婆家沒有發言權，假日都要整理、打掃，還要煮三餐，假日的忙碌是更甚於上班時間。我說，事情再多，也要讓自己快樂去做每一件事。運動，讓我快樂，讓我有能量努力去做事情。

因為處境不同，無法告訴她，歡喜做，甘願受。只是一個女人，同樣忙碌，一個勞心，一個勞力，心情卻大大不同，懂得「俯仰終宇宙，不樂復何如？」快樂做每一件事，過每一天，就是要將自己打造的亮麗一點，不要做怨婦，不要不快樂。勇敢前行，歡喜做每一件事吧。心情不同，過程與成效自然也有不同了。

二〇一八年一月二十三日

本份、盡責與樂在其中

《寒單》有一幕景象讓我難忘。飾演資源回收婦的楊貴媚跪在地上向阿義祈求，放過自己的兒子。

阿義將要用一百萬元買炮火，轟炸扮寒單的結拜兄弟林正昆。

一個母親，為了親兒，可以放下一切尊嚴，跪地求恕，只為了祈求兒子平安。這是多麼令人動人的畫面。唐傳奇《杜子春》中的杜子春歷經兩世入身的磨難與試驗意志力以求煉丹成功。投胎為女子，因為愛子被拋擲血濺於地，終熬不過母愛的深情呼喚而發出噫聲，幻象盡失，丹爐全燬，試煉未成，只因為人間最深的寄念就是母愛。

人世間如果還有纏索糾纏，那就是情愛的索鍊，難以掙脫。父母愛子之情，是無法脫遁的深情，永生永世牽掛；兒女情長，也是另一種牽掛，魂牽夢縈，梁祝的化蝶，孟姜女的哭倒萬里長城，七世夫妻演繹的悲情就是要讓我們動容。

母親為了求饒的跪地一幕，道盡天下父母的心情。天可以荒，地可以老，海可以枯，石可以爛，這份深情厚意永不銷蝕。

楊貴媚飾演的母親角色非常的盡責與融入。資源回收的工作，母親的角色，表演的入木三分，讓人感動。

這個社會上，就是需要各盡其責，各安其份的人，才能有祥和的社會。日前隨機殺人的兇手，冷漠的令人髮指。一個好端端坐在機車上等候妹妹下班的哥哥就這樣橫遭意外被刺殺身亡。

一個家庭的破碎，再也無法挽回。而冷漠冷血的兇手，居然一點悔意也無。這個病態的直播主，到底在想什麼？這個社會還有多少這些未爆彈呢？隨機殺人，真的，讓人身不保。讓人們隨時生活在恐懼中。

如果，每個人盡責盡份，是否可以化暴戾為祥和呢？

身為演員的楊貴媚，從青春華年，演到現在已是老邁之年了，然而，她仍然忠於自己衷愛的戲劇，恰如其份的扮演各種角色，詮釋各種角色的心理，真是一位稱職的好演員。雖然沒有亮麗的外表，但是，可圈可點的演技，倍受肯定。

只要努力，一定有能見度。就像學術研究，孜孜矻矻，努力不懈，終能開花結果的。相信自己，也相信這是一個可以追求理想目標的世界。

二〇二〇年三月十六日

假日的盲流

新竹人是可憐的，一到假日似乎能去休閒娛樂的地方有限，大嘆公共設施不足。

炎炎酷暑，十七里海岸線風景區規畫的是騎單車，豔陽當空，相信你不會去狂曬近四十度的燄陽。

十八尖山，夏天的清晨或黃昏猶可一遊，九點十點過後，真的太熱了，怕熱怕曬的人，似乎不宜，也不是豔陽下的選項。

城隍廟是個吃貨走踏的地方，但是，也僅於吃食，吃完又能如何呢？汗流浹背候位，狼狽吃完之後，你只想迅速逃離現場，因為小吃攤圍集，熱氣蒸騰，周邊也缺乏可以小逛的地方，除了吃，還是吃，一無是處。夏日，都不會想去。

週邊可旅遊的近郊，有哪些呢？往北攻是關西的六福村，一到假日人擠人，因為它是台北人最近的遊樂場，況且收費昂貴，一個人要價近千元，一家數口出遊，肯定噴血。

北埔，是老鎮，一條老街之外，觀音廟，秀巒公園，還有姜家老宅第，在艷陽下遊走，肯定是噴汗的。新埔的義民廟也是如此，一座環繞的弧狀公園，似乎也是艷日下大家不會想遊的地方。

綠世界，雖有湖有林蔭，就是不利老人家行走。健行爬山是很好的運動，在暑假，真的不適合酷日下遊走。

假日一到，我們真的有不知如何是好的窘狀，想放鬆自己，卻苦於找不到適合的地方，夏天太熱了，只想躲進冷氣的MALL裡遊走，於是，可憐的新竹人似乎剩下的選擇是巨城及大魯閣了。

大魯閣新開幕，主打親子遊樂園，可供小孩健身，打棒球，保齡球，溜冰……等，大人若要運動，可以玩打擊壘球或棒球，射飛鏢等項，不然，就是坐下來用餐或喝下午茶。

其實，一到假日，太熱太冷或下雨時，最好去的地方是巨城，似乎將新竹人磁吸過去。先是在中央路或民權路的路口要塞個二十分鐘，才有辦法進到停車場，到了停車場又要開展尋寶似的找車位，假日，真的一位難求，好不容易找到車位以後，遊走在巨大的賣場裡，人擠人，人看人，排隊用餐，家家客滿，所以，我們大部分先在家中用餐完畢才去巨城消磨時間。用餐到巨城，肯定是很痛苦的，找不到餐廳，處處人滿為患，而且也不一定可以吃到你想吃的餐廳，光是候位就要半個小時起跳，若是到四樓美食街用餐，還是要站在別人的餐桌旁駐立，等前一組客人用畢，你才能就座，似乎在昭告世人說，這個位置我先訂了喔，讓用餐的人不自在，而你也似乎在盯著人家用餐，兩相不便。唉！用餐，絕不在巨城，不然就是提早或更晚，因為，隨時皆有人在用餐，不是想要用餐就有餐位，一位難求呀！

遊走在巨城裡，我們像遊魂一樣的遊走，找座位，想歇腳也不容易，看到人潮一波波湧動，我們似乎也是其中的一波，無精打采的，只想在假日好好放鬆自己，不想鎖在書房，或是關在客廳中，真的，無處可去，太熱了，郊區皆不適合，只能到巨城，大家似乎一樣的目的，娛樂，用餐，打發時間，無所用心，無所事事，只是想消磨時間，和家人度過共處的時光，卻是人擠人，看誰運氣好，可以找到空位，可以悠閒的喝個下午茶而已。我們要的不多，就是這個小小心願，似乎也不易達到。其實，大新竹地區不乏可以喝下午茶的地方，但是，也僅止於喝下午茶，卻不能遊逛，所以假日一到，麕集巨城就是這個緣故了，用餐，打發時間，逛街，購物，似乎可以滿足多項需求。

想想，台北人真的很幸福，文創園區很多，百貨公司很多，美術館，藝術館，故宮皆是酷日之下可以選擇的地方，光是故宮就可以停留一整天了。避暑兼知性之旅。

新竹人真的很可憐，沒有大型的公共設施，只能靠著私人的百貨商場讓人遊逛。高鐵區的暐順賣場雖小，至少可以打發時間，新竹火車站前的賣場可以小逛。桃園高鐵站至少有OUTLET，新竹就是沒有，照理說，新竹人的消費力冠全台，卻沒有更多的更好的商場，除了巨城還是巨城，唉！所以新竹人不是往台中跑就是往台北跑，經濟力外流，也只能說新竹縣市政府無力打照更好的文創或是好的遊樂景點，沒有遮風遮雨的MALL，只好全部集合在巨城了。

以前在公道五附近有個世界博覽館，兼有文創區，可惜，打不過巨城，幾年內消聲匿跡了。現在，在滳雅街的大潤發及大魯閣，似乎可以形成新的商圈了，但是，功能性太明確了，一個是購買家用品，一個是親子同樂的運動場，缺乏多功能的作用，想來，我們也只能在假日到巨城了，因為夏天裡不想曬太陽，只想吹冷氣，似乎除了巨城還是巨城了。唉！沒有良好公共建設可遊觀，可憐的新竹人。

二〇一八年七月九日

輯三：教：波心留影

桃花不開

從青葱翠綠的桃花心木下走過，如許燦豔的春天，輕柔的張羅著青春的羽翼，似要張翅頡頏；如許和暖的春風，吹拂著花團錦簇，似要將綺麗的朝氣籠罩。為何，春天來了，春花開綻，卻開綻不了春心？朵朵不能盛開的情緣桃花，究竟為何閉鎖花顏呢？人世間的愛恨情仇，是否一直是生命中一個難以彌補的缺口呢？

十里桃花電影有一幕令人非常動容。司音站在師父墨淵被封印七萬年的肖像前說，等了七萬年了，老到連桃花都心死了，開不了。

桃花，象徵著情緣，等了七萬年，是多麼漫長的歲月啊！桃花不開，閉鎖的心永遠被囚進了冰宮，無法釋放。等不到一個可以愛的人，等不到一個可以相守的人，任憑歲月悠悠流逝，任憑青春蹁躚流蕩，逝去的華年流光，是如何也無法回挽的感嘆，被拋擲在無底的黑洞之中，是誰也無法理解的孤寂被深深的啃噬著。然而司音，是神仙，畢竟無生無死，可以和天地並壽，且花容月貌也無絲毫減損，但是，人間的男男女女呵，卻禁不住歲月的摩挲，隨著青春的華年流逝的不僅是容顏已老，也是那不堪催朽的身體日益衰老、衰朽，流進歲月的長河裡，再也回不來了的青春，令人浩嘆而能奈何呢！看著身旁一朵朵如花嬌艷的女子，等不到一個可以相愛廝守的人，等不到一個可以雙眼凝視對望的眼眸，如是，錯身而過的是青春，是華年，是一去不回返的人生呵。

一、爛桃花的情緣糾葛

粉妝玉琢般的可人兒Ａ，從十六歲考上師專，便從嘉義布袋離家到中部就讀，青春的年華，學會獨立的在異鄉就學，在少女情懷總是詩的當下，在最需要情感滋潤的時節，被異鄉的孤寂封住了心靈，溫潤華美的的情愛，始終不來敲門，讓一顆心，一直浸潤在孤獨之中。讀書，就業，始終沒有好的情緣可以讓生命的春天開展。

直到坐三望四了，已經對愛情死心了，居然有男人來敲開心扉，從交往到結婚不到半年，然後，又被告知被分手了。不到半年，從人生的高處跌到低谷，總以為錯在自己，原來，是自己對愛情太渴求，以致於無法分辨這是真情，抑是盲目的昏了頭。她很難相信，一個在學術上頗有成就的男人，可以如此不負責的、草率的處理這樣的一段感情。對他，或許生命空洞的補償吧！與前妻結婚十年，罹癌亡生後，再遇到Ａ，讓Ａ錯以為真命天子出現，原來是假象。離婚後，他又很快的找到了交往的對象了。但是，每隔一二年，他總要在喝醉酒時來電，讓沈寂的心又被撩撥起波瀾來，似乎是週而復始的上演這樣的劇情。Ａ也被這一通通莫名的電話，弄的情緒上下起伏，為何熬不過這樣的波蕩呢？每一次，都要用一二年的時間來療傷，原來期待中的少女心仍然存在，仍然渴望著愛情，只是，分明知道他不是對的人，卻偏偏對他有所依戀。在最傷的深谷裡，用撰寫升等論文及擔任行政職來療傷，做完二件事之後，才知道心口的破洞被傷得非常的痛，非常的深，連身體都負荷不了了，只能休假半年，讓自己有更好的心情去面對未來的晴天。

無法有好的桃花結緣，也不願再和爛桃花死纏爛打的，靠著禪修想要擺脫這個傷害帶來的痛楚，擺脫這個生命的低谷，總是期待，能夠好好安頓自己的生命，不再因為情感而波動，不要因為一通任意的電話，又讓自己跌進無邊的黑洞之中。

二、友達以上，戀人未滿

妹有意，郎無情，是另一個B的故事，又是桃花不開的情形。

從大學時代，我們就是彼此認識的同學、朋友。年過中年，經過事業的拚搏之後，才能定靜的聚在一群吃喝玩樂，也才能每隔一陣子大家聚餐一次，消解友情的思念。一群死黨聚在一起，吃喝玩樂，亂開玩笑，其樂融融。然而，每次在一起時，總能感受B女喜歡我們一群好朋友中的某男，關心到連對方的家人都關心，這是一份怎樣細膩的心思呀！我們都希望他們能修成正果，然而，男方似乎知道這份很微妙的感覺，卻都是以四兩撥千金的方式撥開了。

男未婚，女未嫁，友達以上，卻是戀人未滿，在一起時，總是快快樂樂的，卻一直無法讓桃花開綻。從青春到中年，到如今坐五望六之年了，仍然未能修成正果。以前，年輕的時候我也會幫忙打邊鼓，卻永遠知道男方從來也沒有喜歡過B女，心裡也在吶喊，為什麼桃花就是不開花啊！徒令青春流逝，而B女也沒有喜歡過別人，這難道是弱水三千，只取一瓢而飲嗎？過盡千帆皆不是，誰是心中最後繫念的心頭人影？誰是波心投映的人兒呢？眼看著青春消亡，華年流逝，仍然沒有挽住最後的晚晴，徒令夕暉照影。

愛與被愛之間，真的沒有天平，永遠找不到平衡點。你所愛的人不喜愛你，你不愛的人卻不斷的向你示意，這又是一種怎樣迂回的情懷呢？選擇抑是不選擇呢？人世間最難的就是「說破」，因為沒有將這一層打破，我們還能自然平常如實的坐在一起吃喝，一起聊天，如果有朝一日，我們將這一層關係打破了，恐怕大家很尷尬，再也無法像過去一樣無機心的坐在一起聊天了吧。

心疼華年流逝，卻沒有讓桃花催開，真的，可惜。花開花落，又是另一種人生了。

三、錯過的生命春天

C女，在大學時代有位交往的男友，二人情意相投，畢業之後，工作穩定，也論及婚嫁了，卻因為男友母親的反對，讓這份感情中斷了。

曾經滄海難為水，除卻巫山不是雲。女人呵，就是死心眼，越歷千迴百轉，看過千山萬水，仍然覺得初戀是最美的邂逅，因為這樣的執著與拗扭，無論遇到什麼樣的男子，似乎都未能讓她傾心相戀。眼看著青春流逝，仍然無法在驀然回首時遇到對的人，最終，只能真實的面對這樣寂寂的人生。遇不到適合的男人，桃花不開，能奈何呢？什麼人是你心中最牽掛難忘的呢？什麼人是你午夜夢迴時，能溫柔的牽著你的手與你對視的呢？難啊，滄海淼淼，人海茫茫，如何讓紅男綠女在對的時候遇見對的人呢？

四、孤寂人生

身旁不乏一群優秀的女子，事業有成，然而情感仍是一片空白，到底是為了追逐事業而放棄愛情？抑是桃花終日寂寂，不開花就是不開花？

在對的時候遇不到對的人，錯過的青春，怎樣也無法彌補回來了。而在不對的時侯遇到對的人時，又當如何呢？錯身而過的青春，再也無法追挽，而重啟的情竇能否讓桃花遍開呢？

人間情緣，是個難解的習題，每個人皆在努力解答的過程中為自己的生命尋找情感的出口，有時也會陷溺其中難以超拔而出。努力溫習人生課題，總希望一切如願順緣。

看著桃花心木青葱的矗立在春天的季節裡，舒展著對翼的翠葉，心裡卻為這一群滾滾紅塵中的紅男綠女遇不到適合良緣的人感到惋惜。桃花不開，人生的春天難道就這樣錯過了嗎？桃花不開，人生難道就再也沒有和麗的春天了嗎？

二〇二〇年三月二十日

高架化與地下化

龔師要我寫六十迣學的感言，竟讓我有些焦灼，夢見在夢裡狂寫，連章節標題皆下妥，醒來狂打字。

老師的學問，我們望塵莫及，老師是高高在上的高架高速鐵路，我們是潛隱的地下鐵，不見天日。

週三，學棣找我談出版書籍及投稿期刊的事宜。他一直追問，為何我總能迅速建立架構？為何論文能夠寫得如此快速？為何可以涉獵多面向？在他眼中，我似是了不起的高速高鐵高架化，豈不知，在龔師面前，也不過是一個地下鐵而已。

被稀釋的學問，我追龔師不及，學棣追我不及，同樣的模式在複製，這與才性有關，也無可奈何，何必強求自己一定要成為龔師，但是，一定要成為自己。

雖然寫了很多文章，但是，自慚還不足，還有很多學問要追，還有很多書想寫。

學棣問我，為何不出版古典詩集？我說，早年寫了一些，量還不足，轉向研究，創作變少了。

又問我，有什麼可以著力研究的，我說寓言及笑話是可以迅速累積知名度與高度。笑話、寓言皆是滲透性強，各種文類皆有，寓言可以擴大為寓言化、寓言性，而笑話亦然，很多皆與喜劇有關。我雖寫了二本，須再寫個兩三本才能積累成為專家，但是心力似乎沒有用在笑話與寓言方面，有點可惜，想寫寓言賦，太多事分撥心力，多年來一直未成。

是的，寓言與笑話似乎可以再著墨書寫，只是心力已不在上面了。要再喚起那種感覺似乎不易吧。

除了商談研究與出版之外，我還看到了另一道人生風景。刻在擔任藝術高中導師的他，努力為舞蹈班的學生建構人生的藍圖，和家長溝通也和學生溝通，不一定要有好成績，但一定要堅持努力的態度。舞蹈班學生每天可以踢二三百下的腿拉筋，體能能夠如此堅持，課業亦須下功夫。他說四點半起來練氣功，他修練已二十多年了，接觸過密宗、禪宗、淨土宗，最後到法輪功。磨鍊心性是一件重要的人生課題，看到他能與告密的同事和平相處，能夠和學生磨合，和家長溝通，其實，這比申請科技部專書改寫更有人生意義與價值。我鼓勵他繼續教書，嘗試用一己之力改變學生的未來。寫書只是對自己的肯定，可是教書卻是百年樹人。看到他美麗的人生風景，也同時提醒自己一定要堅持傳道、授業、解惑的道路，找到生命的著力點，每一天皆要活得光鮮亮麗。

因為和學棣一席對話，也改變了自己的某些做法與懶散。他對我說，時間鬆了，就會懶散；時間緊了，就會把握時間好好應用。沒有錯，人是有惰性的，似乎也直指我近年來的消極態度。

於是，想到自己拖宕數年，許多書一直沒有完成，包括寓言，笑話，傳奇，桐城，繪本等等。為何沒有完成呢？一直期待有好的時間可以構思細寫，結果，時光就流逝了，倒不如，當下就是了，不必追求未可知的完整寫作時間，隨時隨地皆可以書寫才是王道吧。

二〇一八年十一月三十日

仰視與俯視

仰視與俯視是二種不同的姿態，牽引著觀看者的視域，也讓視角受限而不能任意張揚。

A老師一直是我們尊重的師長輩之一，環繞著老師周邊有許多的師友，以老師為同心圓向外畫出一個陣容龐大的經學研究團隊。年少的我們，總是跟著老師到大陸參加研討會，參加考察團，同食同遊，一同完成學術的志業。我們看老師的視角是仰之彌堅的仰視。他就像是日，月，高掛在天上，我們是用一種幾近於崇拜的眼光凝視老師的作為，也參與老師的各種研究團隊，不論是經學學者故居或墳塚，我們皆樂於參與，戲稱掃墓團。也一同參加大陸舉辦的《詩經》學研討會，參加雲南、四川的清代經學考察，參加老師在京都舉辦的榮退研討會，參與老師的活動，還包括新書發表會、老師的壽宴等等，這些活動參與，增加了人脈的流動，也增加了同溫層的溫度，讓大家在和樂的氛圍中享受師生共處的快樂。

日前，和朋友對聊。似乎，有些人觀看老師的視角有點翻轉了，從仰視到俯視，從和樂到審視，這些過程，似乎是一種物質變化，也是一種化學變化吧。

說，老師一直放不下要申請中研院的院士。這是我知道的，去年中秋節前到老師家中探視老師，老師拿出了一堆資料給我看，那時，早已退休的老師，還說拜託某院士等人幫忙提名，必須有二位院士推荐才能進了審查的程序。他們則表述已有推荐的人選了，未能幫忙深感遺憾。當下我的感覺是，老師的鬥志很強，別人不能推荐，還是要再覓推荐的院士幫忙，我也期待他能夠申請成功。但是，有人卻覺得老師放不下名利，不能回歸研究，是最大的傷害。

說，研究，只是彙編資料成果，質與量皆不精，沒有進步。

說，過度運用學生幫忙處理庶務，一點學術價值皆無，讓學生輩躲著不敢出現，或是萬卷樓的某編輯也被勞煩忙到午夜十二點才能回去。以前就常聽學妹說，她常過來幫老師處理庶務，打字，整理資料。

說，老師應該放下名利，像顏崑陽老師一樣，努力從事研究，不在乎名利，努力活自己做自己。

說，師長輩迄今，仍能讓人景仰的似乎只剩下顏崑陽老師了，其他的師長輩，似乎不能與時俱進……

朋友如此說，也讓我深度反省自己，年老之後的我，是不是也會如此呢？如此放不下名利嗎？是否還能努力在研究上衝刺呢？

老師退休之後，再也無奧援可以做任何事情，那麼，身體也因帕金森症而未能有活力時，該如何是好呢？

以前，老師帶領著我們勇闖江湖，而今，老師老矣，我們是否也應當回饋老師，保護老師呢？而不是因為他不再有支援時，就紛紛走避了。

仰視和俯視是二種視角，以前，我們羽翼未就，仍需要老師帶領，看老師的視角自然是仰視；而今，有人羽翼已就，可以獨立高飛了，但是看老師的視角已經翻轉了。

但願自己仍以仰視的角度看老師，只是，仍能分辨是非，且不在其中傳播老師的是非，也不攪進那群俯視人的稀泥之中。

情份仍在，只是觀看的視角是仰視或俯視呢？以前是仰視，而今而後，仍然是師長輩呀！一日為師終身為師，不能因為病了，沒有支援就拋開了。也不能因為老師仍然追求事功，就抨擊老師放不下名利。我想，初衷本一，只是時過境遷，時移事轉了，而我，應該站在什麼樣的視點觀看過去的老師以及現在的老師呢？人皆會老，以後，學生輩又當如何看我呢？我又當有什麼表現可以讓後人觀看呢？

二〇一九年一月十七日

留得枯荷聽雨聲

歲時流轉，又是一年了。去年二月一日里仁老闆徐秀榮邀宴，龔師、康師、王國良師、歐麗娟、林明德、黃明理、李志宏皆在座，轉瞬之間，忽忽又是一年了。今年的二月一日，邀學弟妹一同和老師餐敘，包括林明昌、林素玟、蒲彥光、簡逸光、劉芝慶、楊宗翰等人，依舊在師大路的「上館子」，今年可能接近年節了，整個餐廳喧囂不止，閒話的興緻頓減，八點多便匆匆散去，有點遺憾。

龔老師聊大陸上海的董其昌書法展，溯源流上自王羲之，下到宋代四大書家，實不可多得；再者是日本東京的顏真卿書法策展，亦是溯源大展，不僅僅展出顏真卿的作品而已，故而二月三日將飛日本看展。

再聊大陸經濟的發展，以後北京將成為大北京，將天津通州等地納入，有三億人口。而上海也是大都會，南方則是深圳，將港澳也納入，預計二十年後十七億人口有十億人口在這三個大都會之中。

也說到他每到一個地方，即能快速掌握該地的整體社經教政團體，最早就是從旅館的電話簿了解各種單位。現在，可能有電訊，更快更直接了。我第一次到大陸，是民國八十六年，一踏進大陸，頓時有時間凝結的感覺，沒有任何的資訊可以流動，電視、報紙皆定住了，看不到任何國際新聞，當然也看不到大陸的狀況，僅有的是人口的流動吧，旅客的流動。

現在的台灣是否也是如此呢？媒體很偷懶，什麼國際新聞，什麼世界大事皆不報導，一直重複幾件社會事件，轉來轉去不斷地重播，令人生厭，最不喜歡的是，炒作網紅，一點小事不斷地擴大，不斷地渲染。

其實，對於學生的無感，我們很能體會，學生多元跨領域的學習，是我們鼓勵的，但是，我們必須具備什麼樣的能力才能站在講台上為學生們灌注鮮活的知識能量呢？我們未必一直給予，而是要讓學生不斷地探查什麼是他們要的，什麼是他們可以拿取的。教師的角色扮演是教釣魚的方式，不是給他魚，不僅自己很累，學生也會覺得沒有得到思辨的能力。自學的重要，其實是現代必要的一種能力與素養，站在講台上，除了知識能量的灌注之外，還要給的是正確吸收知識的能力。

老師也說，做學問，不能只關注某個點，而要和整個學術結合，才能從全面看到部分的重要性，不要挖個小洞一直鑽，這個我們當然理解，但是，有時和自己的能力有關呀！

會後，覺時間尚早，我邀大家找個咖啡廳再聊，找到丹堤，整個場景非常的安靜，地下室，僅我們師兄弟七人而已，我們可以暢所欲言。聊老師何以離開北大，聊林明昌學長如何為佛光掌舵，企劃四個公司，給學生薪水，訓練學生能夠有實務經驗，他是有想法的人，我非常認同他，應該讓學生在做中學，而且有薪水制，才能讓學生安心的工作，而不必煩惱生活費用，也能積極力學。

羨慕明昌學長在佛光大學有機會接觸星雲大師，也能貢獻一己之力多做些事情，編寫了星雲的自學之道，書已完成了，再則要寫慈惠、依凡等人的傳記，這些皆可以用學生的力量去完成。有很好的企劃結構才能量產很多東西。羨慕他翻轉人生的力量，也能因為學氣功而站在國圖講台上講述江湖。

不過，回思自己，他是做事，不必羨慕，在卸下行政的餘暇，可以盡情的做自己，努力做學問，可以更累積學術能量。

和學弟妹們再聚會，總是覺得平時大家太忙碌了，若有機會可以多多見面，互相激勵，也互相勉勵，共同做一些事情。

有一群朋友，卻無法有效組織共同謀事，覺得有點遺憾。但是，人在江湖，要做的事情非常的多，又能奈何呢？也常在思考自己的方向，如此庸庸碌碌，如此平凡無奇的過下去嗎？如何可以讓自己更美好的活下去，更有目標的往前行駛，這是最需要規畫的。想到學界某位朋友，她只做她自己，不在乎行政、榮辱，一心書寫，也只有書寫，才是她最重視的。

想想今年，六七個研討會，陷在論文撰寫之中，要抽身似乎也難。但是，自己仍然要努力張羅這些，答應別人，就好好的走下去吧，不必後悔，不必回頭，勇敢往前行即是了。

總是非常珍惜每次的聚會，因為下回再見又不知道何年何月何日了。人生，如流，向何而流？向何而去？真真不知道呢！人生，果真如此，珍惜每一次的聚會，這是人生難得的福緣。

二〇一九年二月二日

人生舞台

馬來西亞霹靂洞主張英傑來台，邀宴台灣民間詩人、古典詩耆舊及詩社理事長等。

在宴會中，某位耆舊走到我旁邊，向我表述，他認真研究紅樓夢四十餘年，成書四巨冊，也在網路上發售。說明自己的創見，寶黛年紀何以前後矛盾，主要是因為暗潛帝王年號於其中，讀書必須讀到深層背後，不能只讀表層，並說目前很多研究只讀到表層。我含笑不置可否，理解他鉤棘的面向可能比較接近索隱派。

賢在旁傳LINE說，為何他如此臭屁。當然，我理解年輕人的想法，也理解耆舊表述的心態。在這個詩友聚集的盛會裡，賢是陪我來赴宴的。少不更事的他，只能看到長者的表述，不能看到背後的肌理紋脈。

曾經叱吒風雲的耆舊們，也曾在各種舞台管領風騷，而今年華漸去，光環漸散，總怕人們遺忘他們的存在，遺忘他們曾經締造的豐功偉業，希望透過努力表述，讓大家仍然記得他們，記得這一切將被年光銷蝕的光芒。這是表述的一種型態，極力講述自己曾經鋒芒光耀的過去，或是表述自己師事何人，從學何人，以確立詩學淵源、血脈純正。

宴會中，大家閒聊，聊到詩歌吟唱，當今學生不能投入，各校詩社經營如許困難，不是經費的問題，而是中文系學生對古典詩詞興趣缺缺，有斷層之虞。以本校為例，每週四下午有熱心的大漢清韻老師蒞校免費教唱，參加的學生有三種，一種是大陸交換生，一種是外籍生，還有一種是失學甚久重回學術場域的碩博生，大學部學生參與甚少，何以如此呢？賢說，當你的薪水只有22K時，你還想做什麼？還能做什麼呢？是的，中文系的學生對於未來在何處，充滿了許多不確定感，要他們守著舊有的傳統，似乎沒有著力點。

宴會中，又聊到古典詩的創作日益花果飄零。民間詩人老成凋謝，新血不能補上，也是頗令人堪憂之事。雖則如此，各地方的詩社仍然努力吸收新血，努力創作，甚至持續舉辦民間講學。有三千教育中心的天籟吟社，吸引很多喜歡古典詩創作愛好者投入，在每週二三晚上輪番由陳文華、顏崑陽老師講學。然而令人擔憂的仍是新血承傳，因為我看到學員們的年齡偏長，他們是自發性願意掏錢來學習的。他們浸潤在古典詩詞的勝境裡，看到了古色古香的傳統，處處充滿了令人歡喜的馨香。再者，中華詩學仍然一秉傳統，努力在現代裡透出微光，希望薪傳不輟。

張英傑是位奇特的詩人，身為馬來西亞名山勝地的霹靂洞主，對古典詩詞、書法獨有偏好，每日臨坐在霹靂洞的高台上，創作古典詩，拈筆寫書法。每有詩歌新作，即航空郵寄給我品賞。這份海外知音之情，甚覺可貴。

在台灣，潛隱在民間的詩人也不知凡幾。有賣牛肉麵的、有開計程車的、甚至是餐廳老闆，或是退休的公務員、老師們，皆熱情投入創作。我曾經親自目睹來自社會各階層的古典詩歌愛好者，曾在台北某個餐廳裡舉行每二個月的擊缽吟，事隔多年，也未知這個詩社是否仍然持續進行？

參與這場盛會，感受民間詩人對古典詩詞的熱情，不僅學習創作，也參與詩歌吟唱，只是，在年光日益流逝中，驚覺傳統文化的勢微。在日益科技前進中，如何讓傳統與現代接軌，是不容忽視的問題。

二〇一七年十二月十七日

盛況空前

六月二十八日下午三點十分到五點是器文老師在中興大學最後一堂課，以前教過的學生奔相走告，將810教室擠爆了。不僅僅是學生輩，連已是教授的學生也紛紛前來課堂致意。我則是選擇聽器文老師最後一堂課。

課程一開始，某位學生先送一束華麗的太陽花，充滿正能量的花，讓大家享受這樣的氛圍愉悅的上課。

今天講述的內容是醜學與暴力美學，從小說、電影、圖像替大家展演各式各樣的暴力、醜學，四點多，教室門打開了，陳欽忠主任和逢甲張瑞芬教授也進來，說中間沒有下課嗎？我們在外面等很久了。首先是仁昱主任說起和器文老師的因緣，通俗與雅正研討會及貴州之行；再來是張瑞芬致意，說起當年在中興求學過程受器文老師啟發甚多，接著是陳欽忠主任致贈一幅寒山的詩，清淡的唯有一床書說明了器文老師的文人性格；再者是我致意，今天這個不是我的主場，不宜過度表現自己，站上講堂，覺得此時無聲勝有聲，只有要求獨自和器文老師獻花合照。師長輩致意之後，教室又恢復正常上課。

繼續講述黑澤明的羅生門、日本電影猴指、地獄變等，由於有圖像，搭配音聲講授，讓我們覺得奇詭驚悚，二節下來，精采萬分。

在座的學生，除我和仁昱主任未曾受學於器文老師之外，其他，已在他校擔任教師職的學生皆到來，更有遠從淡水來的怡安，亞大的怡君、竣志、至延、昌遠，這些學生皆是我來中興以後認識的學生，還有更多年紀更長，而我卻不認識的學生們，大家齊聚一堂，希望溫馨的辨一個榮退的聚會，因為學生人數太多，原定要到「遇見」餐廳用餐，怕一群人移動不便，也怕擠爆餐廳，乾脆訂披薩、可樂來吃，簡單方便，也可以在教室溫馨歡談與拍照。

為何器文老師這麼受學生歡迎呢？一來是授課內容豐富紮實，二來是俠義性格，讓人覺得可以親近。而我和器文老師也是一見投緣，她的格局大，不會在小處爭是非，完全以大局為考量。而學術的能量也是吸引我的地方，雖然她惜墨如金，鮮少著述，但是，若有著作，必是別出心裁的令人格外想拜讀。她和我的某些師長輩一樣，講述課程非常認真，卻鮮少著述，但是，並不因此而抹煞了他們的學術地位，文華師的古典詩學、子良師的詞學和蘇辛詞等，皆是我衷心佩服的學者。

器文老師曾經和我一同組研究團隊，在中興人社中心初創階段，我們共同營造一個大的國際學術團隊，她的氣度非常大，大到可以容忍我這個後生晚輩擔任計畫主持人，我們一同辦讀書會、研討會、香港大學師生到訪進行學術交流、激聘國際學者到中興訪學等，而我也有幸到日本擔任客座教授。計畫為期二年有餘，在這段歲月裡，是我最感恩的時期，因有大家的協助，我才能遊刃有餘的完成一本六朝志怪的研究，這也是我最心無旁騖的專心寫作時期，此後，疲於教學、服務、研究等事項，再也沒有更好的作品了。

在我擔任行政職時，器文老師和一位紅孩兒的學生磨了很久，想將他從社會邊緣人拉回正常的社會，花盡心思，有時和他對談，一談就是七八個小時，不僅關心他的人格特質、學術表現，甚至買食物援助他，讓他能夠無衣食匱乏。最後，耗費精神、物力的、體力的耗損，終究無法救回這個孩子。對於器文老師默默在背後為本系、為學生做很多事，我深深有所感知，也很感念她不邀功，不表述，只是默默的幫忙需要幫忙的人，這種特質深深吸引我親近她。

而她對於同仁的閒言耳語，完全不記掛在心中。例如十多年前一位新進同仁，為了某小事，當著她的面大小聲咆哮，當時她是系主任，面對這樣一位新來乍到的同仁居然如此不敬，也不以為忤，這事當然不是她講述出來的，而是被聽到的助教轉述出來的，但是，她完全不放在心中，依舊用平常心對待同仁。

器文老師大學就讀中興中文系，後來擔任助教、講師、教授等職位遷移，仍然一本初心，實實在在的教書，在中興四十多年，走過許多風華歲月，對於中興中文的人事，從來不耳語傳是非，和她在一起就是舒服，不必想要聽八卦，而是可以請益學術的事情。器文老師，不僅是本系資深教授，也是系友，對中興中文充滿了依歸感，現在器文老師以七十二歲之齡榮退了，但是，體力、精力、腦力仍然十分充沛的她，應該會有更多的規畫，讓人生更精采。

二〇一八年六月三十日

因為有您，所以美好

今年邀請西北大學李浩教授蒞校客座講學，因為研修，無法多關照，自覺歉意甚多。廖美玉教授和李浩是舊識，特地邀請我出席作陪餞別宴。因為知道李教授喜好清酒，為了品酒方便，大家可以暢飲盡歡，沒有開車的虞慮，餞別宴會特別設在美玉老師府上，她親自下廚料理一桌色香味俱全的美宴。

在餐宴上，看到美玉老師的用心，真得很令人感動。首先，準備了日本獺祭清酒，是她的兒子孝敬媽媽的絕品佳釀，為了讓酒好喝，先冰鎮之後，再微退冰以醒酒。第二款酒是自釀自泡的人蔘高粱酒，溫和沒有高粱的嗆辣。

一桌滿滿佐酒佳餚，未入座即讓人垂涎三尺；一入座即食指大動，停不下來。紅燒牛肉，以小番茄燉煮入味，帶筋牛肉入口即化，湯汁亦甜美甘醇。佐酒小菜，以馬來西亞帶來的小魚片炒雞柳，片片食之有味而不乾澀。蛤蜊絲瓜清脆甜爽不膩、蔴油炒杏鮑菇濃醇宜人，大頭菜配上澎湖來的花枝丸燉湯，味甘可口，每道菜皆讓我們頻頻舉箸而不能中輟。最後一道是烤香魚，新鮮味美的烘烤，帶出香魚的鮮甜香味，食之鮮嫩而無腥味。

觥籌交錯之間，情誼深深款款，既是美食當前，又佐以美酒。餐後，水果上桌，讓李浩老師嘗嘗台灣當令的水果，再以日月潭紅玉茗茶醒酒，整個宴會雖無豪宴的氣派，卻可以感受美玉老師處處用心，是位蘭心蕙質的稱職主人。當年吳相洲老師曾誇美玉老師是四堂美人，上得了會堂、講堂、廳堂、廚堂。真是當之無愧。會做學問的人，未必擅長料理，溫潤如玉的她，讓我看到她的美好，性情溫和，既會寫文章也會料理家務，整個家纖塵不染，如水月空明；又善治盆栽，綠意盎然；喜品美酒，收藏豐富；而最不能少的，就是餐後，參觀書房。

大抵文科研究不能少了一壁的藏書。美玉老師治學嚴謹，集中詩學、唐詩，明清詩歌，亦和施懿琳編撰《全台詩》。書房，當然可以看到研究方向，然而空間有限，目前台中二個書房的書籍僅是當年在成大研究室的部分書籍而已。更多的書在台南，因台中空間有限不夠放，仍未能悉數運來。我的研究室也是如此，書籍已溢的滿谷滿坑，往往要找一本書而不能，家中的書籍也到了多一本書就有噴散的危險了。原來，買書、讀書、研究是文人的最愛，而空間有限，則是文人不可逃遁的宿命。《古今圖書集成》，是當年我最受用的書，居然美玉老師也有這部大書，可想而知，需要多大的空間才能收納這套皇皇鉅書。

和美玉老師結緣是在讀研究所。當年，每天坐在圖書館閱讀她的博論《錢謙益及其文學研究》。經過歲時荏苒，仍然未能將美玉老師和當年閱讀的作者作一鉤聯，直到有一年，美玉老師演講錢謙益時，我才恍然大悟，此美玉即彼美玉也。殊不知日後的因緣就是當年種下的，從此益加感恩當年閱讀她論文的收穫。

美玉老師人如其名，溫潤如玉，心美如玉。在我遭遇家變最艱辛的時候，是她輕言曼語的開導我，給我溫暖，期能帶我走出幽谷。那種溫馨情誼，至今仍能感受溫厚悃悃的深意，銘感於衷。

後來，因為我們研究唐詩，有更多的接觸。她在接任中國唐代學會理事長時，召開國際研討會邀我參會。數年後，我也接任理事長，她款款細細的教我如何經營學會，如何籌辦國際會議，如何編寫會刊。只要有她在旁指導，我就能輕鬆上手；有她導引，便能感受溫馨的情誼。

後來，我們更多的暢敘時間是在口試的場合。她指導的學生，或者我指導的學生，互相幫忙口試，互相論學，讓我學到更多看問題的方式，學會治學的面向。

她也曾經很審慎的告訴我，希望我的研究能夠集中某個領域，否則東樹西林，不成體系。我很感恩她如此真實的教導我，為學要集中火力。

多次，我們在大陸一起參加唐代文學國際會議，讓我看到她人脈的廣博，且善喝酒，在宴會中既能侃侃交談，又能千杯不醉，聽她言說，如沐春風，不急不燥，溫文如玉，慢火細烹，烹出甘醇火候，引人入勝。

有幸，曾經在台灣中文學會擔任常務監事一職，參加會議研議各種事項、活動時，常常可以聽到她很良善、優質的建議，不急不火的為人家提供不同的觀看視角。看見她，才知道這就是她的魅力所在，也才知道，真性真情的人，往往有很多的朋友。她就是真性情的人，和她在一起，很能感染美好人世間的情誼，也能正向學習很多待人處世的敦厚、為學精審的態度。

一宴如風，飄然而逝，然而，深情摯意，永遠銘刻心底。

因為有您，人生變得如此美好。如此有情有義，如此溫潤如玉，讓我充滿了感恩與感謝。

二〇一九年十二月二十日

蜂蝶自來

這學期有一門通識課程：寓言文學欣賞。喜歡講故事的我，希望用故事導引學生做一些生命的思考與思辨。

由於是通識課程，來自不同系所的同學，對人文的素養真的很不足夠，說《阿Q正傳》，沒聽過；說白先勇，沒聽過；說魯迅，沒聽過，很多很多重要的知名的文學家、文學作品沒有讀過，連聽都沒聽過。大家一定會覺得我一定很沮喪吧，不，剛好相反，我跟同學說，真好，您們都沒聽過，我剛好可以教您們呢，這樣我會很有成就感喔。

鮮少點名的我，一班近五十個人的課程裡，常常只有二三十人到課，我還是不點名。我的想法是，學習是自願的，如果是強迫學習，效果一定不佳。所以，整學期，只有因為發考卷及作業才唱名，也才將未領卷的學生註記缺課記錄。

課堂中，儘量以淺入深出的方式引導同學了解寓言的結構，分析技巧，講述寓言流變，並要同學分組討論有意義的寓言，包括〈狂泉〉、《阿Q正傳》、《暗戀桃花源》等內容；也要求同學分組口頭報告，讓同學學會團隊精神，也學會口語表述，考試則以開書考，不必在乎學生背誦多少，而在乎他們對寓言的精義理解多少。

一直在思考，也許這輩子他們再也沒有機會接受人文的薰陶了，我能教多少算多少，傾囊相授，主要是希望這一群社會未來的中堅份子，能夠有骨幹地面對人生課題，也能多一些人文陶冶，而不會在將來的職場中被洶湧的工作汨沒了靈知靈覺。

很多同仁表述，通識課程很難上，學生素質很差，上課氣氛不佳。我反而更堅定自己一定要好好經營通識課程，因為，這一群學生是頂尖的孩子，也就是全國前百分之十的優秀孩子，如果他們不優，還有什麼是優的呢？何況，他們將來就是社會上各行各業的工作者，如果，還能有一點點的影響力，我一定要多灌溉養份給他們，讓他們在人生的路程上，隨時可以汲引。

每一堂課，皆奮力教學。在黑板上畫結構圖，抒發寓意，講述古今對照的存在感受，以及不同時空之下的寓言該如何重新審視。我真真不確定學生是否能夠感受我的用心與認真。

期末，一群從外校轉入本校中文系的轉學生來找我談未來的方向。其中只有一位是我課堂學生，原先那位學生想看期末成績而已，結果，話匣子一開，大家紛紛表述，聊了近一個多小時，包括中文系的出路？如何學習？未來的抉擇等等。還有要考復旦大學研究所的準備等。就是這麼湊巧，以前曾推荐一位學生赴上海復旦讀研究所，仍然保持聯絡，她正在準備考托福要申請到哈佛讀博班。當下和這位學姐打電話，問如何備考，學生很感動我熱心幫忙。

臨行，其中一位女生對我說，認識一位電機系的同學，他問我，認識林淑貞老師嗎？說不認識，他還說，中文系這位老師上課很認真，他很喜歡。現在終於認識您了。我好奇地問，是什麼課呢？回說是寓言的課。喔，真的？

學生離開之後，我心中竊喜。只要認真努力，學生會有感受的。雖然不確定對他們能有多少影響，但是，學生不會無感無知的。

昨天到亞洲大學參加文學與生命教育研討會，我擔任第一場的主持人，看到與會學者的對談，感受教學現場還有一群認真熱心的老師為學生而努力付出。我說，我們每一位老師皆是教育花園裡的園丁，一定要好好灌溉這些幼苗，讓他們茁壯成長。我們的影響力將是無遠弗屆的。

花若盛開，蜂蝶自來。相信，努力的人，一定會被看見，會被感受的。我們是教育現場的園丁，就是要默默的付出，默默地努力耕耘，才能有桃李滿天下的榮景；才能有繁花盛景開綻，點綴我們豐富的人生。

二〇一八年一月二十日

翻轉

平時，工作、讀書、寫作、教學，並不覺得很辛苦，總是覺得四兩撥千金，遊刃有餘。

早上，老爸說，看了我寫的書，應是《水月東瀛夢》吧，他說，原來大學教授是這麼辛苦的。

我想，他大概是看到了七年前寫的擔任研究員的過程吧，那一陣子的確是壓力，當然不是升等，也不是外人給的壓力，而是自己給自己的壓力吧。我向來就是一個輸不起的人，擔任研究員，總是希望有好的成績可以繳交，所以自己會給自己壓力。那時，整天作研究，晚上才回復正常正息，甚至不知道什麼是假日，什麼是歡樂。而且還懼怕時間不夠用呢！

一直不覺得辛苦，但是，透過老爸的話，也不斷地重新檢視自己的工作內容。

常常，壓力來時，我會自動早起，自動到書桌前完成未竟的工作，書寫，研究，怕時間不夠用，就像今天一樣，知道父母從台北下來竹北，我要陪他們玩一整天，到尖石泡溫泉，所以一大早就投入修改計畫案的工作，伏案書寫。昨天晚上，也是如此。

暑假準備新課程，因為加上了彰師兼課，讓課程時間更緊湊，所以備課時頗有壓力，八月初在台北待了五天，每天早早到台師大圖書館，定位書寫，影印資料，也讓自己有點壓力。

九月，趕著寫雲科要發表的論文，似乎沒有時間他顧。但是，日子還是得過下去的。

在校時，常常睡不好，一來是二樓近洗衣機及飲水機，晚歸的同事們一一張羅沐浴洗衣及飲水，讓我的睡眠時常中斷。但是，我還是一無所改。仍然住在B206一住十多年。

週二三四在校，要備課，早起，把握時間進行閱讀今天的課程內容，希望授課可以順暢一點，因為在校時間有限，所以備課的時間也是緊縮的，有點時間壓力。

這些，皆是我的日常生活，習以為常了。

有時，在校除了授課，還要審查論文，評審，一些雜七雜八的事情很多，但是，我都要限期限時讓自己完成，例如批閱作業，批改考卷，不容許自己拖宕，主要是因為不想揹很重的物品回家，所以限時限期完成，才不會舟車之中還要揹負很多資料來來去去。

知道，生活總是有壓力，教授了還如此，那麼，那些助理教授，六年限期升等的同事們又當如何呢？

一直以為這不是苦，是可以承受範圍的奮鬥，想不到在他人的眼中，居然覺得這就是一種苦。

早上，在書桌前修改計畫案，老爸老媽在看電視，無所事事。是的，有人就是可以一天到晚無所事事，有些人就是忙碌到時間不夠用，這就是不同的生命，不同的生活型態。但是，無所事事並非我要的，我也可以及早退休，但是，天生勞碌命的我，焉能不工作？焉能醉生夢死？只有工作才有生命的浮木，才不會讓自己陷落到更深沈的幽寂之中，於是，習慣自己的生活模式，也一直在過著這樣的生活。

然而，在父母眼中，就是辛苦，就是勞累。因為我還在過度用眼寫論文，寫文章，還在支用疲累不堪的眼睛。而且玩也玩得沒有興味，心中一直惦記得該作未作、該完未完的事情。也許吧，懷憂喪志，就是一種人生的另外型態。

從來，自己選擇的路，就只有自己可以承擔，不必羨慕他人，所以回歸到自我，仍然不覺得苦。近日細想，原來，在別人眼中的苦，對我皆是一種過程，皆不是苦，皆是我可以承擔的生命過程。如果細細用他人的眼光去衡量，則必是一種艱苦無疑，但是，何必如此感覺呢？

這回，為了更悠哉，我沒有去廣島，讓自己可以享受假日的悠閒，不必趕時間坐飛機，坐火車，來來去去的，這就是生活中的頓號，讓自己偶然有點休息的時間，不忙趕來趕去的。

從來不覺得辛苦的工作內容，原來，在外人看來就是一種苦，就是一種辛苦的生活方式。

但是，不如此，焉能有快樂的物質生活，焉能有快樂的精神生活。享受可以享受的，過著可以過的生活吧。不必管他人眼中的我是什麼，只要自己活得自在快樂就好了。

自己選擇的職業，自己選擇要走的路，何必冠上辛苦呢？如此才能欣樂。

二〇一八年十二月十六日

回歸

曾經，將近七、八年未開的唐詩研究，在研究生的呼喚中重新開課。

授課內容經過精心設計，包括如何進行研讀詩歌，如何進行分析，包括姚一葦的人稱芻議，陳植鍔的意象論，葉嘉瑩的情意與比興的關涉，宇文所安的自然詮釋，黃永武的鑑賞與時空設計，王輝斌的佛教風物的解讀等等，除了論文解讀之外，也扣著論文而閱讀全唐詩中的詩歌，每週有一定閱讀量的範圍，讓同學閱讀，也體會前行學者所指出的研閱方式，是否能助益自己的理解與詮釋。

雖然上唐詩給自己稍微的壓力，畢竟太久未研究唐詩了，近年來一直處理民國詩話，距離上篇寫唐詩的時間可能是很久以前了。但是，唐人選唐詩的研讀會，也些許的滲透了一些唐選集的研究，在這些有限的時空篇幅之中，我還是承載了這個課程可能給學生的知識能量。陳伯海的唐詩學引導，就是很好的導論，讓我可以好好的疏理整個唐詩的概況。

如是，經由準備唐詩課程的研讀，也讓自己重新審視教學的內容，助益自己對詩詞曲的理解，在講授時，可以將知識能量帶進大學部的教學之中，也讓自己重新面對解讀這件事。二年前重新從行政與研究回歸教學時，講宋詞，講蘇辛詞，總覺得少了一環什麼？原來是解讀詩詞的內容，在漸進授講唐詩研究的過程中，因為備課而接觸了一些舊時讀過的論文，方法，也重新回歸詩歌的研閱，讓自己有所啟發的進行授課，這種回歸可能是一直講授寓言文學、笑話文學無法體會的。總是如此，在授課的當下，信心滿滿的想寫專書，而且信念很強，一旦課程結束，忙碌，開始流轉在各種事項之中，也放下原先想書寫的內容了，是的，這種週而復始的授課，書寫的念頭從興起到放下，真的，只是一學期一學期的流轉，寓言，笑話，繪本文學，蘇詞，辛詞，那一科目不皆如此？

而今，重新講授唐詩研究，讓自己重新審視研究面向，到底該前進唐詩，抑是前進民國詩話，很多很好的想法，一直沒有落實，很多寫了半本的書也一直沒有好好的整理，期待自己好好回頭整理自己的論文吧。藉由重新研讀唐詩也開啟講授詩詞的知識能力，同時，也張羅可以書寫的面向，太多可以寫的議題，只是沒有時間開發，只是一直沈淪在庶務之中流轉。

回歸，詩詞曲的研讀與書寫是心靈深處的呼喚，在講授唐詩的過程中，重新啟發面對曾經很熟悉的領域，也讓我可以很真實具體的面對這些感性的抒發，文學家先我而發的人生經歷，何其深沈，何其遼闊，何其悲壯，何其華美，何其貧絕，何其蒼涼，何其無可奈何，我在此，一一領受，一一體契與理悟。

二〇一九年三月十一日

專業

邀請吳洛纓菈校演講，一位名劇作家，曾編過《白色巨塔》、《痞子英雄》等名作，她講述自己編過的名劇尚有：《豪門世家》、《女子時代》（後被改為《喔，陳怡君》）等。

曾經，萬仁導演想拍一部關於台灣清末民初、日據時代的作品，先找吳洛纓編劇，吳在忙其他事情，沒有答應，萬仁只好再找其他編劇，找了很多人，沒有人可以編，想想，如果台灣沒有人可以寫劇本，只好找大陸的編劇家來寫了。一聽這個言語，吳洛纓心想，台灣的故事，還是由台灣的編劇來編寫作品會比較入味與道地，所以硬著接下這個重擔。第一次和萬仁導演見面時，萬仁帶了二袋書，一袋是台灣的歷史典籍，另一袋是相關的作品，希望她能多涉獵這方面的歷史，才能寫得道地。這是萬仁對劇作家的要求，也是對自己即將開拍的故事的責任。

一個專業的劇作家就是要把相關的背景弄熟，才能寫出好劇本。吳洛纓說曾經為了寫政治二代接班的劇本，花了三年時間做田調，和各地角頭、樁腳、議員、民代等接觸，了解政治生態，才能寫出本色的劇本。但是，可惜商業考量，改成《喔，陳怡君》。她也說，這是自己最費心創作，所做卻被改得最不像樣的一次。

最近為了寫連續殺人犯劇本，也努力研讀各種犯罪技巧。這就是專業的要求。

是的，每一行業皆有自己的專業，我呢？我的專業是什麼呢？能給學生什麼呢？也期待他們有自己的專業。如何讓授課有專業知識的獲得之外，還能有教學策略，讓學生願意學，而且努力學呢？這是我願意花時間備課的原因。因為，教學就是要知識性強一點，可是又要能吸引學生，如何讓學生覺得可以學得知識，又有人文的涵養呢？我想，傳道授業解惑之外，多一些教學技巧應該可以更吸引人吧。

今年的學生和去年學生不同。去年，十點到十二點的課，此起彼落的吃東西，今年這種現象已無，而且選課的學生大都願意努力聽課，無論是選修或是必修課程皆是如此。我希望我的課程不點名，卻讓學生自發性來學習，這樣才能達到學習遷移的效果。

很奇怪，今年的課程多是詩詞的韻文學，只有一門通識課是寓言，才能有一道窗口呼吸不一樣的空氣。

努力教學是擔任教師的本份，也期待自己能夠精采教出有內容的知識。

二〇一八年十月六日

堅持的毅力

王國維曾經借用古典詞說明凡是要成就大事業、大學問者必須有三種境界，在我看來就是堅持的毅力。只要堅持，沒有達不到的。細細回想自己的一生，在高中時，因為想讀中文系，一直有這樣的念頭浮現，於是到舊書攤買課本自讀自學，在炎炎夏日揹著厚重的課本時，心中並不覺得沈甸甸，反而是因為厚重的力量加重了前進的厚度，唯有承負這種重量才能真實體會追求理想的真實與甜蜜負荷。重重的書籍，走起路來雖然蹣跚，卻份外有感，感覺重量是要承受成功的力量。

在重考的一年當中，一面在代書事務所工作，從南港到三重，大台北對角線的交通，舟車勞頓也不能打破我想讀書的念頭，一面在補習班上課，每天每天，既在工作中屢遭困挫，也在補習中尋找生命的重心。

在就讀淡江夜間部時，一面在會計事務所工作，一面在城區部就讀，勞累，也不能消蝕我想讀書的力度，疲累是身體的案牘勞形，精神卻是富足的，閱讀古典書籍，讓我藉著古人的力量，有了支撐人生前進的力量。

大學畢業後，想繼續就讀研究所，當時的研究所非常的少，報考不易，我努力的在松山圖書館讀書，還記得元宵節，外面是媽祖廟的燈會，喧囂與熱鬧與我想考研究所的心志成反差，寂寂冷落的心境，是坐在圖書館的心情。也到慈舍宮位於虎林街鐵路旁的圖書館努力讀書，一邊鉤勒重點，一邊努力背重點，努力，是唯一可以達成目標的路徑。

寫碩論，也是一種堅持，到台師圖書館找資料，到重慶南路看別人的論文書寫，不斷地閱讀吸收別人研究的成果，期待自己也能完成十數萬字的論文。一邊在南山高中教書，一邊在寫論文，常常累到坐在電腦前就打盹，但是，不能消蝕我想完成論文的決心。

報考博班，在家人的不支持下，偷偷報考，只為了完成夢想，未知自己是否適合研究，仍然要勇敢的前航，記得在午後的暴雨中，堅持口試到最後一分一秒，口試委員的提問，尖銳直接，卻不能減損我的意志力。

寫博論，也是一種毅力的堅持。白天在誠正國中教書，晚上帶小孩，半夜寫論文。身體的勞累，修課，找資料，教學，帶孩子，沒有一件事不是親力親為的，陪著孩子成長是我的職志，不能偏廢，告訴自己，一定要堅持，一定要成功。四年，真的以全職在職的教師完成了博士學位。

進了靜宜教書，另一個挑戰開始，除了新授課程之外，還要撰寫論文，提高能見度是為了能跳到國立大學，雖然當時認為公立學校的退休金比較穩當，可以有個好晚年，今日看來格外反諷，因為改革年金已經打亂了所有的人生規畫，未來是不是更好，也未可知了，但是努力朝向國立大學前進，只為了退休金，而努力撰寫論文，發表論文成為必然與必要的。努力，再努力，在家庭，學校，二頭奔波；在教學，研究與服務三頭燃燒，仍然要堅持下去。

寫副教授升等論文，也是一種努力。當別人在玩耍時，我必須端正的坐在書桌前好好的寫託物言志，有時吃便利店的便當，有時不能參加大家的聚會，只為了早早完成升等副教授

到了中興大學，三年提升等教授的論文，猶記得那年的暑假，我奔波於清大找資料，怕自己怠惰，到竹北圖書館逼迫自己認真用功，一天復一天，升等的壓力總是如影隨形的跟著，努力堅持寫稿，改稿，出版，在民國九十六年二月提出升等，几年內從博論到助教授、副教授、教授，每一關走的很艱辛，唯一的路徑是堅持。

九十七年，擔任研究員，也是一番冷徹的風雪，努力的撰寫六朝志怪，隨著亞傑到中央找資料，在家中悶頭苦讀苦寫，往往早上十點就腦力用盡了，必須回鍋小睡片刻，起來，才能繼續書寫，每天每天沒有歡笑，只有研究，甚至到自助餐店買了煎魚吃都是一種小幸福。一年的時間寫了五百多頁的八篇文章，真的堅持，是成功的唯一舟楫，沒有風雨不必承受，沒有風雨躲得過，只有直面向前，才能更有能量去承受所有的困頓與苦難。

人生，不就是如此嗎？回首向來蕭瑟路，歸去，是真的也無風雨也無晴嗎？風雨霜雪也只有自己能夠領略與承受，也只有努力迎向前去承受才能知道，在朗朗陽光下，一切的努力與奮鬥都只是過程，只有努力承受與走過，才能迎向眼前的光明。

人生，一路走來，不可逆回，卻是真真實實的一步一腳印，努力的步履一步步走來，不管是否穩健，卻是真實人生的過程。

現在，也陷落在生命的低谷中，仍然堅信，只有努力，只有堅持，一定可以跨過人生的低谷，起起伏伏的生命低谷也只有自己能夠承受擔負的，不必羨慕別人的福慧雙修，不必羨慕別人的福報俱足，只要自己努力勇往直前，所有的風雨仍然可以迎前突破而過的。

民國詩話，我來了，我將以十足的能力與毅力，努力走過，努力跨越，期待風雨過後是天青初晴的陽光迎我以灑然的璀璨。

人生，也不過是一場場的奮鬥，努力跨越低谷，必能再創高峰再創寫作的高峰，而不必豔羨過去的美好回不來了。只要腦力仍在，只要仍然堅持書寫，人生就會再一次的翻轉。

二〇一八年七月二十日

厭世文與勸世文

最近看到論文，居然有種厭世的感覺。

矻矻孜孜，努力蒐集資料，構思，修改，書寫，投稿，所為何事？究竟這些論文能夠創發什麼？何益人世作為？既不能經世致用，也不能實作應用，那麼，每天端坐在書桌前的書寫意義何在呢？

廖老師說，政治太亂，世界太虛浮了，只有古典文學才能作為安身立命的舟楫。但是，躲進古典文學之中又能奈何呢？滿足個人的生命價值？如此書寫的意義又何在呢？

真真無法說服自己，這種書寫與論述有何意義，只是順著學術的軌道一步步往前挪移，一步步往前行進。人生的目的，人生的意義，只在遣無聊太漫長的歲月了，只有通過書寫才能走進一個虛無的世界，構設一個可以讓自己滿足的世界。

其實，這種情形與年輕世代跌人虛擬的電玩世界有何不同呢？打打殺殺，進出古今，變幻角色，讓自己既真實的存在現實面，又虛無的跌進虛幻的世界，真真實實，虛虛幻幻，究竟辨不出何者為真，何者為虛了？停在這個幻無的介面中，到底我還是我？抑是電玩中的我才是內心最真實的我？

厭世的感覺，不純粹是因為沒有意義，還有的是，到底那一種存在才是最真實的存在。活進古人的世界中，了解他們的感覺，理解他們的存在意義，終究要喪失自己存在的意義，抑是要虛擬自己的感受去體會他們真實人生的過程，曾經如此真實的讓我們有所感受？而這種感受的意義是什麼呢？感覺古人的感受，體會他們的體會的意義是什麼呢？真真不知道意義是什麼？

而虛擬的電玩世界，也讓人跌入不可救奪處境中的人生，果真能夠如此翻轉人生與角色，因為此生此世僅能為此一人一世一生，所以，用虛擬的電玩創發不同的人生，體會、感受不曾有過的快意人生，是否會更美好呢？人生不是戲劇，不能重迴，不能再啟，不能重生複製，於是，透過虛擬的電玩，讓我們活過別人的生命，曾經精采的生命，繁華的生命，體會這些，滿足有限人生的缺憾與不足，是否更美好呢？看戲是一種娛樂，也是一種重新活過的新生活，然而意義何在呢？

閱讀古典文學，走進別人的世界，耙梳他人的生命感受，意義何在呢？想想，寫讀古典文學與虛擬的電玩有何不同呢？同樣去感受領受別人的生命而已，那麼，勸世不再迷戀於電玩，與勸世人不再迷戀於古典文學之中，有何不同呢？

厭世與勸世，是不是一線之隔呢？是不是同樣面對當下處境的不滿足，必須透過翻轉他人的生命經驗才能重新讓自己有新的生命力量活過真實的人生呢？

一直覺得電玩很浪費生命、精力與體力，但是，書寫論文難道不是嗎？人生如此美好，陽光如此艷麗，何能端坐在古籍前不懂得享受人生，何能不知道如何面對可以享受的聲光娛樂呢？厭世與勸世，真的，僅僅是一種認知的不同而已。讀古籍，走進電玩，也僅是認知上的一線之隔。電玩創發龐大商機，是年輕人的未來，而年近暮日的我人，又當如何安頓悽悽惶惶的人生呢？

二〇一八年七月二十日

軌道

生活，就是一個有去無回的軌道，順向軌道前進，時間就隨著流轉而流逝，再也沒有停止的時候。

生命，也是一個有去無回的軌道，順著軌道往前駛去，青春華年，再也駛不回童年往事了。

每週，就是二個迥異的頻道在切換殊異的軌道。

週二，啟動上班模式，到校之後，分秒必爭的上課、審查、批閱作業。週三，早上二節詞曲選必修課，下午二節碩博唐詩研究課程，中間可能插入一些會議，系務會議、系教評會、院教評、院課程、院務會議等等。週四早上二節蘇辛詞，下午三節彰師的詞曲選必修課程。只要一轉入軌道就永遠沒有停止的時候，包括和學生會談論文，告訴她們學位論文如何進行，如何書寫！

週四，回到家，又轉成另一個軌道的模式：運動、研究、審查、赴台北參加會議、研討會、備課、查找資料等，是個既忙碌又閒散的生活。有時，把自己逼進忙碌的胡同之中，有時又將自己置入閒散的沙發上頹廢著，看著沒有日出月落的新聞和電影；運動訓練身體的肌耐力和體能，有氧無氧同時進行著，既要自己健康，又要自己頹廢，這種反差很大的生活，是為了調節成更鬆散的日子，才不會彈性疲乏。

期末考週，回到上班的模式。忙碌，一樣是團團轉的。因為不會開車上班，所以教學物品全部在校，學校的事務也必定在校完成，不讓自己有片刻的閒散。

週二的寓言文學欣賞考畢，立即批改考卷，結算成績，希望早一點將成績事宜底定，上傳公告，避免成績有誤。週三上課，一邊等考卷，一邊將下學期的所有的大綱上傳，並且製作下學期的進度表，包括了繪本文學欣賞、曲選二班，稼軒詞一班，以及第一次上課要用的講義，東翻西找舊的講義、資料，以及電子檔，希望一切搞定。第一週上課沒有課本，一定要製作講義才能授課二三節課，第一週是最重要的，會預告進度及作業，遊戲規則等項，不想讓學生有偷懶的餘地，自己也不能偷懶。

三天在校，忙得團團轉，而且知道什麼時間點要做什麼事，什麼事情要如何安排，包括製作課程進度表、各科講義，以及聯絡學生送印講義。急著考卷批閱，成績結算，就是希望這些事情不要帶回家，而且還要將成績影印一份帶回家，避免學生成績有疑慮時，可以釋疑。每一件事情皆在預料中掌控好。而且，為了讓學生有個好年冬，分數何妨寬鬆一點，才能有知識能量的吸收及甜美分數的回報。

總是充分的運用在校時間將該作的事情完結了事，否則負重揹著考卷、課本、資料，對於搭乘公共交通工具的我是痛苦的，急著在校將所有的事情完結就是這個原因。何況，做了二十多年的事情了，難道還沒有原則嗎？難道還未能駕輕就熟嗎？對我而言，處理事情是容易簡單的，有一定的做事模式可以快快處理。

三天，將期末的考卷批改完畢，成績結算。居然，有一位東坡詞的學生缺考，我也事先將考卷放在桌面上，讓學生幫我監考，再掃描考卷給我，如此一來，我便能在家結算成績並且上傳了。再者，進度表及講義製作完畢，只剩下唐詩研究，還在研議要上什麼課程呢！還有繪本文學希望有一些新的東西可以教給學生，這樣才能有知識的吸收。不希望只是聽故事而沒有自己的想法。

回到竹北的家中，又是另一段軌道的開展。先是處理教科書審查，書寫審查意見，細細比對新舊稿，審查意見修正，回傳審查意見，預計週一再將書稿寄回。

再是研究，今年幾場研討會，靜宜，世新，中文學會，四庫，經學，通俗雅正，至少，必須好好將摘要上傳，而且還要準備通識的演講申請，希望，一切皆在預算中完成。

寂寞如雪，忙碌卻是不可回避的軌道，從來，就是一個個不同軌道的轉換，不同模式的切換。

生活如軌，生命如軌，一轉上軌道就順著前進，永逝不迴吧。

二〇一九年一月十五日

搖擺在詞曲的邊緣

一直講授詞曲課程，上學期詞學是流轉在春花秋月的無邊風月之中；下學期曲學是流轉在音聲劇舞之中，整個人因為詞曲的調和而能夠擺脫生命的困蹇、蹭蹬與不快，流轉在華美深沈的古典世界裡，彷彿是任意門，可以讓我迅捷脫離現實的齟齬。

彰師好朋友打電話來，問我能否到彰師兼課，詞曲課程，上下學期共六學分。我雖興奮，卻又頗躊躇的想著，盤算著。於是，說，讓我想想吧。

回到現實面的我，算算若是真要到彰師兼課，時段必須排在週二一大早或週四下午，因為本系也在調查下學年度的課程了，預計在本系排二三四的課程，晚去早回，這樣，彰師可以排在空餘的週二上午或週四下午了。

也開始在盤算二十年來，從不在外面兼課，主要是以研究為主，也想要給自己更多的空間時間可以休閒做自己想做的事，不必一直被課程縛著動彈不得。

也算算所得稅，多兼課必須在繳納時多跳一個級數，這樣划算嗎？

重新盤整自己的研究，總覺得希望有更多的時間做研究，一本本書繼續往下寫，民國詩話，桐城，唐傳奇，繪本文學等等，似乎有時間是可以完成既定的書寫內容。

如果到彰師兼課，排週二早上，必須六點多起床出門，冬天似乎是一種折磨。若排週四下午，則週四上午課程結束便必須趕往彰師了，整個心情會變得很火急，因為時間的壓力。那麼課本呢，教材呢？是回台中放著抑是帶回竹北呢？這也是考慮點之一。

又想起自己近年眼力不佳，看書看電腦，看遠看近，兩皆不便利，視力越來越差了，如何可以承受多三小時的授課呢？早年喜歡上三節課，現在體力日減，無法承受一下子上三小時的課程，這是很累人的，站、講、寫黑板，三小時，真的很累，何況還有備課，批改習作呢！

再想起，彰師遠在台中之南，還要周折到彰師上課，不會開車上下班的我，到彰師自然是多了一段折騰。

想想，到彰師兼課有無益處呢？可以向好朋友多多習學戲劇工夫，可以見識彰師的教學情境，可以到彰化訪高中同學秀女，還有，怕自己老年痴呆，多一個地點，可以訓練腦力，不會固著在固定的位置上，而有靈動的腦力應付不同的人事物，除此而外，似乎一無是好。

正向、負向不斷地思考，終於最後作成決定，不兼課了，還我本來的清閒，讓自己的眼力可以更好的調適，同時，也讓自己的研究可以再進一步往前跨進。

多一事不如少一事，已坐五向六之年了，還要如此打拚嗎？似乎，多留一點清閒的時間給自己，多一點悠哉遊哉的空閒，似乎可以思考更多的問題，做更多的事。這樣是不是更好嗎？教學，影響力，可能不如著述吧，好好的創作著述，讓更多人可以看到，似乎比起在一時一地教學更能起影響的效力吧。如此盤整心思，決定放下，還一個清明的時光吧！

結果，陰錯陽差，還是到彰師兼課一年。

二〇一八年四月四日

星空

雲起龍驤研究生研討會第三屆在中興大學舉辦，和佛光大學跨校際舉辦學術研討會，增進二校交流互動，並提高研究能量，是我們舉辦的初衷。

會議結束，二校師生前進惠蓀林場度假。

晚餐後，大夥相偕在幽林散策，某位佛光學生執扇輕拂，當場吟唱〈定風波〉，舉手投足之間，頗讓人有竹杖芒鞋輕勝馬的快意。放下二天緊湊的學術發表，來到山上，真的讓人釋放壓力，好好享受森林浴。

七點多，大家散開，各自回房梳洗。我和一群佛光的學生在小木屋旁的座椅上閒聊。他們事先準備了酒及下酒菜，我們就在星光燦爛的夜裡聊天。

有一位退伍的軍官，大家稱他柯南，喜愛登山，能觀天象，說是求生本能之一。他指著天上的星星，為我們解說北斗七星，以及北極星的方位。想看銀河，他說，可惜方位不對，被崇山擋住了，看不到銀河，有點可惜。

某位男生說，他非常喜歡吳秀真的詩詞吟唱，當場為我們獻唱李白的〈將進酒〉，用河洛語吟唱，韻味十足，讓我想起三年前到蘇州參加唐代文學會議，一群人在陽澄湖畔，就著風清月白，吃大匣蟹，也吟嚐詩歌，當時趙昌平老師也在場，詎料，近日已仙逝了。享受當下，成為一種必要的生活情境了。

唱〈將進酒〉，也讓我想到自己，荒廢詩詞許久，真的許久許久未讀詩、未寫詩，心中一直覺得有個缺口難以圓滿，而今夜，在滿天星光之下，重新聆聽詩歌吟唱，悠然的思古幽情油然而生，也很汗顏自己那麼喜歡古典詩詞，卻在學術的路上相悖而馳日久，思慕之情日生，而今能夠朗朗上口的詩歌已經變得斷簡殘篇似的不成句，不成章，不成篇了。

晏談孜孜，興致頗高，柯南從手機下載自己寫的七律給我看，文字平實，對仗工整，用韻平仄皆符合規定，我贊賞不絕，他又端出另一首七律共賞，那種雅興讓我深深感動。一位學生故意考考柯南說，北斗七星是哪七星？柯南一一數著：天樞，天璇，天璣，天權，玉衡……我們暗示他，還有開陽，瑤光……，笑聲不斷，是活在當下的快樂。享受。

他們皆非中文系本科的學生，卻對中國文學有種孺慕的愛好，在人生的路上兜兜轉轉之後，都到佛光讀中文系、所，有學士，有碩生，也有博生，有大陸交換生，跨領域學習，讓我看到了一種可能、一種傳統傳承的可能，不一定要本科生，卻共同用生活、用生命重新延展文化薪傳。意興高時，隨處可以吟詩，可以唱詞，也學著寫詩寫詞，更將這些知識運用在日常生活中，讓談笑風生之中，頗興發古人的意趣。行走在幽林之間，也在對話，如何連接研究，從神話到神木之間的發想，讓我感受他們樂在其中，而且念茲在茲的喜樂。他們談到某位老師的電影文學，或現代文學，教導學弟妹要如何寫心得，如何體會電影的意境，彷佛之間，從課堂衍生出來的知識，已融入生活中了。也看到他們歡歡喜喜的進入傳統文學之中，領域其中的悠然意趣，真的，讓我很汗顏，沈溺在論文的書寫，完全忘記了詩歌曾經帶給我如此豐富潤澤的生命，如此盈手可掬的美感，但是，一掉進論文的淵藪之中，就再也爬不出來了。可悲可嘆呀！不似他們正用盈美的心，在採擷中國文化的精華，品賞中國的韻味呢。

看到了英文系轉讀中文、文化產業學系轉讀中文、軍官退伍轉讀中文、品茗大師也轉讀中文、生死所的同學也轉讀中文，這些皆在喻示我們，中國文學的世界有種無窮的魅力，磁吸大家進入這個大家庭中，而大家也在這個文學世界中，因為有共同的語言與文字，共同的美感與逸趣，而能對話與交流，在星夜下，倍覺感受深刻。

同行的蕭老師重遊惠蓀，似乎在追尋十餘年前的美好記憶，當年，舉辦唐代會議時，到蕙蓀一遊有趙昌平、羅聯添教授，而今，二人皆遽返道山，徒令人追憶。今日，同學生們共遊惠蓀，日後，又有誰追想此日此時此景之遊呢？

意興濃厚的我們，步上不遠處的平台觀星，我們夜臥平台觀看天上閃閃發光的星空，想著，念著，浮遊塵世，能有幾時可以如此閒散的到此釋放身心？我們播放著李玉剛的〈剛好遇見你〉，隨著唱著：我們抬頭望天空，星星還亮著幾顆……悠美的旋律導引我們進入更悠然的想像，人世遇合不就是如此嗎？未曾相識的我們，因為一場會議，因緣聚會，讓我們一同來到這個山上來，共同臥看天上的星星，讓我們的心靈如此貼近宇宙的心，無論何時何地，當下擁有，當下享受，才是最有福的，江山風月無限，唯有閒者才是主人，放下了數本待考的碩論、待審的期刊論文，及無窮無盡待寫的論文，享受了星空之美，才能知曉所有的忙碌不過如浮塵過眼，如雲煙飄散，是的，記住這個美麗星空，來年來月來日，才能有更多的回憶，更多美好的註記。

猶記當年，博班剛畢業，初到靜宜任教，十一月的某天是流星群最大值時，我和玉玲攜著蓆子，一同臥躺在女生宿舍的頂樓，看流星許願，事隔十餘年，仍然記得那一天的心情如此喜悅歡樂。如今，玉玲也因病遽逝十餘年了，留下的記憶，如同歲歲朝朝供養在心海的蓮花一般的清淨可人，不時，會浮上心臆。

我們沈浸在如水的夜涼之中，不意，竟聽到一些人聲，害怕他們在暗夜中看不到我們，誤踩了我們，忙說，我們躺在地上，你們小心走，不要踩到我們喔！結果，聽到聲音，才知道是蕭麗華老師帶著幾個學生一同過來觀星。我們一夥人，靜臥在平台上，共同在夜色中享受寧靜的觀星、數星，享有澄淡心境。

終將知道，當我們下山之後，又將投入滾滾紅塵之中，來去倏忽，不必牽掛，也不必互問名姓，我們將永遠記得這個美麗的夜晚，有來自廈門的同學說起和前女友流星許願的故事；有很會吹曲笛的大男生，在夜裡為我們演繹笛韻；有吟唱詩詞的執扇同學，為我們高歌〈將進酒〉、〈短歌行〉；有柯南的指引天星方位，讓我們迅捷找到北斗七星；也記得柯南的老婆，說一年內胖了十八公斤的故事；這些皆增添了對談的樂趣，雖然，我們以前不相識，以後，也未必有重逢的機會，然而，美麗鐫刻的印記，就是當下，就是美好。

在流星飄遊過眼的當下，讓我們許下星願：願歲歲朝朝，花好，月圓，人長健。

二〇一八年六月三日

悲憫，淪陷在幽傷中的可憐人

公務電郵跳出外文系某位老師的惡毒詛咒，罵院長，罵系主任，罵盡與她與牽連的人。光是看來函主旨，心情就被攪得很不好，立即刪除。

春秋之際，是憂鬱症者好發病的時刻，總是希望她們可以走出生命的幽谷，但是，不要因為一己之病而影響整體工作的環境。

悲憫他們的幽傷，哀憐他們的困境。他們就像一隻隻陷落在水中打轉的溺水螞蟻，想脫逃卻逃不出來，沒有援手，他們是走不出困境的，但是，誰是那雙可以救援的手呢？常常，好心沒有好報，當年器文老師為了救一位社會邊緣人，被擾亂了自己的生活步調，而且反而被學生誣指性平法，鬧上媒體版面，並且還要召開公聽會。這些事情，我親自參與其中，深知其中的原委，但是，死者已矣，不能動啟，亦不能讓死者不安寧，整個事件還是在器文老師的大氣大度之下落幕了。

想伸出援手的人，要忖度自己的能力，評估自己的實際能力。當年，諮商中心已經告知我們，要善用團體力量，不要單打獨鬥，否則會被拖垮，果不其然，器文老師也被陷入憂傷之中而不能救拔他，他終究以跳樓來解決這件事，讓人聞之心酸。令人感傷的是，器文老師花了那麼大的力氣，終究沒能救回他。

悲憫這些打轉在生命的困境中的人兒，期望他們可以抬頭看看陽光，看看晴陽，看看美麗的花朵，看到正向的力量，應該就可以走離憂傷了。

然而，再多的悲憫，也不足以救回他們自陷的情結，總希望他們可以走出生命的小圈圈，讓更多的能量灑進來，那麼，就可以減少憂傷在身體留駐的時間了。

在春秋好發躁鬱症的季節裡，期待，我們用心看看、關心周邊需要救援的微弱小手，就可以減少憾事。人生，不能一失足成千古恨。後退一步，就是海闊天空了。

二〇一九年三月二十六日

風花飄逝，奇才難再：悼念石立善教授

驚聞立善老師往生，整個人震懾難信，這是一個什麼樣的世代，竟讓年輕有為、奮力著述的學者乍然如火花驚綻而逝、如流星墜隕寒空；心中很多的不捨，讓心緒搖蕩難以平息。捨不得，學界少了一位積學深厚的學者；捨不得，為學少了一位論學諍友；捨不得，生平少了一位性情醇厚的朋友；很多捨不得，也難掩這樣的歲暮遽爾乍離的事實；再多的捨不得，也無法挽回還想在學界打拚，成就事功的凌雲壯志了。

一、初識論學，共餐如沐

某年某月，攜著懵懂的賢賢欲到林慶彰老師家拜訪，學棣孫致文告訴我，還有大陸學者石立善教授也會到訪。這是初識石老師於慶彰師家中，向來靦腆的我，靜默的聽著師友們交談。彷彿之間，知道了眼前這位溫文儒雅、不修邊幅的學者石立善教授是京都大學博士，刻被上海師範大學以高薪邀聘返國任教，意氣風發的青壯年紀，正和致文同年。二人雖同年，氣質絕不相同。外貌雖溫文的石老師，言語蘊藉，卻不掩金戈鐵馬的氣勢如虎，想在學界衝出一片天地，英氣與自信流露無遺。

隨後，大家移駕到餐廳用餐，他吃東西時，不掩性情、自在天真的表露出好吃的模樣。凡是食物，他皆大口品嚐，吃來津津有味，嘖嘖作響，不矯情做作，似任真自得的大孩子。

二、刻苦力學，勤敏好思

餐後，時任行政職的我，邀他蒞校演講，他爽快應允，隨後馬上寄演講題目及檔案給我，作為宣傳海報之用。他真是位性情天真之人，抵達中興文學院，看到宣傳他的海報，矗立在廊道及電梯口時，興奮的要求我幫他和海報合照，作為紀念。

雖然時隔多年，他的演講PPT還栩栩然龍蛇舞動的停駐在我的電腦裡，翻檢檔案，當年講題為《說文解字在日本的流傳與收容》。內容分作三部分講述：一、漢字文化圈中的日本；二、日本的漢學與漢字；三、為何是日本的說文學。先講述古代、中世日本與說文解字的淵源，包括平安時代前期的《日本國見在書目錄》、平安時代後期《通憲入道藏書目錄》、鎌倉時代的《普門院經論章疏語錄儒書等目錄》等；再講述日本現藏宋刻本《說文解字》以及江戶時代的《說文解字》研究，有狩谷望之《說文檢字篇》、太田方《全齋讀例》及岡本保孝《駁全齋讀例》、江戶後期的段玉裁《說文解字注》、近代留日中國人的捐贈、日本近代以後的《說文》學、白川靜的說文研究等相關內容的細繹。最後歸攝二點：一、日本說文學的特質；二、說文學應如何開展；三、日本與中國及其他周邊國家的漢字的將來。既能逆溯日本《說文解字》的流變與研究路向，亦將可能開展的研究面向開示後學。論見精闢，並與本系文字學專業教師對話論學，裨益開發新學。

我的專業雖非小學，對於《說文解字》的精義內容無法全然吸翕了悟，但是，他認真的演講，努力演繹精義的姿態，以及目光如鷹的神情，在在令我難忘。從他的眼神，我讀到了一位飽讀詩書正要振翅高飛的青年壯志；我也感受他的氣勢逼人，絲毫不馬虎的態勢，認真，勤奮，不隨意遽下判斷，實事求是的態度。

返程，一起搭乘高鐵北上，我在新竹下車，他在台北下車，中間有二十分鐘的時間可以交談對話。他並不以為初識陌生的細細向我訴說他在日本求學的歷程。

他是東北吉林人，為改變人生，全家籌錢出資讓他能有一趟到日本留學的資費。揹負家族使命，也為了光宗耀祖，儼然有壯士氣概，既出鄉關，不贏得成就絕不回返的意志與毅力。在日本求學過程很辛苦，打工賺錢，當捆工，作零時工，往往到三更半夜。然而，打工不是要務，求學才是重點，不能因為打工而荒廢課業。身體的疲累不能打擊他向學的意志力，在學期間，努力參加讀書會，參與師生論學，再累再苦也要撐過難關；這樣，在日本，沐瀞風霜，刻苦飲冰，十載歲月不容易，學士、碩士到博士的歷程，讓人看到他積學的過程，孜孜向學，惘勉勠力，思辨敏捷，為學精當愷切。

一趟短短的路程，聽著他演繹前半生經歷，好像螢幕播放一段人生旅程，沒有回頭路，只能勇敢迎向前去。初識，卻如老友般的侃侃而談，完全不陌生。就是這樣隨和，以及把任何人都當成至友般看待的性情，讓他結交許多學界朋友，後來也大多能成為論學至交。

日後，他的訪談將由《國文天地》刊出，也一併寄給我。透過訪談文章，慢慢認識這位遠在大陸，卻是名聞學界的朋友。

三、眼光如鷹，精攫墳典

為學，向來有一搭沒一搭的我，順情順性隨意而寫，既凌亂不成格局，亦少有積潛功夫。石老師曾經對我說，不要寫一些無關緊要的文章，要集中火力寫出驚天動地的文章，一擲出來，便為曠世鉅作。我瞠目結舌，久久不語。因為，向來做事少一根筋的我，從來未能好好規畫自己為學矩度，只是隨意、任性，沒有方法，也沒有方向。像飄浮大海的扁舟，順風而行，隨它載浮載沈，不期待能飽覽壯麗海景，亦不思贏得奇幻之旅。看到他，如鷹，精準眼光，攫取目標；如虎，吞多務得，飽啖詩書；如牛，悠慢沈思，穩紮穩打；如蠶，細吐思路，層層抽撥。和他相較，似乎，我是個學界邊緣人，只能在幽幽的角落，看他展演華年奇才，看他研繹多姿博學。

二〇一五年八月林慶彰老師的榮退國際研討會在京都大學舉辦，石老師是京都大學博士，自然參與盛會。在會場中，認識了他的導師池田秀三，也看到了許久不見的石老師，他風采依舊，只是更精敏論學，短短數年之間，他的學問更精進，令人望塵莫及，並氣勢恢宏的創辦《古典學集刊》，希望學界出版一本有質有量、研義精慎的古典學期刊，這樣的魄力是學界少見的。

四、哀婉追憶，往事歷歷

今年，忘記何月何日何時，突然接到石老師來電，他說，找不到我的電話，透過好友儀鳳的手機打給我，向我問安。我客氣回應，也向他問安。只是，當時他是否已知罹癌，是否在向我告辭？不得而知。而我，當然未能預料此生此世竟以這通電話作為憾恨無盡的追憶了，也僅是客客氣氣的對答。一切的一切，似乎如夢魅，如幻境，竟不知，這就是今生今世我和他唯一的對話了，也是他生前最後的辭別了。今日細細回想，似覺悵悵，此情難再、難待，只是當時惘惘然然。天涯此時，頓覺迷離似幻，難以幡然醒悟。

乍聞石老師遽然而逝，整個人似乎難以置信。凝視，網路上示現石老師的遺照，彷彷彿彿，初識於日昨，忽忽悠悠，竟然歲月遽爾匆匆。不能信，不肯信，也得信，也要面對這樣一位戮力向學的青壯學者如星隕墜，如花飄飛，如風拂過，不留下任何的雲彩。今生今世，結緣一場，不必管過去如何，亦不必問將在何世何劫重逢，只要記得人間有情有緣可以相識，就是一種福緣。相識自是有緣，若有緣，還會相逢，在夢裡，在想念之中，在閱讀遺作之中。

四十七歲，如壯樹欲結果成蔭，卻不假英年。柳宗元也是以如此青壯之年往生，永州山水清音，留在千秋丹青翰墨之間。石老師的著作，也當等同。

往事歷歷，雖如風花過眼，轉瞬成空，但是，曾經走過的，必有音聲留耳，必有跫音回叩，必有步履留跡，必有奮力向學的著作留待知音賞閱。

萬古之間，永垂不朽的是那一份钁鑠的精神與認真自得的性情，回映在認識他的朋友間，也迴蕩在不認識他人之間。透過他的著作，讓我們再一次重新認識、理解這樣一位如鷹、如虎、如牛、如蠶刻苦自勵卻甘之如飴的學者：石立善教授。

二〇一九年十二月二十三日

山水之外（一）：悼念石立善教授

喧囂雜沓的人聲之外
聽聞泠泠作響流泉
是誰以婉轉清音攝我以聆聽之耳
散漫黃埃的濁世滾滾之中

望見屼嵲崇山矗立
是誰以嶙峋之姿展我以觀望之眼

從今而後
清音流泉化作山長水闊的淙淙
峭巖崛兀充作展幅千里的間關
隔山、隔水、隔天、隔地
隔著敻遠無盡的冥漠
只餘
振翅如飛之翼　在銀屏中展示
清音如風之韻　在雲漢裡旋迴

二〇一九年十二月二十日

山水之外（二）：悼念石立善教授

塵緣如夢
攀出夢境的青蔓長藤兀自風流
奇情似幻
搖蕩風姿的丹青翰墨徒留龍蛇飛舞

且留一曲清音給我們　在漁歌向晚時聽聞
且留一款風姿給我們　在松濤回吟時點校
閱讀　在典籍之中搖曳著殘燭熒熒
只為了向你擎藉一燈殘焰取暖
品賞　在連綿逶迤墳典裡逡巡
只為了留你嘔心殫慮的思維

在日裡　在夜裡
在陰晴　在歲歲月月的流水華年中
可以駕著扁舟向你音響來處尋覓清音
向你的來處重訪經史桃源
在青藤長蔓中望見青青如幻的人世遇合
才知道塵緣真許如夢境演繹夢象

二〇一九年十二月二十日

感念邱德修老師

剛接到新出一期的國文天地，主題是敬悼邱德修老師的專輯。

猛然心驚。是的，去年在某個學界公共場合，聽聞邱老師往生。當時仍不在意，也沒有置放心上，迄今接到紀念專輯，才乍然心驚。

總以為歲月如此靜好，人生如此美好。詎料，轉眼有滄海桑田、物是人非的感受。

每回見到邱老師，不是在研討會就是在考選部閱卷。總是精神奕奕，總是給人恬和祥靜的感覺，以為人生也不過如此而已，平實務實的工作，研究，教學。

總以為他身體很好，可以陪著我們共渡過很多的春風秋月，可以共同看過很多的台灣政治風浪，怎知，死神也有眷顧的時候，怎知，來的如此突然呢？

心裡不捨。仍然浮漾著他在博班上課的模樣，不帶一本一紙，可以整整寫滿長條黑板，足足二節課，不必學生開口，他可以一口氣貫滿二節課，對於當時的我，只是驚訝，仍是驚訝。

心裡不捨，他的平實務實的顏容仍然在眼前浮晃。再有多少的不捨，仍要捨得，再有多少的不捨仍要釋放。

浮生若夢，為歡幾何。走過大半人生，才知道生命之中，有很多的情愛是割捨不得，也釋放不下的。人生裡最難捨的就是人與人之間的情愛，師生、父子、兄弟、友朋，在在牽繫著我們的敏銳心思，然而，我們仍然得勇敢的面向前去。向死而生的人生，就是要提煉我們人生課題的精純度，要讓我們更能勇敢地經過歲月、死生、愛憎離別之苦，也讓我們在每一個關口走得更堅實平穩。

然而，不捨，仍然久存心臆。願老師一路好走。

人生有緣，聚會成師生一場。來生來世，若有緣份，還能再相遇。

二〇一八年一月四日

哀樂中年：記許錟輝教授

步行在闇黑的中興椰林道上，聽著李白〈將進酒〉的吟唱，跳出了吳榮富的吟唱，似乎，整個人呆住了。成大的老師，長於古典詩歌，我們曾經和渡也老師一起到張夢機老師家中話舊，如今，夢機師已亡故七八年了，而吳老師也因癌遽逝。人到了中年之後，似乎正在面臨師友親長離世的感傷之中。

六月二日早上，坐在雲起龍驤研討會的主持人座位上，分別介紹中興與佛光大學發表者處理議題內涵與講評老師的學經歷，感受研究生後起新秀的研究能量，不斷在釋放，這時手機訊息傳來許錟輝老師遽逝於六月一日，一時竟然無語凝噎。

早年，在淡江授課於許錟輝老師，他是一位講學認真的文字學學者，雖然，沒有很多著述，但是，我們咸能感知他的學問淵博，以及誨人不倦的教學態度。文字學是中文系大二必修課程，與聲學、訓詁合稱為小學，設有擋修機制，若文字學未過，則不能往下修聲韻與訓詁學課程，故而對年少的我們而言，必須努力學習文字學。

錟輝老師講課很認真。雖然身材瘦小，但是上課時是貫注所有的精力，中氣十足，似乎是以跳耀的方式，來回於長長的講堂上，整個黑板畫滿了各種文字的字型，我們則努力地跟著鉤勒各種字型，點畫波磔無一不學，卻無一相肖。很難學習的課程，我們自有秘方，從學長那兒找來一本流傳的文字學筆記，那是我們學生之間流傳的聖典，字體工整，將老師上課的筆記清清楚楚、明明白白的鉤勒在A四的白紙上，裝訂成冊，我們則根據他的筆記，努力背、讀、學、畫。

考研究所也是用這個版本，魯派，考師大系統的學校。多年之後，才知道那個版本是宋健華學長的筆記，刻在逢甲任教。

在課堂上的老師道貌岸然的講述文字學課程，二〇〇一年到張家界參加「國際《詩經》研討會」時，居然巧遇許老師和蔡信發老師一同參加會議，在炎熱的溽暑中，只見老師一身短打，穿著輕便的T恤短褲運動鞋，整個人感覺神清氣爽的，像個調皮的小頑童似的，真的，與在課堂的嚴肅不苟言笑真有天壤之別。

爾後，在各種相關的學術場合，常可以看見許老師的身影，尤其今年的萬卷樓尾牙還看見老師歡樂的參與聚餐。我呢？像小學生一樣，對老師總是保持距離，僅止於打招呼，不太敢和老師多言談，怕老師窺視我的文字學底子很差似的。悠遊在各種學術場合，老師還是一派的嚴肅與認真，雖然我不研究文字學，但是，也能感受他凡事認真的態度。

日前的王仁鈞老師、邱德修老師，更早的張子良老師，這些曾經陪伴我們走過求學歲月的師長們，像盛開在花園裡的花朵一般，各自張揚著美麗的容顏，向我們吐納學問的芬芳，幾曾知道，花也有紛飛萎落的時候，一朵朵曾經盛開的花顏，正在逐漸凋零，而眼下的新秀卻又不斷的冒出頭來，萌芽的新綠與盛開的容顏不斷地引領我們張望。似乎，人生代代無窮已，只能真實地面對人生必然的生老病死。在這個五濁混世之中，仍要昂然的珍惜當下的情緣，珍惜遇合的美好。

二〇一八年六月八日

沙漏：悼陳葆文老師

生命中總有些難捨的事，讓你不得不捨；有些悲慟的感傷，是你不得不面對的。

生命，猶如累劫萬世中的小小塵埃，不足道矣，不足握挽。我們皆是塵埃一粒，飄飄流轉，未知飄向何方，流向何處；然而，情緣聚散讓我們格外珍惜，格外耽溺，也格外情牽。

與葆文老師認識多年，一直覺得她是位溫文敦厚的人，也是可以親近交談心情的友朋，不會張牙舞爪的讓你不舒服；也不會趾高氣昂的讓人不悅；不會傲氣凌人的說自己發表多少文章；或是氣勢很盛的說自己參加多少會議，自己多麼重要等等；與她在一起就是舒服，不必防衛，可以掏心。

幾年前，擔任十二年國教課綱副召時，親自打電話誠摯邀請她加入團隊，她慨然答應，從此，親近的時間更多了。一起研修課綱，多在假日，整個團隊六十人常常犧牲甜美假日，來自北中南東各地遠赴國教院進行課綱討論、溝通、研議、撰寫、表決等流程的進行。大家雖疲累，卻覺得很有意義，希望能夠有嶄新的課綱引領國語文學習方向。偶爾休息時，我們也交換在聯合百科的出版情形，她要出版《金瓶梅》，我要出版《笑看人間：中國人的幽默》的笑話小書，一起商談合約內容是否合理。

後來，她罹癌進行化療，淡出團隊，卻依舊關心整個團隊的進度，研修合作夥伴也常常關心她的近況。

我在中研院訪學一年期間，她要我幫忙支援世情小說及《聊齋誌異》的課程，我欣然答應，她也將授課的進度用電子檔寄給我，當我開始在備課時，突然想到代課或兼課是否要向科技部報備，經詢問後才知道不得在外面授課，否則要回繳百餘萬元的費用，只好向她抱歉，讓她再尋覓更恰當的教師授課。這麼小的事情皆未能幫忙，心裡有點歉意。

去年十月有機會到北教大語教系進行評鑑，整個評鑑流程非常順暢，四點多結束後，曾小駐樓台和她聊了一會。我將離開時，她又追到校門口和我在夕陽下交談。當時，她頭上戴著花巾用來遮蔽化療後的掉髮。她的神態平和，笑臉滿面，我們共同期許可以再研修課綱，一起討論小說。在紅樓與椰影的襯託下，她笑容可掬的模樣依稀在眼前晃動，詎料這個畫面成為生命的定格了，也是我和她人世一生最後的晤談與交會。當時竟然未曾留下影像，回來之後，似乎覺得有點可惜，這種可惜，真的成為永恆的可惜了。

早上，看到學生傳來訊息，說她於六月二十四病逝於台大醫院，頓時，前塵往事如跑馬燈流轉在眼前，最大的意象居然是沙漏，一粒粒的塵沙從沙漏的孔洞中往下流逝。是的，我們皆是塵俗中的一粒塵沙，在歲月的汰洗之後，猶如沙漏不可抑止流洩的沙粒，當沙漏再倒轉時，又會啟動新的塵沙流轉，我們真的就是在無盡的沙漏孔洞中流轉我們的肉體人身，也在一次次輪迴中再次聚散離合，再次悲歡愉泣，再次歌哭宛轉。

但願，有緣再聚；但願，有情人生，珍惜當下所有的人世遇合與交接往來。

二〇一八年六月二十八日

高山流水之思：記李猷老師

打開抽屜，不經意的看到李猷老師寫給我的明信片，字跡溫婉如見其人，奈何一別已二十餘年了。曾經向老師學習古典詩創作，知道老師是名書法家，也是詩人。一段因緣細說從頭。

早年，淡江的詩選課程三學分之中分作二種課程，一是二學分的詩選品賞，由張定成老師擔任，二是一學分的創作課程，分作二組，我的詩選創作老師是位古典詩人巴壺天，另一組是李猷老師。

當年不認識李猷老師，因喜歡創作，由陳秀珍同學轉介認識了李猷老師。

老師是位溫文儒雅的文人，常在家中教學生寫古典詩及古文，師母則教國畫。雖然我非老師課堂的學生，但是，老師不排外，對待我一如學生。

自此，老師家中有活動，我常前往參加，老師的家在新生南路和和平東路交叉口附近的靜巷，與張夢機老師台北舊居臨近。

老師家中有一張師母畫國畫的大書桌，也有老師的書房和篆刻的書桌等。年少的我，很羨慕老師常有學生往來，讓家中的氣氛熱烈活潑。後來，我竟然成為最常到老師家的學生，大抵是因為喜歡古典文學，而老師家中常來往的學生輩悉皆是學習古典創作者，甚至有名詩人亦出入其中，我也因緣認識了詩人羅尚。

老師很喜歡我向他問學，碩論寫晚清詩話，老師很無私的借我書，到老師家中翻揀《清詩紀事》時，並且暢談與錢仲聯的交往，也談當年參加南社的事跡。

老師一直期待我研究太老師楊圻的《江山萬里樓詩》，當年尋書不易，這件事就耽擱著。老師的《紅並樓詩話》、《近代詩介》是我常閱者，內有晚清民國詩人的事跡。

老師往生時，大師兄告知道某精舍為老師唱誦佛經，我也依約前往。只是，沒有留下和老師家人的聯絡方式，也不便再前往打擾，從此也就絕了音訊。印象中老師的女兒李梅也是畫家，當年在美國，是西畫。

今天拉開抽屜，居然看到老師親筆寫的明信片。從台北搬到新竹，再搬到竹北，幸好這張有紀念性的明信片還能不隨歲月而流逝在宇宙的光年裡，令人感念，感懷，也無限思念。

二〇一九年一月十一日

電梯：悼孫紹誼老師

昨天，夢見孫紹誼老師。

我準備要搭乘電梯上樓，電梯口的前面站立了許多背對我，也正在等候電梯到來的人群。這時，同時下降來了兩部電梯停在面前，我居然莫名其妙的選擇人較多的一部登上，這和平時的習性不同，但是，就是選擇了。大家魚貫進入電梯，一進電梯，看到同時也搭電梯的人轉過身來，原來是孫紹誼、林建光等人。紹誼笑臉盈盈的對我笑，原來是到中興要參加研討會。燦開的笑容一直沒有停過，我們也互相寒喧問好。

然後，夢境就停止了，我也醒來了。原本想用微信向他問安，說，自己居然莫名其妙的夢見和他搭乘同一部電梯呢！想想，還是沒有聯絡，也許他在美國正樂的逍遙呢！因為，紹誼每年夏天都會飛到美國渡假二三個月，並且也趁機寫一篇「制量高」的論文，既休息，也工作，成為他暑假的生活模式了。

白天到台北開會，晚上搭高鐵返程購票時，居然在ＦＢ看到石川的「泣訴」二字，來不及看清楚什麼內容，先趕上高鐵再說。買不到座位，進了自由車廂，再打開ＦＢ，找到石川的版面，映眼的是紹誼老師笑盈盈的臉容迎向我，是的，就是這麼燦爛的笑容，和夢境電梯看到的是一樣的。

原來，他是來夢中告別的。石川寫他逝於十三日凌晨6點18分。

不知道為何，從來不會夢見他，居然心有感應的先夢見他的笑臉。

我和紹誼老師認識是因為上海社科的葉中強老師極力推荐，說他是電影研究的人才。也因為這樣，我特別申請科技部延攬國際學者蒞校講學，原本想申請六個月，他因上海戲劇學院庶務繁多，只能來三個月。三個月裡，我隨堂聽課，也學了很多電影的知識，甚至偕同雅娟老師一起去看電影，他分析了電影手法給我們了解。

去年，六月份，他應玄奘大學之邀，來台參加研討會，我們在福華飯店餐敘，由李有成教授作東。餐後，又一同到新店朋友的家中小敘，他才轉回玄奘大學的住宿處。沿路聊了玄奘大學某學院的處境，辦完這幾天的國際研討會，便要裁撤學院了，也就是說在裁撤之前，先有一個華麗的舞台展演國際研討會，做一個精采的謝幕，然後關門大吉。

紹誼老師幾度邀我到上海戲劇學院參加研討會，我因行政庶務繁重，無法分身。後來，趁著訪學期間，才能抽空參會。也就是前年，到上海戲劇學院參加研討會，舉辦胡金銓二十週年紀念研討會暨張錯榮退會。會中得以看到了許多偶像，包括石雋、許鞍華、鄭佩佩等人。會議辦得風風火火的。會後，還一同到蘇州暢遊一番。

在七里山塘街上，神祕的鳥籤，居然很準確的抽中他的生日，鳥籤說他晚年大富大貴，不愁吃穿。大夥起鬨，要跟著他才能有吃喝玩樂。

回想交往的片段，不是吃大餐，就是到處遊玩。安藤忠雄美術館參觀；餞別宴在誠品的金色山麥，他還訂了十公升啤酒一起暢飲。蘇州七里山塘的遊船，夜逛古鎮。點點滴滴，似乎皆是美好的記憶。

想不到，五十八歲的英年早逝。

生，死，到底是什麼？生者已矣，活的人往往要去承受失去的傷痛。親人、朋友、師長、學生，一定捨不得這麼溫文儒雅的學者遽然離世。

願，紹誼老師一路好走。

二〇一九年八月十三日

輯四：生：塵緣遇合

生命的故事

每一個人，都有故事；每一個人，都是故事；每一個人，都在編寫自己人生的故事。

一、國考不利，求子未遂

正在研究室歸納整理評鑑事宜，一堆文件、資料、著作影本散落滿桌滿椅，分類，歸類，忙得不可開交，手機跳出一個訊息，女博生甲說最後年限了，不甘心放棄，要我幫忙。

她的訊息說，結婚之後，一直求子未果，用盡各種偏方，仍無法受孕，心裡焦慮，以致延遲撰寫論文，又不甘心這樣，到了最後年限要放棄學位了。她又說，開學時曾和另一位男博生丙談起退學這件事，丙也是到了最後年限放棄博士論文的撰寫，她真的不甘心放棄，所以求我幫忙。

這位女博生甲，原是要寫古典詩詞中的議題，和她對談論文大綱之後，估量以她的聰明才智，撰寫這個論題綽綽有餘，相信可以很快畢業的。但是，她卻失聯了好久，一二年之後，終於現身了，原來是在籌備訂婚、結婚大事，也完成終身大事。在對的時侯，碰到對的人，是可喜可賀之事，除了祝福還是祝福。她的另一半是警察，和婆家共同生活，每天要料理三餐，因為是新嫁娘，處處在適應新環境、新生活，並且告訴我，可能用二年時間準備國考，公務人員工作穩定，薪水可補丈夫單薪的開銷，對她是必須的。先謀食再謀道，這是必要的，而且人生大事，我向來不干預，只要她們有人生目標，努力追尋，有何不可呢？

國考，並非全力準備就可考上的，實力、運氣，皆不可少。以我曾參與國考典試、命題、審題、閱卷的經驗，皆是個中龍鳳才有機會考上的，真是不容易。她說，每次都差一點點分數，有點氣餒，最後放棄國考，回過頭來準備博班的資格考。和她對談，為了方便應考，徹底轉彎，改寫現代文學的飲食書寫。我提供她方向，書籍，也擬定方向，要她好好將資格考的計畫書寫出來。

結果，一去又是隔了很久仍未見蹤跡。到了資格考申請的前幾天，才用LINE和我聯絡，說計畫書寫好了，並且立馬寄給我，我一收到，馬上審閱計畫書。一看，天啊，粗疏到我都無法接受，而且當日對談的大綱內容全部沒有寫進去，要她補寫。礙於時間緊迫，我正在往返的高鐵接船車上和她談如何修改，如何增加參考書目等，我非常緊張的幫她，對談修改內容，要她立即修改，再寄電郵讓我做最後審視。歸來，打開電郵，只見她說，來不及大修改，只能微修，而且她要忙著整理和家人到日本去玩的行李了。什麼和什麼？我一頭熱的幫她設想，她卻完全無關緊要。只能輕嘆一口氣了。

為了幫忙學生，常常設身處地的為學生著想，也估量她們的程度如何，推荐的資格考命題委員都是佛心來的。後來，甲的資格考低空飛過，可能因此而覺得資格考沒有什麼了不得，隨便寫、隨便考都可以過關吧！

這回，又跳出來，說是最後一學期的年限了，求子未遂，不甘心這幾年一事無成，不願意放棄學位，要我幫忙。我能如何幫忙呢？只能回應：先想好用什麼理由來證明可以延長修業年限。

大環境不利文科就業，學位可有可無成為一種事實，面對這種現實生活情境，我們能奈何呢？或許，也因此造成學生總是將學位放在最後一個位置，臨到頭，才想急急抓住。終究，還是要自己勇敢面對不可遁逃的修業年限的殘酷事實。

二、全職照顧女兒的女博生

這學期剛開學，女博乙用電郵寫信告訴我，最後修業年限了，她無法完成博論撰寫，退學前知會我。

我回信告訴她，每個人都有獨特的生命重心，學位不是人生唯一的選項，好好面對人生的課題，才是最重要的，一定要健康快樂。

她是某位老師臨退休前「託孤」給我。要我照顧她，幫她完成學位論文。這位學生，我非常熟悉，碩班曾上過我的課，也曾想找我指導。當年，我正在忙寫升等論文，所有找我指導的學生，一個也沒有收。她讀碩班時，曾幫我完成某書的資料查詢，是位有研究能力的學生。

畢業幾年，又回來考上博班。有次跑來告訴我，她結婚了；又一次告訴我她懷孕了。同是女性，對於懷孕這事非常關心，也告訴她，一定要用喜悅的心來迎接新寶寶的誕生。後來，我邀請她擔任我的科技部研究助理，查找資料非常得心應手。歲月總是匆匆流逝，某資深老師退休前，將這位學生轉到我門下指導，向來熱心熱血的我，當然沒有推辭的接受了。

她拿了簽單和研究大綱給我，我們對談書寫內容，並且告訴我一件事：曾在台大旁聽某一門課，有位女研究生和她交情甚篤，會交換研究方向與議題，她說，那位女研究生聽了她的表述之後，很快的將博士論文提交畢業了，現在她必須改個方向書寫，我說，沒有關係。

然後，我們用了一個晚上的時間對談大綱，如何轉向、如何修改與書寫，並且和她一起用餐。她因為住在淡水，晚上不預期可談到多晚，所以預留住宿在台中的時間，晚上不趕著回去。和她對聊家庭景況。她的先生開個小電腦公司，幫客戶維修，平常她和先生一同經營。但是，最大的問題是女兒似乎過動，她陪著女兒上了很多輔導、互動課程，也不放心將女兒送交褓姆，一直親力親為的帶在身旁，現在面臨上幼稚園的選擇，有遠有近、有開放與傳統的幼稚園，她正在思考如何選擇對女兒比較好？和她對談，知道她將心力完全放在女兒身上了，孩子的成長只有一次，不要錯過，也不能錯過，這是全天下做媽媽的心情，我很能體會。

去年我正在大考閱卷中心閱卷，收到她來函，說要暫時辦休學，可以減少繳交學雜費用。這是我能理解的，很多碩博生，常常用休學來處理繳交學費的問題，我當然簽同意。她也告訴我，忙女兒，無心力寫論文。我告訴她，孫悟空歷經九九八十一劫難，才能證成正果，每個人，皆有面對人生考驗和磨難的時候，好好迎向前去，同時鼓勵她，孩子的成長是唯一值得經營的。

今年，她也到了最後年限了，只好放棄學位了。我告訴她好好經營人生、家庭，才是不悔的路。行有餘力，則以學文。有餘力，才能做更多事情。

三、謀食重於謀道

男博生丙是位才華縱橫的孩子，能歌善舞，站在教室的講台上非常的吸引人，只要他一開口一講話，立即引起台下學生的關注，他就是有舞台的魅力，真的。而且和他對談也非常的愉悅，他總是全身戲胞跳動，讓人能夠快快樂樂的。

雖然全身充滿喜感，但是他的人生卻是一齣悲劇吧。他告訴我，生長在父親家暴的家庭裡，從小就備受威脅與恐嚇。

他是長子，為了安頓經濟，考進博班，仍然在各補習班流轉賺錢，兼課、教作文，能賺錢一定不錯過。他說，一定要買一個家，讓媽媽弟妹遠離暴力父親的威脅。

他資質不錯，寫論文也很有見解，一進博班就找我指導，並且確定書寫方向，大綱內容皆安頓妥當，只要有時間就可以書寫完成了。可是，歲月總是在無形無影之中，匆匆流逝。看著他東奔西走的兼課、代課，南來北往，備覺苦辛。

雖然，多年未見面，每到開學之際，他總是打電話來問我，這個學位還重要嗎？很想放棄。是的，在這個求職不易，人浮於事的市場裡，文科沒有優勢，而且流浪博士太多，需要投資人生的青春去追求一個未可知的未來嗎？我不能肯定的回答他，只能說，未來有太多不確定性，多個學位，也許多個機會吧！

其實，我曾很明白的告訴他，以他的資質，努力撰寫一定可以很快把博士論文寫出來的。因為是在碩論的基礎上繼續研探，資料俱在，可駕輕就熟的撰寫，況已發表了幾篇相關的論文了。

去年七月，到台南成功大學參加台綜大轉學考閱卷，居然在台南高鐵站和他相逢，雖然他仍然笑臉迎人，可是生活的苦卻是無法說出口的。他依舊南來北往兼課賺錢謀生。看在眼中，痛在心底。

人生，總是有很多的選擇題，讓你必須面對，選了之後，不能後悔，因為沒有回頭路了。

當外在環境不利時，仍然要面對最現實的開門七事。

最後，他還是選擇謀食，安頓經濟才是最重要的。

四、異鄉求學的坷坎路

女博生丁，是馬來西亞來的學生，從大學部、碩班、博班一直在中興大學就學，是位做事能力很強的學生。而且性情善良，為人質樸內斂，是每位師長眼中的好學生，而且擔任工讀生時，做事效率極佳，是每位助教特愛的小幫手，也曾擔任大學國文的助理，配合度極高，能力又強，實在不可多得。

和她對談，希望留在台灣工作，對學術研究興趣不多，對行政庶務比較感興趣。近年，聽說因為經濟問題，必須出去工作，因為在通識中心兼課就不能在其他單位兼職，所以被迫離開學校出去另謀生路，而掛著博士學生的名義，可以讓她繼續留在台灣。

其實，她做事認真，只要一年半載的時間全力衝刺，就可以完成學位論文撰寫，可是，偏偏經濟安頓成為必要的選項時，一切皆必須放下了。

沒有就業市場的文科，學生不選擇就讀，學術斷層是必然。而中文系再如何改革體制，增加文創或編採課程，仍然未能和業界接軌。不似有些科系就是經濟市場的新貴、寵兒。

但是，大學不是職業訓練所，我們又當如何和社會接軌？和世界接軌呢？如果讓我重新選擇，我還會選擇就讀中文系嗎？

興趣與工作如何結合？二者不能結合時，又當如何呢？適時培養興趣，讓生命還有滋潤的養份是必要的。

面對人生重大抉擇時，何者是最重的，必要選擇？何者又是最輕的，可以放棄呢？

看著文科的博生，一個個從學校的體制出走，面向現實的社會，一條漫長大道如何前駛，只能各自掌舵，各自安頓生命了。身為師長的我們，豈能用我們的經驗來告訴她們呢？因為這個世界丕變，非當年我們生存的世界了。在變與不變之中，如何安身立命呢？真的讓人憂心、感嘆呢！

二〇二〇年三月十四日

對談

某學生找我談論文，他雖非我指導的學生，只要有需求於我，一定戮力幫助。他說預計在他的指導老師退休之前完成論文。替他算算程期，明年七月退休，那麼應在明年三月提出論文口試申請。但是，他似乎一直在狀況外，不知道時間急迫。而且說，找我，是因為怕他的指導老師焦慮。目前已閱讀原典了，只是未知該切入什麼論題？他念了一個題目給我，思想雖非我的專長，但是，一聽便知道這個論題一定被處理過。告知，應先檢索前人研究成果，有哪些被研究過，我們應避開，或者有新的看法或論點，才能繼續處理別人研究過的論題。他似乎不曉得研究是學術對話，不曉得要站在巨人的肩膀上繼續攀登高峰。除此而外，也要注意口試日期。我認真的說，每一學期皆有一次提口試的機會，上學期是九月十五日，下學期是三月十五日，而且還要發表一篇論文。請問是否完成發表了？他說：尚未。那麼，十一月份有研討會，問問承辦助教是否截稿了？還有，論題尚未確定，現在已是十月了，距離三月份還有五個月，十萬字的碩論，從現在開始要狂寫了。他終於知道時間危急了。對於沒有題目，沒有大綱的人，要衝字量到十萬字有點困難，我們常寫論文的人皆知道，不是想寫就寫得出來，有時會卡關，有撞牆期，何況論述與敘述不同，仍要調整筆法。

我很嚴重的說了上述的話語，不知道是否挫傷了他，希望他心理素質很強，禁得起這番話語的刺激與提撕。

二〇一七年十月二十日

指導學生

有位學生問：「老師，您手頭還有幾位指導的學生未畢業呢？」真不知道呢！從來沒有算過，他們想畢業就會冒出來了。

隔沒幾天，果真，某位學生打電話給我，說，學校催繳學費，想放棄博士學位呢！因為手頭忙著教書，覺得博士學位對他似乎沒有意義，因為流浪博士太多了，有了博士學位，未必能找到好的教職，倒不如現在在補習班好呢！我當然不能多說什麼，只能說：選擇在你，但是，如果是我的話，當然希望同時能擁有高學歷及很多的證照。你很聰明，寫論文不難，六個月就可以搞定了，不如給自己六個月的時間好好寫論文，誰能知道以後的世界會有什麼變化？多了張文憑或許多一點機會吧，除了中等教育之外，也可以跨到大專院校呢！

其實，很清楚他進本校就讀博班是為了修中等教育，以後可到國高中教書，但是，教甄難考，暫時在補習班工作。

他掛完電話後，又像斷線的風箏，無影無蹤了。未知，他是如何選擇，放棄學位抑是續辦休學？

助教通知我，指導某位博士學生要辦理休學要我簽章。理由是：忙著學校的評鑑。他是高中老師。我回信說，公務先處理無妨，事情忙完了再回來完成學業吧。

另一位指導的學生，興緻勃勃的說，想要早一點畢業，我說，二年嗎？他說是啊。居然要二年畢業，那麼就要早一點確定研究範圍、方向，才能集中火力修課與寫論文。他說對古典詩歌有興趣，尤其是白居易。第一週，要他先檢視前人研究成果，究竟白居易被寫過那些面向，我們才能開發新的論述方向。第二週，跑來說，白居易二千多首詩太多了，想改成寫雪公的詩歌研究，我說可以啊！想寫什麼就寫什麼，沒有什麼不可以的。只是雪公也是二千多首詩歌呢！同樣是二千多首，為何可以寫雪公就不能寫白居易？我要他先檢索前人研究成果，再讀雪公詩歌，第三週原本想，他應該很快找到切入視角。結果，寫信告訴我，臨時接到一個代理的教職缺，所以，先去教書了。我立即回應：先謀食，再謀道，理所當然，行有餘力，則以學文。

還有一位碩班學位論文未完成，考上教甄，到高雄偏鄉教書，鼓勵再回來完成學位，一切安好，也為她訂立新條款，就是重回來讀書，可以抵免學分，少上十八學分。然後，指導教授名單簽之後，再也無影無蹤了，原本以為她以前已先寫了半本的論文了，再繼續後半即可，依她的聰明才智二三個月即可完成，也不知在忙什麼，一年有餘，仍未見蹤影，想，她自有生涯規畫，不必替她牽掛吧！

還有認真的學生，就是要「纏住」你，每週固定時間談論文，師生二人一起吃便當，一起談論文，每週一節進度，循序漸進，希望可以準時畢業。

也有一些怕見老闆（指導教授）的學生，像老鼠躲貓一樣，躲得遠遠的，怕被發現。

很久以前，有位彰師大的老師告訴我，他指導二十多位學生，為了讓學生早日清倉，固定

一三五、二四六，和學生MEETING，很有效率。還有雲科某教授，他說他採群MEET的方式進行，避免一句話要講八遍。

政大某教授是採讀書會方式，每人每週提出自己的進度，效率也不錯。

每個老師都有自己指導學生的模式。通常我採放牛吃草，不緊迫盯人，因為寫論文是自發性的，強逼沒有用。想畢業的學生，就像冰山一樣，自然而然，會浮出水面來。而且指導寫論文的過程，不僅和他們一同「歷劫回歸」，也同體感受她們生命或生活的流轉，有些學生會分享學習過程的辛酸，也讓你體會他們寫論文的煎熬，或是體會他們的家庭生活，或是分擔情感受挫的折磨等等，這些你陪他們走過的歲月，也銘刻成你生命的種種記憶。

一樣米養百樣人，學生也百百種。各種特質、情性皆有，順性發展、因才施教，才能享受作育英才的樂趣。

二〇一七年十月二十三日

前進或後退

指導一些學生，各自為生活而暫停論文的撰寫。也許，會有一些糾葛在論文之中，面對困難不敢或不能來找我，我似乎為他們焦急。但是，他們不寫，不面對問題，我是無能為力的。然而我卻將這些庶務牽掛心中。

真的，不懂現在學生的想法。

以前，我們總要認真面對論文，不管好或不好，不管寫得出來或寫不出來，好好面對，總有解決的方式。碩班時，一邊在華視訓練中心教書，一邊讀碩班，暑假還要到政大修教育學分，後來還到南山高中教書，帶升學班，早上七點四十分到班，晚上八點多才能回到家中，疲累的身子還要完成學位論文，幾頭忙碌，還是在三年將論文完成了。期許自己用最短的時間完成學位，雖然我的資質不佳、沒有才份，但是，願意努力，願意好好面對自己的論文。

就讀博班時，一邊教書，一邊帶小孩，一邊到台師大上課，寫論文。四年，沒有拖宕，完成論文，還曾榮獲幾個論文獎項。不是天縱英才、不是資質好，而是願意努力、願意付出。

真的，現在的學生，不知道在忙什麼？在做什麼？碩士可以讀八年，博士也不斷地拖宕，青春不要留白，不要虛耗，不早一點畢業出來謀出路，躲在學校做什麼呢？不敢面對現實，不敢走出校園，一直虛耗在學校裡，又能奈何呢？這是我看到的研究生情形，一直覺得沒有很積極的學生，可以努力往前衝，可能外界的誘惑太多了，躲在舒適圈裡，不要面對真實的人生，就是一種小確幸吧！這樣的學生，真為他們擔心呢？他們不懂得規畫人生，一直虛耗人生在無所謂的蹉跎之中，苦口婆心講不聽，也無可奈何呀！

至於學士班的學生，好逸惡勞，怕寫作業，怕口頭報告，怕這怕哪，最好是平平實實的講授課程，不要給任何作業，而且分數是甜甜美美的，這是他們最愛了。可是，沒有寫作業，哪裡能成長呢？只有聽課，沒有反芻，如何回饋呢？我想，這就是必須經營的手法與技巧，先修課，再循序漸進的教他們寫論文的方式，教他們如何製作詩詞小書，教他們好好書寫自己閱讀的感知，而不只是來來去去的聽課、考試而已。

選修課如此，必修課呢？是否有學生真的想學習呢？因為分為ＡＢ二組，學生依舊好逸惡勞，總是跑向好修且給高分的班級。可是，像我這樣資深的老師，還真的需要去迎合學生的喜好嗎？還真的在乎修課的學生嗎？授課應有自己的魅力，應有自己的風格，不必在乎他人，也不必迎合學生，我用我的方式授課，好好教學生，這樣或許才能讓學生有所收穫。

一直覺得大學部的學生資質不錯，但是四年下來，一點成長也沒有，反而退步了，因為沒有知識的成長，反而淪失了應該有的知能。這是不是我們應該好好的規範他們，讓他們好好學習？如果，不讓他們做一點作業、寫一點東西，可能畢業之後，什麼東西也拿不出來了。

至於碩生、博生呢？有些回頭來念書的學生是為了圓文學之夢，有些是為了圓父母博士之夢。還有，是暫時躲避現實就業的關口，躲進了學校可以延緩面對就業一事。也有一些是來洗學歷的，更有一些是為了修教育學分，而踏進研究所這個階段，對於研究的知識能力，一點興趣也無，師長們使必須一點點一滴滴的教導，看到這種情形，又能奈何呢？師者是傳道、授業、解惑的人，這是賦予我們的天職，不能如此推拒，所以站在講台上，還是得好好授課。

就是這樣，無論是主動教學，或是被動授課，站在講台上，看到很多無可奈何的現況，既無力改變，又無力建言，所以，只能從自己小小的課程做一點點的改變。因為人生，不能僅僅是如此而已。

課程需要設計得靈動一點，需要學生的參與，不再只是老師講授，讓學生能夠參與、反饋，才能真正有得。是的，翻轉教學的模式，不該被學生的被動學習牽引，而是主動的拉著學生往前進，往知識的面向前進。

在經學講會之中，聆聽各位師長的發言，也讓自己重新學習，應該如何教，如何學會和學生互動，才能更有效的將知識傳遞出去。也該如此，才能有更多的能量踏進來。讀書、教書，從來是老師本份的事情，如何導引學生閱讀與學習必須好好善誘方能達陣。期許翻轉授課的方式，學習更多教學技巧的知能，讓學生學會更多運用中文能力的創意。

二〇一九年三月十八日

抉擇與位置

坐在星巴克和朋友談心，突然接到學生來電，我們一談就談了二十五分鐘。何事可談如此之久，何事必須用電話急切回應呢？

原來是某位學生，正在面對十字路口的抉擇。目前已修畢教育學程也實習結業，而碩士班的學分也修畢，論文仍未開始撰寫。刻接到某高商的代課電話，同時也接到雲林某國中代理代課的考試通知，同時要在今天晚上回應。她駐立在人生的十字路口，未知是選擇到高商代課一年，月薪僅是一萬多元，抑是到某國中代理代課，但是，仍必須經過正式的考試才能確定是否可以全職代理代課，月薪有四萬多元。一個是確定可以代課，月薪較少；一個是必須考試才能確定，月薪較多。問題不在金錢多少，而是怎麼樣的選擇有利她後來的甄試及撰寫碩士論文呢？沒有人可以代替她做抉擇，只能列一張清單，正向、負向表，那一個正向較多，必可選擇，但是選擇之後，不要後悔，因為這是自己理性評估出來的決定，不必也不要後悔。

還有一位學生，她和朋友合夥在雲林開了冰果室，結果，生意不如預期好，房租加上成本，似乎不容易回本，而且二個人事成本無法回收，為了止血，不再虧損，她決定收手不做了，而她的朋友則覺得可以向銀行貸款再繼續經營。二人理念不同，似乎不歡而散。她回家，準備考公務人員。我問她，日前已修畢教育學分，也有代理代課的經驗，何以不準備教甄考試呢？她評估考試的成效及自己的年紀，似乎在教職路上不易有突出表現，所以選擇考高普考。

每個人皆在面對自己的十字路口，別人所有的建議，皆只是建議，最後的選擇仍然在自己。選擇之後，就不要後悔，不要怨天尤人。當別人駐立在十字路口時，何妨伸出援手，為對方分析利弊，協助他們做適當的判斷與選擇。

另外，某朋友的小孩，曾經到澳洲打工度假，到照相館工作學婚攝，為某立委擔任助理工作，也做過設計工作，似乎沒有一個穩定的工作，最近到幼稚園工作，才知道自己最愛的是和小朋友在一起，她非常高興的投入這個工作，也將自己以前學過的工作技能用在此時此刻的工作之中，為小朋友拍活動照、為小朋友進行雙語教學，也設計各種活動畫面，似乎，以前所做的，皆在為這次工作做前置學習，而且也在園長的鼓勵之下，到某學校進修幼保碩班課程，一切，似乎找到生命的定位點了。

還有一位學生的小孩，今年大學畢業，功課普普，但是非常喜歡熱舞，預計在九月或十月時在台南公開表演。很替她小孩高興，找到興趣可以如實發揮。

每一個人活在世界上，皆會面對生命的十字路口，如何選擇，端靠自己的智慧；而尋找恰當、適切的位置也是非常重要的，知己知彼，才能百戰百勝。知道自己的性格、特質，好好的充分發揮，一定可以走出一條路，也一定有一條路等著你前進。

人生，常常有面臨十字路口的時侯，也常常茫然不知要如何選擇適當的位置，這些難題皆要靠自己才能完成的，沒有人可以代替，所以平時多理解自己，才能在適當的時機為自己找到可以發揮的契機。

二〇一九年七月二十七日

投影

和博士生晚餐對面而座。聊教學，聊生活，聊課業，聊研究。

她是某技職大學講師，年過耳順再回學校來讀博士班。從碩士班畢業一直待在技職體系教授通識的國文課程，已超過三十年了吧！一個學校待了三十多年，教材、教法、觀念若無新思維，不與社會接軌，那麼，她的教學處境會是什麼呢？

當然了，技職院校的學生可能不好教，從她的口述中，常常可以獲得這樣的訊息。然而，面對她，我想的不是她的處境，而是自己年老時的情境。

當我的年紀已屆耳順，還有活力保持新鮮的教學態度？還能汲引新知可以教授新觀念、新思維給青春的莘莘學子們？還能有源頭活水可以灌溉教學園圃嗎？還能有什麼樣的處世能力可以應變呢？

當我看見雖然在講堂站立了三十多年卻形同和社會脫節的她時，心裡有種感嘆，這種感嘆是莫名的興發的，懼怕自己在講堂數十年之後，也會成為這樣的她。

首先，她說她要提升等。舊制的講師，想用專書和論文升等，問我該如何升等？我說，每個學校規定不同，應回頭問學校的人事室，才能知道程序如何進行，要準備什麼資料及表格。然後，她說她常常熬夜整理升等的資料，整理了將近一學期。我問，何以必須每天每天，一天到晚在整理升等的資料，升等是有時間的期限的，有的是一年提一次，有的是一學期提一次呢！她完全搞不清狀況，應該要問清楚時間進程如何呢！

再就是，期末了，說國文作文有幾百份未批閱，想找學弟妹幫忙，臨到期末才要發落這件事，大家皆在忙著趕寫期末論文，何能幫忙呢？當然是焦頭爛額的。她完全不知道如何安排時間，如何未雨綢繆。

是的，期中報告也是如此。跟我說，她一直熬夜，期中報告還是弄不出來，只好在課堂上跑出去列印。期中報告如此，期末也是如此。到了學校，在課堂上才急忙將論文拿去列印，發給同學。為何會如此呢？常常看她疲於奔命的忙著各種事情，卻沒有一件事做對時間、做對場域。口頭報告時，大家針對她的論文提出看法或建議，基本上，她只是整理資料，尚未形成論述，而且論題膚廓沒有重點、沒有軸線，看不出來做什麼？而前人研究成果已多，究竟有何意義或價值呢？

課後，她尚未能理解自己的論文實在是淺薄到無以形容，卻寫電郵對我說，某學弟何能如此批評她，根本沒有讀完她的論文怎能批評呢？何況上學期她的學期成績是全班名列前茅的呢！我也不便回應什麼。一來，論文好不好，看題目、看前言，就能了然於目了，何必全文竟讀呢！這就是功力所在！二來，老師給分，有時很主觀，有時不同老師給分策略不同，有人高分主義，有人是低分主義，焉能用分數定一切？關於她沒有自知之明，我不能作任何回應，只能恭喜她上學期成績拿了高分。不傷害學生，是我的本能，何況，她為人師表數十年，焉能面對他人的批評？再者，她離開學術太久了，不了解整個學術的脈動，怎麼教，都沒有辦法改變她固執的看法，焉能奈何呢！

這學期，她對我說，想去大陸做研究。我問為何？如何？她完全不知道到大陸如何做研究？我說，趁著她還有教職，可以申請科技部補助才有可能去大陸做研究。她已臨在退休了，最後一年，也就是最後一次可以申請科技部了。問她的經驗，說曾經在十多年前和某位老師合作申請，沒有通過，從此就再也沒有申請了。這對她是很難的事，因為研究沒有持續，而且也沒有相關的研究成果，要申請真的很難，但，我不便潑冷水，還是鼓勵她申請，至少，有申請就有機會。

再來就是論題的擇定，說要做邊塞詩的VR教學。這個有意義嗎？還是不忍心潑冷水，說要有具體的地點、要拍什麼？意義何在？然後，她要編預算，還是未能知道做什麼？如何預估費用？又說某學妹或許可以陪她走一趟，接著就是有關於能不能有人陪她到邊塞走一趟的磨合問題，纏繞了數週仍在話題打轉，其實這是假命題，必須申請通過了，再來想如何執行這件事呢！

她還問我，二個女生到邊塞安不安全？這話如何回應呢？而且，她行動緩慢，體形有點短胖，如何去大漠行走江湖呢？我只能說，要有健康的身體才能走大漠，才能做更多的事情。

看她，年紀雖然比我大，但是，處世經驗，做事模式，皆是令人覺得幼稚膚淺，卻又不忍心傷她。而她的行事模式，慢，沒有條理，沒有節拍，讓人常常不知道如何教？如何面對。

常常看她糾葛在生活、教學之中，完全不似是學有所成之人。教學的困境就是每學期都要面對如何批閱上百份的國文及如何面對不受教的學生。研究的困境就是不知道如何擇定論題？如何進行研究。生活的困境就是，常常熬夜做一些我認為可以很快處理的事務，她卻常常纏繞在其中。如果不能從經驗中提取精準的做事模式，再多的歷練也是白費的。

看到她，我其實立即反應是投影回到自己的身上。

當我年邁時，是否也會如此處世不得體？如此無法應付瞬息萬變的新知識爆炸的時代呢？無法快刀斬亂麻的處理生活上的瑣事？是不是，這和年紀有關？抑是無關呢？

器文老師年過七十，卻常保有年輕人的心態，也常灌注新知，讓學生追慕愛想的跟著她上課數年而不罷休。其實，她就是很好的典範了，大家看見她如俠女的行徑，讓人感佩，這才是我可以學習的典範，不必為了如此而感傷自己的年邁即將到來。

期待自己一直保持接受新知，有新觀念、新思維可以和年輕學子對話，可以享受因歲月累積之後的處世能力。有豁達的看法、達觀的人生態度，可以笑傲江湖，悠遊有餘。

二〇一九年一月十五日

潮來潮往

海岸上的潮水一波波的潮湧，天上的雲彩一朵朵的幻化變形，路上行色匆匆的行人錯身而過，而誰是可以波心投影的人，誰是陌上相逢可以相識的人呢？

人和人的緣份是命中註定，也是一種不期而遇。常常，因為質性相近或是特質相近，有一群學生選修我的課程，進而成為師生關係；有種學生是授課完畢即行同陌路；有種學生會一直和你聯絡，將自己的生活生涯和你分享，共同完成人生某一個階段的生命風景。甚至有些和你成為指導關係的學生，有一段很長的時間一直磨合論文的結構、字句、圖表及論述。

週四上午，和越南籍的指導學生對談論文，題目是《鏡象投射：越南動物寓言研究》，已有七萬字的字量了，再衝三萬字即可提交初審了。距離初審的三月十五日尚有三週，如果再努力一點是可以提交初審。

我問她生涯規畫，將在本學期畢業或是下學期畢業比較好？她說各有優缺點，她希望留在台灣工作，不想回越南。我尊重她的選擇，無論決定三月或九月提交初審皆要先將論文寫好。她說，希望九月再提交初審，我說，那麼趁著這段時間好好修改、書寫，將來這本論文可以出版。

二年前她找我指導時，想研究佛教經典的《百喻經》，找了一些資料，也在思考如何進行論述。對談時，深覺她談中國出版的《百喻經》或談印度佛教皆不能有所突破亦不見精采。建議她，利用自己的優勢研究越南的文學，讓台灣學界看見不一樣的越南。她想想也對，於是立即轉向，刻在上我的寓言文學，於是轉向研究越南寓言，又寓言種類繁多，再鎖定動物寓言，希望有個軸線開展論述，從鏡像投射論述越南動物寓言，可以發現是一種政治、社會體制的反映與映照。有了開展的焦點，她努力書寫，也初具規模。能夠跨越舒適圈到台灣來留學，心理素質非常的強，鼓勵她，可以繼續攻讀博士，至於人生的規畫不是我可以左右的，只能鼓勵。

週五晚上講授碩專班的文獻研讀，下課時，某位男學生問我留校時間，我告訴他週二週三晚上在研究室，有問題可以找我。某位女學生開車送我到高鐵時，閒聊，為何不上唐詩研究，要講述繪本文學呢？短時間要將精采的唐詩精蘊呈示是不容易的，遂選擇容易入手的繪本文學入手，期待能在學術之餘開發另一扇窗、另一道門戶。

研究生，在經過一學期的學習之後，最重要的是找一位質性相合的老師成為指導教授。這對學生是一項重要的抉擇，對老師也是學問的開枝散葉。我樂於指導學生，只要領域相合，或是在能力範圍之內，往往不會推拒。但是，學生們千千百百種，常常在想，緣份讓我們相識，甚至成為論文指導的推手，但是，在潮來潮往的指導過程，看了千帆過盡的種種情事。

學生，質性不一，在求學過程中，也要面臨人生的抉擇或是生活的安頓等問題。

有一位學生，很有才情，能歌善舞，在補習班儼然是名師，曾經以博士生下修教育學分，也去服兵役，流浪博士太多了，學位，對他可有可無。每到開學就會接到他的電話說，老師，我要辦休學。對學生來講，辦休學可以免交學雜費，但是一年延過一年，真不知道他會不會完成這個學位。更甚者，這個學位會不會帶給他翻身的機會？不得而知，未來的世界誰知道會有什麼變化呢？

日前在台北閱卷也接到二位女生的訊息，一位是博生，結婚生女之後，缺乏完成學位的動力，暫時想辦休學，面對人生的抉擇，總是希望他們好好思考。再有一位是身體有恙，教育實習結束之後，也辦休學，想要好好調理身體。面對學生的選擇，只能鼓勵，無法給予更多的意見。

指導的各種學生形形色色。

有一位是某學生以前的同事，來本系就讀碩專班，也因為這個緣故，他來找我指導，基於舊識推荐介紹，我當下就收他，他也表示會很積極寫論文，首二週來談論文大綱，借了一些資料，似乎有快速完成論文的決心，結果二週後，他寫電郵說，目前在某校代課，課程很多，可能先忙工作的事情了，一去二年，再也沒有回來找我了，這種學生能奈何？謀食與謀道之間，總是要他們先安頓生活。

有一位聰明的學生，在指導過程中無法完成學位，考上偏遠地區的甄試，去到高雄納瑪夏工作二年之後，調回台中了。鼓勵她繼續完成學位，她再重新報考碩專班回來就讀，我還曾為她修法，法規的內容是：曾就讀本校的研究生，因故未能完成學位，將來再回來就讀時，可以抵免學分，她也興奮的跑來我家簽指導教授的申請單，結果，簽完之後，像洩氣的汽球，再也沒有任何的動力，從此消失無蹤。其實，早年已寫了半本論文的她，再加天資聰穎，要完成論文並不難，但是，因何不努力先拿到學位呢？對她來說，也許生命中還有更重要的事情要張羅，學位不是當務之急，對人生規畫可能也沒有什麼實質幫助，所以擱淺了。

還有，一位在某大學擔任教講師的學生，年已過耳順再回歸學校讀書，她的認真很令人感動，但是，由於離開研究太久了，做學問的方式仍只停留在蒐集資料，不會論述，別人給的修改意見，往往吸收不了，且又覺得自己如此認真，為何報告時會被批評呢？她不知道被指正是進步的開始，如若不能，則必無進境，必須好好調整心態才能更上一層樓。

看著每屆潮來潮往的學生，常覺得自己耗費心力在上面，所為何來？倒不如回歸自己的書寫更實在一點。每一本論文必須經過二三年的磨合，才能成形端出台面上，但是，真正有心再繼續學術研究者畢竟有限，而學術的斷層也是預可想像的。未來的事我們無法預料，只願自己在崗位上努力傳道、授業、解惑才能更堅實生命的力道。也歡喜接遇這一群如潮、如雲、如萍聚合的學生們，讓人生的每一道風景更亮麗。

二〇一九年二月二十四日

死水

聞一多曾在民國初年寫過一首新詩：死水。象喻明晰，用以摹寫難以翻覆的苦狀。生命中總有一些情境與此相似，他先我們而體會，先寫這樣的感受。

與某生坐在歐帕斯用餐對談。延續上週談話的內容，她想到大陸做研究，有無可以申請的地方？她遠離學術界太久了，雖然一直在某科技大學擔任教職，但是，僅教學並無研究，不知道學術現況如何？一直抱持著退休後想要到大陸作研究，卻未知如何前往。我告訴她，可申請科技部計畫案，並且要在退休之前申請，否則退休之後，無資格申請了。

本週她說要到蒙古做邊塞詩、到敦煌做文學與藝術的研究，我當然有一些建議了。與她對話，深知台灣的制度，無論是教育或研究皆是一灘無法覆翻的死水。

資深教師研究能量最強，一旦六十五歲退休之後，便不能申請科技部計畫案了，再者，也不能投稿了，因為大部分的學報必須依附在有職稱的學校才能投稿。

除此而外，學界的互動交流也將喪失了資格了。退休，真的一無所有了。不能申請計畫案、不能投稿、不能審查、不能閱卷，什麼皆不行了。現代人長壽，退休之後還有更好的腦力想做研究，卻無管道，在這種情形之下，資深教授如何面對研究呢？

昨晚，在顏師及正惠師的七十大壽宴中，和顏老師談到這件事，他也說，六十五歲時曾遭遇申請多年期研究被阻擋，因為屆齡退休了，他申覆力爭，才有。但是，個案。如何翻轉整個制度呢？老師說，僵化的制度，無法改變。唉！連有影響力的大師都如此說了，我們尚有何言呢？人生還能奈何呢！就像聞一多的〈死水〉，難以翻覆。

二〇一八年十月二十七日

宗教的力量與執念

和甲乙二位學生在歐帕斯對座而食。

每週四早上，甲乙一博一碩生特地來上我大學部的稼軒詞。她們說離開文學太久了，想來充電，感受古典文學的要妙之境。課後，若沒有會議，總會邀她們共進午餐。

乙說，要我勸勸甲，要懂得愛自己，她一部車開了二十多年了，零件似乎老舊了，安全重要。而且十年多沒有吃過荔枝了，實在是不可思議，要她多疼自己、多愛自己，活到了這種年紀還有什麼放不下的呢？要懂得多愛自己一點。

乙大學學商，經過二三十年職場的歷練，退休之後重新規畫人生，重回大學讀書，先是到東海重讀一個中文系的學士學位，繼而到中興續讀中文所碩士學位。甲則是某科技大學的講師，學士讀中文系、碩士讀哲學所，離開學生身分數十年之後，到中興就讀博士學位，已踰耳順之年了。

我們隨意聊著。這一學期，甲在科技大學急著提升等，準備文件資料一學期仍然無法處理完畢，延到下學期繼續處理，手頭還有許多大學部的作文要批閱，聽她說有七八百份。我告訴她，升等一定要問清楚時間點，何時提？要準備哪些資料，一定要一一問明白之後，有目標的準備才不會徒勞無功。而且要緩急處理得當，不要緩其所急、急其所緩，這樣才不會所有的事情都弄不好。就像花了一學期整理升等資料，仍然未能竣工，荒廢了批改作業的時間，臨到期末了，才急著要處理七八百份的作業，因為自忖改不完，想找大學生或碩生幫忙，可又臨在期末了，大學生忙著期末考，碩生忙著寫期末小論文，大家自顧未暇，何能幫忙呢？其實，最大的問題是時間分配，身為教師及學生身分的她，一定要懂得分配時間，才不會兩頭落空。當年，我讀碩班及博班時，也是教學、讀書並進，甚至還要帶小孩，三件事一起進行，白天上班，晚上帶下孩，半夜寫論文，妥當安排時間，才能在四年之內以全職的教師，完成博班學位，而小孩每個晚上的陪讀及假日的出遊仍然沒有少過，真的，會安排時間，才能遊刃有餘。

她還說，今天早上七點才睡，睡二個小時又來上稼軒詞。我沒有聽錯，真的是二個小時。

她常常睡眠很少，心疼她少睡眠，說，健康重要，要懂得愛自己。乙也說，我們到了這種年紀了，真的要懂得享受，不要過度勞累。

她說，她有佛的加持，不會累，很有精神。

她深信自己前世是一個苦行僧，在某個深山的洞府之中苦修。還有一世，他是石蓮花，可以感受每一個花瓣有清泉流過的感覺。這些累劫累世的經驗一直在她的夢境或思維中出現。還有一次，到某處旅遊，歸來，整整生病一年，是大寶法王為她除魅，說是有二個不乾淨的東西隨著她。從此她更深信宗教的力量。

還說，她發願要蓋個道場，相中一塊地，在神蹟的護持之下，順利買下來，目前貸款一千多萬元，這也是她節省過日是為了護持這個道場的緣故。

相信宗教的人，往往有一段神祕的經驗，而這種經驗是她人無法體會的。甲如此相信神佛力量，是因為她還有一段經驗是夢見斯里蘭卡的國師，告訴她說，一定要到斯里蘭卡的可倫坡，下飛機搭計程車二十多分鐘即可抵達我的寺廟了，你一定要在那兒修行。醒來，猶且不信，後來詢問台灣有無來自斯里蘭卡的僧眾。後來，果真問到一位信眾，拿了畫像給她看，正與夢中的國師相印合，說那位夢中的僧人是斯里蘭卡國師，已圓寂二十餘年，竟然會在她的夢中出現，顯然是有佛緣，但是甲說，自己累世的佛緣，是想要親近大寶法王，所以她不想也不會去斯里蘭卡修行。

她還說，講師升等助理教授之後就要退休。問她，年踰耳順了，為何還要升等？為何還要讀博班？何苦要把自己弄得如此勞累呢？她說，不會辛苦，重當學生是一件快樂的事，每次來上課的心情皆是愉悅的。又說要擔任法王的講師必須有一定的學歷與資歷，所以才勤於想完成升等以及修讀博士班的課程。我和乙都認為有真正的學問比文憑以及助理教授證書更有用，何必執著於此？她說，擔任法王的講師，面對來自各國的信眾，文憑、資歷是必要的，她不要讓法王覺得她沒有資格傳佛法……

以前，她還說，在她母親往生之後，只剩伶仃的她一人，悲痛到無法自抑，一想起來就會哭，用十年的時間來療癒，才能勇敢的走出來。……往事歷歷，似乎像斑駁的壁畫一般，幽幽地開啟了歲月的滄桑與無盡的悲感。這種怵骨刻肉的傷痛，這種無人可言的痛覺，我很能體會，大凡從生死場域提煉過悲情的人，才能深刻知道死生睽隔的感受與創傷的銘心。

雖然，知道佛法給她很大的生存力量，也知道她努力護持著大寶法王，總是心疼她如此辛苦，既要工作，又要讀書，且體力已不似年輕人了，每天還是吃少睡少的像苦行僧一樣。

雖然，我和乙要她多愛自己一點，不要太勞累，可是，做與不做仍在她一念之間。況且有宗教力量加持的她，他人任何的勸慰，是無法影響她的，她是八風吹不動的。

深知，宗教是人類的鴉片，也是安頓生命的力量，唯有祂的護持，才能走過人生風風雨雨，也才能挺立生命風姿。說不動的，也就不用再說了；無法言喻的，就交給她深信的法王了。

二〇一八年六月二十三日

浴火鳳凰

二位碩專班學生順利完成碩士論文學位口試，圓滿成功，值得賀喜。

當她們穿上黑白碩士學位制服與我合照時，歡笑的燦顏是動人的畫面，收攝了多少的風雨陰晴、披星戴月的歲月，這些年來陪伴她們度過最艱辛的日子，而今，看著開花結果，真有說不出的欣悅。

敏珊報考中興碩專班的歷程頗具戲劇性的。

第一年報考中興時，口試當天懷孕破水，生下寶寶，不能赴考，心有遺憾。第二年，再接再厲，考上中興碩專班，也同時想完成修習教育學分的夢想，幾件事情同時進行：既修碩班的課程，又修教育學程課程；既在大明高中兼課，又要養育照顧兒子；既要修課來回奔波，又要到學校兼課；既要寫課程論文又要張羅學位論文。諸事軋在一起，分配時間、善用時間是最重要的，前二年以修課為主，完成碩士及教程的修課，後一年以完成學位論文為主，伴隨著孩子的成長，她也榮獲碩士學位了，真令人欣喜，這些過程，若非親自參與，可能不知道她的辛苦。但是，在口試結束的那一霎間，所有的苦難似乎遠揚，接著，是順著路再往下走，先去興大附中實習半年，再回來報考教檢，接著就是萬中選一的教甄的考試了，她希望自己可以在孩子入小學之前，完成工作穩定的事宜，這樣可以固定的上下班陪著孩子成長。目前孩子四歲多，希望在他七歲前完成實習、教檢、教甄等諸事，讓生活回歸平穩安定的狀態。

芳蘭，又是一個典型。在外愈久，想要充電的念頭愈強，大學畢業十年後才回歸學校進修，也是想完成教育學分及碩士學位。同時她也在國中代理代課。四年來，奔波於中興和任教的學校之間。有時，一下課，必須匆匆趕赴中興上課，趕報告、寫作業、拚考試，點點滴滴的辛勤，回首時，仍像夢境一場。

記得，每一次會談論文時，她們的表現與反應以及生活中的滴滴點點。

敏珊是位聰敏靈慧的人，一點即通，我讓她充分發揮自己的才能，儘量表述唐小說空間書寫的內容，也儘量畫出各種流動、固定的空間，並細細演繹空間對主角人物特質的映襯及烘托效果，她真的興高采烈的畫出各種固定空間、流動空間、以及各種仙、人、妖、夢、幻、冥界的空間示現的喻示。翻開她的論文，真的可以很愉悅的享受悅讀，不僅有文字的耙梳，還有圖像的輔讀，真的是絕美的閱讀效能，迅捷可以帶領讀者進入她構寫的每個故事的敘寫空間或特殊境域中。口試時，委員對她的提問，她皆一一記錄下來，最後也回應所問，我也收攝委員們的提問，空間的書寫，近年多運用在現當代文學的研究中，個人曾寫過一篇六朝志怪的空間書寫，也曾指導過一本寫六朝志怪的碩論，一本寫林語堂的《朱門》，運用空間理論可以照應在不同的文本研究之中，且脫開一般談空間是自然地理學的範圍，而是擴大到人文地理學，包括社會位階，職場表述也是一種人際空間的示現，再運用邁克克朗的人文空間與地方經驗理論，更能將虛空、夢、幻境也包羅在其中。且小說是鏡與燈的投射，是虛亦是實，同體異構、異體同構，而敘事學的故事層、話語層及讀者層分層羅列，更能看出唐代小說的空間演繹，這樣可以展演的內容更豐富。她不僅能聰敏地書寫自己的感發與靈思，並參酌前人研究成果引領自己有論有據的論述，更能關注生活的小細節，約談論文時，往往是下班後的晚餐時間，請她帶便當進來，一起共進晚餐，一起談論文，她能夠不拘一格的帶水餃，帶大明高中附近的消魂麵給我吃，感覺就比厚實的飯菜便當更可口，也更讓炎炎夏日有了吃東西的欲望了。

芳蘭，在人生的路上兜兜轉轉之後，才回歸學校重新讀書，同樣的設定二個目標，完成碩士學位及修習教育學程課程，她的樸實與拙重，剛好和敏珊相反，因才施教，沒有比較心才能讓學生適性發展。由於她白天在國中代理代課，四年之中往來於不同的國中，或清水或大里或太平，利用課餘奔波修課，對她也是點點滴滴的記憶銘刻。書寫論文，由於才性與興趣不同，只能就現代散文進行歸納整理分析，雖拙笨，卻信實。有一段時間密集攻寫論文進度，每週三下班後來找我談論文，她真的是沒有想法也不知道如何書寫，往往是牽著她走一步是一步，說一節寫一節，說一章寫一章，沒有自己的能動性，也沒有自己的機敏性，只能步步引導，步步牽引。告訴她，如何開展章節，如何書寫內容，但是，她也僅能就文本歸納整理與分析，開展性不足，不懂得引經據典，就好像叫她吃飯，她真的乖乖的吃飯，不懂得配菜，你還得教她如何找資料，如何運用資料適當地放進論述之中，真不知道她在修課過程中如何書寫小論文。但是，這些皆不重要了，至少，她聽得懂我對她的要求，四平八穩、結構平整，樸實的寫出一本條理井然的論文就好了。吃飯不懂得配菜，是我對她寫論文能力的觀察，不過，經過密集的討論之後，也能有模有樣的呈示論文的架構了。口試時，當然不如敏珊精敏能回應問題，她似乎聽不懂口試委員問什麼，也不能回應，作為指導老師，當然要為她解套，說明整個飲食文學書寫的策略，如何說？說什麼？為何說？從共時性與歷時性分層說明中國飲食的發展概況與文類多元，從《詩經》以降到六朝、唐代，進到民國，在台灣有夏元瑜、逯耀東、唐魯孫的男系，女系有林文月、韓良露、凌拂、蔡珠兒、方梓等人，該論文僅能處理方梓《采采卷耳》一書，且是平列處理二十五篇散文，日後可再挖掘同是方梓飲食書寫的《野有蔓草》之異同，可以再擴大書寫這個廣大的礦產地脈。當然，這本書的能力不足是無法參照指出方梓的飲食書寫與其他同為女作家之異同，僅能指出林文月《飲膳札記》藉飲食追憶故人故事，與方梓關照女性的層面多有不同。……

口試完畢，在京華煙雲用餐，看著二位學生，雖皆已為人母了，但是，在我眼中永遠是小孩子，聲稱今天嫁了二位女兒，藉著可口的菜餚，讓她們在辛勤播種之後，得以享受豐收的歡愉。

有時，看著網路上羅列著各種碩博論文，每一本論文皆是研究者辛勤苦研所得到的成果，書寫過程的辛苦自然不足為外人道，但是最後的成果才是豐盈的。「衣帶漸寬終不悔，為伊消得人憔悴」，就是這樣的況味，也似浴火鳳凰，必經淬勵，才能展翅高飛，走過辛苦的路，不會白白受苦，在檢收成果時，才能有「回首向來蕭瑟處，歸去，也無風雨也無晴」的澄澈與寧淡心境、對照著晴空朗月。

二〇一八年六月九日

空間

香港研究生到我研究室談論文規畫，他說到，畢業後想留在台灣工作，因為已經無法忍受這麼大的人了，回到香港還要和家人擠在一張床上睡覺。是的，他大學四年，研究生三年皆在台灣度過，過慣了舒適空間，很難回的去了。香港寸土寸金尤勝於台灣。台灣也是高房價的地方，在台北也是一屋難求。在台中尚好，可是比起香港真是好太多了。

日前姪女到倫敦遊學，她用視頻播出寄宿家庭的景況，真令人羨慕。前有庭，後有院，獨棟三層，廚房、客廳、房間皆大到令人看了流口水。除了羨慕還是羨慕呀！

空間，真的影響心境。

有位學妹在台北中正區租個房子，小到不行，連個迴旋都要很小心撞到擺設，房租要價二萬多元，我直覺在這個小房間裡，整個人連呼吸都要很小心，那種壓迫感真無以形容，難怪她一天到晚在咖啡廳流連，或是外食，因為沒有廚房呀！結果，她還說，這不是最糟的，由於這個地點很好，為了學區寄戶口的大有人在，還有全家人就住在這個小小的閣樓裡呢！我真真無法想像那麼窄小的房間要容納一家四口的景況。

後來，學妹在蛋黃區買了小套房，號稱十五坪，扣掉公共設施只剩下七八坪，簡易小廚房及床、櫃，就只好犧牲書桌了，用組合式的臨時桌板當作書桌，這樣可以湊合著用。由於太狹小、由於不穩定，也難怪她無法有固定的使用餐桌，也無法安心的書寫或作定靜的繪畫。問她，一千四百萬元，其實可以買到比較大的房子，只是可能是蛋白區或其他離蛋黃區遠一點的房子。她說，地點對她很重要，臨近中正紀念堂，生活機能很強，而且離上班的地點也近，這樣就夠了。

空間影響人的作息，人的思維也影響空間的選擇。如果是我，寧可選大一點而較遠一點的房子，因為回家就可以完全的放鬆，不必在鴿籠式的房內不知所措，不能定靜的書寫與工作。對於單身的她而言，已完全習慣外食，習慣帶著物品流浪在各個咖啡廳或餐廳之間了。

這是我和她最大的不同。我喜歡在家中烹煮喜歡吃的食物，喜歡臨窗書寫，喜歡自在的在家中坐臥起行，喜歡在家中可以做自己的主人，不必因為無對外窗，有點幽暗的囚閉感；也不必因為空間太小而常常要流連在各個咖啡廳之間，可以堆放自己心愛的書籍，也可以很舒服的躺在床上做瑜伽，這種家的安定感，給我很大的舒適與平和。眾鳥欣有托，吾亦愛吾廬。真的欣欣此生意，自爾為佳節。

相對於香港學生而言，他的人生才要開展，奮鬥是必要的。如何在人生之中找到適合自己的空間，可以安頓生命，也是一個重要的生命課題。

二〇一八年五月二十七日

跨校選課

學生用LINE說，被一件小事情困擾，想問我該如何解決。

又很擔心太麻煩我。

我說沒有關係。

於是，和她約課後在歐帕斯談談。

我也很好奇，究竟是什麼事，困擾著冰雪聰明的她。

原來是選課的問題。

因為一週須到醫院四次就診，必修課程衝堂，只好跨校選課。

對方學校教師已先簽章了，只要本校課務組、註冊組簽核准，即可到對方學校辦理後續的跨校選課事宜了。

對於選課流程不甚清楚的我，未明就裡。

我說，必須附上診斷證明，以示就診事實。

她說，已附上診斷證明了。她娓娓道出自己辛酸：昨天課務組說要註冊組先蓋章，遂將選課表送到註冊組；到了註冊組又說先送課務組，於是，來來回回走了好幾趟，最後表單只好放在課務組。不知道進度如何了？而且本週一定要將選課表送到對方學校簽核准，而對方學校也要跑流程，必須預留一些工作天，時間有點急迫了。

那麼，該怎麼辦呢？迫在眉睫的事情呀！

我說，陪你走一趟課務組吧，了解事情進展的狀況。

她說，太麻煩老師了，大熱天，要老師跑一趟，覺得過意不去。

我說，沒有關係，等一點鐘上班時間，到課務組問進度吧！

其實，我也不知道到了課務組，是否有幫助？

到了課務組，職員一看到同學和我，便知道是什麼事情了。

我佇立旁邊，聽她和職員對話，職員很客氣的回應，並打電話問註冊組進度，說：簽單已用紅色卷宗送上去了，等教務長核章。

紅色卷宗，代表急件，想來，職員也知道時間急迫。

我很平和的對職員說，因為要預留一些時間讓學生到對方學校跑流程，能否幫忙催一下。

她說，只要核章通過，立即通知學生來領。表單上面有電話。

她知道我是學生的老師，很客氣的說，辛苦老師陪同學過來走一趟。

離開現場，學生說，今天職員的態度變得非常的客氣，非常的好，昨天完全不是這樣的。

翌日，學生又LINE我，說下午已經接到通知可以去領回跨校選課的簽單，感謝我的幫忙，讓她順利完成校內的程序。而且還說，昨天的職員很熱心的幫忙她跑完所有校內的流程，才能這麼快完成簽核。

其實，我也沒有幫什麼，只是走一趟課務組，就讓事情流暢，真好。

真的，簡單的事，就讓陷在陰霾膠著的學生頓時晴空萬里。

二〇一七年九月二十七日

黃蓉

闃黑的人文大樓八樓的走道上，遠遠看到黃蓉暗黑身形駐立在我研究前等我歸來。我們約好下課後一起吃晚飯，一起遊逛柳川的水燈造景。

打開房門，迎她入座，我先處理公務，略談了一會，她幽幽地訴說父親常常頭痛，這回病情似乎不單純，已住進醫院了，她和家人輪流照護。又說起自己已將服飾設計的工作辭去，目前待業在家。林林總總，聆聽她娓娓道來，也看著她珍珠大的眼淚滾下來，遞紙給她，頻頻擦拭，這是向來勇敢的她從來未曾有過的情緒轉折。

初識她，是在繪本文學及影視文學的課程中，每次分組報告時，她總是代表她們那一組站上台擔任報告者，繪本文學，影視文學，東坡詞皆然，看到站在台上的她，氣度雍容，報告抑揚頓挫，很能吸引觀眾的目光。對於學生優良的表現，我不會吝嗇給讚美，在課堂上表揚大家的表現可圈可點。

此後，為了某個憂鬱症的同班好友，她常私下來找我，告訴我，那位女同學目前的狀況，那時候，我擔任行政主管，大大小小的事一手在握，總希望同學們平安無事度過求學的大學生涯。那一陣子，除了向我報告那位憂鬱症女生的行程、心路歷程，以及提供如何處理的方式之外，我也聯絡導師、父母關注，不斷地聯絡，希望這位女同學可以跨過生命的幽谷，看著她畢業了，心中如釋重負。

她常在課後和我分享生活的滴滴點點，包括她罹患紅斑性狼瘡，幾度病危，終於從鬼門關走回來；還有出入頗不便利，凡有陽光的地方，必須撐傘；上體育課時的特殊情形，同學頗不能諒解，也不能在乎別人的眼光。說父母的學經歷及工作情形。又說起自己小時侯居住美國的經驗，回到台灣要銜接台灣教育頗有負擔。談自己一直在品牌服飾擔任設計工作已有四五年了，知道每一季流行什麼服飾，譬如教我，近日流行繡花、絲絨的服飾，秋冬牛仔的流行風潮又回來了，她像是流行的平台，時常告訴我，最新流行的款式，甚至一同逛OUTLET，告訴我，什麼價位合理，什麼品牌高貴大方，從她身上，我學會流行的趨勢與品味。

談起她課餘除了兼差工作之外，目前擔任某校的課輔志工，曾經帶著課輔小孩到公園玩耍的喜悅；也曾提起許多擔任志工難忘的經驗。有一次，和警察一起穿防彈衣到有家暴傾向的學生家中。還有，她說起一位輔導的小孩，生命裡充滿了仇恨與敵視，不能正視別人對他的好，因為父母死於非命雙亡，生命的磨難，讓他不能相信任何人，她說到這個小男孩時，覺得很心痛，但是，仍無法改變他對人的信任。

凡此種種，既見證她生命的韌性，也看到她樂於助人的一面。

還記得她第一次踏進我研究室時，說了一件很令人難忘的事。她說，她的親人告訴她，大學教授高高在上，常常忙於自己的研究，不理會學生的反應，敲門往往不應，不隨便和學生講話，而且白髮斑駁，處處倚老賣老。想不到中文系主任，如此親和平易近人，和學生像家人一樣的親切溫和。當時，不知道她是故意奉承我，抑是親人親身的經歷，讓她不敢親近教授，但是，她覺得我不是那種高高在上的教授，所以才和我親近。從此，每週三的課後，常常和我一同回研究室，分享生命中的點點滴滴。因為罹患紅斑性狼瘡，一週要進小診所三四次。上學期，每週四上我的蘇辛詞時，常常從醫院趕過來上課。今年一月她終於畢業了。大五，休學多次，因病緩著修課，也不像正常的學生一樣四年就畢業了，她慢慢修課，讓自己的身心調整到最平衡的狀態。

這回，她又約我，說自己遭遇了一些麻煩，問我，是否有空？我深深明白，她每次找我一定有事，而且是棘手的事。以前都是為了解決重度憂鬱症同學的事，上學期是為了跨校選課找我，這回，未知是何事，心中存著疑惑。

我們一同到柳川附近的拉麵店用餐，對面而坐，說起父親的病，她斗大的淚珠，清淚滾滾而下。生命中最無助的是，面對的困難是自己無力承擔與改變的，她很擔心父親的病，卻未知如何去承受與改變。尤其是她辭去工作，一個人在家很無助，只能哭泣、只能掉淚，如果有工作，還可以用工作來分撥思維，不會一直專注在父親的重症上，可是，辭去設計工作，清閒只能令人發慌，尤其在最無助的時候。而她也講述自己為何要離開人人稱羨的設計品牌工作。她說，這個工作似乎是金字塔頂端的工作，能夠當上設計師是很令人羨慕的事，但是，要不斷地要求自己精益求精，才能推陳出新，自己不是怕要精進求新，而是希望能夠有一個與人接觸的工作，這份工作，很多時候是一個人獨自設計，沒有人際關係，沒有對話對象，她希望多多接觸人群。我很能理解這種心境，因為我除了站上講台是講話的工作之外，其餘皆是一個人幽獨孤寂的做研究，沒有言談對象，整個人似乎被幽寂包鎖，心情很容易陷入困境，這是別人無法想像的事。她希望有一份工作可以與人交際往來，想要嘗試不同的工作，自己才二十六歲，不想一輩子就是當個服飾設計工作的人，想趁著年輕多多嘗試不同的工作，英文的翻譯、出版工作、補習班教師、作文班教師皆可以。希望我多多牽線。當下，我聯絡了一位在補教業工作的博生、一位在作文班工作的博生，希望二位可以給她一點想法，跨出原來的工作圈。我又告訴她，自己不要坐著等機會，一定要主動出擊，嘗試多方投履歷，這樣才有機會跨界找工作。

談了好會兒，看她餐飲不下，她的母親傳來訊息，希望她晚上八點到醫院去換班，時當七點多，步出餐廳，原本想偕她一同遊賞柳川的水燈造景，看她心神不寧，問她，如何搭車前往醫院，她說就在柳川旁的站牌，300號可抵達澄清醫院，既然沒有興緻遊賞水燈，何妨先到醫院呢？目送著她搭車離去，看她坐上座位，還低頭拭淚，心裡也跟著慘澹起來。今天她穿著一身黑衣黑裙，難掩憂傷的面容。略瘦的身形，讓人興發更多的憐惜心，這是向來堅強的她未曾有過的形容憔悴。

生命中有很多無可奈何的事，不是有無能力去承受的，也不是金錢可以替換的，而是必須真實的去面對，尤其生離死別是最難面對的關卡，經歷過生命的無常，深刻體會心中的難過、苦痛與憂傷，是別人無法承受與感受的，只有自己慢慢的調整心態與面對，才能知道這種苦、這種痛，是人生真實的經歷。無論能否勇敢的承載著這份難以負荷的生命重量，仍是難以抹拭刻骨銘心的憂傷，在歲歲月月年年的日子裡消磨生命的銳角，也讓生命的韌性更堅強，可以承受風雨襲擊，讓自己可以穩健走出每一步。

二〇一八年四月四日

救火隊

正在研究室忙著批閱學生的學期論文，學生黃蓉打電話過來，說起朋友親人今日遽逝，心情很感傷，不敢一個人留在家中，怕孤獨幽傷更深沈，想找人傾訴，約我明天見面聊聊，我非常關心她當下的感受，說，可以的，明天我在學校，可以來找我。撥開手中一些忙碌的事情，與她約好時間，想聽她傾訴。

也曾經在三月初的時侯，她的父親因病住院，情況似乎很危急，她感傷的一個人在家中不斷地哭泣，最後，才鼓起勇氣找我，我們在綠川河畔的小餐廳中對坐對聊，也在煌煌燈影中，聽著她悲悒難過的訴說著，清淚汨汨，令人愛憐。

曾經，早上正準備出發到健身房運動，小芹打電話來，說心情不好，我立即說，我們一起到露薏莎吃早餐聊聊。聽她說耘耘這學期體重驟降五六公斤，心裡擔心身體出了什麼狀況，異地求學，自己卻無法隨身照顧他，心中有愧，聽她娓娓道出心中的感傷，也同體感受病痛的折磨。小芹曾經動過幾次大手術，對生命自有特殊的體會，而她的悲傷容易在早上興發，只要一打電話給我，立即會放下所有的事情，陪著聽她訴說種種心情，雖不能解悶，至少也當個傾聽者，讓她抒解壓力。我與她不同，她是早上易發悲傷感覺，我則是晚上。早上，我像生龍活虎一般，只要有一點小事情，便能讓我有從床上跳下來的動力張羅著一天的事情。只有到了夜晚，氣力用盡了，獨對孤燈才有意興闌珊的悲涼感受。同是天涯淪落人，更能體會那種孤助無援，需要傾訴的悲感。於是，只要是可以陪伴的時間，一定努力傾聽她幽幽的內心呼喚。

一回，阿美在ＦＢ發出了感傷的話語，與平日嬉笑怒罵的她迥然，心知有異，當下打電話，想要到台北去陪她，她卻婉拒了，說停水一天沒有洗澡了，蓬頭垢髮不想見任何人。同樣的，又有一回她腳痛，心想一定需要一點協助，想買些食物過去陪她，立即打電話給她，說想到三重去探視她，她說腳不便行走，不想出去了，我說，你不必出來，我去看你就好了，她還是婉拒了。

對於親人，對於好友，乃至於學生有困難、有心事，我皆如救火隊一樣，一叩即到，或是可以擺下任何的事情去當一個聆聽者，何以如此呢？走過生命的幽谷更懂得珍惜這些變異難過心情的流轉，也更體會須要別人傾聽的悲傷。自己曾經如此無助而需要別人協助，不管是不是被幫助了，現在只要有能力，一定可以隨時做一個被需要傾聽的對象。

人生，沒有永遠的高點，也沒有永遠的低谷，像鐘擺一樣，隨時來迴擺盪著，當我們在高處，莫忘低處需要幫助的人；當我們在低處，也需要別人的協助，如此互相協助，才能共同走過生命的悲悒幽傷，也才能讓自己擁有往前邁進的能量。

隨時幫助需要的人，是生命的初衷。

二〇一八年六月十四日

臉盲與名盲

八月初，在機場遇見一位巧笑倩兮的女子迎面走過來，頭戴草帽，一身輕裝便捷，她衝著我笑著打招呼，我不明就裡，想著，奇怪，一位陌生女子居然迎向我笑。待走近了，才發現，原來是自己指導的博生，我們要一起到內蒙古參加研討會。臉盲一次。

九月下旬，在國教院某個大會上，看到了一位美麗的女助理，協助我們處理會議庶務，一直覺得很面熟。十月上旬開會，她又出現協助會議，心裡想，天底下那有長得這麼像的，像我教過的某位碩士學生。只是，她怎會出現在此，可能是我認錯了人。好奇的我，想要和她攀談，說：您長得真漂亮。她立即說：主任，我是楊某啦。啊，喔，原來是你啊，上次就覺得很面熟。臉盲再一次。

十月中旬，某位學生問我說：敏珊和我一樣修教育學程，她是不是也要明年三月提交碩論？我說，敏珊是誰，我不認識吔。俟學生走離，一直反芻，敏珊這個名字有點熟呢！啊，慧巧的臉容浮上心臆，是啊！是指導的學生呢！沒錯。最近常找我談論文，怎會連她的名字都忘了呢！

學期剛開始，在課堂上看到一位學生很面善，下課她來簽加選單，我好奇地問：「怎麼覺得你很面熟？」她立即說：「老師，你忘了，我修過您一年的課，而且你擔任主任時，替我簽交換生到大陸某大學去……」喔！原來如此，難怪如此面善。

還有一次，一位花容月貌的女生帶著喜餅來找我，說：「老師，我回來了，這是我的訂婚禮餅，……」對談近一小時，我心裡在SOS，到底是誰呀！怎麼一點也想不起來，俟她離開之後，看到喜餅上的名字，才知道又是自己指導的博生。

臉盲，無所不在。不僅因為自己近視五百度不喜戴眼鏡，而且缺乏對臉孔辨識的能力。很羨慕某位學弟，他說他最善記住圖像，尤其是人的長相。啊，真好。每次和大陸或韓日學者見面，私底下都要偷偷問學弟，到底是何許人也。有他在場，常能不致於陷入頻頻問對方是誰的窘境。

科技發達，能否發明一種臉孔辨識的眼鏡及圖像記憶，一見到人，立即浮出名字及過去交接往來的圖像？

二〇一七年十月二十日

著力點

每次繪本文學下課時，走過人文大樓前的花庭時，總會和一位碩生不期而遇，她已近四十歲了，是本校夜間部畢業的學生再回歸校園讀碩班，行動有點不便，是位肢障的同學，雖然形貌不引人注目，是路邊你可能錯過的路人甲或路人乙，但是，她活得很有活力，很快樂，為何什麼呢？她有事在忙，忙什麼呢？生命的重心在研究吧！至少有事情成為生活的重心，成為存在的著力點，可以讓生命不孤寂，讓存在有意義。

早年，在淡江讀研究所，背著書往來穿梭在圖書館與校園課堂之中，常常在想，此時此刻的女子們應該在背著孩子而不是背著書，我因為想要讓人生翻身，不想沈淪在社會的底層，不想只是做個出版社的小編，或是會計師事務所的小記帳員，決意重回校園念碩班，這個決心很強烈也很讓自己必須拿出奮鬥的勇氣，走過辛苦才能有豐碩的果實成蔭。

白先勇早年小說轟動台灣學界，至今，仍是大家研究討論的文本之一，近二十年推動崑曲不遺餘力，看到他為傳統文化的堅持，也看到他到表演的會場和觀眾們拍照，一同欣賞崑劇，那種執著與努力的堅持，讓人看到生活的亮點與生存的意義。

學界某位朋友也是一位奇葩，努力耕耕學術，在唐詩與《紅樓夢》著力甚深，一生只做一件事：就是研究。無論晴雨、無論假日，可是在三餘之後繼續努力付出所有的時間，她的成果是大家有目共睹的，當大家在享樂，遊玩，閒暇時，她仍然皓首窮經的在她的研究室繼續研究，時間對她是珍貴的。她有既定的書寫計畫，沒有人可以打擾她，她也不用手機的「賴」、「臉書」、「微信」來浪費生命，她的時間是用在有用的研究上面，經過二十年，儼然是唐詩大家，也是《紅樓夢》台海兩岸第一人了。真的，人生至若如此，真是高峰，但是，她不驕不亢，仍然努力前航，努力研讀書寫，真是學界的公務員，找她，無論何時，一定在研究室，不然就是在課堂上，這種執著與堅持成就她的研究高峰。

是的，在浮泛的人世之中，什麼是存在的意義？什麼是生命生活的重心？什麼是可以用心的著力點？什麼是可以堅持的事情呢？當我看見每一個為自己理想奮鬥的人們，總是興發奮鬥的意志。此生，此世，什麼是可以耽美的呢？什麼是可以讓生活有重心？什麼又是可以讓自己在孤寂人海中有燈塔可以遙望，可以導引方向呢？滿屋的典籍、滿室的資料，人生，就是要奮鬥、要堅持，在孤寂的人生大海中，耽美、執著在自己想追求的理想之中，成就自己，讓漫長的歲月成為一條光亮的銀河，除了照亮自己的生命之渠外，也照亮世人，讓存在有著力點，這就是一種存在的意義吧！浮遊在人世之中，沒有人可以永在高處，唯有以理想為舟，為浮球，才能免除被風浪掩沒吞食。

漫漫人生，勇氣，堅持，度過千千個孤寂，才能成就自己。不是一番寒徹骨，焉得梅花撲鼻香？不是一番寂天寞地，如何成就驚天動地的書寫呢？汗顏自己十餘年來的沈淪，重拾研究，希望生命還能有高峰，還能有值得耽美的事可以奮鬥。

二〇一九年三月一日

重回課堂

到中央研究院訪學一年，久未上課，重回課堂，聽到鐘聲會有些許焦慮感。但是，最可怕不是這種不適應的焦慮感，而是世界變天了。到底變成什麼樣呢？

站在講台上，看著台下的學生，各自低頭忙著自己的事，滑手機，心有旁騖，梳頭髮，吃早餐，當然了，認真想聽課的同學還是有，只是有三分之二淪陷了。面對這樣的情景，你能奈何？想讓同學融入上課情境，激發對話，結果是：一片死海，波瀾不起。問完問題之後，得不到回應，只好調侃說：「你們還活著嗎？」

在通識課堂提問，學生仍然一片死海，乾脆點名提問，被點到名的同學，居然搖搖頭，表示不想回應，或著不想回答。好吧，再換一位，結果連問三個人，皆坐著搖頭、聳肩，默不吭聲。是的，這個班級沒有大陸交換生，否則他們一定勇於舉手發言，和老師對話。為了激發學生思辨能力，想想，運用重賞，看看有無勇夫，果真，有同學舉手了，想表述自己的看法，他抛出來的第一句話居然說：「可是我怕說錯呢！」我回應說：「為什麼怕說錯？不要怕，勇敢的說出自己的想法吧」。台灣的孩子為什麼怕說錯呢？每次問問題時，學生總是低頭，而且頭越沈越低，怕不小心與你四目對望，被你叫起來問。

唉！不敢表述，是怕說錯，可是課堂上的學習本就是從無到有，從零到一，從不知到已知，不表述，老師焉知那裡不懂呢？

某一堂大三必修課，負責開門的同學慢來了，三十多位同學寧可等在教室門口鵠侯十五分鐘，沒有人主動前往借鑰匙，好像開門一事本來就與自己無關。進了教室，我有點不悅，告訴他們，一個人如果浪費十五分鐘，近四十人的課程，浪費多少時間，這樣的時間成本很高，希望負責拿鑰匙的同學要有一點責任感，若當日有事慢到，可以商請同學幫忙先前往拿鑰匙開門，不要讓大家空候。而其他同學也應該主動一點，不要事不關己，只會等候別人來服務自己。

真的，同學們習慣事不關己，習慣被服務，習慣於無感，對什麼皆無感。

本週三，相同的情境又重複出現了，大家又佇門口等人開門，無人主動聞問，大家事不關己的站在教室外面聊天，滑手機，吃早餐，無人關心開門一事。稍候一會，我看苗頭不對，請二位女同學上五樓借鑰匙，當時的教室在三樓，不知道這兩個樓層是天長地久，亦是山窮水複，居然等了五分鐘仍不見回返，再請第二組人馬去拿鑰匙，還是等了五分鐘，心想，到底怎麼回事？才見三組人馬蹣跚走過來，包括負責開門的同學。我問：「到底怎麼回事？」開門的男同學說：「今天慢一點出門了」。我說：「慢出門沒有關係，可以交代同學幫忙開門呀！」他不作一語，不道歉，也不表態，彷彿無所謂，更多的是漠然。

站在講台上，我再重申，開門的同學要有責任心，若自己無法準時，也務必請同學幫忙，而全班同學也要有一點合作團結的心，看到教室門沒有開，大家要主動詢問幫忙，不要事不關己。

無人回應，大家仍然低頭。這就是我們的大學生，號稱頂尖大學的大學生。是誰將學生寵上天？為什麼學生對周遭的環境無知無感呢。讓人覺得灰心。

有一次踏進教室，一半開燈，一半在黑暗中。大家在黑暗中繼續做自己的事，或滑手機，或聊天，或吃東西，沒有人感覺教室半亮半黑。我故意說：「親愛的同學們，您們有感覺嗎？為什麼教室有一半在黑暗中呢？」大家無動於衷，我只好提醒說，請坐在後面的同學幫忙開燈。

習慣事不關己，習慣對周遭環境不聞不問，冷漠，無感，就是我們當下的大學生。常想，什麼事是他們關心的呢？

邀請梅川吟唱老師蒞臨課堂，同學們居然不會主動鼓掌，我要主動先開頭拍手，才能有應聲的寥寥幾聲回應。站在教室後端往前看，冷漠的同學們，事不關己的滑手機，趨近用手叩著同學的桌面，她們也無謂的暫停數秒，然後，繼續理直氣壯的滑手機，絲毫沒有做錯事的羞赧、愧意。

是的，太久沒有站在講台上了，不知道學生的世界已被翻轉了。

細細回想，早八的課，同學們睡眼惺忪的趿著拖鞋遲到半小時踏進教室，手上還拎著早餐，一坐定，手上的奶茶不小心打翻了，頗有水淹金山寺的景況，周邊正在聽課的同學一陣驚叫，大家七手八腳的處理這樣被亂入的劇情，老師也只好等候同學們整理好地面、桌面才開始繼續上課。

曾有機會到日本擔任客座教授，上課時，黑板上乾乾淨淨、清清爽爽的，讓老師可以大肆發揮。而且同學們安安靜靜坐定等候教授到來，絕對沒有遲到早退的情形，更沒有拎著早餐赴課堂的同學。而台灣的學生，似乎覺得用餐重要，一定要在課堂上享用，香氣四溢，唯恐天下人不知道他正在享用餐食。而且很奇怪，無論是早八的課，或是十點，甚至是下午三點的課，就是永遠有人吃東西。吃東西不打緊，至少也掩飾一下吧，居然還大剌剌地吃，打開便當盒吃飯、吃麵皆有之，有時，我還故意開玩笑問：「吃早午餐呀，省一餐的錢喔！」

不懂得尊重，尊敬，這就是台灣的大學生嗎？

進了教室，除了要找板擦擦黑板之外，還要張羅上課的麥克風、E化器材等，沒有人主動幫忙，每一個人皆置身事外，一幅事不關己，冷眼旁觀老師，似在看耍猴戲一樣。有一次，我問：「有誰可以幫忙開電腦桌？」，無人回應。連問二次，冷漠的同學真的無人相應，我只好點著坐在前面的學生幫忙，他才很無奈的走到前面來。臉上表情似乎在告訴我，坐在前面似乎是一種懲罰呢！

看到這種種情形，不能不教學生們。向學生說起早年當學生上課的情形，坐在前面的同學，會主動幫忙擦黑板，而且上課前會將粉筆一排間距整齊的立在溝槽之間，讓老師方便取拿。更細心的學生，還會將粉筆套上小紙袋，讓老師的手指不會直接接觸到粉筆。記得讀研究所時，有一位老師上課很精采，我們常常用七、八台錄音機錄音，當時用卡帶，卡帶有六十、九十、一百二十分鐘之別，常常到一個段落，七、八台錄音機卡卡響，大家趕緊趨上前再換卡帶，那種上課情景，永生難忘。而且老師常常帶著紅絲眼睛來上課，看起來似乎有點疲累，貼心的學生還準備好人蔘茶給老師喝，要他多保重呢！

現在呢？誰理你呢！站在講堂上，常常要先擦黑板，到處找粉筆，斷的，短的，皆無人處理。

今天又邀請陳美玉老師到課堂上演繹詩歌吟唱。美玉老師開口第一句話說：同學們，請抬頭看我，不要梳頭，不要吃東西。然後，她也表述了，不習慣學生這種上課不專心、不尊重的心態。唉！能奈何呢？

某位到大陸交換的學生向我說，早上八點的課，七點鐘進教室就找不到座位了。這是實情。我相信。

因為常常到大陸的我，常常有機會住在大學的學人宿舍或賓館之中。清早四五點，就看到學生在樹下讀書，夏天就著微涼的樹蔭認真的讀書。

今年的教師節，甲班下完課，二位大陸交換生分別拿著玫瑰花及卡片來祝我教師節快樂。很感動，對聊，並且說：你們的教師節是九月十日，去年我就是在四川過您們的教師節呢。

乙班下課，又二位大陸交換生，分別著拿著玫瑰花及卡片來祝我教師節快樂。我們還歡樂的一同拍照。感受大陸學生對老師的尊敬與敬意，雖然不一定要落於形而下的表達方式，但是，對於冷漠的台灣學生，反差真的很大。

同一天，器文老師下課，我剛好經過教室外，進去和她打招呼，看到桌上的玫瑰花，立刻心領神會的說：「我猜，這花一定是大陸學生送的，對不對？」器文老師說不出來，旁邊的台灣學生立即回應說：「是呀，是呀，老師，您怎麼知道呢？」我笑而不語。

上課的情境真的被徹底翻轉了。冷漠，無感，不認真，這就是我們的大學生。

再想回來，國慶日都可以不懸掛國旗了，文白比皆可以被翻轉了，這種冷漠又算什麼呢？

阿Q一點，或許可以活得更自在快樂！

二〇一七年十月十九日

藍光世代

這是一個什樣的世代呢？站在古典詩詞的講台上，哀感頑艷的歌吟不再吸引學生；月迷津渡霧失樓台不再令人黯然銷魂；哀惋欲絕的杜鵑泣血不再感人淒傷；悲歌當哭的幽微婉轉不再迂回可解。歷經歲月磨洗之後如晶瑩剔透的詩詞在學生的眼中成為食之無味棄之可惜的雞肋了。

面對藍光世代，站在講台上，只能放下身段，裝瘋賣傻的講解課程，看著學生滑手機，喊也沒有用，只能努力上自己的課。睜大眼睛努力抄記重點的學生當然也有，只是成為少數的族群了。如何引發學生學習的動機讓他們認真上課似乎成為比課程內容更重要的事了。

十點到十二點的課，三十個學生，從十點十分，可以吃到十二點，此起彼落，不知道是吃哪一餐？而遲到早退更是稀鬆平常，還有個學生趕個十一點四十分進教室，大剌剌的擺明，我來上課了，你能奈何。

又有位同學曠課嚴重，作業全未繳交，也沒有考期中考，臨在期末考前數週寫電郵說，自己嚴重憂鬱，每回走到校門口就是想哭，想吐，氣喘，沒有辦法到教室上課，懇請老師通融，讓她過關，已是大五了，希望能夠在這學期順利畢業。一接到這樣的電郵，非常緊張，深怕學生出事了，立即聯絡主任、導師，結果，大家皆接到相同的信件了，無法判讀是真是假，只能小心應對。

以前的我們，臨到重大考試，往往會提早進教室準備應考，現在的學生不然，姍姍來遲，甚至有到十一點二十分才進教室，剩下四十分鐘如何作完所有的申論題呢？看她平常上課還認真，沒有扣考，不然逾三十分鐘就必須扣考了。

還有更離譜的學生，期末考缺考，事先沒有請假，我以為她發生重大事故，立即寫信關懷為何缺考？也告訴她早點過來找我補考，結果逾了補考的時間，她才回函。雖然缺考，但是這位學生平時認真，雖然少了一項成績，平均之後，仍然低空飛過。

奇怪了，藍光世代的孩子學習態度如此，令人不解，那麼，什麼才是他們重視的呢？在這個影像影音圖構的世界裡，如何授課才能吸引學生，成為最大的罩門。滑手機、睡覺、無所用心、遲到早退，究竟要如何才能吸引學生努力學習呢？當寒蟬淒切蘭舟初發已沒有想像的美感；當缺月梧桐歌舞扇風已沒了牽繫的幽情；當春花秋月不比電玩精彩時，更不知道要如何從現代進到古典，從過去的美感汲取精萃？

其實，認真的老師要求多，學生避而遠之，不想寫作業，不想口頭報告，不想分組討論，……，紛紛退選，形成劣幣驅逐良幣，不過，敢留下來的，就是敢挑戰，想努力學習。

剛博班畢業的某生一直在教高中作文而且口碑甚佳，儼然有名師風範。我向她請益，她說，除了放下身段之外，裝瘋賣傻更是看家本領，就是要讓學生信服你，你說的都對，別人說的都錯，讓他們崇拜你，形成崇拜魅力。喔，原來如此，但是，我做不來讓別人崇拜，也不要學生盲目崇拜呀！想想，回歸自我，老老實實的講課之外，還要有策略吸引學生上課，這是我這個暑假要努力思考的重點，如何調整授課節奏，如何安排內容吸引學生聽課，是當務之急了。面對藍光世代，回歸省視自己才是最重要的。不能只停留在自己古典詩詞的鳥語花香世界之中，而不與藍光世代的圖像交接往來。

二〇一八年六月三十日

請假

本週是學期最後一次上課了，將所有的缺曠課扣分情形在課堂上佈示一遍。

其實，我上課從不點名，無論是必修或選修課程。只因為發作業，無人認領，或是發期中考卷無人招領，才以此無人領回的作業、考卷，登錄缺曠課。偏偏就是有人連喊數週，不來招領回去，被我連記了數週。

如果真要點名，一定是當天上課時缺課太嚴重，才會以點名方式召喚大家來上課。今天天寒地凍，小貓幾隻三三兩兩地坐著，還真的需要動用點名方式，來呼喚到課。一經點名，第二堂課，學生馬上像雨後春筍般地冒出頭來，紛紛踏進教室，一一向我銷銷曠課紀錄。

昨天的必修課，在課堂上公佈缺曠課扣分，下課時，立即擁來一批趕在我離開教室之前到班、到課的女生，還理直氣壯的問我說，扣分的日期是幾月幾日？告知之後，女生們無所不用其極的找證據來證明有理由請假。而最好的請假理由或是無須驗證的是生理假及生病，無論是感冒、拉肚子、發燒等皆可以拿出來說。還有當下，有從手機點出看診單，或是說生理期，或是生病，面對這種情形我能奈何？生病與生理期不可能事先請假，可是，事隔多日，才來討價還價，唉！還是順應人情吧！全部准假了。

無法編派理由的，或是無法立即趕到教室現場的女生，立馬進入課務系統請假，所填寫的理由全是生理假。能奈何，准假吧。窮於應付這些彈跳出來的電子假單，頻頻請假的電子申請書，要一一在表單上註記取銷，還要記得不要弄錯日期。

記得某位學弟在FB上PO文，說女生的生理期是無所不在的，任何時候皆可以用這個來搪塞缺課的狀況。他的TA還會突槽女生說，可怕呀！她的生理期綿延兩週了。

這個冷笑話，我也故意在課堂說給學生聽，他們還是相應不理。男生呢？相對弱勢了，無法用生理期來請假，真的，有點替他們抱不平了。

擔任行政三年，訪學一年，歸來授課，重新站在講台上，面對的是一群世代丕變的學生，真不知道那些努力用功、認真上課學生欲向何處尋訪？

早上十點的課，從十點可以吃到十二點，此起彼落，不知道是吃哪一餐。又不能限制他們用餐，吃飯皇帝大。

有時，上課上到一半，學生突然站起來走離教室，也不打一聲招呼，害我以為下課時間過了，看看手錶，還沒有呢！那麼，那位學生是要幹什麼大事業嗎？非得在課堂上突然走離？

上課，看到遲到早退、曠課日益嚴重的情形，心裡感慨良深，如果連國立大學都如此，則私校、科大如何是好呢？日前和朋友餐敘，說培力分享教學，上課的學生有美夢組、美妝組、電玩組、手機族、左鄰右舍族群……不一而足，可以想像老師在台上經營授課的情境是如何的艱難呢？

現在流行「翻轉教室」，此時此刻，真的被學生翻轉了。不聽課，滑手機情形非常嚴重，心想，沒有厚實的根基，如何有競爭力呢？網路太發達，學生們以為上網找資料容易，很多不必學，只要一指神功就能找到很多資料，但是他們不知道學問是日積月累的，學養、能力，不是一朝一夕可成的，造成淺碟式的學習，總以為一指神功可以搞定很多事情，殊不知，落差就這樣形成。

認真用功的學生，真的越來越少，但是，為了一雙認真想上課的眼神，我還是願意在講台上努力授課。這就是阿Q的我嗎？精神勝利法，至少有人聽課嘛！

二〇一八年一月十一日

不動心的授課

去年重回校園教書，學生生態丕變。十點的課程，可以從十點吃東西到十二點，比起彼落。遲到早退、女生狂請生理假、上課十五分鐘了仍然守候在門口等開門，而無人去借鑰匙。還有，上課滑手機的情形非常普遍，說也無用……讓我非常不能適應，這是必修課呢！何以如此呢？以前最乖的是必修課的學生，現在，到底怎麼了，天地人變了，頗有天旋地轉迴龍難以駕馭的感受。

如何讓自己不會受學生影響呢？無歡，無喜，上我該上的課，講我該講的內容，盡到一份為人師表的本份，對於學生的表現不必動心，不必牽懷，不必讓自己不悅。我真真無法做到這樣，我喜歡和學生互動，喜歡和樂的上課場景，可是，學生回饋我的是冷漠，我能奈何，不動心吧。

開學上課前，先上網查看教室、人數。詞選只有十八人。沒有關係，人少改作業比較輕鬆吧，阿Q的自我解嘲。

一踏進教室，出乎意料之外，電腦螢幕已備妥，全班安靜的等候我到來，讓我反而有一種受寵若驚的感覺。

一路講課，要學生先定位自己人生的目標，並告知中文系的學習目標何在？詞選學習重點在哪？再講文學史的脈流，詞史的流變，也說明本學期授課重點，評量方式，以及作業分組等項。二節下來，學生或抄筆記，或瞪大眼睛聽講，或提問題，讓我感覺，真的和去年的學生大大不同，是否是中文系又強勢回歸了呢？不得而知了，不是討厭去年的班級，我沒有分別心，縱使她們表現不如我意，仍然好心好意的和她們相處一年，完成課程任務，也曾舉辦一場戲劇公演。

今年，在課堂上，我忍不住的說了二次，我好喜歡你們班喔！好貼心喔！

原先，以為上學期授課無歡無喜，不能動心，就是一種老化的表現，原來，是被學生牽引著我的授課情緒。當然，我的修養仍然不足，應該做到不動心才是的。至少，不會被學生的負面情緒牽引，才能活出如來自在的我。

二〇一八年九月十四日

寂寥，修上不修下

有一種寂寥，叫做修上不修下。

開學了，第一週上課，唐詩研究上學期有十一人修課，四五個旁聽，上課時很熱鬧的。這學期人數銳減，除了延續上學期修課之外，還有一位是新加選的博生。原來是學期作業太多。

蘇辛詞，上學期有三十六人，這學期銳減成二十六人。事先已知一群交換生歸國，一群修教育學分的修畢二學分即可。

看到這種修上不修下的情形，能奈何。

早年，學年課程，一定要上下學期修畢才能承認學分，自從改成只要有修課皆可承認之後，很多學生淺嚐即止，無法深入學習，也無法深化學問，但是，體制如此，你能奈何呢？

當然了，還有一種情形，同一種必修課程分成ＡＢ班，學生總是喜歡上甜美分數及作業輕鬆老師的課程。這種現象，其實一直是存在的事實。上學期，詞曲選課程僅有二十人修課，這學期略增數位，有同學私下對我說，上學期在某班上課，都學不到什麼！我不知道這是她為了選我的課故意說給我聽，抑是事實。不過，學生擔任某師的ＴＡ，也說，不教創作。對於這些，我皆一笑置之，在講台上，就是要展現專業知識，如果沒有專業，如何傳道、授業、解惑呢？

凡正，我的課程，上學期必須繳交三次填詞的作業，下學期必須三次填曲的作業，絕不放寬，能接受就來修課，不能，就去修別人的課程，如是而已，沒有為難。這學期，曲選再加上劇曲，要學生舞台展演，有學生不喜歡展演，立即轉班，我也無所謂，我有上課進度及風格，絕不會因為學生喜歡不喜歡而減少內容或改變內容，因為對於傳統戲劇的學習是必要的，這是一個入門，一定要堅持。

在彰師的曲選課程剛好逆轉了在中興的情形。上學期僅有十四人修課，這學期未知因何暴增到二十六人，將小小的U型明倫堂擠的水洩不通，講義事先印製十八份不夠，下課時，再臨時跑上三樓加印八份。我授課的情形一樣，要求作業三次，要求舞台展演，要求學習專業，這是課程內容之一，而且強化學生一定要溫故知新，上學期的詞選也不可以忘記。

而且還說，能現場背一首詞加總分一分，下完課，一群可愛的學生跑來說，老師，我要背書，有人選擇背書，有人選擇唱詞，真的，那種感覺很溫馨，很有趣，也覺得和學生的互動非常的融洽。反觀中興的孩子，今年的表現已經很好了，至少比上學年的大三生好多了，但是，主動性與積極性仍然不足。

寂寥啊，研究所的課、大學部的課程，居然有人修上不修下，不可逆的事實，也只能真實面對。

這種情形之下，也讓我改變課程學分數，全部改為單學期課程，這樣就可以避開修上不修下的情形了，換一批人來學習，是不是更有趣？換個課程來教，是不是更能多元學習呢？

不想深化學習的學生們，造成老師們對應的方式就是改為單學期授課，將課程內容簡化，將學分數提高，將作業減少。可是，我畢竟是我，堅持自己的風格，面對修上不修下的情形，了然於心，也必須真實面對，不牽不繫才能活得更自在，有無所得仍在學生自己真實的感受了。

二〇一九年二月二十三日

溫馨的擁抱

太久沒有上課，喉嚨有點承受不了。今天在課堂上，上課上到一半，喉嚨不舒服，喝水潤喉，仍然發不出聲來，稍微休息五分鐘，才能發聲，向同學致歉，說：很久沒有講這麼多話，開學二週就重感冒，現在又發不出聲來，真不好意思。

近日太忙碌了，大會，評鑑，審題，審查，演講，學生MEETING論文，閱讀學位論文，明天到台北出席某審查會議，晚上又要趕到東華大學參加研討會，翌日要發表論文並擔任特約討論人，十月下旬又要到政大參加國際研討會，十一月中旬本系又要舉辦研討會。盤點明年，五月二個域內大型會議，七月、八月又各一場域外國際會議，一直在趕著寫論文，……忙碌，是陷落的圖像。

下完課，正在收拾教學講義，二位學生走進我，以為要提問問題，結果，一位女生說：老師我可以抱抱您嗎？我立即伸手和她互擁。她說，老師您一定要保重。身體重要，不要太勞累了。

好溫馨的一抱，又是大陸交換生，這麼貼心，這麼可人。

台灣的學生呢？一下課，早就溜煙不見人影了。

又是一個反差對照版。

二〇一七年十月十九日

極度雙重憂鬱症

一早，打開電腦信箱，彈跳出一位女生的來函，說自己罹患「極度雙重憂鬱症」，長期為病患困擾著，很久未上課了，問我期末考是否如期舉行，範圍如何？

我當然知道她長期曠課。鮮少點名的我，為何知道她不假而曠課呢？因為這個課程吸引很多不同校別及年級的學生修課，有大陸、金門交接生，有跨校選課，也有隨班附讀、外系修課，更有研究生下修大學部的課程等等，學生成員多元，讓我特別著力用心。她是外系生，而且是低年級，第一週上課，很引起我的關注，想了解外系生學習動機及態度。

看到這則來信，心上抖然一驚。學生的情況百出，不過，這回不是用婚、喪、喜、慶來請假，而是用「極度雙重憂鬱症」來佈示我，一定要放過她的缺曠課。

一般的學生只會說罹患憂鬱症，這回，竟然是「雙重」，還加上「極度」呢！很可怕的情形吧！不知道是否真有這樣的重症，也姑不論是真是假，我處理的態度永遠是：寧可信其有，也不可錯估情勢。就從容放過吧！

立馬回函，關心她的身體狀況，並告知期末考如期舉行，考試範圍早在開學前數週已在教學平台了，請她多多保重。

為何如此輕易相信也不求證呢？

擔任行政主管時，常接到助教或教官通報，有同學想跳樓、有同學割腕、有同學有暴力傾向、有同學如何如何……往往疲於奔命。學生常常有一點點不稱心如意，就以死來向自己或他人挑戰，或爭取自身權益，或是作抗議之舉，或是要引起關注；當然也有人，非常地隱晦自己的病症，非到必要的時候才要掀開底牌，讓人無以防患。這些情狀，林林總總，不一而足。這位同學就是屬於到了關鍵時刻要打出王牌的態勢，焉能不信？焉能不信呢！

站在教學現場，只要學生平安學習、快樂成長，沒有意外就好了，夫復何求？焉能夠在難以負荷的重擔上，再加上一根壓垮的稻草呢！所以，寧可信其有，也不要造成憾事。

雖然知道，我的良善之舉，常被學生誤用，但是，真心希望學生平安、順利，無災無殃、快樂學習與生活，行有餘力再來學文吧！

二〇一八年一月十二日

講台當舞台

每週排定二三四的課程，集中將課程授畢，便可以在家中享受有氧運動、瑜伽的快樂。

因為課程集中，到了學校有點像急行軍一樣，迅速進入工作的軌道中。又因為課本很沈重，不會開車只好搭乘公共交通工具的我，不將課本攜回，往往是到了學校才開始備課，所以在學校常常有時間的壓力。一連要準備五班的課程。

去年，是週二下午進校，一點多，開始準備三點的課程；五點課程結束，再準備隔天的大學部必修課及研究所的課程。因為研究所的研讀內容量數很大，往往看得眼睛吃不消；週三下午五點多結束課程。和學生一起吃晚餐討論論文，再準備週四早上的課程。又加上竹北郵寄不方便，我將所有的審稿，包括期刊、升等、研討會、評鑑、文學獎等審查案件全部寄學校，在備課之餘，還要張羅審查事情，時間的壓力，真真有點吃不消，幸好週四下午之後的時間很有彈性，可以留下來處理庶務，批改作業，審查工作。不過，這樣的作息，時間很趕，有點吃力。

今年改變策略，早上搭乘第一班火車到校，六點的鬧鐘起床，六點二十分出門，到校八點半，可以好好備課、審查文章、批改考卷作業、處理公務，時間比較悠遊了。而且火車一趟到台中，不必轉換車，感覺比較輕鬆，但是，六點起床，真的很累人。這就是選擇了，到底要早起早到，還是要晚起晚到呢？沒有十全十美的事，所以這學期改成週二六點起床，前往學校。又因到彰師大兼課，週四早八的課，也是早起六點。週二天六點起床，似乎很累人，但是，進入工作的軌道比較流暢，所以也甘心這麼二天早起了。九月、十月六點起床似乎還好，如果是十二月、一月份可能沒有這麼好吧，貪睡的我，還是不知道是否能夠早起，但是，目前的軌道進行還算順利了。

本週的唐詩研究課程閱讀高友工的文章，談中國語言文字和詩歌的關係，由於他受西方影響甚深，文字不好閱讀，很多專有名詞也查索很久，到底何指，必須對學生釋疑。我閱讀了全篇文章，並且鉤勒重點，預計在課堂上展演，除了理論閱讀高友工文章之外，還有文本的駱賓王的詠物詩，我也將十六首全部閱讀，典故也查出來，並且也鉤勒了詠物詩的內容與特色，打成講義，預先寄到I興雲，上課可以好好運用，不必再寫黑板了。

上課時，請分配報告內容的同學一一進行報告，一位大陸學生說，高友工的文章看不懂，沒有辦法報告，但是駱賓王的詠物詩及《篋中集》可以報告，另外二人一組的學生也報告駱賓王及《珠玉集》等內容。

我是個急性子，很怕學生口頭報告太長太久沒有時間可以討論，告訴學生說，口頭報告掌握二十分鐘，留下的時間大家討論。再問，大家是否閱讀高友工的文章了，有數人舉手，我再問，看得懂嗎？可以分享嗎？大家皆搖搖頭。我說：沒有關係，等一下我來講。

於是，按照既定的流程，學生分頭報告駱賓王的文章，一位男同學用箋注方式展示，很能帶領同學進入文字層面；第二組報告，除了文字層面也帶進了喻旨的部分，二位分頭報告，感覺他們很分工合作，也講得很好，並且預留了三個問題問大家，很好的提問。駱賓王的詠物詩三個人二組報告完畢之後，我再講詠物詩的特色，有A及A＋B型二式，當然有主流與非主流，再加上與其他類型的異同，也帶到觀物的特色，《佩文齋詠物詩選》所列的物象就不純粹是景而已，在口述時，我的發想還是會臨機應時而發出來的，與詠史、懷古、詠懷作對照，讓他們更清楚其間的異同性。講畢之後，再讓學生報告《唐人選唐詩》的內容，三個人分別演繹所找的研究成果，當然了，用關鍵字可能比較無效，所以糾正了可以對學界有貢獻，就是要清晰明白的指出方向性。接著再用電腦秀出詠物的講義，類型、表述手法、求意方式、美感效能等等，看到學生一邊聽一邊拍照，將重要的內容拍下來。

當學生報告完畢，也討論完畢之後，我再演繹高友工的內容，主要是談口語與文字的異同有表音表意，而中國的詩歌既是文字又是語言，既能表音又能表意，尤其高友工針對律詩的對仗提出了空間圖象意象與時間朗誦效能的功能。我再演譯平仄譜讓同學知道，古典詩歌的平仄是讓誦讀時有抑揚頓挫的感受，對仗句不僅是表音也表意，但是高友工省略了用韻未講，韻也是表音的一種方式之一，讓語言文字更能有悠揚綿長或急促短仄的效果。再發了一份講義，讓同學知道古典詩歌的形式規範是有一定的範式的。

努力以自己所學、感知來傳授個人對詩歌的理解與體會，不知道學生的感受如何。多年未教唐詩研究，內心的矛盾與糾葛非一句可以斷清楚的。重新講授唐詩，也重新啟動自己的教書活力。以前講寓言、笑話，只想以簡單方式讓學生學會一套分析文本的方式，也讓自己安穩於既定的課程內容，不必有備課壓力，所以一上多年，也沒有回到詩歌研究的路上。去年，因為數位學生同時找我指導唐詩，再加上博生一直希望聽我的詩歌研究的課程，所以才再開這樣的課程，希望給自己完全不同的視野重新檢視自己的研究。

不知道學生是否聽得懂？不知道是否受用？細細思考，不僅要好好備課及講授，無愧於台上的角色之外，還想把講台當成舞台，好好的展演，讓風華再現，好好把自己看家本領拿出來，讓學生盡情享受上課的樂趣及知識的學習。有了這種決定，不是此時此刻才有，一直以來，都將每一堂上課當成一場偉大的演講，事先必須先札札實實的備課，典故、字詞義的理解，以及內容的貫串等，站在講台上才能充分發揮所長，隨興之所至，好好發揮歷史典故，課堂知能等，既能有知識學習，又能感受學習的愉悅，至於分數，不是最重要的，如果對學生有收穫，不應當是分數標示一切，而是學習內容影響一生。

在通識課程的《寓言文學欣賞》課程如此，講故事之餘也講人生態度、人生應對的態度。在「詞曲選及習作」課堂中，也要在典故之外，講詞的要眇宜修之美，講文學的美感以及審美態度。講唐詩，要講研究的方法、如何研究、如何感知、如何入手。

看到秀美PO在FB說，上課要學生迅速抄筆記，PPT要跳跳跳了！學生指著窗外要老師跳樓。不管是否故意製造議題，對我而言，一定會幽默以對，經過去年必修課學生上課不學，吃東西滑手機，還遲到早退時，我的心有點冷卻了。此時，再重新温機，讓教學的熱能亮起來，不要讓學生不喜歡上課，要讓學生把上課當成一種樂趣，有期待，這樣的學習才有效的。

看到小普說上課一百多人，改作業很累。我回說，有人修課已是很幸福的事了。是的，少子化，有人想教書，沒有位置，一位難求。有些課，學生沒有興趣，尤其在這個功利時代，學習什麼是有實質的效應呢？還有學生選修古典文學就是一種幸福的事了。再則，還有一百多人想聽你講課難道不幸福嗎？表示你的學問被肯定，你的能力是可以充分發揮的。去年的辛詞，居然只有十餘人修課，與上學期的蘇詞三十六人剛好反差很大。這就是市場機制的反應嗎？好逸務勞、怕寫作業、怕口頭報告？喜歡蘇詞的人很多，連金門、外籍生、社會人士選課的人很多，是一個充滿多元雜牌學生的一班。下學期十餘人，從雲端跌到海底，不過，仍然努力教學，口碑是要做出來的，不要管學生是否會修課或人數多少，努力教書，好好教書就是盡到本份，也達到作育英才的效能。今年上下學期皆有三十多人選課，不再出現反差。

想到年輕時候的我，每週很期待上蘇辛詞，那種期待的喜悅至今仍然存留心中。現在的我也要如此，讓學生期待上課，讓上課變成有趣的事情。

每一場上課，都用喜悅的心情面對；每一場展演都是華麗的現身。人生的舞台由自己翻轉，一定要讓學生感受學習的欣悅，讓知識成就學習。

把每一場上課當成快樂的，當成與學生交心，不要怨懟學生滑手機、不要埋怨學生缺課，就是要用札實的學習內容來吸引學生，讓學生感受學習是一種快樂，知識學習是一場華麗的出演。

二〇一八年十月十九日

狼狗

《詞曲選及習作》課程要同學繳交一份作業，自己填詞，搭配今人歌曲。且要標示原創與自創。

同學們紛紛繳交作業，有人文字細緻古典，頗有宋詞風韻，亦有以現代RAP填寫當下的心情感受。

有一份作業，居然以小紙片填寫，文字小小的，上半是英文，下半是中文，未知所以，因未標示清晰，不曉得他的原創者是何人，取自何人的作品？於是以形式不合，略扣分數。

發完作業，他私下找我，告訴我，這是自己原創。我抖然一驚，什麼，是自己原創的曲譜。很震撼，居然有同學會自譜詞曲，姜夔、周邦彥皆會自度曲，他也是吔。像窺見奇麗瑰寶，要求他將作品演示給大家，他很低調，不願張羅，只願在課後打開電子桌面，點出YOUTUBE，我看到了一系列的狼狗的作品，他將繳交的一曲點給我聽，節奏分明，歌聲清婉，我問，是何人所唱，他說，是他自彈自唱。音聲流轉，令人耽溺流宕在聲海之中，很好奇的問他，他說有一套系統可以自編創作曲，而且去年中文系的音樂劇也是他編寫曲子的。

真的，如果，沒有他親自向我說明自創曲，可能，就錯過了眼前熱愛音樂才子。

想當初，方文山，周杰倫也是沒沒無聞的小子，因吳宗憲賞識而有一片新天地，創造了中國風的詞曲風靡華人世界。

面對眼前的音樂才子，我囑咐他，要好好發揮自己的長才，走出一片光景。年輕人，如何出人頭地？需要行銷自己，最簡便直接的方式就是播放在YOUTUBE中，希望有伯樂可以賞識。他大約也循這個管道，而且也善用本系音樂劇來一展長才。

對自己差點錯過一位音樂才俊，有點歉意，更多的是喜悅，歡喜有學生對音樂如此熱愛，以音樂抒發自己的情感。

二〇一八年一月十一日

雲聚

人生相逢相識相知，猶如雲煙相聚，來時匆匆，去後無影無蹤，珍惜當下，是我最可以把握的事是拍照，以影留存，見證曾經聚合。

承蒙林聰明教授邀約擔任李靜玟博士論文口試，同場口試委員有：李威熊、王國良、周益忠等人，李、王二師皆是我師長輩，能夠同場共試，是我的榮幸，這種榮幸，不是因為學生的論文如何如何，而是能和老師們一同坐在一起享受文學的滋潤，享受學術的滋養，是我最大的福份。

口試時，因我非初審委員，故而由我先提問，先從大架構宏觀談論題的設定，《領域的互涉：唐代文人生活與生存》，何謂「領域」必先設定，何謂文人，君王算是文人嗎？生活，有常有變，則所書寫的是日常生活，抑是變異的生活？再問研究範圍的釐定，什麼是文本範圍？時代範圍？初、盛、中、晚唐如何取樣文人？論述的範圍是什麼？章節的排序，重要的四章，應有一個理序，由近到遠，由小到大。敘寫的策略，每章的鉤勒研究成果宜先置於第一章的前人成果檢視之中，不該在每章節論述時置放這些成果，且宜豁顯論述的重點及突破等等，至於文字的不通，論述的不周延，皆須調整。至於唐人對陶的接受，何以擇此？文學家何以擇自然詩派？而離場者又是誰？王維是宦隱，未離場；孟浩然未曾進場，而其他劉長卿、常建等人亦然，這些擇取的標準是何也？再則唐人的娛樂，何以擇蹴踘，事，木射、分曹覆射、奕棋皆未曾寫入，是否宜「先總後分」的敘寫？顯然的，他的題目太大，要照顧的層面大有不足。

我問完，再由周益忠提問，他從微觀問詩句解讀、「厭勝」的用法等等，中場休息十分鐘，接著再由王國良老師提問，他的專長是文獻，顯然下很多功夫閱讀，因為查看到有些書籍的引用錯誤、時代錯誤、意義解讀錯誤等等，我也在場學了看書籍的方式，接著是李威熊老師提問，從文人的定靜、文人的生活，帶到唐代人的情境，也細細給予指正，因為其他三位委員皆是初審委員，故而先看過一遍。

會後，指導教授林聰明邀大家到星享道晚宴。真的，餐食太豐盛了，是大規格的宴會餐，但是我們只有六人，故而食物多有剩餘，只能打包。

宴會中，吃東西不是重點，重要的是聽師長輩談論儒林往事，這是我未曾經驗的學術歷程，聽大家講述章黃學術到了台灣師大、政大的情形。講閔孝吉、台靜農、高明、華仲麐、潘重規、林尹……等人，我因年輕未曾親炙這些大師，但是，身為台師大的後學，也非常仰慕這些大師的風範，聽師長輩在席間談起大師們的教學與風格，實是令人莞爾。

王國良老師談到某位老師，古典文學創作很好，一上課，使寫了整個黑板自己創作的古典詩，卻未知如何授課，問學生有無詩作呈上來批閱，改詩、改文章非常精練到位，卻是不懂得如何講學。那一代人，不知道如何講課，學問卻非常的好，王師還取笑現在的制度，如果是在現代，教學評鑑一定不會通過。又說到某位教師，上課一根接一根的抽著香煙，我們是被「熏陶」出來的。關於上一輩師長的求學經歷，實是我未曾經歷的，頓覺好玩有趣。

還有，林老師也講述他的家世背景及求學經過。家世是與霧峰林家是親戚，小時侯常在萊園玩耍，賽跑第一名有獎金一百元，那時的一百元是現在的一萬元吧！而自己父母輩是台中四張、七張人，也算是望族吧！因為他說處理遺產時，跑到雲林、潭子、豐原、西屯等地自己從頭張羅處份，將所有的土地產權處理清楚。也說到歐遊坐商務艙，一般機票是四萬多元，三四倍的價錢搭商務艙，十三萬元多，平躺睡覺，完全沒有時差。是的，有錢人就是可以任性的。還說到一次到日本三個小時也搭商務艙，整個艙座只有他和太太，三個空姐服務二位，覺得好不自在。又談到大學時受高明關愛，非常的受寵，也要他和大二的老師先認識，大二就要讀《宋元學案》等往事。王國良也講述點書的趣事，大學時代就點十三經、四庫題要，這些要籍是現在我們的經典，可是我們卻不能要求學生點書了，因為招生不易，華梵、玄奘、修平的中文系皆關門了，而博士班的招生也是非常奇特，非專業的中文人越界來讀中文，招生不利，不斷地調整方向，希望吸引學生來讀，如此嘩眾取寵，如何要求學生向學呢？而努力學習之後，又能奈何呢？就業市場不利，許多的流浪教師、流浪博士又是另一種心酸的見證。

宴席上，其樂融融的由師長輩們講述過去親炙大師的趣聞，而我的經驗卻恰恰沒有這些，也補足了未能親炙大師的缺憾。

多次和林聰明教授口試，也曾邀他參與本系的中興湖文學獎，從來也不知道他的家世如此豪貴，也不知道他曾是高明老師欽點的才人，更不知道他也曾在學術界發光發熱。而今退休，所有的光華往事，也將成為雲煙過眼，人生，真的就是這樣了，繁華事散逐香塵。他的兒子在航太業，女兒即將啟程前往瑞典述職，這些光榮，讓旁人聽了羨慕，但是，人生由命非由他，也不必豔羨他人了，活好自己就是最大的福報了。

如今，聽師長輩重提往事，若不記錄下來，可能往事如煙，無從考查了，而我在席間並不是聽的很清楚，只能聊備一格的記下一點雪泥鴻爪。

他年他月他日，誰還能為我們講述這些往事趣聞呢？雲煙聚散匆匆，珍惜每個當下，拍照留念，是我唯一可以回饋大家的事，而這些照片也只能見證曾在宇宙中的閃光，終將風流雲散，終將雲煙過眼。

二〇一八年七月二十五日

生命中的輕與重

學位論文口試，從來都是謹慎行事。

魯公打電話過來，說明天口試的論文抄襲太嚴重了。本系設有原創性論文比對系統，約有三十二%的抄襲，問我如何處置？為何知道有抄襲卻沒有擋下來呢？而指導教授的態度如何呢？我說明本系提學位論文申請是三月，其後先經碩博委員會通過之後，才能提口試，而比對系統更在論文完成初審之後，故而，目前僅能按照流程進行口試，至於通不通過，明天三位口試委員對話才能共議。同時，也可以問問學生究竟真實情形如何？

口試時，我問學生究竟是第幾年了？學生說最後一年，我再問：是四年還是六年？她說八年。碩士論文寫了八年，的確是很久。八年抗戰，一定是生命中遭遇困難，才會如此遷延。再問，問抄襲，問形構內容。

魯公也進行內容提問，最後，指導老師細說從前，如何指導？如何每次血壓皆要飆升，文句不通、內容不通、不知所云，一去就不知多久才能再談論文，躲老師躲了數年，最後在年限將屆，不得不提出來了。

私下，才知道她生命遭遇了非常困難的挫折，四位親人接二連三逝世，目前弟弟還在腦中風治療中……

寫論文，是她生命中唯一的浮木，這種心情我很能理解。大凡生命困挫，已讓她對生活或生命沒有希望的麻木或如行屍時，唯有一點點的浮木，可以救起；一點點的燈火可以引導前進。

她操作這個論題太難了，神祕數字的時空性與曼荼羅研究，是好題目，也是很難的題目，對於非本科系畢業的她，要超越自己跨領域的局限，的確是很難的事。

對於她的遭遇，大家很同情，所以建議給通過的及格分數，但是一定要修改論文，將抄襲的部分全部改過。

午餐，對話，才更清晰知道她生命的歷程，家境貧窮，學會計，十九歲考上公職，在監理所工作，後被陷害而撤職。離開職場，再去中山醫藥進修，後來也考上小教，考上教師甄試，目前任教某國小。這八年來，歷經四位親人往生，心中的苦悶，非常人可受，而常期吃抗憂鬱症藥、吃安眠藥，還發心擔任志工，也拚命賺錢，醫藥費重擔再加上生活費，一個月要花八萬元才能打平。

一個小小的國小教員能賺多少錢？我教書資歷已二十多年了，扣掉公保健保退撫基金，一個月也沒有多少錢，那麼她如何生活呢？

看到她的堅強，也希望給她一點打氣。

我們不知道她言說的內容究竟是不是事實，但是，在她最苦的時候總希望給她打打氣，走過人生的低谷。

魯公說，怎麼會這樣？是住家風水不好嗎？指導老師說是不是要除煞？學生深信玄天上帝，今天口試就結個紅巾，保佑平安通過。又說起當年考上四所學校，也是玄天上帝要她選中興，當年拜她擔任指導教授時，見面送的書也是寫玄天上帝的專書，這也是緣份吧。

看到她的堅韌，通過口試只是一個形式，要求她必須修改，將所有抄襲內容修改成引用或加注，不是文字上的一字不漏的抄襲。

器文老師期許她成為太陽花，有能量的太陽花，是正向的花。

所有的人生風雨，只有親身走過才能體會、才會刻骨銘心；所有的痛苦也只有自己才能領受，別人也僅能同理心、同情心理解而已。真正能夠跨越這個關口，也只有自己才能跨越，別人的加油打氣，仍然無法替代錐心泣血的遭遇，期待她更好的面對人生的種種。

二〇一八年七月三十日

千姿百媚

賢賢說，從小最討厭人家問他，這是什麼植物？那是什麼花？看起來不是一樣嗎？全部都是綠色的。

去四川參會，看到許多不知名的花朵，問同行的學者，呂正惠老師說，紅色的就叫紅花，黃色的就叫黃花，這不是很簡單嗎？全部的人都笑了，是的，可以約簡以顏色來區別。

春天來了，沿路看到許多美麗燦開的花朵，不想錯過，拍照，留戀，偏偏未知其名，小芹幫我下載了一個形色的軟體，只要拍照，便能辨識是何種植物，很簡單的方式即能了然於目。

常想，花草樹木也和人一樣，不同品類的植物有不同的生活習性與特徵。

形狀各異的植物花朵不一，偏偏我們認識的非常有限。試想，人類有黃種、白種、黑種等人種之異，而每一種人種，沒有一個人長得一模一樣，頂多，只能說相似而已，除了形貌各異之外，尚有特質、性情之不同，而我們黃種人，看到歐美人士，除了知道是白種人之外，我們似乎很難辨識是歐洲人或美國人。甚至看到一整班學生或一整車的白種人，我們可以知道人各有形狀異貌，偏偏我們辨識能力有限。但是，我們寧可花心思在辨識各種人等，卻不願意花時間在辨識各種植物。因為植物與我們生活並非如此緊密結合，除非是以農為業才必須如此花費精神心力去了解花草樹木的習性。而交接往來的人們，卻是你不得不辨識的對象，工作的夥伴、生活的親人、交接往來的友朋們，這些，你必定會花心思去經營和她們的關係，而且緊密度也非常強烈。

不同的植物品類有不一樣的形狀與習性，寒帶、溫帶、熱帶的植物各有不同，而適水性、向光性、適土性也各自迥異，生長的季節、開花的季節也各自殊異，再加上，它們會開出不同的花朵，偏偏我們只能有限的認識它們。

面對學生，是不是也當如此觀呢？不同的學生有不同的興趣嗜好，也有不同的特質與性格，不能一視同仁，也不能無所分別，就像花草樹木一般，溫度、氣候、季節、向光、向水生各自殊異，不能統作一觀，這樣才能讓學生適性發展，也才能有人性的特長，看到樣貌殊異的植物與春花作千姿百媚的嬌態，則更知世界沒有相同的人等，也有品味各異的人等，尊重、辨識異同，便是我們面對學生可以更精細地知解。

二〇一八年四月十日

悲憫

正在召開招生會議，商議學測、指考入學方案的簡章修改。大家紛紛提出意見溝通。會議結束，一位老師突然問我，某位碩專生究竟如何了？為何要鬧自殺？我未知前後因果關係，請他講述一遍事情原委。

他說，有一位今年七月口試的女碩專生，因為拿不到畢業證書，在FB發文說要自殺，她的同事也應和她。

我問清楚這位女學生是誰，才知道是我在七月擔任口試的碩生。因為大家未知原由，我詳細的將前因後果說清楚。

口試之前，本系助教會將碩士論文進行原創性比對，並寄給口試委員了解論文是否有原創性或涉及抄襲情形。發覺這位學生抄襲非常嚴重。口試前一天，另一位委員打電話問我，抄襲太嚴重了，該不該取消明天的口試呢？我說，因議程排定了，仍要照常舉行口試，聽聽指導老師及考生的說法吧。

我是初審委員，初審時，她的論文句不成段，段不成篇，還有很多空白章節未寫，知道她是第八年了，再不提出口試，必然取消資格，悲憫情懷作祟，也希望她能夠立即補足空白。遂寫了初審意見讓她修改，希望她在一個月內狂寫、狂補內容。最後，她也不得不繳交論文了。拿到手中的論文當然是千瘡百孔。

第二天口試時，學生先用PPT講述自己的論文架構及內容，接著由口試委員進行答辯對話。我用電腦秀出她的論文大部分抄襲，而且連網頁的符號皆未能變更，抄襲論文的前後編序凌亂不堪，例如有標示第一，卻無第二以下的序號；或是有二序以後的內容，竟然無第一序的內容；再者，前後的字體不同，標點符號也不統一，顯然抄襲大陸論文甚多。第二位口試委員也舉證抄襲自某篇文章，或某位學者的論文，前後林林總總，前文不搭後文，後文又與前文不相合，……。指導老師也說出八年來指導她的辛苦，常常和她討論論文，說要改，一去大半年才出現，或是錯誤的地方沒有改，新的地方又錯的更離譜，在最後不得不畢業的第八年勉強讓她提出口試，但是，要求她不得抄襲，因為時間太趕了，最後的口試本連指導教授也未曾過目。

輪到學生答辯時，她釋出最大的誠意，願意修改，欣然接受我們的意見。口試結束，將所有旁聽的學生請出會場之外，關閉錄音機，三位口試委員商議如何解決嚴重抄襲事件。

指導老師說，她八年內死去四位親人，而且有嚴重的憂鬱症，寫論文變成她生命唯一的浮木，……。她訴說著這八年來未能如期完成論文的人生悲慘遭遇，我很能同體感受生命沒有支撐力量時的失重感受，也很能同情她的遭逢，指導老師說，好像是上天故意找她開玩笑，所有的不幸都讓她遇上了，……。

大家出於悲憫，想要救奪這位幾乎溺在人生困境中的學生，讓她能有一點微光可以繼續活下去，有一點溫情可以支撐渡過人生的災厄。最後，大家想出一個萬全的方式，既不傷害她，又能讓抄襲事件反轉。

決議分數打在最低標的七十分，這是及格的底線，並且列出三點切結書，要她簽名履行，內容就是論文必須修改至無抄襲方得領回畢業證書，否則一直扣押著。

這就是當時口試時所做的決定。

原以為我們的悲憫情懷，學生可以感受的。殊不知，事過境遷，學生不深切反省自己，反而認為是我們在為難她。而且還在ＦＢ博取同情，說中興中文系太無情，畢業了竟然不給畢業證書，……

唉，面對這樣的學生，難道是我們的悲憫錯用了嗎？過河拆橋、不知圖報的人很多，但是，這是當初苦巴巴期望我們給她畢業的苦情女嗎？

二〇一八年九月十四日

輯五：遊：江山風月

生命之光

到亞洲大學參加生命與文學研討會，順道到安藤忠雄的亞洲現代美術館參觀。這個會期展出的是趙無極的「無極之美」，以油畫為主。

趙無極先是在中國求學，學國畫、素描、水彩，後留學法國，學習西方的繪畫技法，從此在法國定居，成為華裔法籍的知名畫家。

「無極之美」，將他的畫作分為五大部分。

一、遊藝於美

展出一九四〇至一九五〇年的作品。趙無極十四歲即立志成為藝術家，與孔子吾十有五而志於學尚早一年，畫家的自覺性，讓他比別人更早投入自己喜歡的藝術。就讀杭州藝專，學習技法，並奠立風格之基礎。早年的作品，有裸女畫像、景物寫生等，可以感受初學繪畫尚在臨摹與入門的生澀。

二、美的覺醒

展出一九五〇至　九六〇年的作品。自我探索，以「抒情抽象」的印象作品為主，多為空靈、流動的線條以及色彩繽紛渲染為主。

三、藝簡言賅

展出一九六〇後期至一九七〇年的作品。打破色塊、結構、佈局，將水墨、油彩兼融並蓄於畫作之中。

四、藝猶未盡

展出一九七〇年以後的作品，將中國的水墨書法融入油畫之中，頗有文人畫風之逸趣。

五、藝，該如此

展出後期作品，以大幅畫作或是三連屏的方式展現氣勢滂薄的連翩浮想，取消景、色之物象，成就獨特的畫風。

趙無極曾拜師林風眠，有幾張圖象頗有林風眠那種靜謐潔淨的感覺。由於到法國留學，自然也融入西方的透視法，但是，最令我驚訝的不是透視法，而是以油畫的方式將中國山水淡墨丹青畫法融入油畫中，遠觀如同在欣賞中國的山水畫，近觀才能感受是油畫的肌理紋路，技法已到爐火純青，令人不辨是西畫或中畫。

拾級登上三樓展場，眼睛豁然一亮，幾幅晚年畫作，似是俯視的取角，散發出光影的透亮，靈動的光，似暈，似潑，似灑，似飛，鮮活地嶄露出生命的光芒，讓人一見傾心，也似乎脫逸出畫的框界，流轉在宇宙浩瀚之中。他將生命的光彩融成畫面上的靈逸，讓人感動欲泣。

導覽者，總是要將畫作與他的三段感情作鉤連，第一段是謝景蘭，因學音樂而與音樂老師產生愛戀，最後以離婚收場，一段刻骨銘心的愛情，終是影響心情與畫作。第二段是陳美琴，第三段是法國女人法蘭斯娃絲。三個女人，似乎也象徵三段生命風景嵌入畫藝的成長茁壯過程。走過青澀的歲月，才能有驀然回首的對望，也才能興發看山是山、看水是水的了然與超越形障。

莫內晚年的畫作，直是一片渾沌，色彩繽紛，渾然天成的色景交融，不辨是花是木，全部融成一片。人說，他晚年視力不佳，所以色彩合融渾成。張大千早年亦善作工筆畫，由敦煌石窟臨摹來的觀音畫像，或是仕女圖，花鳥皆細膩令人觀之屏息，到了晚年，以水墨畫荷為主，想是視力亦不行了，以大色塊水墨渲染出荷葉翩翩，花姿蹁躚的姿態，自有臨風之灑然。而趙無極晚年卻以光影透亮方式展現綿渺的無垠。畫光，真是不易，光，無影無形，卻能脫逸出畫面讓觀畫者如親臨而視，一種震懾人的氣勢直逼人朗視而觀、而歡，生命姿彩逸現在眼前，真真令人感受生命之光彩的臨現與靈動，充滿了喜悅。我想，畫作所傳達的美感，已將趙無極的生命之光豁然朗現，流露無遺了。

未曾學過畫，也不懂畫的我，卻非常喜歡觀畫。國高中時，常常偕同學到新公園現名為二二八公園的博物館內欣賞免費的展覽。看畫，看書法，看插花，看銅雕；看著莫名的抽象畫，水墨，現代畫，還有新創的以字為畫，遠觀近看，各有風姿，這些，經過多年以後，仍然含攝在心中，成為一方小小的淨土，隨時會湧上心臆。知道畫家成名之不易，而要被接受更不容易。然而堅持創作，終能被有心人賞識，讓世人欣賞，過程之艱辛，不足為人道，然而，只要努力，一定能夠成功，一定有能見度。

看到趙無極以中國人融中西繪畫於一爐，既有中國山水之幽然窅然，亦有油畫之摹景透亮，更能將林風眠潔淨的畫風融於其中，技法練達，已不能用中或西來框限他的成就了。
步出三角對話的展場，信步在芊綠的芳草中，享受繪畫的生命美感，也將鳳凰展翅欲飛的銅雕，作為啟發自我生命的睇視昂藏，終要奮力高飛。

二〇一八年一月二十日

煌粲外灘與清冷蘇州河畔

金碧輝煌的黃浦江對岸燈火，輝映著江天煌煌燦燦的光影，讓人陶醉流連，真有不知今夕是何夕的迷離徜徉。

遠方江天簇擁著東方明珠一枝獨秀，是科技的傑作，也是巧奪天工的曠世鉅作，駐立在黃浦江岸，成為聚焦凝目的重點，也是鎂光燈捕捉閃爍的美景。西岸的燈影流離攫獲回眸眼目一觀，東岸的南京東路上特色的金融貿易建築也不甘示弱的輝耀光芒與西岸形成奇景爭鋒。

行走在外灘上，不能好好的駐足留觀，因為人潮洶湧猶如台北的跨年晚會。連平日都是如此寸步難行、呼吸困難，遑論逢年過節。人潮如遊龍般的綿延在整個外灘景區，煌燦的燈影搖曳成為稀世奇觀，既有燈影耀映天空，也有光影投映江面，更有畫船行遊江面宛如一尾尾江魚穿梭，此時駐足留觀，感受眩彩的、迷離惝恍的天光水影，也感受遊人驚詫的、奇呼贊嘆的眼光。

每一回到外灘，和不同的朋友到訪，就有不同的感受。是夏日溽暑，就是要汗流浹背才覺暢快淋漓；是冬日寒颯，枯枝寒風才覺蕭爽欣然。這回，和王永波、李相東、曹辛華及惠馨、鈴棋遊走其間，各有不同觀看的視角和感受，無從臆想別人的感受，只能確確實實的領受遊人如織、絡繹不絕的遊龍景觀下的自己粲然存在的凝觀心境。

在燈影煌煌簇擁著人龍的黃浦江畔遊走，漸行漸遠，遠離了人潮，走進了蘇州河畔，那又是另一種景觀，蕭瑟冷寂，少了煌粲的燈光輝映，少了遊舟的喧囂，更少了遊龍如織的人潮蒸騰。這兒，彷彿是另一個世界，少人行走遊觀，我們才能好好的吸翕蘇州河畔的冷影清澄。悠悠淡淡的河水自在悠然的流著，一世紀一世紀的流著，而我們也在河畔望著農曆十三的明月高懸天際與我們遙遙對視相望，隔天、隔水、隔世、隔人的相望著，人生代代無窮已，而此時此刻的我們也正如當年春江花月夜下的張若虛的心境，先我們而寫出奇哀感人的詩句，牽動著千年之後的我們的心緒勃發。

臨著蘇州河畔的某個角落，有位穿著西服楚楚的清癯老者，就著古箏為我們彈奏一曲旋律騰躍的箏曲，替冷寂的河畔增添琤琤琮琮的迴旋樂音，迴響在長流河風之中，也回應著蘇州河悠悠流水，彷彿之間，讓我們回到了大唐盛世，回到了大漢雄風，而我們是行吟的詩人，是拄杖徐行的隱者，箏樂悠然洗滌塵囂，暫聽仙樂耳明的暢意，讓我們卸下了剛才繁華外灘的喧囂。

遊走不一樣的路徑，觀賞不同的風景，既能領略外灘皇燦的燈影與遊龍如織的人潮推擁，也能感受蘇州河畔欣然自在的幽寂冷淡與箏樂如流的清明迴響。人生，不也是一樣嗎？選擇走什麼樣的路，可以欣賞殊異的風光；遊走不同的景區，可以領略迥然的感受。而選擇就是初心所造，選擇之後，就不要後悔，學習抱著澄淡的心境去領略去感受，才能在流景風光之外，倍有所得，也在觀賞之餘，體會人生勝境，絕非眼目所遇，而是心境所造。淡漠的迎向人生的每一道風景，學會用心去諦視、去聆聽、去觀望才能有見、有受，也有感、有得。

如是，我在外灘黃浦江畔，我在蘇州河畔，我在天光雲影之中，我在光影流離的天光造境之中，領略人生，體受人生。

二〇一八年八月二十七日

張迷與張看

在上海的地鐵上，大家閒聊著。說，張愛玲的影響無遠弗屆。有人以研究張愛玲名世。有人以張式手法創作，引人注目。有人欣賞張愛玲的孤峭冷傲。

同樣是創作者，有人遠近馳名，享譽世界。同樣寫小說，張愛玲的小說，雖是創發描摹女性幽微難言的心思，皆讓人過目難忘。不管是喜或不喜歡張愛玲的創作、小說，皆無以撼動她的影響力以及她的成就。

賢也說，某位老師偏偏喜歡上張愛玲的小說，而且是專挑幾近變態的心態流轉的篇章來上課。

喜歡的、不喜歡張愛玲的人，皆難以逃脫被她影響或影響下的評價，似乎談張愛玲與談《紅樓夢》是極度被關注的作者與書籍之一。

二年二度來到常德公寓，是我特別心儀張愛玲嗎？是嗎？不是嗎？張愛玲常到的咖啡廳改造成當年她常駐足的範式，牆上張掛各式張式女子的容顏，或托腮、或偏坐、或幽思、或凝眸張望，皆有令人難忘的花顏，浮繪在上海的某個角落裡，令人暇思，引人緬懷。暇思她的暇思，緬懷她的緬懷，張望她的張望，而我們就在這兒形成一種張迷的對視，視而不見的古今對望，雖是距離不遠的年代，對我們彷彿是隔世隔代般的遙遠，她就在古渡迷津中望著對岸的我們，形成一種張看，而我們也願意在她的對視中成就自己的成就。

偏愛在咖啡廳中與友朋話家常，也偏愛咖啡廳中的小小甜點，輕啜小點，有種幸福的感覺，這種由味覺累積出來的感官快意，是心中飛灑出來的多巴胺，快樂的飲啜著「六月新娘」、「金鎖記」、「半生緣」，似乎與張愛玲連結成前世與今生。既有前世的纏綿，也有今世的牽掛。濃郁的「金鎖記」飲品，強酸強甜有著微茫的愛意浮出塵寰，那種悲恨交加、愛戀強索的味道正合著曹七巧悲喜一生，扭曲變態的一世情緣。

在昏黃的燈影搖曳之下，我們就是流亡在情愛世界的追趕者，追趕著人世情緣，浮世情緣也被追趕著，來來往往交織的人際網脈，是誰會與你在夜半人靜中，偶然探頭說，喔！你也在這兒！不早一步，不晚一步，情緣如此滋生，無論是愛情、友情、親情的構築，皆是不早一步不晚一步，恰恰好，我在你也在，你回眸與我對視，我也粲然與你對望。這種滿堂兮美人，唯獨與余目成的巧然，是千年不悔的回望，也是緣份恰恰好的回望。

寧願浮遊在咖啡廳，衍成一條荇草，隨風飄揚；演成一株蔓草，隨牆攀爬；也願意成為一朵飄香的百合，芬芳自適，載欣載奔的濃散著幽香，觸人感官。在這兒，活出一個假想的世代，我們是三十年代的女子，無所事事，無所牽扯，愛所愛，求所求；行所行，止所止，如是而已矣。

二〇一八年八月二十七日

文人玻璃心

驚詫連連的踏進蘇州滄浪亭。惠馨說，她剛完成這篇文章的欣賞呢！這麼巧就在蘇州巧遇了。

閱讀《滄浪亭記》，不過是在蘇州爾爾，蘇舜欽將自己的貶謫寫得如此不堪，在北宋，蘇州非嶺南瘴氣高張，也不似東坡直貶海南島。惠馨說，他可能有顆玻璃心吧，很容易受傷。

是呀！文人皆有一顆易感易愁的心靈，才能在季節遷化有感而發，才能在情緣初萌時發文書寫，也才能在貶謫時療癒心靈，這些皆證明玻璃心並非不好，而是適時的找到了宣洩的出口，藉由書寫來療癒瘡傷，而這些療癒的書寫，正為我們提供了豐盈的文學作品，或詩或詞或文或駢或賦，豐富了文學世界，也跨越了世代成為不朽的名作。

駐立小亭，想著古人如何書寫自己的遭逢，如何編寫自己難以言說的故事，隱用典故，讓無題更加迷離惝恍，讓真相永遠沒有真相，而我們就在詩謎中尋找詮釋的可能，也嘗試為作者解開不為人知的奧秘。

不想讓人家知道，以隱晦的方式書寫，義山用無題，朱彝尊用風懷詩，這些皆是秘而不宣的幽情秘意。然而，後人偏偏多事，想要揭開詩謎，想要了解真相，這豈是作者當日所願見者，然而好事的後人，卻如此興風作浪，非得要糾出無題是指什麼？風懷是指何人？深情幽意偏被後人掀開，這個世代就是你越想隱秘不宣的事情，越能引發別人的懸念。

此時此刻的我，也在思考，撰寫學術論文，無人聞問，若能有新穎的小說，則能風生雲起，楊富閔的《花甲男孩》就是如此，散文式的瑣記家族史，卻被編劇巧構成有戲劇張力的演出，遂能一炮而紅。我們案牘勞形，如此牽累，又有何人識我讀我？學術研究是為己或為人乎？是求名求利？無名無利之餘，所有的孜孜矻矻又有何益呢？何必如此勞銷形體思維？何需如此伏案瀝血呢？

玻璃心，是文人的特質，而我們具備了什麼特質可以為自己張羅出一片新天地呢？篤實做自己，不必在乎名利，努力完成自己的書寫，何必在乎身外之名利乎？說不在乎，其實不是現代人的行徑，一定要有CP值，才能回饋自己的努力，不能阿Q的說不在乎，二十年後又是一條好漢，這不是現代人應做的事，而是時時刻刻追求CP值呢！玻璃心又何妨呢？

二〇一八年八月二十九日

重遊上海

今年到上海的心情特別不一樣，一位中壯的好朋友孫紹誼在八月十三日凌晨六點十八分往生，從此到上海少了一位可以暢談言心的朋友了。

照著預定的行程，我們下楊延安西路的錦江華達經典酒店，距離地鐵江蘇路站七分鐘路程不算遠，然而，看到愚園路、江蘇路站似乎很熟悉的地名，歸來查看舊日的手札才知道二年前下楊美麗園就是距離靜安寺、江蘇路站的中間位置。可是，此番到來，似乎心情真的不一樣了，前年是孫紹誼接待，今年卻不敢通知葉中強老師，怕心情起伏太多。

到上海的飛程只需一時三十分鐘時間，但是出關、入關等繁瑣的手續很耗費時間的，光是出關半小時，領行李半小時，下午二點半的航班早上十點出門，直到五點半才能從上海浦東機場離開。再接上轉乘磁浮列車，再轉地鐵2號線，適逢下班時間，在車廂內幾乎是人貼著人，是世界上密度最高的地方了。

拖行李到達下榻酒店，安放行李，再搭乘電車71路前往華山路站的靜安寺附近用餐，當我們點好餐要享用晚餐時，已是晚上八點半了，真的很誇張的交通與人口密度。

一、地鐵

上海的地鐵交通網路非常的便利，可抵達所有想到的景點，包括上海博物館、豫園、南京東路、外灘、迪士尼、浦東機場、虹橋機場、福州路的書店街、上海圖書館、上海大學等，無論旅遊、文教、娛樂等活動，皆能讓您安然抵達。不過也因為太便捷了，所以每年到訪的觀光客非常的多。我們很習慣線路與線路之間的轉乘必須走很久的路，在地鐵站中尋找轉乘的匣口入站。幾天下來，變得非常會搭乘上海的地鐵，而且買了三日券，可以無限次數的進出地鐵，方便省錢。

基於安全緣故，大陸任何交通入口皆實施安檢，所以每天進入地鐵先安檢才能入站，轉乘則不必。

二、飲食

有一天傍晚到達新天地參觀，由於我和小喬皆感冒，不能吃太油膩的食物，原本被觀光客視為異國料理最多最好的新天地，我們僅能過而不入，找了購物商場也無美食街，最後到了一家附在商場的店面用餐，「銀河酵父」，一份餐點六十八元人民幣，算是其中最便宜的，但是對我們而言，卻是價格不菲。原來這是文青酒吧。左旁女子二人點了串燒，酒，沙拉，餐食，滿滿的一桌，讓我羡慕她們的經濟能力。右旁二位時髦女子也點了酒品，套餐享用。到底是上海人太有錢，還是我們太窮了呢？看著她們大肆點食物，似乎有很強的財力才能如此。

回國當天，看到新聞報導上海的美式賣場好市多開幕，人龍曲曲折折的排隊，門才慢慢向上捲起，就看見大潮低頭搶入賣場，四小時就緊急宣布關閉，因為人潮太多了，搶貨太嚴重了。什麼金門高粱、茅台酒，皆被掃貨，見證上海人的經濟實力。幾年前上海迪士尼開幕，也看到到處人滿為患。錢，不是問題，而是如何有序的進出才是最重要的。

三、常德公寓的張式咖啡

第三度來到張愛玲的舊居常德公寓，心情雖然還是有點異樣，但是，因為陪來的人不同，就有不同的效度了。

第一次和張丹來到，興奮莫名，拍照，書寫，就是要留下所有的心情。第二次和鈴棋、惠馨到來，我們也不斷地拍照，享受和張愛玲時空對接的氛圍。這次和小喬到來，她不是學文學的人，所以無所感，也不怎麼拍照，這就是感受能力的不同吧。

四、星巴克的密度

在上海，任何的地鐵站出口附近幾乎都有星巴克的蹤影，不然，就是在景區搶佔最好的地理位置，在豫園附近至少看到三家星巴克。

其中最狂最吸引人的是南京西路的純真星巴克，有半個足球場那麼大，什麼都賣，咖啡、花茶、酒品、腳踏車、麵包、甜點、衣物，以及各式各樣星巴克的造型杯。但是要價不菲，我和小喬逛了一個多小時，皆無法下手買，一個單片的蛋糕七十八人民幣，合台幣是四百多元，叫我們如何下手呢？

但是，坐在星巴克裡面，聞著咖啡香，有著很好的悠閒心情及療癒效果，整個人的心情變的非常舒服的，暢開的門隨時可以開啟快樂的因子。

二〇一九年八月三十一日

北海道強震之旅

二〇一八年九月五日，和台灣一群學界朋友一同前往北海道參加東亞漢學國際學術研討會。這個會議原定七月四日舉辦，日本主辦單位因故延遲到九月才召開，這個時間非常不優，主要是因為台灣的大學開學日在即，所以大家決定九月五日出發，九日歸來，可以趕上十日的開學日。

飛往日本的班機是早上八點半出發，往前算二個小時辦理登機事宜，就必須六點三十分抵達桃機，此時尚未有公共交通運輸工具，還在盤算如何前往機場，查看信用卡，也打電話詢問，費用是一千五百元，既然要花這麼多錢還不如叫計程車前往，後來，同行的學妹鈴棋男友可以送機，於是約好五點半到我家樓下接我前往機場。

五點半前往機場的高速公路上，看到了溶溶的旭日，透出雲層非常溫麗，似乎是越綺麗之旅。到了桃機，十四人一起辦手續掛行李，然後在八點陸續登機，舊雨新知，大家互相問安，對我來講，這些學界朋友大部分是淡江的學弟妹，另有自己帶的一位學生鈴棋，一位早年在中興教蘇辛詞的許嘉瑋。

飛行近四個小時，抵達日本北海道是十二點半，但是日本時間是一點半，於是撥快時間，似乎有點失落感。

領完行李，和龔鵬程老師、周彥文、連清吉等一行五人在機場會合之後，一同前往搭乘ＪＲ地鐵往札幌，結果連日的燕子颱風讓鐵路停駛，只能搭乘巴士前往札幌。排隊長龍漫漫，大家仍然耐心等候，為了不讓龔師等候，他和另二位朋友先搭計程車入住。似乎從二點半開始等待，直到四點半才搭上往札幌的大巴出發，長到無以復加的人龍，有加無減，但是，日本人似乎善於等待，善於排隊，我們也只好在這樣的氛圍中學會安穩如山，學會安時處順。

車行一個半小時之後抵達札晃，六點多，推著行李前進飯店，是旅行社用網路幫我們預訂的，結果似乎不如預期的順利，聽說先到的淑君二人安排入住事宜花了一個半小時，而我幫大家辦理入住時握在手中有四套房間，二間五樓，二間十三樓，心中想著高樓層有景觀，但是低樓層比較吸引我，口中說隨機，似乎是有意讓自己住在低樓層的五樓，拿了505的房卡入住。結果，是商旅，房間很小，而且是單張雙人床，很窄很擠，立即和菁菁等人到樓下櫃檯要求改換雙個雙床，當下沒有，只好第二天再換，客服人員小林也應允更換，我怕他只是隨口應應，當下寫了雙床及二個房間要更換。希望一切順利。

整天，似乎沒有好好用餐，除了吃了機上餐。七點，大家往車站前進，在旁的拉麵店吃一碗熱騰騰又很鹹的拉麵。餐畢，有人想到大通公園，有人想逛地下街，兵分兩路，和鈴棋追隨著一群四位男生前進地下街，由於颱風影響，店家大多未開張，我們隨興逛便利店，逛書店，最後也抵達大通公園，拍照，等候另一組人前來會合，結果久候沒有到來，我們先前往貍小路閒逛，我很想吃水果，吃不到水果有焦慮感，結果超市也僅有香蕉。閒逛了四家藥妝店，搶在十點或十一點關門前買了一些物品，由於沒有和女的朋友出來，根本不知道要買什麼，隨意買了整腸胃葯給婆婆及自己的簡單保養品。似乎有了戰利品，預計第二天晚上再和學妹們前來購物。

第一天小有斬獲。歸來約十一點，沐浴，入睡。雙人床有點不適，但，還是期待第二天可換成單人床，好好睡覺，不會互相干擾。

一〇七年九月六日午夜三點多，突然天搖地動，是劇烈地震。我們被震醒了，似乎，也無事，想繼續睡，房外騷動，紛紛有人走動，沒有電，大家摸黑，我們也走出房門，服務員導引我們走安全梯下樓。由於沒有電，我們沒有鎖房門，只能將自己的行李箱上鎖，揹著貴重物品下樓，三點半，我們一群人坐在商旅旁等候餘震過後。偉淑曾說，帶了羽絨衣，可以三更半夜三點多在市街上穿著。果真，還應驗了呢。我們真的穿了羽絨衣在半夜的市街上吹著風。過了好一會兒，餘震過後，大家又紛紛回房睡覺了。

沒有電力，大家爬回住房，五樓似乎很方便，而住在高樓層的朋友似乎沒有這麼便利了。

原定早上約好八點到上島喝咖啡吃早餐，也因為地震打亂了行程。

強震之後的札晃似乎沒有受影響，最大的影響大約是電力，沒有電，手機無法充電，網路不通，想報平安，似乎也無法，中華電信可通，日本的網路則全面不通。行走在市街，沒有電力，商店不開，飲食及用水成為問題，這時，我們開始搶買水及食物，便利店沒有開，交通全面中斷，原定到小樽一遊也沒有辦法照行程走。

沒有電力的城市，無所事事，我們成為漫遊者，凝視觀看這個強震之後的城市。位於市中心的我們，沒有強震之後的慘狀，一切如故，只是店家不開、交通中斷。無法閒遊，地下街因停電全面關閉。市街上，所有的商店關閉，行人受阻於交通中斷，火車站逐漸圍集人群，大家紛紛運用站內的電孔插電，手機充電才能報平安。無所事事的我們也只能漫遊觀看。

原本強力要更改房間的我們，經過強震之後，百廢待興，我們也不敢有任何奢望，而五樓對我們更好，主要是電力未恢復，爬安全梯上樓甚是便捷。

狹窄的的房間，剛開始的不適應，此時，也習慣了，空間有限之下，我們像魚一樣游行，彼此退讓，彼此行其所行，為其所為，在有限空間尋找最大的空隙，遊行其間。

我們一群人到北海道大學閒逛，到大學超商買些食物及飲水，不知道多久才能復原，預計最壞打算是一週之後才能返國，所以儲備糧食是最需要的。

大學的餐廳供餐，一人限量一份，大排長龍，吃到半份的咖哩飯，彌覺珍貴。

下午，再到道廳閒遊。看到複合式大樓，免費提供充電，也是大排長龍，而對街的漢堡店因為第二天的五百份量活動因強震強迫取消，沒有電，不能保存，遂釋放出來特賣，我們也跟著排隊，反正也沒有辦法排遣時間，跟著排隊似乎是一件事情，可消磨時間，還可以有等待美食的心情。

來北海道的機場上，我們還在分析台灣麥當勞的大麥克買一送一的排隊心理是參與感，是現實感，也是低薪的滿足感，而此刻的我們，也排隊投入這樣的現實感之中。

雖是強震餘生，看不到驚恐的人群，大家依序默默的進行自己的事業：排隊充電、排隊買水、買食物，漫漫地遊走在市街中。

在駅站中，大家也靜默地等待通車，或靜坐椅子上，或鋪坐在地上，完全自律，靠牆的電源全部充滿了電插頭，大家在有序的進行自己可以做的事情。

下午，我摸黑完成送交漢堡的任務，沒有電的商旅，完全靠著摸黑完成四個漢堡的交接，二個給培懿，一個給淑君，一個給龔師。六點多不期而遇在櫃檯，看到龔師，立即交付漢堡，然後也帶龔老師到複合式大樓手機充電。行經駅站，牆面有電孔者，全部被攻佔了，沒有被攻佔的，是不能充電的。抵達複合式大樓時，人龍比下午更長，繞了幾個圈，仍然繼續增加之中，每人限充五分鐘的電力，比起下午的十分鐘更短了。

龔師看到人龍不排了，他尚有五十%的手機電力尚好，遂匆匆離開。我們一行四人，反正無事，便排隊充電，順便看看電視，果真電視報導災情慘重的地方，交通斷絕，馬路寸斷，民宅下陷，也難怪親友們紛紛打電話來詢問。我們在市中心，真的無事，只是沒有電力，不便用水用餐，無聊的我們，充電之後，再往貍小路前進，太黑了，想必未復電，也無法開店營業，遂回到旅館入睡。懼無水無電，六點多就先沐浴了。歸來，十點多，只好睡覺了，無所事事。躺著和鈴棋閒聊了。

睡榻的床，似乎有點奇特，是我多日未能排便，身體機能減損？或是風水不符？不得而知了，只知道，我半夜要起床如廁時，天旋地轉的，這是我生育小孩唯一的經驗，因為生產時太久未進食，身體虛欠，起床如廁時，整個人虛脫的軟在地上，這也是此生此世唯一的經驗，何以此時也如此呢？目眩頭暈，不能起床，只能稍適動動手腳，再起坐，安穩之後才下床，以保自己平安，不會腦中風或撞到牆壁。躺下也是如此，天旋地轉非常的嚴重，頭暈目眩，超乎自己的想像，想來是冤親債主嗎？心有此想，遂努力的在床上迴向、再迴向，只要不平安時，我學會用迴向的方式來保護自己。

二〇一七年九月七日，沒有電力的日子，也不知道何時恢復，大家約好九點在大廳集合，沒有交通，所有的行程皆取消，原定前往富良野也取消了，一群人只好漫遊城市，有任務的人繼續工作排定第二天的議程。

行遊植物園，沒有開；再往美術館，沒有開；途經參事官邸，有對外開放，入內參觀，大家也拍照，一個小小的官邸，是我們打發時間的地方，拍照，休息，聊天。行經郵便局，大家也高興的入內寄明信片，買小小的紀念品，我才知道自己老到波瀾不起。定靜的坐著，觀著，無動於衷。與年輕的朋友成最大反差。

沿途看到一家小店，輕食，開店，我們一夥人十四位立即湧入，吃個熱食，也是一種幸福。算是劫後餘生嗎？尋水，尋食物，還有充電，似乎是劫後可為之事。

再到北海道神宮參觀，遊人絕少，巧遇幾個台灣團，因為強震，沒有交通，大家能去的地方就是沒有限制的開放性空間。

遇到神宮抽籤，大夥紛紛玩起抽幸福籤的遊戲，唯獨我不然。不是不想玩，而是怕抽到不好的籤影響自己的心情，與其如是，倒不如不玩，才不會心境受到影響，我才會是本然的我，才能自在的做回自己的我，而不會受籤詩影響。其實，日本人很有哲學。不好的籤是可以留下來的。這也是一種智慧吧，好的帶走，壞的留下。

神宮遊畢，幸電車有開，我們搭乘三站到大通站，可以到狸小路購物，一群人尚未遊購，此時甚是便捷。

到了貍小路四點半，大家相約五點半集合，各自採買。我也無可買，看著別人買什麼也跟著買了一些，面膜、保養品等等。五點半集合，大家大包小包的，只我，因前天已買了一些，這回可以少一點。

一同到居酒屋用餐，餐食非常便宜，但是座位費用是四百三十二元，似乎也是另外的支出，不過，劫後餘生，也彌覺可花用，只要能享受熱食，就是美好的、幸福的。

一〇七年九月八日是原定會議日期，也如期舉行，大陸學者困在名古屋未能前來，其他韓、港、澳、各地的學者因為地震也不克過來，但是，二三十人，仍然可繼續運作。主題演講是龔師的「文化符號學」，我仔細聆聽仍然努力勤記筆記。

會議時間有限，大家似乎在緊湊的會議中進行。

第二場最精采的是金培懿的日本《論語》學，似乎是一種萬能葯似的，在各行各業開展不同的詮釋與療癒效能，詮釋的面向各自有異，效果也各自展示。

第三場是我發表，講民國詩話，不是寫得的很好，但是觀念仍然傳釋、折射民國時期詩人詩話作家生命的菱鏡。

第四場是菁菁等人，第五場是青年學子論壇，前往聆聽，學生輩們也努力展讀自己的論文各有面向與成果。第六場我主持，時間有限，華萱、培青、偉淑、文倩等人依序宣讀論文，隨著時間長短不一，越到後面的學者越短，似乎不公平，也無可奈何，因為商借會場到六點而已，我被賦予主持任務，必須在五點四十結束，幸好四十分圓滿完成任務，剛好完整還歸大會。

閉幕，頒獎。嘉瑋獲獎，努力的人，不會寂寞的，一定會被看見的。

會後，大家前往北海道大學對面的居酒屋用餐飲饌，消除緊張的氣氛，也為劫後餘生留下暢談、暢飲的歡樂。

歷經日本七級強震，似乎不激動，也不悖動。人到了這種心境，是不是一種老態的呈現呢！無歡無喜的人生，真的是一種哀老的表徵吧。

日本人的守秩序，安於命定，似乎是一種內在潛定的力量，雖是強震七級，未見恐慌，大家依序做自己可做之事，行可為之行。在北海道大學裡，依舊是陽光漫灑著，人依舊悠哉著閒遊著。除了福利社搶空的食品與飲料，大排長龍是一種特色，排隊買食物，買飲料，也排隊手機充電，一切，如常、如序進行著。襯著綠草如茵，襯著紅樓如立，淺流翠柳依舊迎風，我們也漫成一片風景，在這個秋節裡迴盪著。

在駅站裡，或坐或立或行，或鋪地而坐者，大家也有秩序的做自己的事，看報，充電，閒話，或是閉目養神，或是定靜著，沒有世紀恐慌的場景，只是無電，店家不開，地下街沒有開啟，交通中頓，這些不便利，讓奔走流迭的人們、零零散散的各種年齡層的人，留駐在駅站的某個角落，似乎不受影響的做著可以做的事。

在舊道廳的園裡，依舊是蓮花開綻，依舊是鴉啼，依舊是拂柳迎風款擺，依舊是陽光遍灑。坐在園中，享受劫後的安頓，因為交通中斷，我們沒有任何行程，方能更安定的坐在園中享有定靜，享有免於奔走流徙的奔波，也才能安時處順的活在當下，而不必為了看風景而趕行程，在自然的風光裡，自有一片安然自在的心境對治著強震之後的風景。

在超商裡，大家仍然有序的排隊買水買食物；在大學的活動中心有序的排隊買咖哩飯；在漢堡店前，大家也排成人龍買了熱騰騰的漢堡裹腹。在商旅櫃檯前，依序入住退房，看不到驚恐，看不到搶食，看不到世紀災難，似乎，一切是被安排的戲碼一樣，大家依序做著可做之事呢。

我們的團隊裡，也互相幫忙，排隊一個小時買咖哩飯分食；排隊買漢堡分享；食物、餅干、飲水，大家樂於互相分食互相打氣幫忙，讓整個氣氛更加融洽，不爭不餒，一起出遊閒逛，一起排隊搭車，一起用餐談笑，減消了強震後的驚慌失措。

在這場強震之後，有愛心的企業主，以愛心包容所有不便利之人。包括充電，借宿，用水，如廁等。無宿之人因交通不便，有了可以安頓的地方，而無危險之虞。在高樓一樓的內廳裡擺放著紙箱墊子，讓無家可歸的人可以暫時安頓一夜。更早的是，開放大家排隊充電，手機有電，才能報平安，手機似乎是必要有電的。而且大樓也在高懸的螢幕上一直播放著新聞，讓大家掌握最新的訊息，例如何地災情嚴重，何處需求救援，何時復電，何時航空啟航，何時交通開通等等，大家麕集在大樓前，看新聞，充電，上廁所，暫宿，似乎沒有趁火打劫，有禮有秩序是我的觀察。固然無電力不便，但是大家還是用最人性的方式活在這個城市裡，悠遊在城市裡做個漫遊著。

歷經這場劫難之後，才知道掌控人類最深層的是電力，沒有電，一切皆無法啟動。沒有網路；沒有電冰箱可儲放食物；沒有電力開啟地下街；沒有紅綠燈，大家皆有序的禮讓行人。在沒有電力的世界裡，我們也任性的漫遊了城市的某些角落，無事可事，也逛街，也閒散的漫遊在這個歷經七級震災的城市裡。

二〇一八年九月十日

萊比錫之旅

一、楔子

和德國的聯結，始自萊因河畔胖媽媽的德國豬腳，這是台灣旅遊團必到的餐飲之地，除了用餐之便，尚可購物，餐畢，尚可搭乘遊船進行萊因河水岸之旅，另一個德國印象是科隆大教堂，歌德建築令人驚嘆。

這回到萊比錫大學進行學術交流及參訪，心中沒有過多的期待，但是和同仁第一次出遊卻必須好好相處，保持著愉悅快樂心情。

二、悠閒的小鎮

習慣早起的我，六點多就到餐廳用膳，有時和陸陸續續到來的同仁聊到八點，有時七點就一個人遊走在市街之中。呼吸新鮮空氣，感受不一樣的民俗風情以及殊異國家的氣氛。

清晨就是美好的，空氣清新，人潮未啟動，稀疏的行人偶爾出現，因為治安甚好，我可以悠哉遊哉的一個人穿街走巷，孤獨的欣賞著萊比錫城市的美。街廓潔淨，建物雖各自毗鄰而建，卻有不一樣的建築風格或樣式，彷彿在欣賞壁畫一般，每一個抬眼都有不一樣的景觀映入眼簾。

彳亍在市街上，看著扶疏的樹木妝點著夏晨如秋的清涼，看著開綻著各種不同的花朵或倚牆而立，或倨生一隅，或以絕美的色調來迎客，無論是大大小小紛紅嫩紫皆有令人可觀者。

就愛一個人踽踽獨行在清晨的市街上，彷彿是臨現的國王，無人爭道，無人言語，既高傲又自尊的活在自己的步履之中。

三、沒有門禁的圖書館

萊比錫東亞圖書館，是你走過、路過，一定會錯過的地方，因為沒有特殊的標幟與表徵，讓你一定會錯過的稀鬆門面。在歐洲，大學的規模不似台灣必定圈限個範圍，或是有固定的牆面，以辨識校內外。大學，也往往沒有矗立高聳的校徽華表，也沒有圍牆，常常混入民宅市街之中，有時與百貨公司毗鄰而居，有時與餐廳、酒館、商店、民宅相鄰，是你不易辨識出來的。

踏進東亞圖書館，東方甚或是漢語的藏書量不多，雖不多，但是，每看到一本書，都會讓你感覺很親近，很親切，因為在歐洲，居然可以看到漂洋過海的台灣、中國典籍高倨在書架上，那種他鄉故知的親切感，著實讓人很感動的。收藏著民俗叢刊、講唱文學、藏文經文，以民俗信仰為多，另闢有一架書櫃是台灣漢學資源中心，不管是否為我研究的領域，皆讓我興發研究的熱情。

萊比錫大學總圖書館就有比較獨特的建築特徵，遠遠就可以望見一幢獨棟高聳的建物，從門前台階就可以辨識與眾不同的格調。適逢考試週，圖書館到處是學生在用功讀書，門前台階也麕集出來放風的學生，坐立台階，疏散讀書的壓力。

沒有門禁是圖書館的特色。不必分辨你是學生或是市民皆可以堂而皇之的登堂入室使用各種圖書館設備。沒有門禁，預示了德國居民的自律與自治，不須要像防小偷一樣的自由出入。這和台灣的大學不同，有刷卡門禁，或是換證件入館的限制。

萊比錫國家圖書館距離市鎮不遠，我們搭乘電車六站即抵達。圖書館是前東德的國家圖書館，整個建築非常氣派，規模宏大，分不清是巴洛克或是希臘建築，卻實踐了西方壯闊皇居的建築之美。入館須辦證八歐元，整個一樓是自習大會館，看見每個人面對著書籍或是筆電努力閱讀工作或書寫，感受一個偉大的學者就必須是禁得起寂寞，常年累月的苦讀研究方能有驚天動地之鉅著面世。

二樓環繞四壁牆是各種德文書籍，氣勢非常滂薄，駐立其間翻閱書籍，雖不懂德文，看見《班傑明》、《追憶似水年華》，仍然令人心動與感動。圖書是無遠弗屆的，跨越語文的障礙，才能淘金揀沙，入寶庫而能有得。

最愛國家圖書館氣派宏闊的建築，感覺整個人也變得氣度非凡，而能有驚人著作擺設其間，倍覺體面光榮。

居住在萊比錫的市民，覺得是非常的幸福的，可以自由出入大學的圖書館，或是學生食堂，真的沒有任何的限制，而且市街潔淨，到處是咖啡館可以駐足，尤其是音樂之都的萊比錫隨處可以看見音樂的符號標示在你的足下。

四、邂逅音樂家

萊比錫是音樂之都、巴哈的故鄉。對於西方音樂所知不多，來到了這兒，才知道巴哈、舒曼、孟德爾頌等音樂家皆與這個城市有很密切的連結，甚至巴哈的幾代世系音樂家，孟德爾頌姐弟皆是知名音樂家。雖不懂西樂，卻也能和大家出入音樂博物館欣賞各式樂器，各種曲調，甚至到教堂聆聽管風琴的演奏。某夜，還巧遇英國樂團來托馬斯教堂前進行戶外演奏，在壯大氣勢的樂團演奏中看見德國民眾對音樂的熱愛，的確是非常有音樂涵養的城市。

在巴哈、孟德爾頌音樂博物館參觀，最覺得能享受的是那種午後清閒的喝杯咖啡，這就是人生的愜意，自在的行走，坐下來品賞浮生忙碌之後的況味。

不知道日後再聽到巴哈或是舒曼、孟德爾頌的音樂時，是否尚能辨識？但是，享受那種清閒，比起任何音樂學習皆能讓人悠然陶醉。

對於西樂不懂的我，雖未能傾心注目於樂章之異同，這和我的學習背景有關，高中參加國樂社，對於國樂各種樂器的感知能力，必定比西樂更強，然而在聆聽鋼琴、小大提琴的演奏之後，也能知道一代傳世之作，非同小可。

五、接遇西方漢學家

要懂另一國語言文字，必須花費甚多時日方能粗淺操作，若是要撰寫學術論文，更須要精到的見解論點才能有出人意表的成就，此時，語言文字只是言筌，重要的是要表述撰著的論見。這真的不容易呀。異國語盲文盲的我，來到了德國才知道德語真的不好學習。但是，看到了柯若樸熟稔的運用中文撰寫台灣扶鸞的研究，真的非常的佩服。因為要操作他國語言文字，不能只能達意而已，尚須精慎到位的表述論點，這就是很嚴肅的研究工作了。

洪堡大學的韓可龍教授在台師大教過書，留居台灣至少七八年，而俄羅斯籍的白若思也常常來去台灣，還曾到中研院訪學擔任博後二年呢！這些漢學家，真的不容易吔！除了跨越語文的障礙，還要努力在自己專精的研究上面，我深信學語言是天賦，我就缺乏這種能力，這回德國學術訪學，才知道自己最弱的一環是跨越語言的能力。

佩服這些西方的漢學家，努力研究，終於能夠闖出一片大地。反觀自己，運用本國語言文字，猶是一介草夫，默默無聞，沒沒無名。沒有努力，闖不出一片海闊天空的境域來；沒有寂天寞地，寫不出驚天動地的鉅著，期許自己也能攀登高峰，完成名山鉅著。

二〇一九年七月二十四日

美國夢

一、美國夢想

羅斯福路近公館一帶，是台灣最高學府台灣大學所在位置。在我年少時，曾有一個說詞是：「來！來！來！來台大。去！去！去！去美國」。美國是大家心目中的理想王國，不僅是哥倫布發現新大陸，也是很多貧窮者翻身的新天堂。早年台灣的貧窮與物質匱乏，嚮往美國成為很多人的夢想，而翻轉人生的方式不一。

有人靠著一張機票，遠渡重洋留學，沒有回頭路，因為全家攢積所有的錢財僅能購買一張單程機票到美國，其餘的生活、學費、住宿、回程票，都要留學者自己想辦法在異國籌措。頂著全家人的希望與夢想，努力在異國打拚是台灣早年五六〇年代的盛事，也是一頁不堪回首的辛勤奮鬥史。

也有人，以考上托福考試作為翻身的進階。好友陳麗麗就是如此，她的姐姐千方百計標會舉債栽培妹妹出國留學。懷抱著全家人的希望到美國留學，希望能夠翻轉貧窮的歲月。

溫小姐也說，全國供應妹妹到匹茲堡大學讀書，二年六個月拿了雙碩，真的很會讀書，後來留在美國發展。

哲達的姐姐全家則是透過投資移民、工作移民，也成為美國人了。

所有因讀書留學者，有些喜歡美國的自由與地大物博，或是更有未來發展的機會，往往選擇留居在美國不回來台灣了。當然了，也有一些人因為有家庭的期望或是親人的因緣，或是各項考慮而不得不回到台灣發展者，亦比比皆是。

白先勇的小說寫了二系列的故事，一是台北人，寫一九四九年由大陸移居台灣的達官貴人、市井小民、舞女們辛酸的生命歷程；另一系列是留學美國的莘莘學子如何奮鬥的過程。名滿天下的白先勇真的用銳利之眼，早我們一步看到這些人生百態。

除了讀書可以翻身之外，還有一群人投資移民，或是用盡各種方式跳機輾轉到美國。譚媽媽一家先是從新加坡到美國，由黑戶成為落籍美國的台灣人。

台灣人如此，大陸人對美國更是嚮往。只要能出國留學，大都不想回來，甚至用生產落籍美國者也不乏其人。電影《當北京遇上西雅圖》說的就是移民美國的夢想。早年有位資策會的朋友也是，懷孕七個月想偷渡到美國待產，最後未知是否成功了。這回到美國旅遊的司機小何就是大陸來的。當年拎著一個塑膠袋由關島再轉機到美國，成為在美國的工作者。

美國提供了許多可以完成夢想的元素，很多人因此留居美國不回台灣或大陸，形成了新的候鳥。年長父母們探視兒女，往返台美；或是在美發展的兒女帶著兒孫者輩返台探親，空中巴士從此熱絡往來。在候機時，看到了六七十歲的老太太、老先生們以兒女為榮的談論著他們的成就，以及自己心甘情願的來去飛奔。

二度重遊美國，心中的感想是什麼呢？第一回是美西，自然景觀多，大峽谷、國家公園、賭城、加州，感受美國人的歡樂。這回遊美東，以人文景觀為多，自然景觀則以橫跨兩國的尼加拉大瀑布為曠世奇景。

二、費城

在費城參觀獨立宮、自由鐘、國會大廈、白宮、華盛頓紀念碑、傑弗遜紀念堂、林肯紀念堂、韓戰紀念碑、越戰紀念碑等地，讓我們先對美國立國有個梗概了解。

這些與政治、戰爭牽連的景點，讓人體會立國之艱辛。美國與英國的愛恨情仇，以及血緣臍帶是斬不斷、理還亂的一段歷史。最早的十三州抵抗英國徵收茶稅而有獨立宣言。而對美國貢獻厥偉的傑弗遜以三十二歲的年紀寫下獨立宣言；華盛頓、林肯也對美國有不同的貢獻，解放黑奴是我們對林肯的開發南北戰爭四年之後能夠統一國土深感佩服。參觀這些景點，讓我們不斷地走進歷史的故事當中，每一事件對美國而言，皆是重要的成就，而對遊客而言，是否能夠領略，也因感受而各自不同。

環湖而行，皆能看到華盛頓碑高聳雲霄。而矗立紀念堂的林肯或是傑弗遜塑像也是另一種偉大的象徵。不僅遊客到此一遊，連美國人也在假日流連忘返於其中。到處人潮流動，韓客、陸客、台客，以及美國人，交織成陽光下的人潮。日本觀光客反而少見了，失落的二十年，讓他們不能像韓潮掘起。

三、匹茲堡大學

對於美國人名、地名、校名未甚了了的我，往往無法分辨他們的異同。齊齊在匹茲堡大學念博士，一直未能記在心中，這回到此一遊才知道這個城市與大學的印記可以深深牢記了。

多水多橋的匹茲堡，是一個山城，搭乘纜車上高處眺望，才能感覺三水會流的盛況，而遠遠近近的建築物既是現代化的象徵，也是城市的驕傲，曾是鋼鐵之城，經過沒落尚能重新站起來，真的不容易，政策導向讓年輕人願意來此貢獻自己的才能，能夠吸引年輕人才能有新希望新夢想新氣象。

走進匹茲堡大學的學習教堂，徜徉在其中，看見三三兩兩念書的學生，來自各國，也以就讀匹茲堡大學為榮。樓層高聳，轉搭不同電梯上高樓，彷彿是一場登高遊戲。古色古香的學習教堂成為拍照最佳景點，教堂外的綠地也讓人留連忘返。人生的美好，就是在綠草茵之中飽讀大自然的書。

四、尼加拉大瀑布

橫跨加美二國的尼加拉大瀑布，是世界七大奇景之一。因為河流水勢旺盛，加上斷層宏闊，形成三個瀑布：U型、新娘面紗、美國瀑布各有美感。踞立在旁聆聽水氣蒸騰的衝激水聲，真的氣勢滂薄，令人一而再，再而三的觀賞不忍離去。想同時欣賞二國瀑面不同面向，可在美加關口過關，這真是便民之舉，也是美加二國的共同協定。每年四百萬遊客製造觀光奇蹟，美國遊瀑遊船的遊客是穿是小藍雨衣，加國是小紅雨衣，遠處看著小紅人、小藍人，真的有不同的興奮。

晚餐，就在瀑布旁用餐，看著壯盛的瀑布流勢，真的很美好。早餐，餐廳在九樓，高度更高，可看到河流溶溶大水潮湧而來，水氣飛騰，加上氤氳的水勢，如在人間仙境。真的，人間奇景，比起九寨溝、貴州的黃果樹瀑布有過之而無不及之美，壯盛宏闊。

加拿大安大略省近瀑布區的市街也因應觀光客而生，充滿了歡樂的元素，星巴克的城市杯，紀念品店內的T恤、鑰匙圈等，小小的購物商城、賭場，還有各種驚奇的遊戲場，炫麗多元而豐富。臨街行走，陽光照耀之處，彷彿就是天堂的美好享受。

五、酒莊

冰酒，原來是葡萄掛在寒冬擠搾萃取而得的甘露。一飲國寶酒，試喝二美元，卻值得一品，甘美的甜露，真的很值得試喝。可惜沒有多角化經營，若無遊客，酒莊似乎沈寂許多了。介紹我們品酒的女子原是來自台灣，十二年，落地生根了。為了生活，需要專業的知能，對於葡萄酒，我是一向不懂，經過這回，才知道端酒、醒酒及喝酒的方式了。雖是推銷手法，卻也讓我學會品酒了。

六、哈佛大學與自由之路

位於波士頓的哈佛大學是學者夢魅以求的求學聖地。

逡巡綠校園之中，遊客比學生還多。哈佛燕京圖書館的廊柱吸睛，而每一幢的紅磚綠樹環繞的校舍，讓人有悠哉遊哉的閒情逸緻流連其中。哈佛的雕像總是充斥觀光客拍照。有人教摸腳，可以考試幸運。是呀！臨時抱佛腳嘛。

看到了哈佛大學，盤算著如何可以申請來此訪學，在這個大學城裡享受閱讀的樂趣。

自由之路全長四公里，是十六個殖民時期獨立戰爭的遺跡。行走其間，也有一番風味，迤邐的公園、市街路上，皆可以看到紅線標示路徑。

三一教堂，雖美，卻因整修無法入內一觀，殊為可惜。但是，旁邊貝聿銘設計建造的帷幕玻璃大樓牆上投影三一教堂的風姿卻非常可觀，似真似假的投影，吸引了拍照者的目光。

七、昆西市場

昆西市場位於波士頓的市街上，整條大街，有各種賣場及精品店，我們進A＆F買賢的衣服。我也小試衣物，似乎無所求，也因是休閒品牌，無可買。五點，進入市場中心，在龍蝦堡中享受美味的晚餐，因為每餐皆飽食，因此，二人對食一份龍蝦堡，似乎也不覺得餓。

昆西市場的建築頗有特色，中軸是圓型頂穹，二邊通道林立各式各樣的飲食賣店，而市場外的通道及大街上有各式名店、精品店。

逛街時間很多，我們通常是喝咖啡，解除口渴及腳酸的情形。但是，有群年輕妹妹卻搶時間買各種物品。

八、名牌大賣場

不知道為何有那麼多人帶著行李箱來此購物？因為名牌精品便宜嗎？我無所求，也知道自己需要什麼，所以閒逛，並不購物。看著團員買了一箱箱的精品，也只能咋舌了。年輕女人的消費力不容小覷，而且購買者往往是年輕族群。看著團友們，鍾醫師和他的媽媽並不購物，而阿茶姐三姐妹花也不甚購物。人生最重要的是，知道自己需要什麼，只買自己需要的東西即可。

在大賣場裡，享用美國食物：漢堡，才能有融入的感覺。漢堡，是美國人的平民食物，要價不菲，原來他們的均消是我們的三倍。

集結了兩百二十二種名牌在此的woodbury premium outlets大賣場，對我而言，似是無所存在的，因我無需求，遂在賣場的餐食店閒閒坐了一個下午享受讀書樂趣。對想購物者而言，六個小時似乎太短了，但是對不想購物者而言，卻是太長了。

九、自由女神

搭乘遊船繞行紐約港區，五十分鐘的船程，飽覽沿岸風光，爭拍自由女神是重點。原是法國所贈，白色，鑄鐵經風化成綠色，也別有不同的美感。手握火炬及獨立宣言，面容慈祥原是雕塑家母親的慈靄容顏。

閒逛911遺址，白色地鐵特殊的飛鳥造型建築，吸引拍照者目光。深入堂奧，才知道名品齎集其中。我們照例到蘋果店去休息小憩。

華爾街，小小尺寸之間，是世界金融中心，看起來，卻是普普通通，可能因是假日，無法看到絡繹不絕的證券商吧。原來，wall stree是白人與原住民爭奪之處。

布魯克林橋，原是景點，但是，吸引我們的是冰淇淋，人手一杯，享受美式的悠哉樂活的生活。

進到曼哈頓的市中心，以百老匯大道為中軸線，一邊是蘇活區，看文創鑄鐵的建築，有國王之屋、皇后之屋等。另一邊則是庶民區，小義大利區。攤販集結綿延數公里長，我們從頭走到尾，看著人潮如流湧動，看著大家購食飲饌，我們因不餓，只想吃台灣帶來的泡麵。

十、紐約

紐約大學矗立在市街之中，若無ynu幾個字，我們無從分辨是學校抑是市街商店。

雀兒喜市場，小小的市場充斥了各種賣場，有紀念品店，超市，餐廳，到處是人潮洶湧，用餐人多，排隊，吃到炒飯、麵湯感覺非常幸福，因為來美數日，皆無法享用熱食熱湯。美國人的腸胃真的和中國人不同，我們無法冷食冷飲，也不能太油太膩而無蔬菜，但是他們偏偏每天吃薯條，喝冰水而無所謂。

市場的賣點是龍蝦，要價不菲，但是仍然吸引許多遊客、團員排隊享用，我和賢嫌吃龍蝦麻煩，乾脆找個小店吃東南亞飲食，享受午後的悠哉。

高架式的鐵道公園，小小寸土之地，也有小小咖啡攤吧或餐食吧，一位難求。為何一個小小景點，塞滿了這些多人呢？假日無處可去？抑是這是歡樂的人生，不必沈重的生活著？

看到美國人，小小的咖啡就能承載著幸福的一日，真是不錯的享受。而我也似乎融入了這樣的生活，逛街累了，就必定會品一杯拿鐵咖啡，以消解拜金之思。

聖派翠克教堂外觀富麗宏偉，內部亦有可觀，看見虔誠的信徒們或沈思，或告解，或遊觀，體現宗教的力量，小小燭光就有無限的希望與可能。

洛克斐勒中心前的海峽公園，也是奇景，下方以餐廳型式圍成方塊，上有許多神話雕塑，供人拍照。

繁華的紐約，我們居然也站在時代廣場前面，看著二〇一九的倒數計時的大樓帷幕，從四十七街到四十三街，體會跨年的盛況。也想起了美玥的畫作，也曾在時代廣場的廣告立牆出現過呢。

看著環繞的廣告牆，想著，這是全世界最熱鬧繁華的世界，小小的三角地帶，人潮絡繹不絕，真是奇景，景看人，人看景，人也看人。穿梭在各種大大小小不同的賣店，感受不同的異國文化，樂高店，玩偶店，服飾店，帽店等，累了，渴了，躲進麥當勞喝咖啡，解渴，解累。

立身在時代廣場，就像是一場夢境一樣，世界最繁華熱鬧的地方，此時居然在腳下踩踏，環看著四方的廣告牆，看著各種變幻的廣告內容，真有今夕是何夕的感覺。人生，可以如此繁華熱鬧的在洶湧的人潮中度過，也可以在幽寂靜默中的咖啡廳度過。喜歡熱鬧的我，當然喜歡這種歡樂的美國景觀。

十一、結語

搭乘機捷進入桃園高鐵站區時，看到映面的是華泰ＯＵＴＬＥＴ大賣場出現，台灣也有大賣場，大夥為何搶進美國購物呢？說是便宜許多。對我而言，物品以實用為主，這樣的高價名品標籤與物價是我無法接受的。

下了新竹高鐵，迎面的是趕著上班的乘客，體型瘦小，與十天來看到的粗壯肥胖的美國人作了一個反襯。不同水土養不同人種，美國財大氣粗，地大物博，供養出粗壯的人，而小小的台灣只能是瘦小的體型了。真的不一樣。

從美國歸來，還有美國夢嗎？還有人存著美國夢想去實現嗎？

二〇一九年九月二十五日

伊朗之旅：揭開神祕國度

一、旅遊的心情

旅遊的心情總是因人異。

手頭忙著教科書審查，新課綱之後的國中編審，二個月沒天沒日的忙著讀、寫，細心審閱，希望有貢獻度。再者是十月三場國際研討會即將來臨的前置作業。三者是二本散文集、一本詩話專輯預計出版，正在處理修改、編輯的工作。諸事交纏在一起，似乎沒有興頭出遊，就算出遊，也僅僅是應卯的用空間棒隔開時空，逸出生活的常軌而已。何況今年從七月就已經出國五趟了，一是德國萊比錫學術交流，二是上海「詩禮文化研討會」，三是嶽麓書院的中國經學研討會，四是陪賢賢到美東的畢業旅行，五是這趟的伊朗探訪。歸來，還有三個研討會等著我參與。心情自然與純粹的旅人自有不同。這就是我出遊時百事交集的心情。

同團有位朋友則是細細規畫這趟旅遊，從五月份報名即不斷上網找資料，不斷借書攻讀波斯文化，希望對這趟旅遊有很多助益。住高雄的謝汶晟足足作了五個月的功課，他對這趟旅遊的祈慕是可想而知的。

電視新聞播報美國與伊朗的油田糾紛，中東又爆發油田恐攻等新聞事件，讓伊朗究竟能否成行不得而知了。

我是後補的，臨時起意探訪古文明波斯帝國，報名時已是八月下旬了，九月下旬出團，至於能否成行業務小姐也說充滿了變數。因為我們的航班從香港轉卡達的杜哈機場，再飛伊朗德西蘭，轉機很周折，沒有直航班機。而香港從五、六月的反送中遊行一直綿延到八月仍未停止，到底能否成行仍是未知數。雄獅業務說，伊朗不容易成團，主要是安全考量，隨時可以因為香港航班不能飛、全球局勢不穩而停止，充滿了未知數的旅遊，且停且走的觀望吧！

在未出國前，有人一談伊朗就以驚疑的眼神看著你，怎麼會去那麼危險的地方呢？因為各種不定數，似乎讓這趟旅行更充滿了驚奇的探險成份。

果真，領隊李小黑說，這是雄獅的首發團，為了這個團踩點開發，她是自己貼錢五百美金補單人房來帶領我們出發。伊朗不容易成團，大抵是大家對這個陌生的國度充滿了不確定的感覺，尤其是美國的抵制打壓，伊朗似乎被污名化了。連我對伊朗的印象還停留在《天堂的孩子》的畫面中，一個充滿了神祕而曾被中國寫進歷史的波斯、安息，都是指這片土地、這個國家。

二、波斯帝國，我來了

經過三趟飛機，我確定的站在德黑蘭的航站通關。先確實將頭巾包好、長版衣穿搭好，避免不必要的盤問與扣留。小小翼翼的通過檢查後，終於踏進德黑蘭的出關口。然而為了保障旅遊安全，伊朗特殊規定，必須每人投保，費用十六美元，我們將護照收回，簽證也一併繳納，進行投保事宜。不僅是我們這一團二十八人被留置在小房間等候保險通關，連日本人、韓國人也零零星星坐在旁邊等候，經過半個多小時的等候，才完成保險手續。有團員抱怨為何要再投保？為何旅行社不能事先作業？這些皆是旅行社無法預知的，若能事先知道，早就處理完畢了，何必等我們到了再處理。小黑說，一切按照他們規定吧！保險完畢，領回自己的護照，終於可以出關了。為了方便網路使用，在機場出關旁側買了五美元的漫遊網路卡，可以隨時上網聯絡事情。然而，我的漫遊卡，時通、時不通，不通的時侯大於通的時候，幾乎呈現不通的情況，只好利用回飯店再使用WIFI了。雖然網路不通，對我卻是無所謂，正好清心，阻隔一切公務訊息，好好作個逸出時空的旅人，享受波斯帝國文明的熏陶。

踏出德黑蘭機場，回首一望，心中禁不住想呼喚：波斯帝國，我來了。古安息國，我來了。我終於踏上這片被美國污名化的土地了。

這趟旅行，是由北邊的首都德黑蘭為起始點，由北往南前進，中途經卡珊、伊斯法罕、納茵，再往亞茲德、怕薩爾加德前行，最後一站是色拉子，再搭飛機回返德黑蘭。整個旅程貫串伊朗重要景點城市，也帶進埃蘭時期、米迪亞王國、古波斯帝國、薩珊王朝、伊斯蘭帝國、薩法維王國、卡加王朝、巴列維王朝……等重要王朝的遺跡、城市。既有歷史的深度，也有現代化的參觀，讓曾經有過三十三個王朝變革遞嬗的伊朗，藉由一趟行旅，探勘古文明的遺跡，撩撥思古幽情，雖然未必能夠深入精髓，卻也能淺品精華。

三、熱情的人民：日與夜的日常作息

伊朗人的容貌輪廓非常深邃，眉目之間呈現出濃眉大眼，配上高挺的鼻子及小嘴，讓人忍不住定睛欣賞與觀望。小孩子的天真可愛、女子的花容月貌、男人的高挺帥氣，真的，回頭率百分百。

也因為他們非常的熱情好客，所以迎面而過，我們皆會熱情的互相問好：沙龍。微笑或是綻開紅唇大笑，充滿了笑意盈盈的容顏，讓我們感受他們的快樂與熱情。

迎面而過的幼稚園小朋友，由師長們帶著走在人行道上，我們看到這群小天使，快樂的和他們打招呼、拍照，他們也報以歡樂的笑顏。

在伊瑪目的廣場上，綠草地上一群少女坐著野餐聊天，也熱情的向我們打招呼，我們也歡喜的和他們互相問安，拍照。甚至還拿水果給我們分享。

夜遊色拉子時，我們幾個人在擺姿勢拍照，幾位路過的伊朗男士看到我們這一群外國人，也招呼我們，和我們一同拍照。就是這樣，他們對於外國人是友善熱情的。

經過烤餅店外面，我們觀賞他們如何搓揉麵皮、送進烤窯，成品拿出來；他們熱情的招呼我們進店內參觀，並且讓我們隨意拍照，師傅還將重重的麵糰一鍋抬起來和我們合照。又讓好奇的貝貝試做烤餅，教、試三次才成功，細細調整指導，不會顯得不耐煩。

路過醬菜店，很好奇一大片一大片似牛皮的食物披掛在店門口，我們詢問這是什麼？立即將它取下來剪了一片給我們試吃，酸、甜，似是製糖果的原料。

他們、她們似是天生的明星臉及骨架，成為我眼中欣賞的美景之一。

在哈菲茲詩人的花園前面，看到可愛的小孩子，我們招呼他們拍照，他們也不扭捏的擺好POSE讓我們拍照。清真寺前的小孩也是如此。天真、可愛、熱情，是他們的民性。沒有機詐心，沒有市儈氣的讓遊客品嘗各試小吃，或是試穿、戴各種服飾、頭巾，讓我們很快樂的融入這片祥和的國度裡。

由於伊朗的氣候偏熱，均溫三十多度，習慣夜晚活動。他們用餐時間大抵午餐是一點至二點，而晚餐則是八點，餐後，閒步公園，或是到景區享受沁涼如水的夜色，成為伊朗人獨特的休閒模式。故而夜晚，在哈菲茲公園、清真寺、伊瑪目廣場、巴札，皆可以看到人民很閒散的漫步、野餐、聊天、街頭表演、禱告等活動，似乎是歡樂的民族。政治、美國的反制，似乎是他們無法干預的事，所以努力活好當下，成為伊朗人最現實也是最好的生活模式。

四、一方水土養一方人

波斯人吃什麼呢？由於我們是旅遊，所停駐的餐廳皆各有特色。有一回在坎兒井博物館內用晚餐，導遊曲曲折折的引領我們進入深幽的坎兒井裡探視；有一回在駱駝驛站用午餐，室內冷氣涼爽，餐廳氣勢宏闊，餐桌一字排開如同大型可以容納千人用餐的氣派堂宇，室外卻是灼人的熱陽、風塔及處處可見的黃土平窯；也有花園餐廳，看到老外在樹下享受餐食，有泉水潺潺，有鳥鳴高踞樹上，拂風清涼，特別有興味；也有都會大餐廳，金碧輝煌的壁飾、雕花窗靁、桌巾燦亮，大家重點不在餐食，而在拍照。還有一回，進入位於綠洲郊區構造出來的餐廳，外觀是木造的大型蒙古包，我們魚貫進入，享受冷氣的調節與溫潤的肉蔬湯肴水果；還有一回，進入規模不小的花園餐廳，看到冰鎮西瓜自浮水上，頓時拉車的疲頓勞苦就解放了。真的，這些特色餐廳收攝眼底，讓我目不轉睛的欣賞。每回踏進餐廳，都會令人耳目一新，擺設有金碧輝煌的波斯文化，也有樸實的游牧風味。還有一回，進入波斯人席地而座的餐廳，儼然是游牧民族的再造，所有的團友不禁驚呼：哇！驚喜之情溢於言表。帳幕，盤腿席地而食，重回游牧民族的生活模式，餐廳也有為了方便遊客，設有餐桌不必盤腿而食，兩相方便，各取其便。

這些特色餐廳不知道是旅行社故意安排，抑是他們因地制宜的特色。每踏進各種不同的餐廳，皆讓我眼睛一亮，亮點不是餐食，而是形色不一的餐廳構造方式，隨意拍照，卻總覺無法將那種文化氛圍拍出來，無法將深邃的文化底蘊拍攝下來。

游牧民族是隨走隨住的，席地而坐的飲饌成為一種特色。看到男男女女在廣場野餐，在餐廳盤腿而食，在清真寺旁的咖啡座，也常有座榻讓人享受休閒的品茗、品咖啡的愜意。座榻往往似中國貴妃椅，鋪以波斯地毯，或坐，或臥，皆很自在。盤腿而食，究竟是不方便，但是，卻是波斯游牧文化的展現，也們仍然保有這種文化，與日本的榻榻米飲饌有異曲同工之妙。

三餐，大抵有生菜沙拉區，烤餅區及麵包區，有熟食區、飲品區、甜品區及水果區。熟食大抵是蔬果番茄、茄子、花椰，各式豆類熬煮成糊狀，湯品則是濃稠的番茄、馬鈴薯或是豆類，口味非常重。肉品以羊、牛、雞、魚排為主，有時是烤，有時是煎、炸或燉，羊排無羶味，可口美味；魚排則鮮嫩好吃。

甜品則是各式的蛋糕、餅乾，及特色甜點。有一款似花生酥，甜膩到無法入味，配咖啡恰好。有一款長條狀的甜品，非常可口，近年減糖飲酌的我，也忍不住多吃了幾條，食後，還滋味無窮。還有類似麻花的甜酥，滋味深永；另有糕糊狀的甜品，黃綠色的，似是馬鈴薯泥或是綠豆泥所製，淺嘗即可，太甜膩了，配紅茶則恰到好處。還有布丁、果凍，就沒有波斯特色了，大抵是西方飲食帶入。

最特別的是，每一餐主食既有烤餅又有各式米飯。烤餅有厚有薄，有方有圓，香氣襲人，不喜吃太多澱粉高醣類食品的我，也忍不住大啖，烤餅可以單吃，亦可裹生鮮香菜、蔬菜、肉品成包餅一起入品。尤其各式塗醬，分不清是葷是素，就是和烤餅相配而益彰。

米飯，用各種辛香料調味，有番紅花、咖哩、香草等，顏色有黃、有紅、有白、有綠，各色米飯，不一而足，任君選擇。飯是長條狀的米粒，粘著性不強，各自紛紛散開著。有人吃慣台灣的粘性米飯，非常不習慣、不喜歡這種長條米粒。

肉品，有燒烤口味，也有乾煎、燉煮等製法。羊肉有時製成肉丸或烤肉串，雞肉則多以煎煮為主。選擇既多，也令人食欲大開。清真伊斯蘭，以豬為污濁，不食豬肉。習慣以豬肉為蛋白質來源的台灣人，是否很不習慣這種飲食文化呢？

豬，在回教世界是骯髒的，故而不食；在中國湖南長沙發現的馬王堆，竟然以豬為吉祥物，當代人紛紛製作成各種文創吸引人購買。何以同樣是豬，一者為污濁，一者為吉祥呢？大抵是人心所致，眼目所見是一樣的，但是，心目不一樣，同一物也有相反的感受。

一方水土養一方人，到達異國，就是要融入他們的生活，吃他們吃的，才能確實體會波斯文化的精髓。對於稻米、麵食飲饌，中西各有不同，中國南稻北麵，所以發展出米食文化與麵食文化。大抵游牧民族習慣麵食，烤餅、饢，是乾貨，隨處可食，隨處可製作，也方便帶著走。波斯是礫漠地很多的國家，近裡海才有農作物，因為游牧與氣候關係，發展出麵食文化，而米飯是否是受中國影響不得而知了。同時兼有麵食及米食的文化，是位處中西交通樞紐的波斯獨特的飲饌特色。

對我而言，遊歷各國，遍嘗各地飲食，是一種體驗異國文化的方式之一。有些人則不然，深怕自己不習慣異國飲食，往往帶很多泡麵出國。分明是很豐盛的自助晚餐，有位團友大敕敕的拿出泡麵來吃，在飛機上也拿出泡麵來請空服員幫忙沖泡。

泡麵在台灣吃就好了，何苦花錢到異國仍要吃台灣的泡麵呢？也有團員覺得吃不慣，對異國飲食淺嘗即可。我真的和他們不一樣，抱著既來之，則安之的心情，隨處吃喝，融入他們的飲食文化之中，深刻去品嘗他們文化底蘊醞釀出來的飲饌文明。有人說，又是這些飲食，吃膩了；或是說，好奇怪的烹煮方式。但是，我偏偏不然，對於沒有吃過的，沒有看過的飲食，往往好奇的嘗試，為了避免誤闖地雷區，先是小酌拿一點點，試了，敢吃了，才大啖其味。真的，每一餐皆飽食的我，與其他團員淺嘗即止的方式大異其趣。尤其德黑蘭入住的旅館早餐有一款似綠豆，煮成鹹豆口味，我每早吃上二大碗，大呼過癮。

想著，七月在萊比錫每餐吃各式的乳酪、優格、水果、沙拉，生生冷冷的；八月在上海吃中國的麵食，熱騰騰的；九月在嶽麓書院每餐吃高麗菜及包子、饅頭、稀飯，以及湖南各式酸辣食物，既鹹又油；在美東OUTLET吃漢堡，早餐吃炒蛋、吃烤土司，此時此刻，又在體驗伊朗人的飲饌，自有不同的品賞感受。一方水土養一方人，旅遊跟著當地的飲饌才能深契他們的生活模式與文化。

五、孤獨行旅與華麗出遊

旅遊，究竟是獨自出遊或偕伴好呢？因人而異。導遊說這回伊朗有十個單男女出遊，這是很少見的。

是的，伊朗是美國抵制之國。美國是強權國家，誰敢反對與抵制呢？但是，伊朗就是霸氣，不畏強權而敢和他作對。這樣究竟是好或不好呢？原本是石油輸出強國，因為美國關係無法輸出，致經濟衰退，人民退回到安居樂業的底線，無法和現代化強權國家的美國相較量，只好依靠中國。中國直飛伊朗有四個據點，有北京、上海、深圳等地，也和中國互有合作關係。首都德黑蘭的地鐵就是中國大陸建造的。而到各個景點皆可以看到陸客踩到這個神祕的國度。其實，伊朗並不神祕，而是因為和強權美國作對，才會被污名化。各國遊客們因為這個標籤而致伊朗無法大力推展觀光業。

這回，雄獅開發這個新據點，希望能夠旗開得勝。我們也看到旅行社的用心，吃好住好是其次，每個特色餐廳的安排，讓人感動；每個歷史景點皆停駐參觀，讓人體會文明古國。

出遊，雖是單男單女很多，但是大家很快就混熟了。因為，能夠參加這個旅遊團，自然有異於常人之處。一定是想玩特別的、與眾不同的，大家的感受與體會自然比較貼近。

有一對團友夫妻已玩過一百二十多國了，連南極都去過了，二十八天；南非，也有人去過。還有玩過「以約」，就是以色列、約旦；有玩過不丹、尼泊爾、錫蘭的，甚至一位三十三歲的竹科人走過北韓及烏克蘭；這是過去式。還有未來式，有人已經預約了下趟十一月走俄羅斯看極光，還有人明年一月走以約路線；真的，這一團團友的成份很奇特，專走別人沒有走過的。還有一位貝貝，專走飲饌路線，考察特殊的飲食文化。

單人出遊，就要忍受寂寞，有時無人幫忙拍照，就必須學會調整心態，或是和團員和平互助拍照。成群出遊，往往可以隨興拍照，但也因為自己有群伴，往往和別人互動較少，各有利弊。素珠姐瘦瘦小小的，一個人出遊，她說，趁著七十歲之前要趕快玩，因為七十歲之後必須有親友陪伴才能出遊。她說，人生要及早規畫，包括退休及生活、旅遊。原本從事乾洗店，常常出遊停開店面，客人皆皆知道她喜歡出國，也樂於配合，後來，乾脆將店收起來，出租，自己可以自由自在出國。她說女兒有自己的家庭，當然無法陪伴出遊，自己一個人好好照顧自己就好了，現金拿來玩，房子往生後就留給女兒。這麼樂觀的人，真的很令人佩服。她雖然瘦小在團友裡並不出色起眼，但是，我卻從她的身上看到生命的韌性與豪邁。

有位團友，很喜歡也很擅長用手機找地圖，每經過一個地點或住宿在某地，他便迅速找到可以逛街或出遊的地點。若是早起，到附近的市集或大學或公園閒逛。若是晚上回到飯店，亦可以到巴札閒遊。有時真的可以找到好吃好玩的地方，跟著他準沒錯。有一次二十分鐘內要集合，我們一起到蒙古人第一市集拍照，拍水中倒影，再沿著曲曲折折的小巷回到用餐的集合地點：坎兒井博物館的餐廳。

出遊，除了體會、感受異國文化之外，和團友之間的互動、學習也是一項重要的功課。從別人的眼中看到自己的行為是否合理合度？是否能夠配合團體紀律。規定時間，必定遵守，否則延誤行程是個人無法承擔的。同時，從不同的人生閱歷中可以更增加自己氣度與磨合的能力。

有人出國，一定將自己習慣的物品帶在身上，分明是十天之旅，將棉被、枕頭、被單、食物一大包一大包的帶來，自己也不嫌麻煩。某人除了行李箱之外，另外還垂掛了四大袋，還說有一袋是零食要和大家分享的。其實，我們不一定需要這樣的零食分享，有時是幫她減清重量而已。有時下車參觀半小時或一小時，她也要帶了大袋小袋共五包垂掛在背肩上及手上，後揹、肩揹、手提，哎，到底為何要帶那麼多呢？真好奇這些袋子裡是什麼東西呢？這讓我想起一位女性師長，她也是如此，出門一趟一定提著二袋東西，皆是她認為是生命中重要的東西：相片或是手稿，她怕出門家遭小偷，所以一定提著出門，可是年紀已逾七十歲了，行動不甚方便，還要帶這麼重的物品出門，膝蓋的荷負一定很重，缺乏安全感的作為無可迴避。我想，我老了，會不會也如此想不開，將重要的東西垂掛帶出門呢？還是用來炫耀自己曾有過的榮景呢？

有人出國，休閒為主，穿搭自由自在；有人盛裝出遊，每個景點像是伸展台一樣。看到陸客年輕正妹，佔據各種美景搶拍網美照，在粉紅清真寺看到穿著白長洋裝，搭著黃絲巾，像一朵素淨的花，任意擺出各種POSE拍照；也看到王宮或清真寺伊萬拱門前搔首弄姿的網美照。我們這一團也有一對三十餘歲的夫妻，每到一個景點，妻子迅速強佔美景，擺出各種甜美姿容等待丈夫拍照，完全無視於別人的存在，真的，從頭到尾十天，就是她的服飾最強眼，有印度風，有中國風，有歐洲風，頭巾也刻意挑選華麗的色調搭配衣服，與我倉促成軍出團的穿搭有霄壤之別。因為戴頭巾非常麻煩，再加上長版衣，行動似乎有點限制，但是，她卻可以用三箱行李箱出遊，將遊旅景點當作自己服裝伸展台。

還有一對夫妻，丈夫從機位選擇就被烙上印象，不管別人是否答應換位置，先斬後奏，強要別人配合，也就是這樣，大家對他印象很差。而且因為入境要再繳交十六美金保險費，也對導遊大小聲。導遊哪裡知道出海關，還要再買伊朗的保險？首發團，一切皆是嘗新體驗。他的態度也反應在各種行為模式上。拍照，趕人，一幅自己是強人的姿態；集合，無視於時間，常遲到；整團人等他，連一聲道歉也沒有。相由心生，看他的容貌就知道非善類，若是主管必是苛刻員工者。

還有一對夫妻，非常和善也非常有氣質，和我們和氣談笑聊天，玩過一百二十多個國家，經驗非常老到。當我們從德黑蘭機場要直掛行李到台北，被阻攔了，三段飛機轉機，說無法直掛，只能到香港，提領行李，再掛台北。由於香港轉台北只有二個小時，若要領行李再掛台北，時間勢必來不及。他們卻安哉樂哉的說，只要卡達航空開放權限即可。果真，幾經溝通，俟卡達駐點主管到來，了解狀況之後，馬上放行，二十八位團員的行李才能直掛台北。團員之中有三人是商務艙，二位從香港轉高雄，自然又有不同狀況，幸好，皆平安解決。

六、波斯帝國

充滿著歷史記憶，踏進這塊波斯王國。想著，七月在德國萊比錫的民族博物館看著各國民族演進的文物，八月上海博物館看到商周文物，九月在長沙馬王堆看到辛追的文物，漢文化的文物展現眼前時，一種深邃的歷史感漫漶而來。但是，此時此刻踏進波斯帝國，西元前七千年的宮殿壁畫駐立眼前，每一塊石頭的歷史都比我們年代久遠，每一塊石頭皆有深厚的文化意涵存乎其中，但是，我如何面對自己激動的情愫呢？

曾是王朝，氣宇自有不同，先是由寬闊的人道導入，自能體會當年磅礴壯闊的帝國。站立高處往下俯視，亦可以感受整個帝國基地居高臨下，背山而建，是易守難攻的帝王氣勢。地基龐大，整個基座，有覲見各國使節的宮殿，也有和使節坐飲言歡的偏殿，可以有開舞的場域，亦有王妃的後宮，宮殿雖僅餘遺址，但是，從石柱的高聳，壁畫的雕刻，真可以想像當年睥睨歐亞非的大帝國是如何偉大。

從波斯波利斯的遺跡，可以想見當年帝國壯盛氣勢。三十種國家使節帶著貢品朝覲波斯帝王，壁畫的圖像歷數千年仍然栩栩如生，不僅是歷史的展演，更向我們說明文明的盛大，這種感覺就像我站在柬埔寨的壁畫前一樣的感動。但是，歷史畢竟是歷史，在歲月的長河之中，不可逆的流速總是要成為過往陳跡。

看到石牛肖畫的圖騰，高矗在柱頭，昂藏睥睨，不可一世；獅子趕走耕牛的圖像喻示春天來到，趕走冬天；還有各種壁畫刻鏤米迪亞人和波斯人互相友好的圖像，牽手，言談，說明波斯人雖然佔領了米迪亞人的土地，卻沒有屠城，沒有趕走他們，仍然和他們共同生活，證明波斯人的和平性格。

從壁畫服飾長短異同來辨識各種民族，近自亞洲、歐洲，遠自非洲，包括埃及的朝貢等，可知道古波斯帝國的勢力範圍幅員廣大。各種栩栩的貢品，象徵著各國各地文明的土產，也是最珍奇的寶藏。看著這些不被歷史風沙漫滅的古跡，眼前烈日下的黃塵土埃，是最現實的歷史課本。

七、黃沙滾滾

從首都德黑蘭一路向南，經過伊斯法罕，納茵小鎮，抵達駱商古驛站，一路黃沙滾滾，是礫漠，一望無際，這些寸草不生的漠地，既熱又無法生長植物，乾枯的黃埃散漫，讓人想起駱駝商隊的辛勞。

礫漠是寸草不生之地，是年雨量非常少的地區，古人仍然有智慧引進冬天的雨水或雪水，以坎兒井的方式儲存用水，由於沙漠酷熱，水很容易蒸發，製建風塔冷卻熱氣，使用水可以被保存而不會被風乾。到目前為止，仍有人住在這種冬暖夏涼的坎兒井的窯洞之中。外面是黃沙滾滾，熱氣蒸騰，一進入坎兒井即有熱度減溫的感覺，而且有人居住其中，以織地毯為生，賣店就是坎兒井。我們進類似窯洞的餐廳用餐，完全沒有熱意，飽食之後，踏出餐廳，熱浪襲人，真是不一樣的感受。

亞茲德，整片黃土窯洞是世界遺產，在烈日下，感受特別不一樣，有一種灼陽熱人的溽暑散在身上，無論如何也驅趕不走那種熱氣灼人的感覺，每一寸陽光皆是灼煎在身上。在中國的平城是窯洞古城保留區，此處，也是伊朗的平城。

途經寧靜台，特地下車一遊。

瑣羅門教派，以風火水土為淨，人的屍體不能污染大地，故而死亡以天葬的方式回歸大地。天葬台在高處，下處平居的土窯是喪葬者暫時居住之處所，俟大體乾淨回歸大地之後，才能離開，這樣，也算是禮敬死者的方式。天葬台僅有祭司可以入內，中有深坎，深坎外的平台，屍體依小孩、女人、男人由內而外排列，中間的深坎是俟屍體被禿鷹啄食或腐食之後，遺骸置深坎之中以葯水腐食屍體後，才算完淨大體，家人也才能離去。

烈日下，熱風襲人，登高探看，平沙蒼茫，而每一個遊客帶著禮敬之心到此了解瑣羅門教面對死生問題的祭台。不同的宗教有對治生命的教義，對於異教、異文化，我們抱著虔敬心體察，才能深契他們的精義所在。

在踏進天葬台之時，也發生一段小插曲。我的遮陽傘在灼熱的陽光下打開了，迎風飛舞，突然，整個傘收闔不住了，踏在往天台的迂迴階梯上，心知有異，整個人收攝參觀的心情，以最虔敬肅穆的態度步步往上攀爬前進，不言不語，不笑不歡，默然觀看，靜然、悄然退下高階，走到平沙黃礫上，請人幫忙收闔陽傘，居然一指即收闔完畢。很多神異怪奇之事，不是眼見為憑，也不是語言可以表述的，僅能用心體會與感受。

瑣羅門教，也稱拜火教，男人蒙白布祭祀，旁有火堆，以火為最潔淨之物，故稱拜火教，我們在亞茲德的清真寺中看到了維持二千年的聖火，仍然點燃著，象徵著永生不滅。他們的真主是阿胡拉馬自達，他的圖騰象徵輪迴，人若行惡、言惡向下沈淪；行善、言善是向上提昇可進天國。手中的鐵環象徵輪迴。

另外，阿蘇拉祭典，抬著似火圖騰之物，進行祭祠，男人主祭參與，女人與小孩僅能在高處觀看，因為血腥，是一種必須以男人為主的宗教儀式。

何梅尼是伊朗文化的保存者，一九七九之後，回歸波斯文化，反對西式文化入侵，這種改革被尊為聖者，他的陵寢吸引很多人來朝拜。甚至全家一同出遊。陵寢外面空地很多帳篷即是讓這些比較貧窮無法入住飯店的參拜者紮營朝拜。從帳篷數目，可以感受人民對何梅尼的尊重，同時也象徵著文化的回歸。雖然如此紮營，卻是乾乾淨淨的，整齊不亂。

五功六信，是伊斯蘭教的教義，每日朝向拜加五次禮拜。一生至少去一次拜加朝聖，費用約美金三四千元。有人終其一生努力存錢就是希望能夠走一趟麥加。捐獻也是五功之一，先自助，再助親友，餘力再捐獻，沿街皆是捐獻箱。

信者恆信，而且態度非常的虔誠，就像我們信奉佛教一樣，努力實踐教義一樣。

臨行，離開德黑蘭之前，我們也將手頭的餘錢捐獻出去。

八、清真寺與伊瑪目廣場

到處參觀清真寺，真真分辨不清照片中的景象是哪裡？名與圖對照不起來。清真寺大約以伊萬拱形門為重要建築，分為東西南北四座向，中間是大廣場，四面向的拱門，其中有一座拱門是清真寺的入口，也是禮拜的地方，參觀不分男女，但是祈禱室則嚴分男女。非穆斯林女性者，進祈禱室必須著穿洽朵，包頭、包身、赤足，以示虔敬。

在伊斯法罕的星期五清真寺，看到了最原始古老的清真寺，位於庶民區，周邊環境擁塞，但是清真寺仍可以看出是居民的最高信仰所在。在此區的居民仍然很傳統的穿著黑袍，不似其他區僅有包頭而已。因為年代久遠，看到十餘位學者正在桌前修復古老的可蘭經，那種虔誠的容顏令人一見難忘。還有位學者在地毯區細細修復可蘭經，管理員告訴他五點要關燈了，他仍然不動如山的端坐在地毯上。看到斑駁的壁畫，真的有種歷史的滄桑感。

氣勢宏闊的清真寺是位於伊瑪目廣場上的伊瑪目清真寺，面對廣場，居高臨下，真有萬民朝貢之氣勢。因近巴札，所以禮拜者亦繁頻。色調以藍色為主，又稱藍色清真寺，又因臨近國王廣場或稱國王清真寺。是一座典型的波斯建築，整座清真寺轉向朝向麥加的方向朝南建造，目的在朝南朝拜麥加。

莫克清真寺又稱粉紅清真寺，整座朝向中庭的玻璃是彩色的，陽光投映其上，便有透光的繽紛色彩光影留住陽光，這種綺麗的感覺，吸引許多網紅到此拍照。我們也紛紛效法圖像中的祈禱模樣，冀能拍出繽紛色彩的文青感覺。

宗教信仰，原是人類心靈的安頓劑，然而，整個中東地區因為宗教引發無數的戰爭，有三大宗教回教、猶太教、基督教皆發源於這個地方，但是教義不同，互有貶抑，加上土地權勢之爭，讓這塊土地成為戰爭的火藥庫。二十年前的兩伊戰爭、十年前的海珊政權、數年前的賓拉登、近年的ISIS恐攻，還有近日的庫德族與美國的恩怨情仇，真的是數也數不清的紛爭糾葛。

每一種宗教應包容不同的教義、不同的信仰，各取所需才能互相尊重，互相成就。若以此攻彼，以彼伐此，似乎是違反宗教以善為教的義理內容。站在伊斯蘭教的國土上，有百分九十幾的人民信奉此教，自有歷史淵源，我們無法置喙，但是每一座清真寺皆代表了人民最崇高的信仰具體化，也成為政教中心往外幅射出去，就象台灣的廟寺也是市集的最中心，代表了人民信仰的核心所在。

阿里普皇宮位於伊瑪目廣場前，居高臨下，有方形平台可以俯視整個廣場及巴札，駐立其上，涼風習習，二十木柱挺立其中，環抱著平台，更增氣勢壯盛。迴旋再登高到音樂廳，亦可以感受帝王的氣派。展廳中有六幅壁畫，四幅展現波斯帝國風貌，二幅引近西方畫法。因是原色、原物料，故而從十七世紀迄今，人物肖像仍然栩栩然，而圖像的色彩亦非常繽紛斑斕，並不脫色亦不脫落，想見當日在高壁作畫的辛苦與用心。

伊瑪目號稱世界第二大的廣場，第一是天安門。廣場四面各有建物，有清真寺、阿里卡並宮、巴札環繞四面，成為矩狀的廣場，中有噴水池，水面宏闊壯盛，風勢定靜時，可以拍的是倒影；風勢作大時可以拍波瀾；男男女女環坐四周，聊天，言談晏晏；草地上也有花樣年華的少女野餐，整個廣場充滿了各色人到此一遊。和樂的畫面，令人難忘。

四十柱廳，是皇家園林構造，採波斯的四分格建築，以水道分隔東西南北向，象徵風火水土。水池倒影，成為大家必拍的景點之一。站在四十柱廳高台上，想像著帝王之尊以及人民的崇仰。

九、皇宮、卡珊的芬園及波魯杰蒂豪宅

位於德黑蘭近郊的薩德阿巴德王宮建築群有十四座宮殿，現成為博物館，用來展示巴勒維王朝皇親國戚的生活用品與裝潢，現代化與歐化的沙發、壁鐘、桌椅，在在顯示曾經西化的過程。金碧輝煌的擺設可以想見奢華的生活。

波斯花園採四分格建築，芬園就是典型的波斯花園，在少水的伊朗，移用水渠留住用水，而且預算精準的讓水柱能在各點噴水，水池還可見魚兒欲逆流而上尋源，水中倒影，將建築映照清晰，吸引大家秒殺拍照。

在綠洲要蓋豪宅真不容易，如何引水，如何取材，如何構建，需要智慧，在卡珊的深巷中隱藏了非常多的豪宅。據說，潛隱在深巷是怕樹大招風，怕搶劫，而轉進曲折小巷，門面不大的建築，讓你很難聯想這是豪宅，可是一踏進門，整座豪宅的氣勢立即顯示出來。這種氣派是低調奢華。

波魯杰蒂豪宅則運用坎兒井方式建築，留住水源，以備不時之需，據說，這座豪宅耗時十八年才完成，若是為了娶美女而建，則美女那堪歲月十八年的等待呢！坎兒井是沙漠地帶或是綠洲地帶常見的引水取水方式。豪宅古樸有低調之風格，但是，這種古樸反而適合拍照，可以拍出文青的感覺，每一窗需、每一水影、每一拱壁，皆能形成不同的拍照美感，大家紛紛祭出相機手機取景。

十、導遊領隊與司機

拉車雖然辛苦，但是，二位司機常會在長途跋涉的中間為我們安排早茶或午茶。準備水果，茶水及餅乾為我們解饑渴，也讓我們稍適休息。這種隨處可擺茶几飲饌的方式，是游牧民族的特性，隨遇而安，隨處而食。

司機的熱情，從準備早午茶可窺知。而導遊的專業，也是令人感動的，每到一處就為我們講解歷史典故，每一磚每一圖像皆細細說明，讓我們體會波斯文化。

她用英文講解，小黑再轉譯成中文。常帶歐美團，歐美喜歡聽這些歷史典史，而台灣或中國人則專注在拍照，對於這些歷史典故不甚了了。我喜歡追隨導遊旁聽她講每一個故事，每一個典故，就像小學生一樣，中規中矩、靜靜地守候在旁，細細聆聽，希望能將這些聽聞轉成知識，內化吸收涵養成生命的養份。

與我們一同從台灣到伊朗的領隊是李小黑，講話很真誠，也很直白，常常調侃自己，讓大家哈哈大笑。講述帶領主播到杜拜參加跨年，巧遇火災的驚險過程；帶貴婦出遊腳不落地的霸氣；自己穿戴頭巾如同鄰家的瑪莉亞；每次她一開口，便逗得大家歡樂無比，她的幽默在於擅長調侃自己，達到同歡同樂的效果。喜歡聽她講述奇聞，說土耳其帶了一百次了；說自助旅遊冒險闖關的驚險、說各色人等的奇事異聞，真的逗樂大家。她的真誠，我們真可以領會的。

十一、巴札，橋，廣場

巴札，就是市集。充滿了各種生活用品及有波斯圖騰的印記。

壁畫，有波斯風味的男男女女各自舞動樂歌。

地毯，有佩咨利的火的圖案，或是各種夜鶯、玫瑰；菊，柏，或是各式花紋構成波斯風味。說不上來的波斯風，充斥在各式各樣的物品上成為一種典型的圖案。

各式開心果，有番紅花口味，有原味；各式堅果，搭配果乾；玫瑰是國花，處處可見，在公園、清真寺、皇宮、陵寢，皆少不了她的身影。製造而成的產品則有玫瑰水、玫瑰油、玫瑰花茶等。

銅器也是特色，各種飲饌銅盤、杯、碗、器皿，充斥在市集內。

漆器，以藍色為底色，製造成各種波斯紋路的器具，也令遊客賞心悅目。

最有特色的是，有一晚夜逛市集，看到了各式各樣的醬菜，酸，是唯一主味，自恃頗能吃酸的我，真真無法入味的酸花椰，只能看而不能舉箸。

甜食，膩到不能入口，和土耳其有相同的口味。

應景小飾品，少不了各式的鑰匙圈、冰箱貼、古地圖、帽子、花巾、頭巾等，也一一映入眼簾。

看多，買少，是我一慣的作風。知道自己需要什麼，不多買，也知道現代人常旅遊，不缺你這份小小的禮物。在卡達，一直被遊說買星巴克城市杯，家裡空間有限，何況買了捨不得用，還不如不買。記得在美東時，有一個團友買了一個城市杯，還有一位團友買了八雙鞋。這是我不能的事，到了我這種年紀，物欲極低，只買自己需要的，而不是想要的，這和其他團友真有不同。唯一的嗜好是看時新時髦的衣物，看到皮衣就想試穿，是典型的皮衣控。近年，身型略變，連逛服飾的嗜好也減少了，大抵瘦子穿衣好看，肥胖就不好搭衣服，自己中廣身材之後，就少看時新的衣飾了。

伊斯法罕最有名的二橋就是三十三橋和哈糾橋。

三十三橋是有三十三個拱洞為名，夜拍，燈影倒映水中，真美。

哈糾橋，亦有拱洞，夕陽下，可以看拂柳，看河岸，看倒影，可以坐在拱洞中細細欣賞美景，不必急著拍照，享受片刻美景，就是最好的當下了。看到橋下面湍急河水的堤邊有遊客定靜坐著，或閒聊，或靜默，各有風格，形成一幅美景，人在畫中，畫中有你、有我的倒影，真好，真美。

每到一個景點，大家競逐拍照，往往忽略了享受當下的美感。有人卻認為記憶有限，利用圖像留住記憶，才是王道。所以每到一景點，大家紛紛找據點拍照，有時如法炮製他人的景點及姿勢；有時自己創新汲引新的點子拍出與眾不同的感覺。不論何種方式，旅人遊客的畫面拍照與點綴，讓景點更有名，也因為美景而聲名遠播，網路紛傳，大家紛紛前來取經，也是一樁美事。

十二、哈菲茲花園、薩伊迪墓園、帕薩爾加德

夜遊哈菲茲花園。

由於氣候較悶熱，伊朗人習慣夜遊，當我們抵達哈菲茲花園時，許多當地人也正在這個美麗的花園逡巡流連。哈菲茲是位抒情詩人，以贊頌愛情為主。他的詩集是可蘭經之外，最受歡迎的一本書。看到妙齡女子手捧著詩集，對著棺柩頌念詩歌，那種虔敬的模樣禁不住為她拍照留念。在棺墓上方的穹頂有著一道道向上的雕鏤磁石，象徵向上超越接近阿拉。身體雖然拘束靈魂，唯有死亡可以解放靈魂。對於死亡無所懼，故而深受伊朗人喜愛，據說，哈菲茲花園是色拉子重要景點，也是伊朗人最愛的景點之一。

同樣是詩人，薩伊迪所關懷的是社會大眾，與哈菲茲歌頌愛情有所不同。他是中世紀詩人，正是蒙古人全盛時期，他的詩歌、寓言充滿了社會關懷，同時也不斷地旅行來增厚自己的學識與見聞，晚年重回故鄉色拉子，留下傳世詩文，供後人諷誦。

來到薩伊迪墓園時，正是午後，太陽依然灼人。花園處於沙漠地帶，以傳統坎兒井方式引水灌溉，仍然採用四分格方式以水道中分兩旁，既有水道，又成為大家取倒影拍照的最佳景點。墓園以夜鶯、玫瑰繪飾，窗影透光，長廊拱門深邃幽靜，靜靜地享受午後陽光灑進墓園窗飾，形成一壁風光。在人散悄靜的長廊裡，感受一代詩人的風範。雖然沒有讀過他的詩集，但是我相信他是與杜甫一樣，充滿悲天憫人的胸襟，關懷黎民。整座墓園因為位處漠地郊區，地域廣闊故而建設宏偉氣派，整座墓園氣勢牆廓不輸王宮，與哈菲茲位於市中心的小而精緻規模自然不同。

可蘭經門，在色拉子的郊邊，曾有八門，如今僅餘此座，據說，偌大的門牆上有古本可蘭

經，目前收藏在博物館。凡是商旅行經此處，皆可受阿拉真神的庇佑。對於信奉伊斯蘭教的信徒們而言，能得阿拉真神的保佑，也是一種福氣。在夕暉即將來到之際，我們造訪此門，也用心感受可蘭經的神異效能。凡是宗教，皆用以安頓心靈，死生輪迴，無人可迴避，唯有皈依宗教定靜心境，才能了卻塵凡的拘縛。

十三、便與不便

事先知道旅遊伊朗必須遵守他們的規定，女性必須用布巾包頭，縱使是穿長袖也須穿搭蓋過屁股的長版衣，甚至不得裸露肢體甚或腳趾。將自己密密包裹就是了。

事先也查好溫度氣候，知道日夜溫差大，懼冷我的，準備了春夏秋冬各式衣服，短版輕量羽絨是我出國必備的衣物，可以在遽冷時迅速保暖。發熱衣也準備了兩件，七月到萊比錫時，冷到必須買發熱衣禦寒。這回有了經驗，多帶了一件以備不時之需。

頭巾準備了四條，夏冬二款皆有，結果，天氣熱到爆，只能用夏天的輕薄絲巾，其餘厚重保暖的圍巾皆派不上用場而不用。

從來沒有長版薄衫，臨時到NET買了一件長版白色長版衫，是用來遮臀的。一件可能不夠，還向賢借了一件長袖的襯衫，足以遮臀即可。黑白二件，陪著我度過了十日的古波斯帝國之旅。至於冬天長版外套真真用不上，而長袖的衣物也因為太熱而派不上用場。算算，冬天的衣物幾乎多帶了，只有羽絨衣，在清晨及晚上，或冷氣十足的地方偶爾穿上，團友裡面也有和我一樣的，多帶了許多冬衣，卻未能用上。

旅遊以輕鬆自在為主，所以穿搭往往非常休閒，與我上班穿洋裝反差很大。自己都覺得這回到伊朗的穿著真是土斃了，包頭包尾，藏頭藏尾的，顏色又是白與黑，與我慣常穿的粉紅亮色系真有不同。短袖的衣物幸虧帶了不少，才能每天換新衣，雖然外罩長衫看不到，但是在炎熱的天氣裡、在少水多熱的礫漠裡，可以穿乾淨的衣物也是一種享受吧。

有人華麗登場，將每一個景點當成自己服裝伸展台，我與她們的反差雖大，卻玩得很自在自得。唯一不便的是穿戴頭巾，常常滑落，必須時時調整，不似導遊輕輕一搭頭巾，既時髦又好看。

由於太熱了，有些餐廳允許遊客脫下頭巾，這個小小的允許，對我們無異是聖典，讓我們歡呼。有時，真的受不了了，在遊覽車上，拉上車簾，脫下頭巾也是一快之事。

到了卡達，大家除下頭巾，方能真正看到每個人真實的面目，平常包頭包尾的，似乎是蒙了一層神祕色彩的出遊，俟卸下頭巾，除了清爽自在，還能清晰辨識了每個人的容顏。同遊同行、同住同食十日，終於看到了迥異於在伊朗的穿著及裝扮，似乎換了一種身分重新活過來。

除了穿戴頭巾不便之外，還有一個不便，那就是網路不通，買了美金五元網路漫遊卡，仍然常常斷線。對外訊息阻斷，完全要靠導遊告知，香港宣布獨立，或是南方澳大橋斷裂，或是庫克族被美國出賣了，這些新聞不能即時接收，只能口耳相傳了。

既然阻斷所有的訊息，索性來個自在的活在無網路的世界裡。有位團友每晚翻牆上ＦＢ，ＰＯ旅遊訊息，往往工作到凌晨一二點，翻個十五次以上才能完成當日的作業，以致於整個行程都處在失眠狀態。形成白天每到一個景點要拍照，晚上必定上傳照片寫遊記，致令整個旅行非常的疲累。

因為反美，ＦＢ不容易翻牆，網路不順暢，造成諸多不便，我選擇放下，但是團友卻規定自己每天必定要達到上傳遊記的功課，這種與世隔絕的不便利，與在大陸有同工之妙，FB不易上，連谷歌也上不了，網路不通，大多是反民主國家才有的政策或現象。

還有一個特殊的建設，女廁大都有免治沖水設備，甚至你踏進一間廁所裡面，赫然會發現，坐、蹲二式並存，任君選擇蹲式或坐式。還有，伊朗人不算太矮，可是坐式馬桶很低，與荷蘭、美國較高坐式馬桶真有不同。

因是信奉伊斯蘭教，有些規定嚴分男女，祈禱室、機場安檢通關皆將男女分開。有些清真寺還要女士穿上全身包裹的恰朵才能入內，男士既不用包頭藏尾，又不必穿洽朵，男與女真是大不相同。

伊朗之旅，雖然有許多的不便利，然而美景當前的感動與激動，卻是可以回饋不便，反饋真實的感受。

有人說，出遊能吃能睡就是福氣，很適合旅行。不知道我是否能吃能睡，反正品嘗異國食物是理所當然，至於睡覺，疲累困乏就睡吧，不必管別人的眼光了。每天每天飽食終日，才吃完早餐，又是司機替我們準備了拉車時的早茶；吃了午餐，又是拉車之後的午茶時光；參觀景點之後，又要飽食晚餐，未消化的餐食，又開始堆疊新的一餐食物在胃中，讓原本顯瘦的我，臉龐圓了，肚皮厚了，沒有運動，只有飽食與行走，體態已非原樣了。

旅行，最難的是調整時差，雖然所有的作息皆如常運作，但是潛藏在身體深處的生理時鐘往往回歸到台灣時間。無論是清晨、是日落、是夜夕，身體的機能就是頑固的按照台灣時間運行，讓我常在該睡時不睡，該醒時如遊魂行走、游離在每一個景點之中。

十四、常軌：一夢如秋風

雄獅這回首發伊朗團，大約卯足了勁，除了自行吸收入伊朗的保險費十六美金之外，每餐吃好，每晚住好，希望能夠滿足我們的需求。又因為在卡達轉機超過十小時的候機，故而特別安排我們進市區進行半日遊，簽證也是很難申請，終於在週五核發下來。來自香港的黃導，是位有活力有幹勁的年輕人，把握鮮少的時間為我們圖構、介紹卡達各種文化、建設、生活等面向，讓我們在短短的乘車時間內了解這個陌生的國家。卡達之遊，共有五個景點：購物商場、伊斯蘭宗教博物館、珍珠島、藝術村、老市集等，尚包括一餐阿拉伯大餐，滿足我們的胃。

心存感激旅行社貼心安排，而我們可能具有潛藏的影響力，是雄獅旅行社開發業務的起點，必須要由我們對親友或透過自媒體推銷，伊朗團才容易開發新市場。也許在不久的將來，伊朗就是大家旅遊的首選了。目前和大陸建交，陸客非常多，但是被污名化之後，需要再開發歐美遊客，可能有點辛苦吧。

出遊十日，三趟飛機轉折，來回共有六趟。再加上一趟國內線由色拉子回到德黑蘭，搭飛機二天轉機的勞頓，再加上時差，真的，旅遊必須有很好的體力與精力。剛開始，我的時差非常嚴重，雖僅有四小時，但是赴美東旅遊，美國時差未調回來，再加上伊朗四小時，有點雪上加霜，每到用餐時間就非常困盹，有時十分鐘的車程我就沈沈入睡，這種現象居然被導遊小黑發現，直呼林淑貞你不要再睏了。害我「一戰成名」，原本習慣潛隱的個性，似乎被抬上台面上，真不意思。而每回到飯店，立即沐浴，倒頭就睡，沒有體力與精力了，睡覺是王道，先睡再說了。小芹也不解我何以如此，後來才知道是時差關係。俟調回時差後，整個人又像一條活龍一樣，可以偕眾夜遊了。

歸來，一覺如夢，在夢中醒來，被工作的壓力嚇醒。今天星期幾，要上班上課了。如果是週三，早上二節，下午二節課似乎不輕鬆，幸好休假期間可以免除這種壓力。但是，另一種公務的壓力又襲上來，那就是不可脫逃的教科書審查，也即將審畢上傳資料了。回到日常生活的常軌，逸出時空外的旅行，成為一段如夢似幻的體驗，在真實層與夢幻層中，未辨何者為真，何者為虛，真實體驗的行旅成為夢中虛行或是人生行虛呢？

旅人，必定回歸，回到家鄉，才有定靜的感覺。一踏進桃機，熟悉的新東陽鳳梨酥映入眼廉，知道家的感覺回來了，店家貨品就是讓我們找回熟悉的生活模式。踏進桃園高鐵，便利店飄來茶葉蛋及烤蕃薯的香氣，讓暫離十天的我們找回日常飲饌的時空。雖然旅行常有困頓疲乏的感覺，但是，每隔一陣子，想旅行的蟲又在心底發癢，規畫下趟行旅成就生命的異國體驗，成為週而復始的輪迴形態。

旅遊，是空間棒，是任意門，將我們載往不同文化、不同國度中去體會異國風情，吃，住，行，遊，皆必須融入其中，方能真實體會異文化的意蘊。

二〇一九年十月九日

卡達之旅

結束旅遊，預計從伊朗德黑蘭到卡達，再轉機飛香港返回台灣。在卡達轉機時間約有十二小時的空檔，旅行社貼心為我們安排入境卡達遊覽參觀，事先簽證未核發下來，未知能否成行。

經過努力，終於在入境的前一天通過核發，同團旅友皆高聲歡呼，可多玩一國，讓我們親眼見證卡達的風華豪奢。

一、人口與政策

卡達，是因油田而掘起的新豪富強國。面積一點一萬平方公里，是台灣的三分之一強。總人口數有六百多萬人，其中，阿拉伯人僅佔二十八萬人，其餘皆是移民、移工。讓外國人替他們勞動服務，替他們賺錢是政策本位。規定每個公司超過十人，必須聘用一位阿拉伯人。而薪水必須是五萬卡達幣起跳。這種同工不同酬保障阿拉伯人的政策，仍然吸引很多投資客來到這兒賺錢。在這兒，只要有能力，就可以賺大錢，看你用什麼方式賺錢。

結婚政策，非穆斯林不得結婚，造成阿拉伯人和同種人結婚，外人縱使移入亦不容易和本地人結婚，這種政策，保障阿拉伯人血統純正不外混。

很狂很富的國家，年均所得是十四萬美金。羨煞其他開發中的國家。

知道油田早晚會開採完畢，必須規畫其他產業，觀光業就是最新的產業。

二、外籍勞工

在沙漠上蓋起高樓大廈真不容易，純種的阿拉伯人不可能從事這種勞動工作，完全是外籍勞工在大太陽底下勞動，才能迅速完成現代化的建設。

目前在卡達的外籍移工當中，以印度八十萬人居第一位，其次是菲律賓三十餘萬人，再次是巴基斯坦人。不同的人種、不同國度的外籍移工，因為不同的原因到此工作，無非是想讓自己翻身。金錢，成為左右一個人社會地位的表徵，所以全世界最能掌控經濟動脈者，恆為強國，目前以中、美為最大二個強國，中國以經濟實力入侵東西方，經由投資、開發建設，達到控股的目的，牽一髮而動全身，讓美國非常不悅，中美貿易戰，開打至今，仍然未能解鎖，究竟誰勝誰負，相信最後的贏家仍是中國人，因為經濟貿易之外，人口數量也是一個重要的變數，中國人遍居海外，有土地的地方就有中國人，誰能蔑視中國人的存在呢？無論移民、留學、觀光、建設，皆在全世界遍地開花。我在德國萊比錫看到非常多的中國留學生，在日本亦然，每走到一個地方，就發現中國人佔據了重要的位置，不容小覷。帶領我們的黃導也是中國人呀！

三、建設與開發

短短十餘年間，由漠地變成高樓大廈的快速建設，真是神奇。乘車行走在路上，看到到處仍在建設高樓，看到停車場有停車白蓋，如亭玉立，整片都是，真是奇觀。為汽車造傘遮陽，真是霸氣的富有。

皇室畢竟是皇室，連圍牆都綿延數公里，高大壯牆環繞著，神祕性增添不少。行車經過，更能感受王室的權威性。

四、霸氣的奢華

走進珍珠島的精品商店，各式華麗的服飾、鞋子、穿戴的手錶、首飾，亮晃晃的，真是吸引人，連廁所都香氛迎人。冷氣開到最強最冷。金碧耀眼的燈光，以及迎人的街燈，似乎在預示我們，富有無罪，霸氣無罪。

想想，這些華麗的服飾要賣給誰呢？阿拉伯女人是穿長袍的，不能裸露，那麼這些時髦的服飾，露肩，露背，露手，露腿的服裝如此充滿了性感的設計，到底是何人所穿？導遊說，單身派對穿的。我想，不僅於此，還有外國人到此購物，因為免稅嘛。

豪宅必須有佣人打掃，導遊說，有富人聘用了二十多個佣人，為何這麼多呢？因為可以娶四妻，若每一妻生二三個孩子，每個佣人照顧一個孩子也不為過呀！真是霸氣的富豪。

在購物商場的家樂福看到琳瑯滿目的生鮮蔬果、乳酪、魚蝦肉品，這些完全是進口貨，東南亞的水果，歐洲的食品，在此一應俱全，只要有錢，何患買不到東西呢？沙漠之地，水源缺乏，不可能種植農作物，仰賴進口成為經濟大宗來源，然而，目前豪富，不可能永世豪富，因為石油終有挖掘乾枯之時，及早規畫未來經濟走向，是當務之急。卡達與杜拜的ＰＫ戰，就展現在奢豪之上。然而，沒有深厚的文化底蘊，只有表層的物質成就，仍未能吸引觀光客到此一遊，如何造建吸引人的文化深度，是卡達可以再著墨處。

在卡達，可以賺錢，憑的是能力，年輕的黃導說，他是香港人，本科學應用物理，曾在香港及上海工作過，最後選擇卡達，是因為賺的錢是一樣的，但是卡達是回教，很少奢華活動，所以可以省下很多不必要的開銷，努力存錢就可以存下很多錢了，只賺不花，當然很容易存錢。何況卡達政府規定僱主必須安頓員工的住宿問題，所以他目前和工作朋友三四人同住在一個公寓內，住宿費是公司負擔，省下住宿費，真的可以存很多錢。

五、波斯灣

波斯灣，向來是戰爭時兵家必爭之地，此時南灣北灣各走一回，定靜海灣，並無纖塵掀起戰火，感覺是平靜的。現代化的購物商場，冷氣吹到發寒；參觀貝聿銘設計建造的伊斯蘭藝術博物館，以沙漠玫瑰為原型，各種幾何圖型構成的建物，真是別出心裁，與安藤忠雄喜用幾何圖型有異曲同工之妙。再赴藝術村參觀，臨近波斯灣，熱風下，正在裝置晚上的演唱會。我們試著享受大型演唱會試排音響，可以感受這是頂級的音響；而珍珠島的奢華精品店，高價不含稅亦令人咋舌，踏進香氣襲人的廁所，冷氣與外面的熱度成為極度反差，連廁所皆可以如此豪奢，還有什麼不可以的呢？

來到阿拉伯餐廳用餐，霸氣的烤餅，長，大，厚，香，酥，令不常吃澱粉的我，亦食指大動。烤羊排，烤雞肉，塗抹醬，令人不忍釋手，尤其烤羊肋排，鮮嫩無味亦是可口美味。

最後一站是老市集，看到阿拉伯庶民生活的一面。各色人種的遊客亦多，大多臨街飲饌。整個市集成扇狀幅射出去，走進其中，很容易迷路，幸好有出口指示，才避免誤入迷宮出不來。賣店有各式堅果，服飾，用品，香氛用料，什麼都有，什麼都賣，但是，仍可以感受濃濃的阿拉伯風格深蘊其中。由於不想換卡達幣，只能隨意走看而不下手買物品。主要是無所需求，故而只看不買。到了我這種年紀，不需求什麼，不是有無能力購買，而是無所需求，而且家中的空間有限，無法屯積太多物品。穿街走巷的觀賞卡達庶民市集的商店物品，熱氛襲人，真想找冷氣的地方定住不動，可是，打伴時間臨屆，不得不出來，在熱浪下候車集合，感受沙漠熱氣難當的濕粘氣溫。想到還要轉機一天，一身汗臭可能薰人，卻也無可奈何了。

當大家在伊朗喝不到星巴克時，一到卡達看到星巴克，人家像蜜蜂一樣粘貼上去，紛紛購買城市杯，也有團友慫恿我買，不是有無能力買，而是有無能力、空間收納，像我這種年紀的人，不需要藉由買了一個稀見物品而洋洋自鳴，也不需要因為大家的狂購而動心。物質欲望極低的我，存在的意義不是在炫耀買了稀世的城市杯，不管是否還能到卡達一遊的我，還是不動心沒有買卡達城市杯。意義是自我定義，而不是由物品來定義的。也許有人覺得我很奇怪，但是，我就是我，買我想買的，看我想看的就好了。

雖然卡達僅有短短數小時的街遊，卻讓我看到了富國的霸氣。然而油田不是永遠存在不滅的，終有採竭之日，提早作另類觀光規畫是當政者必有的智慧。

二〇一九年十月九日

再行美西

一、出發：發I的辛苦

賢賢碩論苦熬三年，在第一、二年時，痛苦到不想繼續由原教授指導。想翻跳到快樂的實驗室。

理工科研究和文科有所不同。理工科每位教授皆有自己的實驗室，招收各種優秀的學生一起做研究，成果可以共掛名。碩博生每個月領的助學金有六千一萬至四萬六萬不等，這些價碼和文科真的有天壤之別。理工科直接和業界接軌，每一實驗或計畫案皆千萬起跳，小小的助學金對他們而言是小事一件。文科不然，只有科技部可以申請，助學金完全照規定申請，不像理工科是業界直接補助。

雖然如此，各有利弊。文科的研究只要努力潛心著作即可，工科必須配合完成計畫案，上線、模擬期程不一，完全要和業界搭配合宜，尤其上線是一年一期或二期，各有不同，如果第一次晶片出不來，第二片就很緊張了，有些老師要求二到三顆晶片，有些輕鬆一點的實驗室只要求一顆即可，真的，命運大有不同。

三年苦熬，賢的指導教授的風格是讓你自生自滅，再加上落井下石，完全不教，只要求成果，讓學生自己在水中泅游，適應者安然泰然，不適應者或跳出這個地獄般的實驗室，或是另謀出路了。曾有博三博四的學長，實驗做不出來，只能強行忿忿離開。也有學長碩士念了四年，到了不能不畢業了，老師才點頭。有些是被老師逼的有點憂鬱症了。這些學生，都是頂尖的學生，不是台、清、交就是成功大學最優的學生，卻在實驗室裡被逼的腦筋有些秀逗。

寒暑假，仍然在實驗室裡做實驗，以資質高人一等，努力高人一等，焉能不成功呢？可是實驗有強有弱，有運氣好壞之別，不是每一個人皆可以順利畢業。不同的指導教授，有不同的風格，聽賢說，劉深淵，真的是深淵，是最辛苦的實驗室，他大學第一名畢業的同學進劉深淵的實驗室，原本簽了直攻博班，後來，實驗做不出來，卡關，退回到碩，只求碩士畢業即可。然而，熬了三年仍未能畢業，當然，他曾是最優秀的人才，猶勝賢賢呢。還有所謂的「最後一道防線」的研究室，也就是指導教授是爛好人，任何人在其他研究室無法畢業，只要轉到這個最後一道防線即可以畢業，讓許多人趨之若鶩。然而，在學期間的苦苦磨鍊，是要鍛鍊最精純的研究能力。雖然有些實驗室二年即可畢業，與三年苦熬的研究室自有不同，踏出校門也會有不同的評價，這種能力與實力必須經過業界檢證才能收效。

文科與工科的出路真有天壤之別，工科尚未畢業，即被業界網羅，而文科畢業即失業，沒有未來的就業市場，讓繼續研讀者日益減少。同樣是努力寫論文，同樣是三年畢業，工科的工作是站在尖頂科技的前端，帶動產業的發展，能力與高薪成正比。反之，文科，可有可無，完全沒有市場，或則說，學非所用，學的不是技能或職業類科，故而無法立即投入就業市場，必須輾轉考甄試，或是從事非專業工作，甚至高學低就的情形所在多有。有工作、找到工作已是萬幸了，薪水當然比不上工科了。這就是行業的不平等。然而，又能奈何？無法改變的社會結構，只能勇敢面對。

賢賢在碩士班苦熬了三年，磅線、上線三個晶片，終能排在七月六日口試，再經修改論文，幫老師做一些庶務工作，終於可以畢業了，八月底離校，並且將論文投稿A，老師說，希望不要投上A，這樣就可以投稿I。果然，A沒有投上，心裡雖然有些沮喪，仍然繼續投稿I，果真錄取可以在I發表。所謂的I，就是ISSCC，是國際研討會，以一個碩士生論文可以以第一作者站上國際舞台，真的是不容易。

每年I的國際研討會在美國舊金山萬豪酒店舉行，他的指導老師每年都會參會吸收最新最精華的研究成果，這回議定二人同時出席，賢則由我和藝珊陪同出席。事先由珊負責規畫自由行行程。

第一次參加世界級的國際研討會，雖與我的專長領域不同，但是，能參加ISSCC是畢生難得的機緣。

第一次見識世界級的才俊往來。知道一個想要成功的人，一定要努力，要花時間經營自己的知能。自律能力非常重要，能夠在頂尖大學就讀，又進了最好最嚴苛的實驗室，心理素質也要強一點才能面對實驗檢測的磨錬。想想，文科的學生，常常將碩士當成博士在讀，年限衝到最極限的八年，仍然不能完成學業，真的，自治能力沒有、治學能力沒有，亦不要求自己往前衝，這樣的人註定要失敗，註定要在社會底層流轉。同情他們，不能不教他們勇敢面對人生。一個人要過什麼的生活，必須先要有目標，努力往目標前進，才有可能達標，若是放縱自己，無法自律，再美好的歲月都會流逝。難怪某人常常嘲笑文科的人，是三流的人在互鬥，還自以為了不起呢。是的，站的位置不同，看到的人群也不同，只有站在高處，才能知道自己能力之不足。

雖然學科不同，如果沒有經得起磨鍊的能力，也沒有真才實料，如何站上世界的舞台呢？人生，就是一場競賽，沒有奮鬥，就沒有成功。想成功的人一定要奮鬥，奮鬥的人卻未必會成功。

二、國際會議

在參加國際會議之前，先是二〇一九年十　月中旬在台北台大校友會館舉行記者會，昭告全台，得知全世界有多少產業、多少論文被接受，整個趨勢如何，並有專題演講分析整個產業的結構。

接著，是賢賢和指導老師及舉辦單位來回討論PPT應如何修改，來來回回數次，搞得疲累不堪。

為了讓整個演說報告順利，一月九日下午還在交通大學舉行彩排演練，那天，天寒地凍，我也陪賢出席，幫他拍照錄影，以修改內容。在場有二位清大教授指導缺點修正，不過，僅是形式修正。

用英文發表，不容易。每天晚上，賢都要自己排練朗讀數遍，而且也要練英文，因為回應問題也是用英文回答，經過這麼嚴密的排練，希望在大會演說時可以流暢自然。

週五抵達舊金山已是晚上了，第二天，週六到萬豪酒店報到，見識到為何每年在這個酒店舉行的原因了。地下樓層，擁有可以容納五千人的大會議場合，也可切割成大小不一的會議場所，感覺是很高級的上流社會。

這回，台灣的聯發科至少也有六、七組人馬出發參與會議，賢現在雖然在聯發科工作，但是提交論文是用台大的名義，所以沒有公司的補助，不過，也遇到陸國宏副處長及一些學長或長官參會。

台大校友會真狂，每年可以在這個會議的某晚上排個校友會，參與者皆是個中精英，曾是學生，現在是教授，不然就已經是業界大老了，或有一些青壯派新崛起，讓人羨慕。

來來去去參觀、參加會議，看到韓國的崛起，而日本似乎被掩埋了，不見蹤跡。整個會議，可以看到美國、韓、印、台，至於中國人因為武漢疫情不得參入，所以少了一些，但是，仍處處可以聽到華人在對話，原來是大陸及台灣攻佔美國各企業，所以處處可用中文交談。

賢賢發表時，我們因無證不得入內，直到他在報告最後二張投影片時，我們才乘機入場，回應問題時，才全程錄影。真的，一個年輕人可以站上世界的舞台，真的不容易，看他旭日高昇，我是夕陽日下，沒有產能，只能努力書寫。

往來皆是一時俊彥，何時中文學門也可以有這樣的規模呢？我曾參加大型學術會議，有時多至一、二百人發表論文，雖是號稱國際研討會，卻沒有這種世界級的氣勢與規模。

三、自由行深入庶民區

（一）大麻

走在舊金山金融區，處處是黑人大麻味飄飛，我對這種味道很敏感。加州合法化，所以我們必須接受。

這回來到美國西部，不同於以往的跟團，是自由行，必須自己搞定吃住交通等事項。黑人，遊民，是我們最害怕的。知道美國治安不好，擁槍自重，我們必須自己注意安危，入夜以後，儘量少外出。

（二）甲骨文球場驚魂記

週四晚上，預約看NBA籃球賽，搭乘BAR電車到甲骨文球場，搭錯藍線，轉車橘線，在M站下車，我們看到二樓的月台上，有黑人光明正大的搶了某位女人的皮包，女人大呼，追趕。旅客行人皆冷眼旁觀，無人相助。我們三個人害怕下一個對象是我們，直奔二樓往球場的方向前進，結果，整條通道沒有人，只有我們三個人，心魂未定，重回到車站。站在最熱鬧的車站門口，我們三個人站在一起，叫了UBER，候車的五分鐘，真是度日如年，因為有一位長衣的黑人似乎盯上我們三人，一直在打量我們，從左到右，我們三個人提高警覺，背包前背，手機收妥，三個人圍成一個圈，不讓人衝入。真的，那是很可怕的經驗，一會兒，來了二部警車來處理剛才的搶案，不知道結果如何，我們心魂未定的迅捷跑上UBER，逃離這個鬼地方。

心想，月台，很明亮，旅客還在陸續出入，而且尚未出匣門，居然就被搶，可見得治安真的很差。

經過這次經驗之後，晚上，我們更小心了，避免晚出，而且一定要在熱鬧的地方，出入叫UBER。

後來，在西田購物中心的地下一樓美食街，看到黑人，我們也提高警覺，畢竟這一層和BAR是連通的一層。

在美國，有錢人住在郊區，出入以車代步。黑人、流浪漢在市區，以公共交通為代步，所以搭乘公共交通者多易遇到宵小。這個說法多年前即知，但是，現在確實印證。在金融特區，雖然是商業區，但是，角落或是街道上常有黑人呼麻的煙味，到處皆是。我們經過，往往要快步通過。

四、美國人的娛樂

（一）酒吧

美國的商店大約八九點關門，因治安不佳沒有夜生活，只有酒吧喝酒，可是喝酒又容易出事，基本上，留美的台人大約是以健身為主吧。

（二）球賽

沒有夜生活的美國人，看球賽成為一件重要的事，在大通銀行的CASH CENTERS看

NBA籃球賽的人就有近一萬八千人，整個球場萬頭鑽動，真的，很令人咋舌，當台灣大肆報導武漢疫情時，美國人還是出來看球賽，不畏懼。再者，球賽凝聚了大家團結的力量，真的成為當地的盛事。

（三）漁人碼頭

沒有人戴口罩，美人遊樂在漁人碼頭，歡樂如在天堂。遊客如織，熙來攘往，完全不受新冠肺炎影響。時當二月中旬，正是疫情新竄之際。

（四）名勝景點

惡魔島，也是一票難求。週日下午，買不到票，週三下午再跑一趟，終於搭上最後一班下午三點四十分的班次，歸程是六點四十分返回，整個囚牢監獄無可觀，印證電影的場景。唯一可觀者，是海面上的夕陽，輪輪夕日，真美。

（五）舊金山大橋

多年前來過，這回，橋段是賢賢求婚記，讓珊很感動。其實，我也希望他們早一點結婚，不要浪費時間，早一點經營未來，才是正事。

（六）史丹佛大學

整個校園宏闊氣派，建物非常有特色，纖塵不染。書店有三層，除去書架之外，尚賣紀念品、文具、有史丹佛衣物商標。還有，駐立在校園任何角落，皆可好好取景、皆可像網紅一樣大剌剌拍照。學生有序，不亂停單車；遊客有序不拋擲垃圾，處處像御花園、像宮殿。

（七）逛街

來美國不能少的行程是outlet，但是，不動心的我，仍然沒有下手。看著年輕人買皮包，衣服，就是沒有下手。

逛街，似乎也不缺什麼，只看到一件便宜的皮衣下手買了，五十四美元，稅後。也買了維多利雅的祕密內衣，台灣沒有經銷商，聽說好穿，且促銷中。

對於巧克利，不動心。對於A-F，賢買了許多衣服，我卻沒有下手。通常，我是看多於買。NIKE的鞋，也是如此，多看，不買。蘋果，看，不買。那麼什麼讓我動心呢？好像沒有。只是天寒，我多花錢在喝拿鐵及可可。每天，可以喝上一杯熱飲就很幸福了。

在美國，旅館只有煮咖啡機，沒有熱水器可煮熱水，每天只能喝冷水。而且沒有保特瓶，我們也僅能到超市買水來喝，畢竟我們的腸胃不適合生飲冷水，如是，喝熱可可及拿鐵成為寒冷天氣的一大享受。

五、在美的台人

珊的表弟麥子倫在小學時移居美國，等於是小ABC，看他講電話時，英文口音非常的流利，儼然是美國人。他有三份兼差的工作，也在大學讀三年級，目前申請上研究所了。他說，他的工作有到晚上十點，習慣以UBER出入代步。他說寧可把一個月的薪水給UBER，也不要沒有命。可見得晚上治安的確很差，連在美居住近二十年的人都不敢夜歸，何況是外來之客呢？

在美國的台人到底如何打拚呢？麥子倫是從小學就移居美國了，經過了小學、中學、大學的歷練，以及工作的磨練，更能適應美國生活了。

一群人用餐，習慣各自付各的，了解侍者各有職司，不像台灣是一體適用的。

而且他也說，他在賣場賣衣服時，知道遊民搶貨的技倆，一搶就是二三十件，而且是前後包抄的方式，售貨員不能動手，只有警衛才能動手，這也是奇聞，是各司其職的概念。

在社會局擔任心理諮商，也習慣各種人的各種反應，就是不能回應。看他適應良好。

賢賢的高中同學在矽谷工作，碩士是在美國念的，目前工作的公司是陸資，以印、陸人為多，所以基本上仍然講華語為多。他公司的飯很好吃，午餐六種選擇，他會多拿餐食，留作晚餐吃，運動到八點才離開。

能在美國留下來工作真的不容易，他似乎也很適應了，在美國開車，就是用導航，因為地大物博，只能導航了。他的一位朋友也來自台灣，我們一同吃飯也一同聊天，知道留學是留在美國工作的必要條件之一，齊齊也是如此。

聽麥子倫說，八萬元美金年薪是貧錢線以下。賢的同學說，他的薪水是十萬美元以上，這個數字雖高，但是物價高的美國，其實和台灣一樣。薪水三倍，物價三倍，並沒有更高。

看到幾個台灣年輕人在美工作，工作能力被肯定才能留下來。我的想像呢？美國有什麼可以吸引我的呢？白天的美國，熱鬧的美國，以及暗黑的美國，治安不佳的美國，什麼吸引我呢？

六、美國的日常生活

（一）住／衣

這回居住在聯合廣場Union Square附近的旅館，七晚五萬六千元，稅後。是舊金山的金融區，有bar火車，叮噹車的終點站，附近有很多精品店、旗艦店，有維多利亞的祕密、優衣庫、A&F、GAP、H&M、NIKE、TIFFNING、施華洛奇、蘋果店等等，還有更多不熟悉品牌的精品店，這些店面環繞Union Square，有些精品店是整棟大樓座落在精華區，很適合逛街。大賣場也多，最近是梅西百貨，老牌百貨，聽說沒落了。還有西武購物商場有十層樓高，地下一樓美食街連通bar火車，各式各樣精品在此皆有駐店，電影院、餐廳、高級品牌的服飾、居家用品等等應有盡有。走過一家又一家，在燈火輝煌中，看到精品，也進了美食街。

住處離萬豪酒店很近，可以出出入入，看看會議的各色人等。萬豪酒店對面的街上有芳草地，附近是藝文區，有現代博物館，有大賣場、美食街，以及兒童博物館等，水瀑及綠地很適合拍照，美食街也近，可躲進去避寒。十度以內的氣候很舒爽，但是，怕冷的我，總是要喝上熱熱的可可或拿鐵來避寒。

住，在美國算是貴的。若是舊金區金融區，聽說一個月要五千美元，若是雙峰僅要一千美元，價差很大。住安全，才是重要的。聽麥子倫說，金融區住的品質不佳，又貴，雖然他在金融區工作，卻選擇雙峰居住是有原因的。寧可搭UBER，也要讓居住有品味。

美國人穿衣，覺得顛覆美學與品味，前露胸、後露背、側露腰、中露肚、下露腿，似乎不典雅。不似歐洲衣服穿起來就是有格調、有品味、有時尚感。而美國創發的品牌，似乎以休閒為主，寬寬大大的，我不愛。但是年輕人喜歡這種休閒風，隨著他們到處閒逛、觀看，也增進自己的見識。

（二）飲饌

韓國崛起，在會議中可聽到韓人對話。在美食街，可以享用韓式烤肉或泡菜；在名勝之地，可見到韓文，與之對反的是，日本人的消沈與消失。日文不見，日式飲饌似乎也沒有韓式之火熱。

在美國，似乎要習慣吃漢堡，麥當勞是美國崛起，可是在美國我們住處附近居然很少看到麥當勞，反而是I N-N-O N E或是S H U K-S H U K很火熱，我們住處的對面就是漢堡王。有一天想吃麥當勞，按照地圖前往，才知道那是更庶民的飲食，門口有幾個流浪漢，很髒，讓我們連跨進去的勇氣都沒有，轉向街角的一個餐廳，似乎，角落餐廳的格調很好，是白人出入的餐廳，很高級，連吃了三天早，午，早午餐，而且不覺膩。

美國物價是台灣三倍，每一餐幾乎是十餘美元，也就是三百多元的餐費，可是吃的品質並沒有想像的優，漢堡，韓式烤肉，牛肉麵，點餐要價，三個人皆要四五十元，等於台灣的大餐的錢。還有一晚，在梅西百貨頂樓的乳酪工廠用餐，四個人一百四十多元的美金，再加上小費十二元，共一百五十多元，合台幣近五千元，等於在台灣吃很好的套餐。不過，頂樓餐廳雖貴，也讓我們體驗美好的美式好餐廳的優質感受。我們也是排上近一個小時才能有座位，坐在高樓戶外，享受寒冷與燈火輝煌的街景。

和麥子倫對聊美國生活及他的工作、讀書，感受年輕人的奮鬥過程。他說初來美國，曾經有一年的午餐都是土司塗果醬，吃到怕，仍然不能反抗，因為大人也在折騰、適應環境，只能躲在廁所哭。這就是必要的經歷，凡是能走過痛苦的，才能蛻變成適應環境的變色龍。

他也頗能了解台灣的政治生態，這回武漢疫情，也分析的很正確，被人傳染與傳染他人是不同的宣傳效果，造成這次大家搶買口罩，在台灣如此，在美國，我們也走了三四家賣場仍然買不到，想來，是華人到處囤貨吧。進ＮＢＡ看球賽，近二萬人看球，並無人戴口罩，而且也在美食街大買食物吃呢！一幅太平盛世，與大陸疫情真有天壤之別。也因為這樣，我們才能在飛機上悠哉遊哉的躺平睡覺，因為很多人取消出國，搭機者少，我們才能悠閒的在機上坐臥。賢指導老師也是怕疫情而沒有參會。

美國似乎沒有好吃的食物，只有漢堡。而外來食物有中式，韓式，義式。其中，義式似乎攻佔所有的世界版圖，在台灣的美食街，幾乎少不少它。而韓式是比較類中式飲饌，米飯加上蔬菜、燒肉，所以在無得選擇之下，也成為我們的首選。

從來沒有喝過那麼多的可可及拿鐵。因為畏寒，總想喝上熱飲驅寒。有一天早上，我們到藍瓶子用早餐，跟著google地圖找到一家位於很偏僻的街尾角落，點了拿鐵及三份早餐，點餐價格是四五十元美金，真的，很貴，但是，到了異地就是要體驗所謂的美食美飲，事先，沒有聽過藍瓶子，是小五及年輕人在聊天說起，於是也順勢嘗它一嘗，然而乳酪及麵包生硬，只有我的漢堡是類蛋糕的Q彈熱食，好吃。大排長龍的藍瓶子，感覺也沒有多好吃，而且還一位難求呢。我們也是輾轉換了幾個座位才能連成一排坐在一起。事後，才知道這個地點不優，很容易被搶。而且，我們還大辣辣的在外面的街道上拍照，完全不知道危險。

（三）行

沒有交通工具出入不方便。搭公共運輸又要注意安全。尤其是被黑人盯上，就慘了。叮噹車，車票十五元，算貴了，只有觀光客才會搭乘。

BAR是火車類捷運吧，各色人等皆有，搭乘須注意安全。

聽說，白人瞧不起黑人，黑人瞧不起有色人種，黃種人就是被黑人瞧不起的。

最方便是uber，全世界通用。而且方便了解司機品味及迅速叫車。因為美國幅員廣大，交通不便，有了uber，可以定位，可以查路線，是最便利的。但是，費用不少。有一次從Outlet叫車回住處，大約花了一千八百元吧。不便宜，但是，UBER是最方便出入無交通系統或是偏郊之處。惡魔島歸來、看完ＮＢＡ歸來，夜深了，只有它最方便了，無遠弗屆。

公車系統有MINE，也有大巴觀光市區，還有非屬於MINE的公車，凌亂，沒有聯營，所以買票也很麻煩的。搭乘BAR也要有通行儲值卡才能買票。有一回，一位黑人教我們如何買票，所有的零錢被搜括，又要了一美元的小費。幸好，他還算是好人，若是遊民，可能就沒有這麼簡單，只要一點小費而已。經過這次以後，有人要教我們買票，我們就相應不理了，怕又是一樣的情景再現。

在美國，沒有交通工具，出入搭乘交通運輸，在危險或無公共運輸時，完全以UBER代步，一趟OUTLET回程，五、六十元美金；一趟漁人碼頭回到飯店；一趟從甲骨文球場車站到CHASE CENTER球場看ＮＢＡ，回程也是。再一趟是從google總店到飯店，這些計程車費，真的很貴，但是便利，也減少危險性。

自由行的美西，與跟團截然不同，跟團看的是世界知名景點，有交通大巴流動，快捷地攻城略地。自由行是深入內裏，一步一腳印，寸寸縷縷踩踏在庶民的生活區。這回雖活動地點只在舊金山，但是重要的景點、活動皆參與了。

二〇二〇年二月二十四日

文創與希望

和小芹到西門町的紅樓參觀文創園區，小小的紅樓位居交通輻輳、捷運出口，吸引無數的人潮到來。附近有最潮的服飾店、似歐風的露天啤酒屋、一整排觀光景點才有的台灣風景明信片及小飾品店，最狂的是愛迪達休閒用品店，佔據邊間一整幢四層樓房，專賣新推出的運動鞋、服飾、配件等，運動風、休閒風的服飾似乎在台灣永遠是不敗的龍頭，到處看得到摩曼頓的專賣店，也看得到各百貨或OUTLETE的賣場，到處是耐吉、愛迪達、UA、……等潮牌運動服飾，近年掀起運動風，年輕人、老年人各種年層的人，不手軟地為自己添購各種行頭，我們也隨意逛逛。

所謂的文創商品，大多是年輕人創業的發想，從日常生活用品改造一些圖畫或LOGO，或是有創意的用品，例如在棉T上製繪特殊的圖案或繪畫，在皮包或佩帶飾件上繪上文創者的專有圖形，例如貓星人是最被拿來製成文創品，在台南孔廟附的文創攤位看到以貓型製作各種石頭，在紅樓看到一家小店也以貓為LOGO繪製在各種大大小小的皮包上。閒步在文創園區，無論是服飾、佩件、家用擺設品皆比外面市場價高，讓人下不了手，小小的物品，以文創之名，將價位抬高，不知道市民們是否買單，不過，我常常是觀賞的多，下手買的少。

趁著連假五天也到霧峰的光復新村文創園區閒逛，這是一個舊型的眷村改造而成的文創區，張羅賣品，大抵也是運用繪畫製作各種服飾用品，皮件為多，有皮帶、皮夾、皮包，穿街走巷，不覺得有何新奇之處，烈日當空，只有相思樹林蔭才能有幽然的感覺，走進這片園區，也想起曾經居住在新竹的空軍十一村七年，體會眷村日益敗頽、無人聲影的老朽。為了再造這片日益被淡忘的眷村，政府刻意打造成文創園區。在陽光下，看到了各自獨立門戶、一幢幢的眷村，平房磚瓦木造成前有庭、內有房的格局。但是，真真看不到令我驚艷的文創商品，千篇一律。人潮仍是不少，大抵與我們一樣，連假，想出來透透氣，卻不料，所有的景點皆充滿了人潮，而這片不小的園區也吸引了不少人到來，我們也穿梭其間。然而，所有的文創商品皆吸引不了人，當然也乏人問津，大家皆是走過，路過，看過，純觀賞而下手的人寥寥無幾，想到這片園區，如果再如此，恐怕又將成為另一個廢墟了。

文創，到底要如何才能有新創的發想吸引人下手購買呢？走過許許多多大大小小的賣場，從國內到國外，從北到中部、南部，一直感覺文創似乎吸引不了人，在台南的孔廟對街如此，在台師大的綜合大樓旁的文創市集、在光復新村、在西門的紅樓皆是如此，大家發想大同小異，運用繪圖置放在用品上，卻沒有真正有創意的物件吸引我下手。如此一來，文創商品如何存活呢？

在學校，也常希望中文系的孩子能夠走出自己未來海闊天空的路，或是有新創的創業之路，然而引進業師，卻無法吸引學生的目光，無論是出版業的里仁老闆、影視業的蔡登山、重要編輯的文訊編輯、編劇名家十六個夏天編劇杜政哲……等人，學生上課的情況非常的慘澹，上課不專注，滑手機、打瞌睡，或是遲到早退，不肯用心學習，讓我徒呼負負。心裡一直在吶喊，要端出什麼樣的課程，學生才會領情？什麼樣的課程才能吸引學生關注。

最近火紅的是電玩，如果能夠將中文的故事編進電玩裡，想必很吸引人，但是，寫程式不是我們的專長，必須異業結合才能有新的成果給人耳目一新的感覺。深深覺得，如何讓中文系的孩子走出傳統的框架有個美好的前景，必須重新規畫，調整課程的方向。

看到各處張羅得如火如荼的文創園區，真的，不文創，也不好逛，不好下手購買，真真不知道還有什麼發想可以吸引顧客，招攬觀光人潮？

小芹說，有位朋友的小孩子到外國留學，學藝術設計，歸來，只能教教繪畫，並且異業結合的作一些文創的商品，大抵皆是文具用品。所謂的文創商品，大多價位高於一般商品，如何吸引顧客願意出高於一般價位的錢下手購買，本身的設計感很重要，否則，仍然無法吸引人，無法推廣出去。

想到這一群藝術家們努力發想，卻仍然無法吸引人們的目光，究竟如何跨出這個框架，仍得靠巧思才能走出一片海闊天空的世界。

從光復新村走出來，深度思考文創業者何去何從。到目前為止，所看到的文創皆是如此平平凡凡，不是以文創之名，行高價之實；就是了無新意的在服飾、飾品、家居用品或是皮件上作繪畫、造型而已，如何有天骨開張、不落俗套的文創商品，恐怕是異業結合必須努力思索、發想的。

如果，再逛文創園區，是否仍然作袖手旁觀的姿態？或是寧可逛逛市集也強過這些高價的文創商品？文創商品，如何起死回生，應深度思考。

二〇一八年四月八日

寶藏巖文創

上海復旦王瑞到台灣一遊，我和宜學一同陪遊寶藏巖。

曾經在永和居住過九年的我，幾乎上班或出遊皆會從永和橋出入。永和到公館非常便捷，公館成為我們熟悉的地方，在經過永和橋河畔的山腰有群聚部落，號稱寶藏巖。相視相望，從來未曾一遊，甚至到公館附近的軍公教福利中心購買日用品，也是臨近而未能親近一窺究竟。

那些起起落落依山建築的矮小建物依山傍水，在臨夜時燈火明滅，構成一幅山景嵌在河畔水岸。

多年之後，號稱台北文創基地的寶藏巖，終是吸引許多觀光客到此一遊。我們也想趁著這個機會一同遊覽。

依山傍水，雖是外在客觀環境不錯，但是，沿著河堤走進去，尚有一段蜿蜒的路程遙迢要走，避車，避逆向，走向它，才能真正體會被邊緣化的存在感。被台北簇擠在山腰中，高高低低起起伏伏的建築物依坡而建，拾階而上，腹地絕小，頗有迴旋無路，又盤旋而上的感覺。

遊客真的不少，可是可觀之景卻是少的可憐。週六，應是美好的觀光假日，但是，看到寶藏巖所展示的文創商品，各自為陣，沒有主軸，看不到什麼。皮雕、筆記本、簡約服飾。

所謂的文創就是打著文創之名號而實際卻是高價之單品，讓人有削凱子之感。而且實用性真的不大，美觀、耐用度亦不佳，這是多年來，我看過許多林林總總文創商品的感覺。同情年輕人創業為艱，通常我都會捧場。但是，隨著覽閱各地各區各種文創產品之後，只有一個感覺，高價而無令人感動想購買的衝動；有時雖有美感，卻因為高價到不值得下手擁有；有時又是便宜，卻買來無所用也。

寶藏巖走一遭，拍照留念，有何可念呢？似乎只剩下三個字寶藏巖供人想像而已。入寶山不希望空手而回，但是，真的，進入寶藏巖真會空手而回，唯一飽載的是河岸的水形山影可以攝入眼簾而已。

二〇一八年十二月一日

扯鈴達人與笑炎舞者

在花博的林蔭深處、森林群繞的下方，聚圍許多人潮，為的是看蔡湧蒼技高一籌的扯鈴表演。拋上空，約有五公尺高再以細線接下來，拋接七八次，每次高度都越來越來越高，讓人驚呼連連。除了拋接之外，也玩轉身拋接，或是旋轉數次再拋接，技巧非常的純熟，幾乎有登峰造極之詣，雖僅是中國達人秀第六名而已，但是卻讓我們看得目不轉睛，真是奇才。在觀賞的時候賢直呼好，因為他玩過扯鈴，知道其間的辛勞，有些看似簡單的動作，卻要不斷地練，不斷地練純熟度才不會漏接。他說，有位國小扯鈴隊的同學一分鐘可以拋接旋轉九十幾下，練到手都發炎起厚繭。歸來，賢還表演了一段小小的旋轉ＰＯ到ＩＧ限時動態網上，同學反應很熱烈，顯見自己也曾是練過的。

同日晚上，到竹北燈會看笑炎舞者蔡宏毅的火舞表演。他更神奇了，有舞者的身段，身形練的非常的勻稱，多減一分或少加一分都會嫌太厚太肥，真的是穠纖合度，肌力、肌肉恰到好處。

他表演旋舞，火棍、火繩、雙繩運用自如，且還帶上絕技，包括：吞火。接著旋轉雙火棍，無論是身上、背上、頭上皆以身體的力量頂著旋轉的雙火棍，讓人驚叫連連。最有看頭的是，眼前、顏面前旋火棍、火繩，面不改色，只要有一疏忽就會顏面傷殘。但是他運作自如，配合舞者的身段，真的是力與美的結合，整個五分鐘的絕技舞畢，全身汗流浹背的。濕透的身子，顯出力道的威猛及火焰的熱度，群聚的觀眾，讓他覺得溫馨，五年的時間，練成台灣街頭藝人第一名，真的不容易的。親人的包容與接受，也必須是在他的執著下才能有所成就。

雖是街頭上的藝人，不論是扯鈴、火舞，皆讓人看到勤奮努力終於出人頭地的一面。流浪在街頭，雖然掌聲有限、打賞有限，但是那種榮耀與成就感，仍是每個人心目中的英雄，仍是觀眾炯炯眼光中透出崇拜的亮光。

古今要成大事業大學問者，勢必要經過三種境界，最難的是就望斷天涯路，未知未來在何處。那種蒼茫，那種無所依歸的孤寂感，以及未知黃葉秋景是否仍能迎向未來的落寞感受，只有自己能夠領受的。找目標，真的很難，也很難下決心。第二境界是奮鬥的過程了，堅持與毅力是絕對少不了的，唯有迎向前去，將所有的孤獨與辛苦吞噬才能有成功的可能，努力，雖然不一定可以成功，但是，不努力，絕對沒有成功之日，堅毅果敢的力道，支撐前進的動力。第三境界，則是不期而遇，則是不預期成功而卻能驀然回首相遇於燈火闌珊處，也許，來得太早或太遲，屬於自己的榮耀，終是別人奪不走的。看到火舞及扯鈴表演者的成就，台後的預練與辛勤艱苦，絕非路人甲乙可以體會的，凡是要成功，就是這種心路歷程。坐在書桌前不斷地書寫與研讀，總也希望自己有綻放光芒的時侯，不論這個時節來得早或晚，該是屬於自己的，終是要努力播種才能有含笑收割的時候。期待自己像浴火的鳳凰一樣，經得起火般的淬鍊。

二〇一九年三月四日

烏來

烏來，曾經是記憶深處的夢境。

這回偕麗卿同遊烏來，順著849公車前進深山，眼底收攝青山綠水之餘，心中，還是不斷地播放著記憶庫中有關新店、屈尺、翡翠水庫等種種的記憶，一方方像斜陽照過，一段段像流水逝過，不滅的影像就不斷地倒帶。

小時候，是個物質匱乏的年代，在有記憶的小時候，可能是五六歲時，父母帶著小孩到烏來玩，我不知道是什麼原因，並沒有一同前往旅遊，但是「烏來」這二個字嵌入小小的記憶之中，也充滿了無限的想像。

曾經偕高中同學同遊新店，在山中享受清新空氣，而今，物是人非，湯千惠已經出家許久了。

也曾經在高中時，可能是什麼課外活動吧！全校行軍到翡翠水庫，由導師帶著全班穿著軍訓服裝行走在蜿蜒的水庫旁，才感受到水庫碧綠美侖美奐。

大學老師張子良教授就住在新店屈尺，是前往烏來的途中，澄碧的水，加上環繞的青山，是我對屈尺的印象。而許多喜歡寫詩詞的師長們，往往會將屈尺寫進詩詞之中，包括顏崑陽、張子良、張夢機老師等人。

賢賢小時侯，也曾經和亞傑帶他到烏來玩，先乘坐蹦蹦台車，再搭乘攬車到雲仙樂園，那時，雲仙樂園還是個很美的仙境。

還有，和小芹的大姑們幾部車一同在五月　日勞動節時，到巨龍山莊用膳。公車每走一段路程，就有一段路程的記憶，從記憶深處浮漾出腦海之中。很多的感慨多是歲月流逝之後的傷逝。

下午進入烏來的老街，小小的一條市街，充斥了各種山產，山苦瓜、山蘇、過貓、珠蔥、蛋蕉等，以及小玉釀製的甜酒，整條街店面的老闆、工作人員比遊客更多，各自守著小小店面，看著稀疏經過的遊客，偶爾也招呼購買，或是打量遊客的購買力。

感覺這是一條沒落的觀光風景線，從街頭到街尾不消十分鐘即可一覽無遺的走遍。至於泰雅博物館多是文字敘寫，圖像、文物較少。一樓介紹馬告，二樓編織，三樓的小小狩獵器具展示，似乎沒有吸引人的地方。其實應善用地利之便，多存一些文物。不到幾分鐘即環繞全館結束，真的，可以令人一再玩味的文化深度，真的一點也沒有，既不能將泰雅的文化、口傳文學、文物等好好的演繹，只能將全省的分布圖展示給大家看而已，似乎只能看到表層的現象，而沒有深層的文化底蘊，與此次到萊比錫格拉西博物館，真不可同日相比。

夜宿淞呂溫泉旅館，因為地點偏僻在西羅路上，且是週間，所以房價便宜，四人房才二千五百元，不過出入要請他們接送，一百元，算算還是便宜。比起臨近老街的溫泉要價三四千元，甚至是五千六千元的溫泉旅館，真的很便宜了。我們不需要住高貴的旅館，只是來消暑解悶而已，無須花費太多錢。

泡溫泉是要讓自己好好的放鬆心情，也讓自己將孤寂趕出體內。真的，可以一覺到天亮。

果真有放鬆達到抒壓的效果。

第二天的重點是到內洞國家公園一遊，其實就是以前號稱的娃娃谷，在瀑布區享受負離子，活化大腦，在溽暑之中，看到瀑布急湍的水流，真的，還是很感動的。在枯水期，竟然還有淙淙的瀑布流淌，真是不容易。

雖然看過氣勢滂薄的黃果樹瀑布，但是，在小小的台灣能夠看到水量充沛的內洞瀑布及烏來瀑布，心中仍然充滿了喜悅的。

小遊烏來，才知道名山勝水不必遠求到國外去，在自己的家鄉也能好好的享受山青水綠之美，也能有小小放鬆心情之旅。

聽著麗卿講述她的台東家鄉，講述她高中北上重考的過程，以及在淡江中研所幫助過無數的人與師長，她的真心誠意待人，難怪大家都喜歡和她親近。她善體人意，令人感動。還記得同遊貴州時我買了二件衣服，一穿上身，她就知道是貴州買的，還有一件黑色洋裝她也記得的。這種細膩，是她人所無的。也因為這樣，才能成為交心的朋友。

浮世流塵，誰是可以言談的對象？誰是可以交心的朋友？感覺自己一直被困在孤寂野獸的體內，飛奔無力，逃竄無力，只能在自己的內心逼出更能積潛孤獨野獸的能力，和它和平共處，和它一起面對月升日落及各種風花歲月。

搭乘便車下山來到繁華的新店捷運站，有點困乏，找了星巴克休息，再和麗卿對聊，也談她下學期要授課的內容，知道她是個實事求是的人，也希望多提供自己的意見給她參酌。

談到退休之後的生活，談到餘生如何度過。真的，這個深沈的課題，是我們每一個人不可逃避的事實，也必須真真實實的迎向前去，度過每一個歡樂的日子，是目前我的企求，而且希望能夠在學術上多所斬獲，不再隨人流轉了。然而，性喜喧譁的我，總是喜歡和朋友一同參加學術會議，玩，是最大的內容，寫論文反而不是生命的重心，以致於七八年來一直流轉在各種各地的會議之中。不著心、不著力的參加各種會議，以致於論文一直沒有質的提昇，而是一篇篇趕出來的急就章。唉！該是反思自己前景的時候了，可是目力日損，真真不知道還能如何努力書寫與用功研讀。

每個人的能力不同，面對的生命課題也各自不同，總是一步一腳印的走過每一個不悔不尤的步履，才能見證生存的意義。如是，我來，不悔於任何的抉擇，也勇敢的面向所有的人世挑戰，不悲不沮，好好面對所有的困挫，才能知道自己是個有堅毅能力與韌性的人。可以迎風招展，也可以折腰低頭。

如果，此世此身註定如此，又何必自我垂喪呢？上天給定的命與運果真如此，也要活得亮麗；活得繁華自在；活得瀟灑自由，不要將自困悲情之中，要用華麗的書寫與身影見證此生此世的存在意義。

烏來一遊，雖是消滌塵慮，仍要回歸到自我面對生命課題的時候，無論喜或悲，勇敢的做自己，勇敢的迎向前去，才能真真實實本本份份的活出生命的意義。

如是，我來；如是，我歸。在烏來之中，一無所有，也不帶走任何的雲彩離去。

二〇一九年七月二十七日

九芎湖

住在竹北，假日午餐過後，半日遊，最好的地點有北埔、新埔、十二寮、峨嵋湖、寶山水庫以及九芎湖等地。

九芎湖是位於新埔與楊梅之間的一個小郊區。路段緣坡而上，蜿蜒的雙向道兩旁有落羽松及林蔭很深的農家，一派農家景致。

以前，常常在假日午後到此一遊，既能夠品嘗當令的農產品，又能夠順著陳家農場走上一段霽月步道，或到鴛鴦池品賞風光，有時也到金谷農場買些小品觀賞的植物或喝下午茶。

六、七年未到九芎湖，心念一轉，三人驅車前往九芎湖。

從竹北，經蓮華寺，再進北埔路段，轉梅新路，看到了九芎湖的標誌了，沿途感受新埔也在發展觀光，外環道已整治的很有招攬遊客留下來拍照打卡的景致，這時節過來，向日葵已枯萎，而波斯菊正當花顏迎風開綻。

假日午後，應是九芎湖最擁塞的時刻，此時，不見車潮人潮，停車場雖有車，卻與以前一位難求的情境不同，似乎冷清許多了。以前，在中段金谷園附近的停車場常大爆滿，我們只好往上停到陳家農場的入口處的車場。

不僅停車場沒有什麼車，連兩旁農產品賣家也沒有以前沿路皆是商店的盛況。寥寥幾家賣著當令的蔬果以及瓜果、花生、蕃薯等等，看到一些店家有些貼著出售，有些貼著招租的紅紙，也有一些乾脆閉門不做生意了。

以前常光顧的一些店家也還在，金谷園，仍然有人氣，主要是它的地點在中段，絕佳，有庭園可賞花，有小湖可餵魚，有餐廳可喝下午茶，更連帶著出售一些觀賞植物，便宜又好養，我也順手買了三盆黃金葛。

繼續往上走，杏仁油條攤位還在，豆花店也在，劉家燜雞也在，只是人氣不再，寥寥的遊客行走在緣坡而上的路旁。

刻意到劉家燜雞看了一會，以前的窗明几淨，此時，怎覺得破舊污髒呢？

繼續往上，目標是鴛鴦池，沿路的烤玉米車還在，沒有顧客，一對夫妻老闆只好閒閒玩著手機。再往上，賣堅果粉的店也在，還是兼賣花生、客家粿。經過一段店家，以前有小咖啡店，此時一排皆無人營業了。再經一段，店家賣花生、烤蕃薯及炸蕃薯，有少許顧客試吃、購買。

順著林蔭路往上，很熱的四月天，賢賢似乎覺得無可觀，我們終於抵達陳家農場附近了，以前很熱鬧的卡拉ＯＫ沒有了，店面仍在，只是沒有烤香腸，沒有賣農產品了，往鴛鴦池的轉角仍然擺攤賣許多的中藥材，只是乏人問津。

登坡而上，終於抵達鴛鴦池，有人潮，賣店沒有冷氣，仍是傳統攤販的賣法，很熱地烹煮著客家食品，有竹筍湯、豆乾、粄條等，因天氣很熱，一看就沒有胃口。

拾階而下，到池邊賞桐花，沿池繞一圈，拍香徑，對賢賢而言，似乎無可觀。只好下了坡，我仍執意到陳家農場，是最後一站，以前常去的地方，也是往霽月步道必經之地。

進了陳家農場，豁然開朗，努力經營才能招攬顧客，沿路走上來，只這這片農場比較有觀光的理念，感覺也比較符合現代人對觀光旅遊地點的要求。有些遊客玩擂茶、自擣麻糬，玩得不亦樂乎。我們進了賣店，有咖啡，鬆餅，有WIFI，果真聚集許多人喝下午茶。有冷氣，窗明几淨，真的很有悠閒賞樂的FU。年輕人果真喜歡這兒，而農場要有吸引人的賣點，就是必須和現代合拍，不能再用傳統方式經營了。

回程，順坡走下山，似乎腳程快了很多。

感覺，還是眼下的事情，買烤玉米，買鳳梨、買蕃薯、試吃粄粿、吃豆花、喝杏仁吃油條，怎麼轉眼已是六七年前的事情了，還記得在金谷園喝下午茶，餵魚，轉瞬，歲月也忽忽過了六七年，民國百年之前，九芎湖是我們假日下午常來玩、爬山的地方，現在，似乎時過境遷也無法回移了。

看到冷寂的九芎湖不再似昔日般的人潮湧動，似乎有些不捨它的沒落。但是，仍然用傳統方式經營的九芎湖，要起死回生似乎很難。

業主難道不知道要好好經營成現代化的觀光勝地嗎？怕的是投資下去，無法回本。因為平日無人，只靠著假日才有遊客，這要多久才能回收資本呢？再者是資訊暢通，出國方便，看過國外好山好水，那裡還能看得下這種農野的鄉下地方呢？走過義大利，看過紐西蘭的年輕人，當然不會在意這個小山小水。但是，對我，是一種情感的回歸，以前曾經玩過的地方，仍然希望它能有榮景，然而，若不改變經營方式，像南莊一樣，以庭園咖啡方式經營，恐怕年輕人再也不會輕易踏進來了。

想念，第一次到來，是元培朋友們一同來玩，在金谷園有很多的記憶，甚至讀書會也曾拉到這兒，如今咖啡農莊的經營方式猶能保有昔日榮景，只是以前的盛況真的不復留存了。

九芎湖賣的是假日，如果連假日也如此稀疏清寂，則平日更冷清可知。似乎，歲月的輪轉，讓年輕人不想進來這個地方了。

走過歲月，見證農家的辛酸，年輕人不進來，日益老邁的農人，只能望著日漸稀少的遊客而感慨萬千了。

九芎湖，仍存有心中最美的霽月步道，只是這回，沒有走它一回，也不知道六七年了，步道是否還有很多人行走，如果沒有，恐怕也淪為荒煙蔓草了。

故地重遊，往往是感慨多於興發。

二〇一八年四月二十三日

國家圖書館出版品預行編目

等你,在燈火闌珊處 / 林淑貞著. -- 臺北市 : 致出版, 2020.10
面； 公分
ISBN 978-986-99262-5-6(平裝)

863.55 109013798

等你，在燈火闌珊處

作　　者／林淑貞
出版策劃／致出版
製作銷售／秀威資訊科技股份有限公司
114 台北市內湖區瑞光路76巷69號2樓
電話：+886-2-2796-3638
傳真：+886-2-2796-1377
網路訂購／秀威書店：https://store.showwe.tw
博客來網路書店：http://www.books.com.tw
三民網路書店：http://www.m.sanmin.com.tw
金石堂網路書店：http://www.kingstone.com.tw
讀冊生活：http://www.taaze.tw

出版日期／2020年10月　　**定價**／450元

致 出 版　　**向出版者致敬**

版權所有・翻印必究　All Rights Reserved
Printed in Taiwan